深空彼岸
辰东/著
内容简介
在一个新术崛起、古法没落的残酷时代，坚持修习旧术的主角王煊在新术的狂潮里失去了前往新星的机会，但他没有自此颓废，立志向旧术巅峰攀登。他始终坚信“只要肯下苦功，未必不能登上绝顶”，凭借着前人的传承逆风翻盘，靠自己的努力最终在时代的洪流中强势崛起。
畅销书作家
辰 东
全新力作
深空彼岸 5
辰东/著
深空彼岸 1
深空彼岸 2
深空彼岸 3
深空彼岸 4
深空彼岸 5
一代旧术奇才在新术狂潮中逆风翻盘的传奇故事
《完美世界》作者辰东科幻新作
一代旧术奇才在新术狂潮中逆风翻盘的传奇故事
星空一瞬 人间千年 探索神秘深空 抵达全新彼岸

完美世界31

PERFECT WORLD

Oriental Fantasy

辰东◇著

山东画报出版社
济南

图书在版编目（CIP）数据

完美世界. 31 / 辰东著. — 济南 : 山东画报出版社, 2023.5
ISBN 978-7-5474-4480-1

Ⅰ. ①完… Ⅱ. ①辰… Ⅲ. ①长篇小说—中国—当代 Ⅳ. ①I247.5

中国国家版本馆CIP数据核字(2023)第059216号

WANMEI SHIJIE 31

完美世界31

辰东 著

责任编辑 郑丽慧
装帧设计 周艳芳

主管单位 山东出版传媒股份有限公司
出版发行 山東畫報出版社
社　址 济南市市中区舜耕路517号 邮编 250003
电　话 总编室（0531）82098472
市场部（0531）82098479
网　址 http://www.hbcbs.com.cn
电子信箱 hbcb@sdpress.com.cn
印　刷 湖南天闻新华印务有限公司
规　格 169毫米×233毫米 16开
20印张 320千字
版　次 2023年5月第1版
印　次 2023年5月第1次印刷
书　号 ISBN 978-7-5474-4480-1
定　价 34.80元

CONTENTS

目录

第1694章 无惧

石昊闻言，双目灿灿，盯住了那株药，还真是邪门！

这个生灵的强大，他早有耳闻，仙王对之都要忌惮。就是在后世，此生灵也还有天大的威名，未来的曹雨生都曾提及。

石昊对那株药颇感兴趣，身影若闪电，到了近前，盯着它。

“最好不要惹它。”葬王霍恒提醒道。

这是一个无上巨头，在界海中都可以横着走，它的六道分身不是一般人敢算计的。

“我只是观看。”石昊说道，蹲下身来，看着这株一尺多高的小树。小树芬芳浓郁，凡人吸口气都能续命几年。

仙雾洁白，在石昊的口鼻间弥漫，他微眯着眼睛，仔细地感应这株药的一切。

小树上第三朵花绽放，洒落下瀑布般的精粹，浇灌在那个盘坐于树下的小人儿身上，也在磨炼那件兵器。

石昊瞳孔内符号隐现，他想看透这个生灵的法与道，他相信，哪怕是葬王也肯定研究过它。

忌惮归忌惮，但是，既然它留在身边，怎能有不观察它的道理？

“你确定它是一位无上强者？”石昊怀疑道。这株药很神秘，可是树下盘坐的小人儿气机混乱，虽然在悟道，但是各种印记太斑驳了，并无出奇之处。

石昊觉得自己一根指头就能捏死这个小人儿。

“身为无上强者，若能被人轻易看透，还怎么行走在诸天间？”葬王霍恒叹道。按照他所说，这株药从界海到仙域，再到九天十地，又进葬地，走过了太多的路，一直有惊无险。

“那个强者沉眠在仙药内，我们看到的这个小人儿只是它的一股气而已，它的真身在药中呼吸，吞吐间化生出小人儿这种异象。”

“它什么时候能回归？”石昊问道。

“不知道。这个生灵很特别，行走在诸界间，体会红尘旧事，该离开时它就会化形离开。”

或许，它是凭着本能行事，那个可怕的生灵在进行某种特别的修炼，铭刻世间的各种道果。

“它自己会选择离开？”石昊讶然道。

“是。”

说话间，那株小树摇动，洒落下更多的精粹，浇灌在小人儿身上，而后它便变大了，很快长成正常人高矮。而且，那株小树缩小，没入那个生灵的体内。

“嗯？”石昊惊讶。才说到它会化形离开，就真的发生了。

这个生灵被白雾笼罩，很朦胧，它与石昊对视，而后走到了他的身边。

这是何意？石昊不解。

“委屈道友了。”葬王霍恒说道，对石昊带着歉意，但是也有一种难以掩饰的疲惫，他如释重负。

“何解？”石昊问道。

“它要跟你走。”葬王翰卓答道。

这就要走了，跟他离开葬地？石昊一阵无语，为什么要跟他走？

“因为葬地对它来说没有什么秘密了，它得到了自己想要的，现在盯上了道友。它觉得道友足够强大，日后可助它更进一步。”葬王霍恒说道。

石昊闻言，一阵冷笑，道：“想打我的主意，就是它的真身来了也得与我对战过再说，区区一道分身，也敢放肆！”

石昊真的不在乎，眼前这个生灵太弱，他一根指头就足以将它抹杀。

“道友，不要妄动。这个生灵只是它的一口气而已，它的身体在药株中呼吸，吞吐精粹时，显化这样一道法身，自然看起来不强。你可以轻易抹杀它，但是这株药内的正身不好处理啊。”葬王霍恒暗中传音，告知石昊千万不要莽撞。

“以前有人斩过由它的一口气化成的生灵，令仙药本体显化出来，最终出手者自身却头大了。”

所谓仙药中的躯体，只是它的六大分身之一，并非全部。即便如此，它一旦复苏，也恐怖无边，无人可挡。

当然，最近这些年来，仙药中的分身从未发威过，哪怕其吞吐出的精气所化生的人形被灭了，它都沉默以待。

“它想做什么？”石昊问道。

“它在世间驻足，摹刻所有的道果，无论强大的还是弱小的，都会记下，进行参悟。”葬王霍恒说道。

这只是一道分身，漫长的岁月以来，六大法身都在做同样的事。

六大分身，只要有一个活着，它就万劫不坏，永恒不朽。

传言，一旦它们融合，六大分身归一，化成唯一真身时，将积聚天地间万道，汇聚所有道果。

那个时候，就是它选择破开王境、尝试成帝的时刻！

“有意思，想打我的主意，铭刻我的道果？”石昊露出冷漠的笑容。

哪怕对方是一个无上巨头，敢这么做的话，也要付出代价，谁能平白得他道果，窥探他的终极秘密？

“哧！”

石昊弹指间，震碎了那个生灵，让它化成一团仙雾，露出一株药的本体。

“砰”的一声，他一把就将此药抓在了手中，仔细看了又看，准备带走，回去炼药。

到了而今，石昊有一股无敌的信念。谁敢这么张扬地打他主意，哪怕那个人跟屠夫等并列，可能会成帝，他也无所畏惧。

两位葬王同时变了脸色，暗中劝阻石昊。

若石昊真的逼出这株药中的生灵，将免不了一场绝世大战，虽然这只是一道分身，但不见得会弱于本体。

若他们交手，必然会引得鬼哭狼嚎，甚至毁坏葬地！

到头来，肯定要惊动这个生灵的其他五大分身，说不定会逼得它提前凝聚出唯一无上真身法体。

“这个世间是平衡的，到了这个层次，它敢乱来，从我这里获取大道之秘，必要付出相应的代价！”石昊说完，扔下了这株药。但是它居然发光，飘浮而起，跟在他的身边。

“当我怕你？若你敢跟着，我就敢拿你当仙药炼掉！”石昊寒声道。

“哧！”

最终，石昊将这株药收进了一个空间器皿里，无所畏惧，准备带走。

两位葬王咋舌，这位年轻的道友还真是生猛得一塌糊涂。

石昊去看望曹雨生和小狗崽，他们在沉眠，被万物土埋着，身躯迸发着光芒，没有一点儿腐朽的气息。

“有一天醒来，你们还是自己吗？”石昊轻叹，心有伤感。

“这是他们的记忆晶石，上一世的种种都被封印在内。”三藏说道，将记忆晶石递给石昊。

"这东西留在他们的身边吧。"石昊心情颇为沉重地点了点头。

五十万年，沧海桑田，有些人再相见，不知道是否还能如从前，体会昔日的悲欢，找到曾经的感动。

但是，这样总比死去强，毕竟是一种另类的新生。

"你们什么时候成就葬王果位？"石昊问三藏和神冥。这两人有大造化，接触过起源古器并活了下来，还曾得到三生药，按理来说，他们注定成为葬王。

两人都苦笑，一阵无奈。

"你以为谁都可以跟你一样逆天？我们有很大的希望成功，但需要时间去积淀，最少也要百万年。"

石昊闻言，一阵无言。

"你要走了吗？"神冥问道。她总觉得石昊看向他们两个时目光烁烁，不太对劲。

"我想向你们两个借取一些神物。"石昊说道。

"何物？"

"三生药。"

"不行！"两人果断拒绝了。那可是成就葬王果位的无上奇药，天地崩塌都不换。

"我真的需要，当年不是我送给你们的吗？我现在只需要一点儿，拿去炼药救人。"石昊带着商量的语气说道。

"当初，那株三生药一分为三，我们一人一份，你的用完了？"两人不相信石昊的话。

"我所需甚多，而且你们根本用不了那么多啊！"石昊答道。

他的确需要三生药，因为他准备回到仙域后就开炉炼药，要救鸟爷，还有那个黄金道人。

那可是仙王层次的存在，他想救活他们，让他们守护天庭。

石昊手中的确有一些三生药，但是他不想全部用掉，因为他当年透过时空节点看到了未来的曹雨生和一只大黑狗，他们大哭着，在寻找三生药，想要救一个人。

那一人一狗真情流露，极其伤感，让石昊心中翻腾了很久，他不知道未来发生了什么。

但是，他知道，三生药太罕见了，比仙药还要少，也更珍贵，有史以来也只出现了一两株。而他们得到的不是第二株，就是第三株！

石昊在这里耽搁了一日，最终，他从神冥、三藏那里得到了一些三生药的粉末，虽然不多，但也差不多够了。

那两人心疼得不行，不过，还好留下的量依旧足够他们自己用。

石昊回归仙域，第一时间找到了盘王，向他借药炉，想要炼出一炉只在帝落时代传说中存在的古丹。它可以让人还魂，修补仙王魂之创。

“你找到了三生药？”盘王震惊地道。

那东西多少仙王寻觅都不可得，石昊居然发现了，而且这么快就有了结果，要开炉炼药。

当听到石昊讲述这三生药是他跟三藏、神冥无意闯入仙域所得时，盘王一阵发呆，说不出话来。

当听到那三生药状若木柴，被人削成木剑，都有点儿发霉了时，盘王更是瞠目结舌，不知道说什么好。

“你炼制这东西等于在逆天，仙王谁可救？死了就是死了，这样让残魂恢复，化不可能为可能，是会遭天谴的。”盘王告诫道。

石昊执意要进行，因为他也想让禁区之主、金色的手骨等试一试，他们是执念，是否也算是残魂中的一种？若能救活他们，付出什么都值得！

“你若炼这种古丹，传说中的至高大药，我想一般的丹炉肯定不行，会被雷劫劈毁的。”盘王道。

最后，他帮石昊借来一个古炉，这是一座仙王炉，它属于混元仙王，是其成道时就伴在身边的无上法器。

混元仙王的宝炉是一件至宝，有了它，石昊的把握一下子变得更大了。

这一日，石昊开炉炼丹，一开始就造成了惊世异象，引发四方瞩目。

第1695章 古丹复活仙王

“混元仙王炉被开启，有人要炼无上宝丹！”异域各地传来惊呼声。

谁都能看到，在那片宇宙中有一座火红的炉子，它泛出刺目的光，巨大无边，矗立在那里，带动起无数大道符文。并且，各地的药炉都在共鸣，散发出药香。

混元仙王炉，这是丹炉中的绝品，是一件至宝，它不仅攻击力惊人，更是号称仙域最强炉体，用它炼丹，效果最佳。

此时，石昊盘坐在星空中，不断向炉中投药草。仔细看，那些都是数十万年份的古药，没有一株是凡品。而这些都只算是辅药，主药一株都没放进去呢。

远处，盘王、禁区之主都在凝视，神色严肃。混元仙王也来了，他跟着盘坐在星空中，盯着石昊炼药。

石昊身边，流光溢彩，宝药成堆，如果放在九天十地，任何一株药都要引发世人惊叹。

但是，在仙域，就是这么奢侈，仙王炼药，岂能等闲?

每一株药草都蕴含着惊人的药性，投进炉中时，每次都腾起阵阵烟霞，让这片星空都绚烂无比。

在此过程中，星辉、月辉、日晖如同水波一般，不断涌来，落入炉中。

汇聚日月之精华，熔炼宇宙之奥秘，化入炉中。

在石昊的身边，有几株仙药相当神异，彼此间能交流，更可飞天遁地。

不过，它们没有逃走，因为石昊承诺只取一些叶片花朵等，不会伤它们的根茎，且事后将它们栽种在万物土中，让它们可以在最短的岁月内快速长好。

其中，有五株仙药得自敖晟、太始、元初的洞府。另外两株，一株是那下界第一灵根，内部封印着一个恐怖生灵的分身；还有一株是白龟驮仙，它也跟来了。

“小子，你现在其实可以让天仙树再现了。”白龟驮仙说道。

天仙树曾被人一分为四，化作四株天神树。正是因为如此，它失去了仙道灵性，唯有再次融合归一，才能恢复过来。

有传言称，当年被称卖假药的那个恐怖生灵，选择将自己封印在仙药中时，最开始选择的是天仙树。

他将之分成了四株，但发现天仙树不适合分开栽种，最后又换了一株。

当年，白龟驮仙的身边就有一株天神树，而后它去了葬地，在那里又发现一株，两株都跟在它的身边。

石昊没有说话，探出一只大手，从无尽虚空中抓来天神树。没有人知道他施展了怎样的大神通，从哪里取来的天神树。

“轰隆！”

最终，四株天神树融为一体，化作了真正的仙树。仙树上有几枚果实，顿时呈现出惊人的异象，仙光闪烁，大道之音隆隆作响。

第一株仙药的叶片与花朵落入炉中，顿时，火光滔天，席卷星空，简直要将这片星空淹没。与此同时，各地的丹炉轰鸣，药香更为惊人。

万炉有感，朝拜第一丹炉，在跟着共鸣。

所有神炉都通灵，在冥冥中有种感觉，世间要出现一炉无上大药了。

“咚！”

在投下去三株仙药的枝叶后，炉中蹿起无穷的大道符文，引发一场惊变，雷光霍霍，果然降临了。

“当！”

有雷电劈来，落在混元炉上，让那里一片刺目。

“去！”

石昊一声轻叱，抬手间，一抹青光浮现，将所有雷霆都封印了，让漫天闪电瞬间烟消云散。

然而，当第四株仙药投进去时，天劫再现，更为狂暴，居然是阴阳雷光，带着天地本源的气息。

“灭！”

石昊再次轻叱，这种天劫一下子炸开了，瞬间分崩离析，再次被石昊所阻。

不过，每当他投进一株仙药，不同的天劫必然会再现。

仙药都投得差不多了，就连封印恐怖生灵的那株药也被石昊截取下一些枝叶，投进了炉中。

“轰！”

混沌之气翻涌，这里无比绚烂。

所有人都知道，到了关键时刻！

石昊祭出一株草，它带着强烈的生气。这是还阳草，是石昊五十万年前从赤王那里采摘的，他一直没有用到，留给了天庭。

如今，这株草还在，派上了大用场。

石昊将这株草抛进炉中后，这个地方开始响起鬼哭狼嚎的声音，诸天神祇仿佛都降临了，无尽的神光、虚影都在此显化。

“还有最后一株药！”

它是这炉药的第一主药，比仙药和还阳草都要珍贵。

“三生药！”

石昊一声低语，投进一些粉末。那些灰扑扑的碎末进入丹炉内，发生了惊人的变化。

石昊不禁变了脸色，他看到的不是炉中的巨变以及大道符文，而是域外的天劫，无穷的混沌光击落，冲着丹炉而来。

他自身无惧，可这是在炼药，万一在关键时刻被惊扰，无法成丹，那麻烦就大了。

“哧！”

石昊裹带着丹炉，迎着雷光就攻了过去。他那只大手铺天盖地，带着仙王炉破开宇宙，进入混沌中。

雷光将他淹没了，他施展大神通，破开混沌，神勇无比。但是，那天劫无处不在，有一些从其他方位向丹炉蔓延而去。

“封！”石昊在空中刻字。

法则如海，全面爆发，迎向天劫。但是，有些雷电不是从外界而来的，而是在丹炉内爆发，于虚无中生电。

“镇！”石昊大喝。他听闻过这种情况，面对真正的无上大药，外界难以毁灭时，就从内部瓦解。雷光亿万缕，一旦全面轰出，这炉丹就废了。

石昊在丹炉中写下无穷符文，速度极快，这是炼丹必需的一个过程。

因为这炉丹特殊，原本就要将一些符文刻进丹内，现在为了镇压雷光、天劫，他不得不提前这样做。

这是一个极其艰难的过程，哪怕石昊非常强，若稍有不慎，也会毁掉这一炉无上宝丹。

“不行啊，冥冥中有一股力量一定要毁掉大药，不让它出世。”远处，混元仙王开口提醒石昊。

因为这炉丹药太逆天了，可以救活仙王，所以冥冥中的力量不允许它出现，这会打破某种平衡。

“道友，你可以应劫了。”

石昊的五大秘境发光，施展出最高神通。到了他这个层次，早已能体会各种玄秘的手段。

石昊将太始仙王的元神抓出，而后投向空中，迎向无穷雷电。

“轰隆隆！”

雷光亿万缕，被那道元神牵引，猛烈地劈杀。

替死术！

许多仙王都会这一招，但是如这般用来代替一炉丹药遭劫，绝对是开天辟地第一遭，哪有仙王为一炉药送命的？

从古至今，仙王都高高在上，没有这么憋屈地殒命的。

敖晟、赤王的元神也还在，瞬间彻底变了脸色，他们意识到以石昊的手段，要毁灭他们的元神不会太难。不然的话，石昊怎能说让太始应劫就应劫呢？

太始未死，虽然被劈得浑身焦黑，元神四散，但是还在不断地重组。

“对不住了。”石昊说道，猛然发力，一只手探出，混着雷电，将那破碎的元神再次禁锢，抓到这里，而后开始淬炼。

他抹去了太始的意志，提炼纯粹的元神之力，注入丹炉中。

这宗大药最后是要救仙王的神魂的，如今炼入元神，自然是再正常不过。

当日，盘王告诉他如何炼这种无上大药时，石昊一点儿心理负担都没有，因为三生药、仙王元神他都能掌握。

“轰！”这里发生了妖异的变化，外界无法看清。仙王的怒吼声震破了混沌，丹炉璀璨，被法则淹没了。

石昊盘坐在这里，满头汗水，不断刻写符文，打入丹药内。

炼药而已，居然到了这一步，可见这一炉药多么逆天。

最后，丹药炼成了，天地剧震，整片仙域都响起一阵缥缈的仙乐声，震慑人心。同时，九色霞光撕开宇宙，伴着混沌，“哐当”一声，炉盖被撞开了。一些九色仙丹晶莹剔透，而后发出比烈日还炽烈的光芒，就那么冲了出来。

远处出现几道身影，他们目光炽热，就要探手抓去。但是，最终他们克制住了。

“嗡”的一声，石昊一把将所有丹药都抓住并封入玉罐内。

“道友，可否交换一颗仙丹？我愿以长生药等换之。”有仙王开口道。

“不换！”石昊拒绝道。

这炉药几乎可以说是“绝响”，别人想炼制都不可能，关键是三生药根本寻不到了。虽然他还有三生药，但是不能动用了，因为他要将其留给将来的曹雨生，以应对不可预测的变故。

那个仙王没有多说什么，最终几大仙王都退走了。

这种药谁不想要？就是仙王都经不住诱惑，但是，眼下谁敢跟石昊死磕？这主儿可是杀出来的威名，战绩辉煌。他一个人都敢杀进界海，闯进异域，最后全身而退，谁不忌惮？

这是有史以来最年轻的一大巨头！

就在这一日，石昊准备复活仙王。同时，他心中很激动，不知道这丹药对禁区之主、水晶头骨是否有效，甚至是否对火灵儿亦有妙处？

盘王、混元仙王都来了，在一旁凝视。

小蚂蚁、穆青、太阴玉兔、清漪等人也都在，在那里紧张地注视着。

石昊亲自出手，让“天下第二”服下了一颗九色仙丹。就是在帝落时代，这种药都如神话一般，富有传奇色彩。

据传，帝落时代也只炼出一炉这种药而已。

“有效果！”盘王道。

“天下第二”在痉挛，尤其是眉心那里，发出了璀璨的光辉。

一段诵经声响起，那是石昊刻进药中的符号，是他炼丹时加进去的。古丹方上有这样的要求，需要刻写神秘的大道符文。现在，诵经声响起，如同神秘的古咒语一般。

点点灵光从四面八方汇聚而来，没入“天下第二”的头中。

“轰！”一道神光击破虚空，冲开仙域的界壁，居然闯到了这里，没入“天下第二”的脑袋中。

许多人震惊不已，这是怎么回事？

变故太突然了，石昊险些出手，但最后克制住了。

“小子，你怎么在这里？”“天下第二”突然睁开了眼睛，看到石昊后有些发呆。这可不是陌生的眼光，显得无比熟悉，似乎认识石昊很多年了。从它的话可以猜测出，他们不是第一次相见。

第1696章 目瞪口呆

“天下第二”苏醒了，它瞪着铜铃大眼，就那么直勾勾地看着石昊。

丹药有效，真的救活了一位仙王！

不过，它是谁？怎么会认识石昊？不光石昊想知道，其他所有人也都在盯着。

“天下第二”本属龙族中的一个重要支脉，与真龙争霸，半招惜败，强横无比，绝对是一位仙王。

在“天下第二”昏沉时，它的眼中杀气腾腾，闪动让人心悸的光芒。可是，现在无论怎么看，那小眼神都有点儿不对头，它看向石昊时，居然露出干笑，有点儿猥琐。

“你是谁啊？”石昊向后退了两步。他救活的这主儿的眼神太不对劲了，看得他直起鸡皮疙瘩。

“我啊，你居然把我都忘了！”“天下第二”愤愤地道。

石昊瞬间起了一层鸡皮疙瘩，很想问一句：“你是哪个王八羔子啊？别这么暧昧！”

“连本大爷都不认识了，都给忘了？”“天下第二”瞪眼道，鼻孔向外喷白烟，威势恐怖。

若非石昊、盘王等人压制，估计其他人都受不了这种威压。

石昊看着眼熟，这主儿的眼神太猥琐了，越看越像是那两个人之一。

“你是那两个老家伙之一？”石昊尝试着问道。

“小子，怎么说话呢？”“天下第二”瞪眼道。

石昊真是傻眼了，怎么也没有想到“天下第二”有这种来历。

他怎么能想到，这个威猛的原始龙族会跟另一个人的身份重合，有着让他发呆的来头。

“前辈，您是？”小蚂蚁开口询问。

“请问前辈大名？”赤龙也郑重请教。

他们还没有猜测出“天下第二”的身份呢，脸上都带着狐疑之色。

“你们以前不是喜欢称呼我为鸟爷吗？”“天下第二”慢悠悠地起身，活动着筋骨，摸了摸头，一阵诅咒，骂骂咧咧的，“连本大爷的头都敢拿长矛刺，王八羔子！”

“原来是你！”小蚂蚁、赤龙几乎同时叫道。

终于，他们知道了“天下第二”的身份——虚神界的鸟爷。这一结果让他们傻眼了，这真是令人无法接受，难以相信。

“天下第二”有多猛？一代仙王，勇冠世间，敢跟无上强者厮杀。可是，鸟爷平日间嘻嘻哈哈的，根本就没有个正形，怎么能让人联想到，两者身份重合，是一个生灵？

“鸟爷？！”穆青等人也都傻眼了，怪叫出声。任谁知道“天下第二”是谁后，都有点儿无语。

威猛的“天下第二”，居然是猥琐的鸟爷！

“长翅膀的龙，还真是……鸟！”就是邀月公主、拓古驭龙、长弓衍等人都忍不住咕哝。他们也去过下界，走的就是虚神界之路，自然看到过那两个老头子。

“怎么说话呢？”鸟爷瞪眼道。

一群人都无语了，石昊救活的仙王居然是这家伙，太出乎意料了。不过，很快人们又欢喜不已，他们对这老家伙的确有种特殊的感情，很多年未见，很是怀念。而且鸟爷是熟人，与石昊不会有隔阂，可以紧密而友好地走到一起，真正地壮大天庭。

“哈哈，大喜事！”一些人大笑，连忙上前，向鸟爷行大礼。虽然鸟爷是仙王，但是一群人一点儿也不怕它。

众人很开心，没有一点儿压力，他们彼此熟悉，日后若跟这样的仙王相处，真的太愉快了。

此时，石昊给黄金道人喂了一颗丹药，早先石昊对他并未抱有多大的希望，因为他所留的元神印记太少，几乎可以忽略，但是现在不同了，石昊隐约有所期待。

这个时候，流光溢彩，诵经声不绝于耳。黄金道人眉心发光，从四面八方吸引来很多光束，没入他的体内。

“轰！”突然，仙域的界壁被撞开了，一道炽盛的神虹飞来，径直没入黄金道人的头中，让他的气息一下子变强了。

所有人都感觉到，一位仙王在觉醒，他的元神归位了！

“唰”的一声，黄金道人睁开了眼睛，瞳孔射出两道慑人的黄金光束，威严而强横，让所有人都心中一凛。

赤龙、穆青等人都闭上了嘴巴，凝视着这位恐怖的仙王。

“你们为何这样看着我？”黄金道人说道。他眼中的冷厉之光渐渐收敛，脸上露出了古怪的神色，目光不再那么骇人，相反有点儿熟悉。

“您又是哪位大神？”赤龙都快结巴了，刚才被扫了一眼，他的灵魂都差点被冻僵。

“你们平日不是喊我精璧大爷吗？今日怎么这么腼腆？”黄金道人说道，露出笑意。

“啥？精璧大爷？”

“是你！”

“天哪，我感觉这世界疯了！”

…………

一群人怪叫，太意外了。居然真的是精璧大爷，他和鸟爷一同出现，这也太让人无语了。

别说他们，就是石昊都有点儿难以置信，他有过一些猜测，但就是没想到这么一个结果。这两个人怎么就跟虚神界里的两个老家伙身份重合了？

“恭喜两位道友恢复到全盛时期！”盘王、混元仙王开口，向两大强者道喜。

“天下第二”、黄金道人闻言，瞬间变得郑重起来，向两位仙王点头还礼。

“怎么会是你们？”石昊虽然很怀念虚神界的两个老人，但是一时间真的无比错愕。

“为何就不能是我们两个？”两大强者都在微笑。

在虚神界时，他们迷失了，遗忘了过去，因为离开本体太久远了，足足一个纪元。而现在，他们回归了，而且经过无上仙丹的滋养，他们一切都恢复了，自然记起了过往的事，明白发生了什么。

“也对，为何不能是你们？本就应该是。”石昊点头道，颇为感慨。在很早以前，两个老人就曾对他说，两人原本不属于虚神界，真身在外界的某一地，现在想来，一些蛛丝马迹还真是指向他们。

“天下第二”在天兽森林，黄金道人在神药山脉，两者紧邻，都在边荒外，等于同处一地。

两大强者，都是空留躯壳！

石昊接受了这个事实，随后大喜。这两人跟他交情莫逆，而今还能这样聚首，算是上天最好的安排。

“直到今日方知我是我。”精壁大爷说道。

两人在虚神界待得太久，镇守那片黑暗牢笼，结果自己都被侵蚀了，意识出了问题，遗忘了太多。

“上一纪元，一战之下我们遭劫，最后元神意外入虚神界，谁能想到还有重见天日的一天。”鸟爷轻叹。

“想不到啊，这种仙丹真的能成功将你们救治。”石昊说道。

在知道这是什么丹药后，鸟爷与精壁大爷也被惊住了，帝落时代传说中的无上丹药居然再现了。他们两个自然听闻过三生药，一时间百感交集，石昊居然挥霍了这种逆天的丹药。

“这丹药很不一般，我们在界海中游荡，元神像听到了召唤，就这么击穿界壁赶了回来。”精壁大爷这般说道。

石昊听他们细说，两相印证后，才知道这所谓帝落时代的古丹方的确神秘。这可不光是药效的问题，还有咒语蕴含在当中，在召唤他们的元神归位。

石昊了然，他曾将诸多神秘的符号加入丹药中，那都是依据丹方做的，原来竟有这样的效果，是为召唤元神用的。

经过石昊、盘王、混元仙王等人一起合力推演，他们知道了古丹方的一些效用范围。比如需有肉身在世间，用以召唤元神，当然，最为重要的一点是，有诸多元神碎片分散在各地。

“天下第二”、黄金道人的主要元神不曾溃灭，一直都还在，故此召唤的过程相当顺利。

在推演出这些后，石昊很不甘心，他想让禁区之主也尝试一下。

“不用了，殒命了漫长的岁月，如今剩唯一的执念尔。”禁区之主倒也洒脱，并不在意。

可石昊还是不甘心，他决定哪怕耗去一颗丹药，也要尝试一番。禁区之主和水晶头骨几个老妖怪，当年为了他不惜死战，被敖晟等人打得险些彻底消散，这种恩情他怎能忘记?

石昊不顾禁区之主反对，强行为他炼化一颗丹药，滋养他。

到头来，一些光飞来，没入禁区之主的雪白头骨，随后他的身影变得清晰了一些，气息强了一大截。不过，也仅止于此，便再无任何变化了。

禁区之主比以前强了，多了某种生机，但依旧算不得还魂，只是聚拢了这世间游历的一些神魂印记而已。

“这样就好，证明还是有些效果的，等有一天，我足够强大时，说不定就会出现转机！”石昊没有沮丧，反而信心满满。

所有人都知道，他说的足够强大代表的是怎样的一种境界，如今他就是仙王中的巨头，若再进一个层次，那就是成帝了！

随后，石昊为水晶头骨、金色的骨掌、发光的眼球都各自炼化了一颗绝世古丹，以滋养它们。

盘王、混元仙王都看得嘴角抽搐，在他们看来，这实在太奢侈了，根本救不活那几人，还如此耗费古丹。

几个老怪物都拒绝了石昊，不想他这样浪费，但是他执意要这么做，他有自己的考量，道：“你们的印记如今更强了，自身的状态要好过以往，这就够了。”

几个老怪物虽然没有真正复活，但是气势更强了，比以前拥有更多的生机。这就是希望，石昊觉得以后他们也许真有复出的一天。

这片区域响起一片欢呼声，众人热烈地庆贺。两大仙王回归，这是天大的事件，让人深感震撼。

“荒炼成了那种无上仙丹，将两个死人救活了，实在不可思议！”

“好强，帝落时代的丹方都能真正炼出来，也太惊人了。”

石昊也让火灵儿服用了丹药，可惜古丹虽逆天，最后却没有效果，火灵儿依旧是黑暗火灵儿，其原本的元神没有回归。

“虚神界为何破了？”石昊询问。

“界海的生灵攻击了虚神界，为了放出黑暗天牢的生物，他们什么都敢做。”

“你们两人是从界海逃遁回来的？”石昊问道。

“是的，我们从界海中回归，险些迷失在那里。”鸟爷感慨道。同时，他愤懑不已，当年有人破开虚神界，强行带走了那些被镇压的魂魄。

“什么人？敢毁虚神界，我去会一会他！”石昊说道。他想进界海，而今多了两位仙王，足以庇护天庭。这样的话，他就能放下心中的一切，踏足界海，进入最深处。

石昊想看到黑暗尽头到底有什么，想去寻找柳神、小塔，它们早已进入界海，至今都没有音信，让他颇为焦急。

石昊准备进界海了！

第1697章 荒的强大

“当日，肯定有仙王勾结，导致虚神界牢笼暴露，强敌来袭。”鸟爷开口道，眸子开合间，凶光毕露，杀气腾腾。

随后，石昊跟鸟爷、精璧大爷离开了仙域。

界海波澜壮阔，浩瀚无垠，石昊站在堤坝上遥望前方，前方灰蒙蒙的，雾气翻腾，一眼望不到尽头。

在石昊的身边，跟着鸟爷和精璧大爷，这两个老仙王一个巨大无比，一个只有尺许高。

石昊不是第一次来了，他曾深入界海，击灭王者。现在，他又一次来了，无所畏惧，准备掀起滔天的风浪。

鸟爷与精璧大爷跟着石昊一同深入界海，镇压敌人。

简单来说，两个老家伙要复仇，这么多年来，他们险些迷失在界海中，就此陨落。

虚神界曾经被镇压在牢笼中的那些生灵来头巨大，其中有几个石人，当年他们被压在神庙中，被锁链缠绕着，被束缚着，对石昊造成了一定的威胁。

因为，他们曾是仙域的王！

“仙王都为石人？”石昊站在堤坝上，望着界海，神色越发冷冽。

“不，哪里有那么多的石人，不过是元神遭遇镇压，石化而已，不然的话，虚神界怎么困得住他们？”鸟爷摇头道。他是原始龙族，在堤坝上发出的声音很洪大，带起大片的浪涛。

接着，精璧大爷也开口，讲述了一些隐秘之事。

那几名仙王曾经在仙域赫赫有名，实力通天，但是堕入了黑暗中，被黑暗物质全面侵蚀。

当年，那是一桩大事件，震惊四方。

那几名仙王来头巨大，投身黑暗中，跟敌人一同攻伐仙域，造成的破坏不可想象。最后，仙域中有巨头出手，将他们全部镇压，锁住元神，镇压在虚神界内，令他们石化，难以挣脱。

他们的手下，数十路神将等亦被压制，元神被封印在瓦罐中，同时被镇压在虚神界。

这就是那批人的来头。因为他们曾为仙域的王，也曾有功绩，所以仙域不忍将之斩灭，希望将他们唤醒，故此便没有彻底消灭他们。

石昊双目深邃，开始迈步，踏足界海中。

鸟爷和精璧大爷跟随石昊一同前往，就是要解决这桩因果。

“也有传言称，在这些被镇压的生灵中，有人知道起源古器之秘，仙域的人想从他们身上寻到突破口，故此没有除掉他们。”鸟爷这般说道，铜铃般的大眼中杀气腾腾。

界海，浪涛汹涌，一朵浪花就是一片残破的世界，承载着亿万岁月的气息，这里太神秘了。

石昊他们踏浪而行，等于贯穿诸天，行走在无数破碎的世界之上，这都是无数个纪元以来曾经出现过的天地。

一双猩红的眼睛在远处的黑暗中露出，狰狞而骇人，死死地盯住这里，仿佛要扑过来，吞噬他们。

“又一个迷失了灵魂的生灵。”精璧大爷感叹。

在这界海中，不知道有多少强者早已迷失，只剩下杀戮的本能，不再是曾经的自己。

鸟爷一声大吼，龙吟阵阵，骇浪滔天，界海在剧烈地动荡，那双猩红的眼睛消失了。

这些恐怖的生灵虽然神志不清，但是知道敌手实力的强弱，他们出于本能，趋吉避凶，就这么退走了。

“轰！”

然而，还是有生灵忍不住出手，一只大爪子探来，遮盖天穹。

“砰！”鸟爷出手无情，抬手间抓住了那只大爪子。一个满身是鳞片的巨大生物嘶吼着，逃进界海深处，然而其半边身体都在龟裂……

“不朽中的佼佼者！”

界海中，有真仙，也有不朽者，并非只有王者敢入内，还有其他境界的生灵，不过一般来说，他们的下场都会很可悲。

数日后，精璧大爷凌空而立，遥望前方的海域，静止不动，因为他发现了目标。

那里，有一片岛屿，在海中很醒目，而且岛屿上有一团又一团火光闪耀，璀璨无比。

那是强者们的元神之火，照亮了天地，显然当中有王者。

石昊感应到了熟悉的气息，果然是那些生灵，他曾在虚神界的牢笼中与他们照过面，彼此交过手。

鸟爷发出龙吟声，声音震荡天地。到了这个层次，不需要隐瞒，就算彼此相隔亿万里，都会生出感应，无法摆脱。

对面，有两个生灵倏地睁开了眸子，他们的瞳孔内有闪电般的光芒飞出，犀利而刺目，凝视着鸟爷与精壁大爷。

“老匹夫，你们还活着，还敢现身此地！”对面，两个王者寒声道。他们的身上带着浓郁的黑暗气息。

石昊确定这两个生灵就是当年的石像，他们被镇压在神庙中，当年被秩序锁链捆得牢牢的。

“他们呢？”精壁大爷喝问。

当年，可不止两名王者，而是有数名，他们都被镇压，元神化作石像，而现在只剩下两大强者了。

当然，他们身边其他等级的战将倒是不少，那些战将虎视眈眈，都曾被封印在瓦罐中，而今皆恢复自由了。

“谁救的尔等？其他人呢？”鸟爷问道。

两大王者冷漠地笑了，不以为意地道：“你们这样寻来，想灭杀我等，真是太自负了。界海中早已天翻地覆，不是你们想象的界海了。”

两大生灵主动出手，攻击鸟爷与精壁大爷。

石昊出手了，他不想耽搁时间，迅速攻击两大王者。

“巨头？”石昊一动手，这两个散发着黑暗气息的仙王就惊悚了，瞬间变了脸色。他们不得不全力以赴，在这里拼死搏杀。

“走！”

两大王者不惜用带着黑暗属性的仙王血侵蚀石昊他们，逼得他们不得不躲避。

随后，两大王者借此机会逃遁。

“噗！”

石昊大手一抹，这片区域的许多战将被覆盖，化成一团又一团雾，曾经镇压在瓦罐中的那些生灵都被消灭了。

“砰！”

同一时间，石昊的那只大手无惧黑暗侵蚀，一把将其中一个生灵的元神抓住，当场镇压。

“说！”石昊逼问。

这个仙王丝毫无惧，依旧冷笑道：“这数十万年来，界海早已整合，形成一股又一股力量，尔等贸然闯入，简直是在找死。”

“我看你元神无恙，亘古如一，真的曾被黑暗侵蚀吗？”石昊冷漠地问道。

“哈哈，你以为我等因为被黑暗物质侵蚀，这才堕入黑暗吗？真是可笑，我们当中有些人本就是黑暗生灵，不过一直栖居在仙域，尔等不曾发现罢了。哈哈……”这个仙王大笑道。

这些话让石昊、鸟爷以及精璧大爷感觉一阵心凉，黑暗势力早已渗透仙域了吗？当年，所谓的黑暗侵蚀并非真相，有些人本就是黑暗生灵？

这可不是什么好消息，极其糟糕！

对这些黑暗者，仙域的王为何毫无察觉？

“我既然敢说出来，就是无惧了。这一世，仙域等诸界都要覆灭，归于黑暗，化作永恒之土。

“黑暗无处不在！

“黑暗，是诸天最后的归宿！”

这个生灵状若疯狂，在这里嘶吼着、咆哮着。

“噗！”石昊将这个生灵镇压，结果他的元神又一次重组。

“给我杀！”石昊大吼一声。他的头顶上方有一团光，璀璨无比，照亮了黑暗。那里盘坐着一个小人儿，小人儿猛力挥动拳印，向前攻击。

“噗！”璀璨的神光照亮界海，划破黑暗，将那黑暗生灵的元神彻底毁灭了。

举头三尺有神明！

这是石昊的第六大秘境，这个时候，它居然发出这种威势，在极短的时间内击灭了仙王。

“小子，你不需要镇压，不用慢慢磨灭，直接就可以除掉仙王了？”鸟爷吃惊地道。

“巨头到了一定层次，早晚都会拥有这种手段，而我更是天生无惧黑暗。”石昊说道。到了今日，他的身体六大秘境越发璀璨，展现出了以往不具备的秘术力量，这是以身为种、潜能不断开启的原因。

“你这手段当真不凡！”

“应该说是这种体系太逆天了！”

两个老头子赞叹道。

“你们想参悟吗？”石昊问道。他传了一些密语，告知两个老头子六大秘境的修炼方法，未来的大战太残酷，他希望身边的人实力越强越好。

两个老头子仔细参悟后，无比震惊。这种体系具有很大的颠覆性，他们露出复杂的神色，觉得石昊有可能会借此更上一层楼。

昔日，有几个生灵共创仙古法，差点破开王境，而今石昊能真正成功吗？两个老头子心中很期待。

“另一个黑暗强者不会真的逃走了吧？”精壁大爷提醒道。

“走脱不了！”石昊道。

到了他们这个层次，哪怕与对方相隔亿万里，他们也能感应到。虽然这界海无穷无尽，但是那个生灵还在石昊的感知范围内。

“哧！”在石昊的头顶上方，盘坐在一团光中的小人儿猛地睁开眼睛，发出一声长啸，双手结印，一杆筷子长的矛浮现出来。

“哧！”小人儿猛力将其掷出，那是一杆仙矛，由石昊身体各大秘境蒸腾出的精粹组合而成，是他一身道行的精华所在。

此时，那杆仙矛就这么飞出了，无物不破，无坚不摧，超越了时间的禁锢，伴着岁月的力量和空间的规则。

“噗！”这杆仙矛后发先至，由石昊头顶三尺上方的小人儿掷出，击中了那个逃遁的生灵的元神。

“啊……”那个生灵惨叫一声。不过，他还没有死，等石昊他们赶去时，才将他彻底镇压。

“这种手段太恐怖了，你不仅是仙域的佼佼者，在这界海中都算得上巨头，足以比肩屠夫等人。”精壁大爷神色凝重地说道，没有想到石昊这么强大。

“我想知道界海的各种秘密，你们了解吗？”石昊开口询问。到了而今，许多事都指向界海，他想全部弄个清楚。

第1698章 界海之秘

“关于界海由何种物质组成，就不用我们多说了，你现在身在界海，感触肯定颇深。”精壁大爷说道。

界海，由残破世界堆砌而成，同时带着岁月之力。这地方看着像海，但其实很诡异，也很可怕。

石昊认真聆听，他虽有过各种猜测，但有些事情还是了解得不够透彻。

“归根到底，一切罪与乱都在海的那一头啊！”鸟爷感叹。

一代又一代生灵，从古到今都一直在渡海，想要到达那一端，从而引出了各种纷争与大战。

“这样说也不对，一切罪与乱都因人心而起。”精壁大爷轻叹。

这是两个老牌王者，他们了解很多秘密。看着起伏的汪洋，以及海中不时腾起的恐怖的元神之光，他们有太多的感触。

在界海的尽头有黑暗之地，越过它，就可能会得见终极秘密，故此无数生灵前仆后继，想要渡海。

仙域、九天等地的生灵，有些真的很伟大，他们想从源头平定祸乱。

在那些强者看来，所有的祸乱都是因黑暗而起，只有到了那终极尽头，才能解决本质的问题。

他们发现，就连异域都是黑暗造就的。

异域中有些不朽之王乃是超级进化者，是被黑暗侵蚀的，因此才最终走上了最高峰。

事实上，仙域的巨头捕捉过不止一位普通的不朽之王，仔细研究发现，他们的体内都有黑暗的痕迹。

可以说，整片异域都是黑暗的后裔。有许多线索可以证明，异域生灵的祖上都是被黑暗侵蚀过的生灵。

“除却想平定祸源的伟大生灵外，还有更多的一批人去寻造化，想要变得更强！”鸟爷神色凝重地说道。这一部分人为主流，人数实在众多。

自古以来，无数个纪元的累积，属于“主流”的生灵一代又一代地前往界海，谁也说不清数量究竟是多少。

“也正因为如此，才累积了更多的动乱，这批生灵是大动乱最可怕的爆发者！”精璧大爷神色凝重，道出了一些本质性的东西。

在这世间，仙王已经是顶点，再也难以逾越，这个层次的生灵修炼无穷岁月，最大的追求就是破王成帝。但是，从古至今，从来没有人成功过。

界海蕴含了太多的秘密，尤其是尽头，相传跨越黑暗之地后，会得知终极秘密，修行有更进一步的可能。

一些最古时代的记载指向那里，想成帝，或许渡海就是最终的选择。所以，诸王动身了，无惧生死，前仆后继。一代又一代人从各自的世界走出，横渡这片可怕的汪洋。

在这当中，不仅有仙王，还有不朽之王，更有葬王。虽然他们来自不同的天地，但他们的目标一致——成帝！

就是异域的众人也不例外，他们甚至更为动心，因为种种迹象表明，他们的强大，他们的文明传承，都起源于黑暗。

这样一来，他们就更加积极了，他们想渡海去朝拜黑暗圣地，破王成帝。

当然，到了这个层次，不朽之王都有各自的心思，说是朝圣，不如说就是想成帝，心中没有了敬畏。

从本质来说，界海就是成帝之海。

从古至今，但凡渡海者，有九成都是为了自身成帝而来，这是主流！

九天、仙域、葬地、异域，还有其他地方，不同的文明，不同的族群，这样相遇在一起，自然会引发大碰撞。

在碰撞积累到一定的程度后，也就有了动乱。这样的动乱一旦扩散，就会向各界蔓延，影响深远，从而爆发绝世大战。

那是王者层次的争锋，动辄会流血漂橹，甚至会毁掉一个又一个文明璀璨的世界。

界海的尽头，不时发生各种变故，比如风暴刮起时，向海的这一边席卷而来，可以将仙王都绞碎！

一旦发生这种灾难，那么渡海的生灵肯定会选择避退，沿着原路逃回。而这就带来了天大的麻烦甚至大灾难。

试想，无数的强者逃回，那种纷乱不可想象，说不定会发生比以往更为激烈的大碰撞，从而也就有了黑暗大动乱。

这种事每隔一段岁月都会发生一次，快的话，一个纪元，慢的话，几个纪元。

而这一次的动乱前所未有，界海的尽头——黑暗之地刮起了超越以往所有的黑暗物质风暴，将祸乱整片界海！

故此，也就有了史上最恐怖的黑暗大动乱即将在这一世爆发之说。

在大风暴开始前有各种征兆，界海中，罡风呼啸，海域大动荡，结合以往的经验，诸王早已猜测到了。

在过去，有一些极其强大的生灵，哪怕界海的尽头刮起黑暗风暴，可毁灭一般的仙王，他们也都可以对抗。

他们或蛰伏在海中，或躲避在一些不朽岛上，可以不用返回。

但是，这一次不同。许多人预计这股风暴将会席卷一个纪元，而且越发狂暴，到头来所有强者都要逃回来。

石昊倒吸了一口凉气，他终于明白，所谓的史上最黑暗、最恐怖的岁月到底有多可怕了。

这是有史以来最可怕的一次大碰撞！

如果预言成真，各纪元出海的生灵都要逃回来的话，注定会发生天大的灾难，若他们相遇，天地怎么可能会宁静？

无论他们是在路上还是已经回归，都注定大战连天，可能会影响到诸天万域！

那种场面，光是想一想就会让人不寒而栗。

无数个纪元的积累，史上所有至强者的碰撞，那当真是让诸王都要战栗，令世人胆寒。

不要说其他人，就是石昊自己，只要想到那最糟糕的年代即将到来，就感觉脊背发凉。

“明知道可以绞杀仙王的黑暗风暴要刮起了，海域深处的生灵为何不提前回来？”石昊问道。

“因为有些生灵接近岸边，遥望到了尽头，很想登岸，进入终极之地！”乌爷说道。

精壁大爷叹息一声，道：“走到了那一步，谁愿放弃？眼看就要成功，不到最后关头，他们是不会撤离的。”

一般的黑暗风暴，他们会硬抗，除非灭顶之灾来临，他们才会放弃。

“这很可怕，最强大的生灵还没有动身返回呢，一旦他们出现，那后果将不堪设想！”乌爷神色凝重，那绝对是最可怕的大动乱。

石昊心中一凛，这可以理解，活得久远、实力强大、已经接近成功的一批王者一旦返回，所搅起的风浪一定会超乎想象。

“与其说是黑暗之祸，不如说是成帝之祸！”石昊暗叹。

那种生灵绝对是巨头，当中有接近成帝者，若他们发狂，诸天都会承受不住！

石昊原以为黑暗大动乱已经开始了，毕竟在他被困轮回印的数十万年内，仙域、九天等遭遇了数次侵袭，大战连天。现在看来，那才是序幕而已，真正的大风暴、真正的生死关头还在后面。

那一天不会久远，或许就是明日！

“许多人因为远离自己所在的世界，性情大变，早已不是原来的自己了。”鸟爷说道。

过去发生过类似的事，这值得警惕。

有些生灵，为了成帝，在界海中拼杀很多年，性格变得扭曲了；有的生灵，则是被黑暗物质侵蚀了，早已不是曾经的自己；还有的生灵，观念早已改变，无所谓仙域、异域等。比如昔日的仙王回归后，为了自己成帝，夺取造化，很有可能也会在仙域掀起大战。

现如今，正如早先石昊所斩的那个黑暗生灵所说，界海完全不同了。

有一些古老的生灵开始结盟，在返回的路上联合起来，他们有可能会攻击一些古地以及一些大的道统。就算不朽之王与仙王走在一起，也不算稀奇。

石昊默然，情况太严峻，他甚至怀疑诸界是否还能够保存下来，一个又一个纪元的积淀，根本说不清有多少王级强者。

“一定会有帝落时代的老怪物活着回来！”

“如果真有的话，那就麻烦大了！”

鸟爷和精璧大爷说道，一阵头大。

“这么多年以来，难道就没有一个生灵成功登岸，进入那终极之地吗？”石昊问道。

“应该有，但是不见成帝者出现。有人看到帝落时代的老怪物的尸骸在岸上，虽然隔着亿万里，但还是见到了。”

“哪怕登岸，也不见得能平安踏足最后之地。想成帝，太艰难了！”

两个老头子摇头道。从古至今，就没有成帝者真正地出现过，但诸王还是前仆后继。

“堤坝上那一行浅浅的脚印似乎证明了什么，但那不见得就是成帝者所留，不过它着实鼓舞了许多王者渡海。”鸟爷叹道。

“渡海到底需要多长时间？”石昊问道。

“这海很特别，也很古怪，而且因人而异。有的强者苦渡了几个纪元，也才行到半途；而有的生灵，数十万年就已经快到终点了。”

“当然，相对来说，剔除海中的古怪因素，越强大的生灵所用的时间越短。”

两个老头子告知石昊。

“史上最强、最可怕的黑暗大动乱，我等你到来！”石昊说道。既然无法改变，那就只能迎击了！

或许，他也可以更激进，主动入海，不断深入。

第1699章 鹤无双

石昊、鸟爷、精璧大爷一路同行，继续向界海深处而去。

这界海很特殊，黑色浪花起伏，一朵浪花一片残界。

“古今，多少界破灭，死去了太多的生灵。这里有许多小世界，虽然无法和仙域、异域比，但是也很壮阔，而今成了什么样子？”精璧大爷感叹道，低头看着脚下的海浪。

自帝落时代开始，不知道有多少界成为过去，不复存在。

前方，光泽点点，水面上浮现金光，如同朝霞升起，十分灿烂。这很怪异，这个地方是界海，死亡与沉寂是此地永恒的主题，怎么出现了这种东西？

“快避开！”鸟爷提醒道。

烟霞阵阵，那是精气，也是灵粹，带着仙王的印记，还有一些血腥味。

有仙王陨落！

石昊惊疑不已，跟鸟爷、精璧大爷一起急速躲避。他们看到了阵阵涟漪，那是大道符文，带着乌光，蔓延开来，席卷界海。

那是一股风暴！

黑暗飓风呼啸而过，毁灭万物。

石昊确信这所谓的风乃是大道符文，威能强绝，像很多仙王同时出手，有几人可以阻挡？

“这就是黑暗风暴，不过它只是其中的一股而已，可以斩灭仙王。”鸟爷说道。

石昊蹙眉，这所谓黑暗风暴其实是一种规则，是一种大道秩序，连很多仙王都对抗不了。

“界海中，这种黑暗风暴不时出现，有的是这一纪元的，有的是几个纪元前从对岸刮来的。”精璧大爷说道。

这种风暴是不灭的，在界海中游荡。当然，所谓的风暴，更应该称之为规则，可灭仙王的大道秩序。

“我很想知道，这种规则，即这种风暴是如何形成的？”石昊双目幽邃，问道。那种力量太强，连仙王都承受不住，这证明有超越王境的力量吗？想到这里，石昊的真身动了。

“小子，你在做什么？还不快回来！”鸟爷叫道。

石昊居然冲向黑暗风暴，以肉身对抗，用法力阻挡，直面那可怕的符文风暴。

“噗！”

石昊咯血，身上伤痕累累。他自那风中穿过，任密密麻麻的涟漪、道符等斩在身上。

鸟爷、精璧大爷倒吸一口凉气，露出吃惊的神色，荒居然真的硬抗了过来，并未陨落，只是负了一些伤。

“你果然走到了这一步，可以跟界海中的无上巨头比肩了。”鸟爷叹道。

在界海中，敢这么硬抗的人绝对来头甚大，赫赫有名，比如来自葬地的无上强者，临近界海对岸的生灵。

“我只是在试探那风暴究竟有多强，看那大道规则是否超越了王境。”石昊说道。他以身涉险，只为求证。

数日后，鸟爷、精璧大爷驻足，告诫石昊最好不要再前进了。

前方，迷雾漫天，界海寂静，死气沉沉，有一种怪异的气息从那里向外弥散开来。

“不能前行了，再继续走的话，就会迷失。”精璧大爷说道。

这片海只有边缘处还算安全，真正涉足后，便容易迷失，会发生危机。

“你们回去吧，替我保护那些人。”石昊说道，准备独自探海。

鸟爷与精璧大爷知道石昊所说的那些人是谁，包括天庭内的所有与他有关的故人。

“年轻人，不要莽撞，一旦踏足这里，日后真的很难回归。你寻不到路，会花费海量的时间。”鸟爷劝阻道，神色郑重。

石昊摇头，他怎么甘心这么回去？对于界海，他想了解得更多，知道得越发透彻。

最终，石昊独自上路，闯入界海较深处。鸟爷与精璧大爷返回了。

“咦，还真是古怪。”石昊自语。当他闯进足够远，踏在海面上，再回首时，一片混沌，无比荒凉，根本不知道路在何方。

石昊往回走，却意外发现天旋地转，整片时空都仿佛被人颠倒了，乾坤不一样了，界海化成了囚笼。

“回去的路还真是麻烦，如果没有人接引，就自己这样寻觅，的确要花费海量的时间。”石昊说道。不过他倒也不是完全没有办法，而是要推演，耗费大量的心神，还要以法力加持。

而今，石昊终于明白了一些事，当年他站在堤坝上，看到海域尽头有生灵踏海，却始终难以登岸。不是那些生灵不想快速回归，而是界海内容易迷失，一旦踏足其中，不是想回来就能回来的。

按照鸟爷所说，有的仙王踏足界海深处后，压根儿就回不来了，被困在了里面。

“轰！”

突然，水下一头古兽浮现，脊背上的骨刺漆黑如墨，倒冲向天。它狰狞无比，像巨大的蜥蜴，张开血盆大口，就向石昊咬去。

这头古兽的眼睛是猩红色的，早已迷失了。

“可悲，我让你解脱吧。”石昊道。他弹指间，这头古兽就那么解体了，化成一团雾，融入界海中。

这是一头真仙级的生灵，实力很强，但是跟仙王比还有颇大的差距。

界海中，不仅有仙王，也有真仙，前者想要破开王境，踏出一片崭新的天地，而后者则只是想成王。

处在不同的境界，各自立下的宏图也不一样。

可惜，这个真仙迷失了，界海中有黑暗物质，更有其他危机，侵蚀了它的心神，它早已不是原来的自己。

石昊继续向界海深处前行，一步一幻灭，速度非常快。他的脚下浮现出一朵又一朵浪花，一个又一个昔日的残界就这么倒退、远去。

“轰！”

途中，一个披头散发的怪人嘶吼着，身上带着黑暗雾霭，对石昊发起猛攻。

这是一个赤发道人，实力强大，他可不是真仙，而是真正的仙王。很可惜，他也迷失了，身上散发着黑暗物质的气息。

石昊没有保留，全力以赴，最终将这个生灵斩灭。

还有两个生灵很冷漠，在数十万里外冷漠地看着，没有参与，也不想涉足当中。他们是仙王，早已结盟，并未迷失，意识很清醒。

“轰！”

石昊一走就是大半年，他真的有些慨叹，这片海太大了，难怪许多人一走就是数十上百万年，还有很多人走了几个纪元。

在这期间，石昊看到了一些生灵在战斗。这是仙王级的对抗，他们为了解决彼此间的恩怨，打得鬼哭狼嚎，天崩地裂。

还好这里是界海，有足够广阔的天地任他们激战。

海中也有造化，石昊看到有仙王坐化从而遗留下的经文、篇章等，这很值得参考。

难怪连真仙也要入海，这里果然有大造化，若有所获，会受益终生。

石昊在游荡，他并不一定非要赶到对面的岸上，因为时间不允许。等他赶过去时，黑暗风暴肯定已经爆发了。

那个时候，仙王陨落，天地四裂，再进界海深处就是找死。

这一日，金光璀璨，烟雾弥漫。

难道又有仙王死去了？石昊狐疑。

每当黑暗风暴席卷而过时，一个不注意，就会有仙王陨落。而且，越往里走，小股的黑暗风暴越多，有时候仙王都疲于应付，需要不断地躲避。

这黑暗风暴是秩序涟漪所化，始终不灭，经过一个纪元又一个纪元的积累，从对岸席卷而来，徘徊在这片海域中。

越往里走，这种风暴越多，也意味着越发危险。

但是，这一次，并非有仙王陨落。那是一座岛，是它在发光，上面有一个生灵盘坐，他在蜕变。

“轰隆！”

无穷的生之气息喷薄，一个生灵涅槃成功，破关而出。

界海中有危机，也有大造化。

可以看到，在那个生灵的涅槃之地有几具仙王尸骸，其精气等被炼化了个干净。那个生灵寻到这些仙王尸，以其为炉火，淬炼自身，终于完成了一次惊人的大蜕变。

毫无疑问，这个生灵实力很强，他以仙王遗骸为炉火，焚烧精气，熬炼真我，成就自己。

“有点儿眼熟。”石昊觉得自己见过这个人。

那是一个年轻男子，一头金色的长发披散到腰际，说不出的俊美，背上有一对金色的羽翼。他超凡脱俗，带着一种缥缈的气质。

这是一位不朽之王，却比仙王还要神圣。

下一刻，石昊知道他是谁了，虽过去了数十万年，但石昊依旧记了起来，一口道出了他的名字："鹤无双！"

石昊想起当年争夺《不灭经》时，在那片奇异之地遇上鹤无双，双方大战至几乎同归于尽。

那一战富有传奇色彩，两人相隔一个纪元，由于踏足那片奇异之地才产生了诡异的交集。

鹤无双倒也果断，直接出手，他的肌肤流淌金光，满头发丝都飘舞起来，准备与石昊决战到底。

鹤无双也认出了石昊，那是不世大敌，应当除去！

鹤无双早已成王，数十万年来一直在界海磨砺，巩固自己的道行，积淀自己的修为，比以前的实力还强。

鹤无双的满头金色长发都在飘舞，他施展剑诀时，十万剑气轰鸣，如同雷暴一般，上来就猛攻。

同时，鹤无双的拳头发出刺目的金光，如同黄金铸成一般，无比璀璨，砸向石昊的头，狠辣而无情。

"砰！"

石昊的手掌猛力一拂，震得鹤无双的手掌发抖。

鹤无双实力很强，一个纪元而已，便成了不朽之王，而且还很自信，但是眼下他吃亏了。

"哧哧哧！"大道符文绽放。

"荒！"鹤无双喝道。他的身体浮现出密密麻麻的金色符号，他的王者传承在激活，他动用全力，与石昊大战。

石昊怎会惧怕？他拥有完整的《不灭经》，而对方缺了一部分。

"噗！"

当他们再次相遇时，石昊一掌就震得鹤无双大口咯血，那条手臂险些炸开。

还好，鹤无双一向谨慎，当他不灭的躯体遭受重创时，他竭尽所能，施展一身的道行抵抗。

可惜，这是徒劳的。而今的石昊俨然就是仙王中的巨头，跟鹤无双战斗，结局没有什么悬念。

"噗！"

石昊一只大手探下，无物不破。

鹤无双遭受了出道以来最严重的创伤。

当石昊大手合拢时，鹤无双长啸一声，身体化作一道流光，冲上云霄，想要遁走。可是，已经晚了，鹤无双被石昊那只大手覆盖在了下方。

石昊一根又一根手指闭合，将鹤无双攥在里面，而后猛然发力。鹤无双体表满是金色符号，附近有些地方更是炸开了。

第1700章 炼仙壶的主人

鹤无双面容俊美，金色的长发，深邃的眸子，让许多女子都黯然失色。他丰神如玉，浑身金光璀璨，如同沐浴朝霞一般。现在他却应劫了，浑身都是伤痕。

“啊——”鹤无双仰天大吼，满头的金色长发披散着，而后舞动起来，眼中写满了不甘。

他是不朽之王，实力超越许多帝族嫡系，成为这一纪元的佼佼者，到头来却要死在界海中。而且，这个敌人还是他曾经的对手，而今竟与他拉开了这么大的距离，他已然不敌对方！

“我真的不甘啊！”鹤无双嘶吼，绝美的面孔上写满了疯狂，有一股妖邪的气质。他焚烧自身，释放体内强大的潜能，想要逆转这一切，改变命运。

但这一切都是徒劳的。

石昊面无表情，大手合拢的瞬间，鹤无双的肉身在光芒中受伤，不朽王骨也受损了。

“昔年你我第一次争锋时，我仅在残缺天地中修炼有成，大战过后，我在异域完整的法则下重塑了真身。”石昊淡漠地说道。到了而今，鹤无双早已不被他视为对手，他连赤王都斩了，何况一个新晋的不朽之王？

当年，石昊在残缺的天地中修炼，都可以与鹤无双拼个两败俱伤，后来他完善了大道根基，谁与相抗？再说，他所修炼的《不灭经》是完整法，而鹤无双不过修了残缺法。他而今更是创造出新体系，开辟了新天地。

这样如果他还不能镇压鹤无双，那就不正常了。

鹤无双的容貌完美无瑕，是一个绝世美男子，但是石昊对他没有一点儿怜悯，更无好感。

鹤无双手段残忍，小蚂蚁的几个姐姐与兄长都是被他斩灭的，事后他更是将小蚂蚁的姐姐等人喂了他的坐骑。

当年，小蚂蚁跟石昊一同去寻《不灭经》，见到鹤无双后，听到他冷酷地讲述当年的事，险些疯掉。

石昊知道，那是小蚂蚁永远的痛！

“噗！”

鹤无双咆哮着，挣扎着，却依旧被石昊一把攥住，化成了一团雾。

“轰！”

突然，那团雾中有元神冲起，快速重组。

“我是不灭的！”鹤无双赤红着眼睛道。虽然他被人毁掉了肉身，但他相信不朽之王的元神永恒不灭，旁人想要彻底消灭他不是那么容易的。

“在我面前谈不灭？你还不够格！”石昊说道，大手再次覆盖了鹤无双。

“哧”的一声，石昊将鹤无双的元神击中，而后六大秘境一同发光，炼化其元神。

“不！”鹤无双悚然不已。他感觉到了毁灭的危机，他的元神在变弱，被削掉了不朽之光，他真的要陨落了。

但是，到了最后一步，石昊叹了口气，收手了。他将鹤无双封印在那口池子中，当中有赤王、敖晟等。

石昊知道，小蚂蚁心中有一根刺，那是一股难以磨灭的执念。小蚂蚁想跟鹤无双决战，亲手除掉他。

石昊留下鹤无双的元神，想要将其带回去，让小蚂蚁做个了结。

随后的几年，石昊横渡界海。他看到了太多战斗，有的仙王迷失了，被黑暗侵蚀；有的强者很清醒，目光冷厉。

到了这个层次的强者，都有一种大道无情的气韵，这种人物若再次回归，会极其危险。

石昊轻轻一叹，想了想，没有再深入，踏上了归程，因为真要走到海的那一边的话，耗费的时间太惊人了。

到了这里后，他所遇到的黑暗风暴就有很多重了，越往里走越危险。

这些风暴是大道符文，如同涟漪一般纠缠在一起，它们不会被磨灭，只会在无边界海中游荡。故此，时间越久，黑暗规则形成的风暴越多，界海也就越危险。

当回归时，石昊着实费了一番苦功，他不断推演，寻找归路，不然的话，很容易迷失在这界海中。

“轰！”

当石昊临近界海边缘，踏上归程时，突然间，天地暴动了。

界海沸腾，大道轰鸣，远方有一座巨大的山体压来，恐怖无边，带着瘆人的气息，让人的肌体仿佛都要炸开。

别说真仙，就是一般的仙王都震惊不已。

强大如石昊也在第一时间心中一凛，横移躯体，躲避了过去，没有硬抗。

所谓的山体是一个壶，它透着不朽之气，从天穹上镇压而下，想要将他斩灭在此地。

炼仙壶！

居然是这件无上秘宝，它有天大的来头，是异域最强的兵器之一，更为可怕的是它的主人，号称禁忌般的存在。

炼仙壶的主人活的岁月悠远，相传一直沉睡在壶中。而今，此壶竟然出现了，而且有一个生灵的气息在弥散，恐怖无边，要镇压石昊。

“是为你的弟子报仇来了吗？”石昊冷漠地问道。随后，他抽出一件兵器，正是大罗剑胎！

自从石昊成为仙王，他还是第一次动用这柄剑胎。

“无双，神魂何在？”炼仙壶的后方传来一道苍老的声音。接着人影一闪，一个绝世强者现身了。

这个强者瘦小枯干，一头银色的长发披散着，根根亮得刺目，瞳孔居然是银色的十字。

昆谛是异域从古至今的至强者之一，除进入界海的生灵外，他几乎可以算是当今异域第一人。

从他的名字就可以看出他是何等自负，昆谛，此“谛”虽彼“帝”，但终究有些相像，这是他的气魄所在。

他想成帝！

这么多年来，昆谛除却在炼仙壶中沉睡，便一直在研究起源古器。可以说，异域屠戮九天十地，他就是最大的号令者之一。

昆谛想找到那枚种子，开启起源古器。

其他古老年代的王看不到希望，纷纷动身，进入了界海，他却一直稳如泰山，就守在异域中，有超乎寻常的定力。

上一次，石昊杀进异域，炼仙壶被人请出世对付石昊，昆谛没有复苏，不曾觉醒。而今，鹤无双陨落，居然一下子就惊醒了他。

这是昆谛的关门弟子，鹤无双成为不朽之王后，更是成全了他们师徒的一段佳话，他怎能坐视不理？但是，界海太大了，他一时间也难以找到鹤无双。

昆谛在鹤无双身上留下过印记，可在鹤无双殒命的瞬间，那印记被石昊抹了个干净，那种手段怎能瞒得过他？

所以，昆谛数年前就来了，守在界海边缘的堤坝上。

这一战毫无悬念地爆发了。

“轰！”

惊世大战震动各域，界海岸边有一些强大的生灵登岸，他们看到这一幕都不禁悚然。

这两人太强了，一时间打得界海浪涛击天，大道符文交织，贯穿古今，甚至连时间长河都浮现了出来。

这是石昊成为仙王以来最激烈的一战，他们从海中打到堤坝上，又从堤坝上打到了雷电深渊中。

这一路上，山崩海啸，星辰崩毁。

“荒，不想死的话，就放我弟子出来！”昆谛喝道。

“老匹夫，异域最大的刽子手，我早就想去斩你了。今日你送上门来，我要用你血祭历代前贤！”石昊也在大吼。

两人交手上千个回合，打得天崩地裂，时光都仿佛倒流了，最终他们又冲入了界海内。

石昊满身是伤，目光冷厉。

昆谛同样如此，他的银色瞳孔化成十字，不断劈出十字大裂斩，似乎将界海都劈开了，造成了恐怖无边的景象。

岸边有很多星骸，都是他们的战斗余波从域外震落下来的。

石昊成为仙王后，还是第一次遇上这种苦战。

一时间，这让堤坝与界海中的各方生灵都十分震撼。

“噗！”

炼仙壶飞下，砸在石昊的肩头上，他一个踉跄，若非修炼了《不灭经》，换作其他仙王，必定身受重创。

由主人催动的炼仙壶跟它自身发威时相比，威力不知道大了多少倍。

“收！”昆谛轻喝一声。

炼仙壶发光，壶嘴那里雾气氤氲，居然开始掠夺石昊洒落的精血，要将之炼化干净。

石昊一声冷哼，所有精血倒流，他挥动大罗剑胎，扫出亿万缕剑芒，向壶嘴刺去，堵住炼仙壶。

“你知道吗？自帝落时代开始，这柄剑胎历代的主人都殒命了，没一个能善终，你注定也要凄惨应劫。”昆谛冷漠地说道。

“旧俗总是要被打破的！”石昊回应道。事实上，他倒也想听一听关于这柄剑胎的旧事。

“轰！”

两人发生了大碰撞。

炼仙壶很诡异，突破空间，如同逆转了时光一般，到了石昊近前，砸在他的胸口上。

石昊再次负伤，大口吐血。

不过，石昊也是张狂的、霸道的，他第一时间反击，纠缠着炼仙壶。

“轰”的一声，石昊与昆谛接连碰撞，最后一记拳印砸在对方的肩头上。

两者都踉跄倒退！

“这么多个纪元以来，昆谛越发强大了，若不算界海内的生灵，他应该就是异域的第一人。这个年轻人又是谁？居然可以跟昆谛争雄！”

海中，有生灵登岸，他见到这一战，无比震惊。

“区区一柄剑胎，不过是边角料炼制的兵器而已，也敢跟我的炼仙壶争锋？”昆谛喝道。

他再次催动兵器，祭出宝壶，向石昊发起攻击。他的这件兵器真的太强大了，经他催动后，足以镇压世间诸敌。

“边角料？”石昊冷笑，露出雪白的牙齿，他不介意向仇敌询问。

“帝落时代，那个疑似成帝，却可能不是帝者的生灵终究没落了。他留下自己的剑胎，带着伤体，踏着堤坝，留下一双淡淡的脚印，就此消失。在随后的纪元里，但凡得到这柄剑的人都殒命了，没有一个能活到最后，哪怕仙域体系的开创者也不例外。”昆谛竟说出这么一番话来。

“哦，既然这柄剑胎是边角料，那主料用来炼什么了？”石昊漠然问道。

“棺椁！”昆谛答道。

“三世铜棺？”

“不是！”昆谛没有多说，话语非常简洁。

石昊由此想到了很多，他曾注意到，当大罗剑胎璀璨到极致时，上半截是飞仙光雨，浮现成仙图；而在剑胎的下半截则是流血漂橹，大坟无数，一个生灵在夕阳中坐在一口古棺上。

昆谛大喝一声，动用绝招，想救出弟子。炼仙壶越发璀璨了，壶嘴发光，要将石昊吸进去。

“斩！”石昊大吼。

大罗剑胎极尽璀璨，有生灵坐在棺椁上，光雨交织，那景象太诡异了。

“当！”

激烈的大碰撞还在继续，两人身上不时迸发光芒。

“噗！”

炼仙壶没办法将石昊收进去，自己却飞来了，快得不可思议，那壶嘴如锋锐的利剑，刺入石昊的血肉中。

“轰！”

石昊的拳印也发挥出了神威，他承受了这一击，而拳印则砸在了昆谛身上。

“噗！”

昆谛大口咯血，胸口受损，当世有哪个仙王的肉身会比石昊强？他毕竟被十道轮回印锁着，还曾修炼了《不灭经》。

同一时间，石昊祭出的大罗剑胎也斩下昆谛的一条手臂。

“老匹夫，异域最大的刽子手，纳命来！”石昊快速震开炼仙壶，向昆谛攻去。

“噗！”两人都大口咯血。

昆谛转身就走，没入异域。

石昊乘胜追击，他披头散发，浑身是伤，就这么提着大罗剑胎再次杀进了异域。

第1701章 纵横异域

昆谛在前走，石昊在后追，大战惊天！

两者间，仙王光束迸发，不朽气息汹涌。当精血划过天地时，直接让日月星辰等寂灭，这场战斗太恐怖了。

那是一座城，为异域的门户之一，昆谛径直闯入，石昊紧跟其后。虽然城中有生灵阻击，但不是王怎能挡得住？

但凡攻击石昊的生灵莫不粉身碎骨，被仙王气息碾压，化作一团又一团雾，他们根本不是一个数量级的。

“昆谛，纳命来！”石昊披散着头发，大吼道。

“砰！”

石昊快如闪电，一步落下，便是一片星空倒退而去。他捏拳印向前砸去，直取昆谛的后脑，想灭其元神。

到了他们这个层次，若想彻底将对方斩灭的话，就要斩其元神。

沿途，天穹上的诸多星球落下，石昊的袍袖展动间就将其震落了，景象骇人。

“啊！”昆谛大吼，转过身来。他一只手捏法印，另一只手持着炼仙壶，向石昊轰去。

顿时，这片地方光雨无数，烟霞滔天。那是不朽之王的法力，还有他的精血，极尽绽放，威力强绝。

石昊被震得倒退了几步，嘴角淌出一丝血，这种程度的战斗，即便强大如他也还是负伤了。

可以想象，如果是其他仙王来此，肉身一定早已严重受损了。昆谛手持炼仙壶，有无敌之势。

“噗！”

昆谛也不好受，他的一条手臂被石昊的拳印砸中，动弹不得。此外，他的胸口被石昊另一只手所捏的剑诀刺中，受了重伤。

两人激烈对决，血液洒落，一颗又一颗大星变得暗淡，从世间消失。

但凡被不朽王血或者仙王血沾染的大星，注定都会瓦解，事实上，这片星域都破烂得不成样子了。

统治这片宇宙的不朽之王被惊动，他怒吼一声，杀了出来。

“昆谛前辈，我来助你！”在明白了这是怎样的情况后，这个不朽之王直接向石昊扑去。

从这个不朽之王对昆谛的称呼可以看出，昆谛在异域有极高的身份。一般来说，同为不朽之王，会以道友称呼对方，而他却依旧称昆谛为前辈。

“嗡！”

大罗剑胎抖动，发出刺目的光。伴着光雨，有人飞升成仙，还有人坐在棺椁上，大坟殷红一片，陵园沉陷。

“轰！”

那个不朽之王受创，被石昊这绝世一剑击得吐血倒退。

这让不朽之王倍感惊悚，荒到底有多强？他猜测不出。

此时，石昊的注意力全在昆谛身上，他之所以发出这样一击，是为了主攻炼仙壶的主人昆谛，两人再次对战。

“轰！”

这一次，炼仙壶放大了，如同古来第一山，就这么镇压而下，压得人几乎要窒息。

即便强大如石昊，身体也在摇动，步履踉跄，他像背负着漫天星斗、整片宇宙，独自前行。但他仍在大喝，施展自己的神通。六大秘境同时发光，凝聚在一起，形成他自己的无上秘术。

一刹那，石昊背后像有鲲鹏翼浮现，又像有真凰涅槃火汹涌，他沐浴亿万缕光辉，挣脱而出。

“轰隆”一声，石昊一拳震开了炼仙壶，让它撞破这片星空，飞出这片宇宙。

“砰！”

昆谛的掌到了，无情而冷酷，他的银色瞳孔化作十字，将虚空撕裂，右掌如刀般击向石昊的腰腹。

昆谛想有效地降低甚至瓦解石昊的战力。

“嗡！”

石昊的肉身上符号闪耀，那是不灭的大道规则，他的肉身坚韧、强劲得吓人。

石昊的肉身虽然破开了一道口子，但是发出了万丈光芒，极尽璀璨，阻挡这掌印的破坏力。

石昊的肉身在愈合，强劲得惊人。

昆谛被震退了出去，这是不灭的自然体现。

同一时间，石昊的拳印无与伦比，击中了昆谛的胸膛。

“嗡！”

大罗剑胎飞出，若一挂惊天长虹，就那么割裂宇宙，威能绝世。

昆谛一声闷哼，手捂着脖子，急速倒退，瞳孔收缩，脸上带着冷冽之色。大罗剑胎这一击太快了，无物不破！

大罗剑胎被石昊头上那团仙光中的小人儿祭炼、催动着，可斩魔灭仙、摧毁万灵。

昆谛感慨颇深，亿万年的岁月以来，有几人可以这样伤他？

“史上最大的刽子手，给我纳命来！”石昊大吼。他的攻势更猛了，周围尽是仙王光束，撕裂这片宇宙，他要在这里除掉昆谛。

石昊想到了九天十地，在异域的铁蹄下，死了多少生灵？那么多无辜的人化作血与骨。有很多人为此抗争，留下一段又一段让人心伤、缅怀的故事。

帝关，那些老辈人物，那些不畏死的大统领，前仆后继，血洒边荒。原始帝城焚烧着坠落下来，边荒七王的后代几近死绝！而今连帝关都不在了，已经被人推平，九天十地都残缺了，被人毁得不成样子。

“轰！”

激烈的大战波及得太广，旁边那个不朽之王骇然发现，哪怕他出手帮助昆谛，也力所不逮。

昆谛这一次险些被斩中，他转身就走，下定决心不再恋战，不跟石昊比拼了。

这样的战斗怎能瞒过其他强者？一位又一位不朽之王从沉眠中觉醒，朝这里望来，有一些出手了。

石昊似乎发狂了，并没有放弃，依旧在追击昆谛，要除掉这个老牌强者。

这一刻，异域的众人真的惊呆了，昆谛是谁？此界第一高手，居然败在了荒的手中？

“小辈，欺人太甚！你真以为今日能斩我魂魄吗？”昆谛呵斥道。他的速度极快，逃回此界的深处。

沿途，两人路过一片又一片宇宙，那是其他不朽之王的疆土。

石昊满头发丝倒飞，如同烈焰般发出金光，通体如同由黄金铸成的一般，威猛得惊人。

他的法体此时无坚不摧，就这么横冲直撞，击穿沿途一座又一座不朽之王的法阵。

石昊法体坚固，神勇无敌！

“哧！”

终于，昆谛降落在一块坚固不灭的大地上，霍地转身，回过头来看着石昊。

这是一块飘浮在宇宙中的古地，坚固不朽。地方很大，在前方有一座神庙，它发出淡金色光芒，神圣无比，伴着光雨。

这座神庙仿佛可以化解世间纷争，磨灭诸天杀意。这里宁静而祥和，神圣而妖异，给人一种说不出的奇妙感觉。

异域为了寻找那枚种子，不惜毁掉九天十地，屠灭万灵，哪一个不朽之王不是双手沾满血腥？

可是，异域居然有这种安谧之地，圣洁无瑕，令人欲放下一切，泯灭杀意。

不过，石昊是谁？他而今为仙王中的巨头，难逢敌手。他短暂地出神后，很快就冷静了下来，彻底恢复了，外物难夺他的心志。

昆谛脸色阴沉，道：“你的死期到了，上一次闯入我界也就罢了，今日还敢跟进来，我定会让你死无葬身之地！”

“老匹夫，以你的身份来说，你怎会轻易逃亡？今日我跟来，就是想看一看你能有什么手段。”石昊平静地说道。

“年轻人，好大的口气，好壮的胆子，竟敢只身这么进来，你也算是一个狠人！”昆谛说道。

这时，四野浮现出数道身影，不止一位不朽之王出现，他们追到这里，个个都神色冷酷，要合力灭杀石昊。

不过，石昊没有看他们，而是盯着那座神庙，他觉得一切的古怪都源于那里。

“胆子倒不小！”一位不朽之王喝道。

“此界没你们自己想象的那么强，当年柳神也曾杀进杀出，算得了什么！”石昊嗤笑道。

他的确有底气，他在界海磨砺了几年，见到生死种种，看到仙王挣扎，参悟颇深，实力更加强大了。

杀进异域的确有危险，但是石昊很自信，要想逃走的话，还是可以做到的。

石昊杀进来，就是想立威，要再斩不朽之王！

“那株柳树之所以能放肆，是因为没有遇到老夫！”昆谛寒声说道。

"今日我遇上你，又如何？你不是一路逃回来的吗？"石昊大笑道。

昆谛脸色铁青，他并非真的想逃，而是有意将对方引到这里，不过现在看来，好像他还真是一路大逃亡。

"昆谛前辈要灭你真魂，故意为之，你莫要张狂！"一个不朽之王喝道。

远处，虚空裂开，一杆金色的长枪刺了过来。安澜到了，他要对付石昊。

此外，俞陀也出手了，隔着一片星空就发动威势，向这里攻来。

王者们陆续赶到！

"你们都小心，退后！"昆谛说道。他没有让人围攻，事实上，其他人也很默契，短暂地出手后，就克制了。

他们分散开来，将石昊围在当中。此时，已经有九个不朽之王赶到。

昆谛没有再等，他退到那座金色神庙的一侧，开始吟诵一段古老的咒语，其他不朽之王都变了脸色，再次后退。

"轰！"

一股恐怖的力量爆发，一道黑影突兀地从神庙中冲起，巨大无边，矗立在这块大陆上，挤满了宇宙。

石昊冷眼观察，他倒要看一看昆谛究竟有什么手段。

突然，石昊的脸色变了，他曾见过这种巨大的黑影！

昔日，赤王屹立在时间长河上游，俯瞰万古，最后引出白衣女子跟他大战。

在那期间，赤王法身负伤，竟召唤出某种恐怖的黑影，抗击白衣女子。

石昊确信，那道黑影就是眼前这巨大无边的生灵！

第1702章 异域起源古器

黑影再现，这一次可不像上次那么虚幻，而是无比真实。

昆谛敢将石昊引到这里，自然有些把握，他要借此磨灭石昊。显而易见，这是一场大杀局。

低沉的咆哮声震动异域，响彻一片又一片宇宙，让万灵都战栗，忍不住瑟瑟发抖，甚至跪伏下来。

“这是什么？”石昊诧异道，感觉到了极大的危险。这道巨大的黑影威猛而慑人，顶天立地，似乎要挤破宇宙。

“小辈，应劫去吧！”昆谛喝道。他依旧在吟诵咒语，进行召唤，令这个强横无比的生灵睁开了眸子，目光犀利无比。

“轰！”

而后，这个生灵便直接出手了，大手向石昊抓去，冲破一切阻挡，那种力量霸道到极致。

石昊手中的大罗剑胎发挥出巨大的威力，一下子变得长达亿万里，简直要截断这片大宇宙！

“当！”

大罗剑胎发出铿锵之音，锋锐无比，劈在那只大爪子上，火星四溅，大道符文如同潮水般汹涌，而后又在这里炸开。

石昊虎口微麻，倒退了几步，他重新审视这道黑影，这是某种生灵吗？实在太强大了！

如今，以石昊的修为来说，他在仙王中无敌，可以纵横异域，一般的生灵怎能阻挡他的步伐？就是昆谛都拦不住他。

石昊神色凝重，这个生灵非常强，需要他严阵以待。

石昊大吼一声，狂猛出击，竟无所畏惧，他手中的大罗剑胎发出刺目的光，向前斩去。他如同一位盖世帝者复活，要击灭一切敌人。

石昊毫无保留，因为他预感到了危机。

“轰隆隆！”

这个地方剧烈地抖动，天地破损，石昊一剑截断宇宙，毁灭了不知道多少星体。

石昊跟这道黑影激烈地搏斗。虽然敌手强大，但是石昊长出了一口气，对方还是在仙王领域中，并没有太出格。

这时，一段咒语再次响起。昆谛施法，继续召唤黑影。

果然，那金色的神庙中响起莫名的声音，接着又一道黑影浮现，巨大无边，矗立在宇宙中。

第二道黑影！

这让石昊变了脸色，那金色古庙中到底有什么？

“轰隆！”

第二道黑影低吼着，散发出的威压让各族的顶级生灵都战栗不已。

随后，它一下子冲了过来，不是攻向石昊，而是跟第一道黑影融合在一起，化作一体。

“轰隆隆！”

昆谛接连召唤，脸色虔诚，以咒语呼唤黑影，前后加起来总共有八道黑影出世，融合在一起。

事实上，昆谛还想召唤出第九道黑影来，可惜那一道才现身就散开了，没入金色神庙中，召唤未能成功。

八道黑影成功融合后，威势更盛了，拳风呼啸，粉碎乾坤。

石昊见状，脸色凝重，他无比谨慎，竭尽所能，动用一切力量，跟黑影进行决战。

八道身影融合归一，的确变强了，但是没有想象中的那么恐怖，这种加成更趋向于法体真实，而非战力叠加。果然，石昊跟它大战时，轰在它的身上，如同打在一个血肉之躯上，感觉很真实。

石昊大吼一声，脸色冷冽，他岂容这个生灵发威，要尽全力将其镇压。

“砰！”

黑影被石昊轰飞了，其躯体都仿佛要散了。但是，它身体摇动间，再次凝聚，真实无比，咆哮一声，向石昊冲来。

石昊爆发金光，通体金黄，施展强大的神威，恐怖无边，举手投足仿佛可以击杀不朽之王。

这种威势让周围的群王莫不变色，荒太强了，成长到这一步，已经可以走破王之路了。可惜，那是一条绝路，从未有人成功过。

诸王确信荒站在了当世生灵所能达到的顶点，的确是一个无敌仙王。正常来说，他难有敌手，也只有昆谛这种人物才能跟他抗衡。

“轰！”石昊发狂后，与黑影激烈地搏斗，数次将巨大的黑影击得倒退甚至四散开来。

但是，到了最后，黑影还能重组身体。

石昊发现了这个可怕的事实，这道黑影在不朽之王中也是无敌的，因为它是灭不掉的。确切地说，它的法体是无法被击灭的。

“给我灭！”石昊嘶吼道，六大秘境同时发光。尤其是他头上那团仙光中的小人儿眸子璀璨，此时突然抱着大罗剑胎，疯狂攻击了过去。

小人儿突破了时空的限制，时间长河在其脚下流淌。

“噗！”小人儿抱着大罗剑胎，斩掉了黑影那巨大的头，并且补了一剑，再次击中黑影落下的头。

这种手段让诸王神色紧张，脸色大变。

诸王心想，他们若参战，能避开这个小人儿吗？估计不能，他们可能会中招，被撕裂元神。

“嗷！”那黑影再次咆哮一声，又一次重组在一起，并无损伤。

它的强大之处无须多说，相当于一位无敌的不朽之王。最为可怕的是，它是不灭的，生生不息。

石昊嘴角有血淌落，他数次出手，都没有击灭黑影，最终自己被扫中一掌，负了伤。

若是其他生灵，多半就遭劫了，最起码肉身会被毁掉，石昊却只是一个踉跄，擦去嘴边的血，便又投入战斗，并未受太大的影响。

“退！”昆谛忽然这样说道，告知各大不朽之王倒退，远离这里。

与此同时，诸王一同念咒语，催动无上法力，他们躲得足够远，就快要离开这片星空了。

那座神庙开始发光，极尽璀璨。

黑影一声咆哮，突然缩小，没入了庙宇中。

石昊没有追击，神色严肃，那座庙宇中有大恐怖，扰乱了他的气息，令他都忌惮无比。但是，他没有退走，依旧想看个究竟，异域到底有什么可怕的底牌？

石昊自信可以纵横天下，无人可阻，只要不涉及帝，他便能横扫四方敌。

“轰！”突然，金色的神庙摇动，那道黑影再现，不过它没有刚才那么大，看起来比较正常。

在黑影的手中有一个器物，那器物绚烂得让人无法正视，极尽恐怖，令人的神魂都要炸开，承受不住。

石昊眯起眼睛，终于知道了那是什么。

“跟古葬区的差不多！”

起源古器，竟然是这件东西！这可是异域的至宝，就是因为这件器物，才造就出这一界。

它像是某种金属，又像是玉石，流动着九色光彩，耀眼而神圣，光雨无穷，洒落下来。

若是一般人，一点光雨落下，就会让他们殒命在此地。

这东西碰不得！

亿万人之中只有那么一两个人可以触摸它，有机会成为无上超级进化者，日后可能会成就不朽王位。

不过，石昊似乎不受它的影响，因为他曾经被古葬区的那个箱子照耀过，而且活了下来。经过那一劫，眼前的箱子居然不能伤他。

这是异域的撒手锏，一般的不朽之王若被此箱触及，都可能会发生不测。

就如同葬地，葬王都不会去轻易触碰起源古器。在异域同样如此，这东西是禁忌之物。

现在，这道黑影持禁忌大杀器攻向石昊，当真是一种绝杀！

若非石昊当年经历过葬地起源古器的洗礼，几乎不受它的影响，那么他今日就危险了，很有可能真的被镇压。难怪那些不朽之王都遁走了。

“轰！”

突然，那道黑影没入了起源古器内，只剩下此物震落而下。

石昊愕然，他终于知道那道黑影来自哪里了，它就在起源古器内，不属于这一界。它应该是某种法则构建而成的，而不是真正的生物，可见起源古器有多么恐怖！

石昊暗想，异域的昆谛等人研究起源古器亿万年岁月，果然琢磨出了一些门道，居然能召唤出黑影。

异域可以借此古器对付敌人，这很可怕。

石昊转身就走，他没有轻易触碰此器，总觉得这东西古怪，不愿沾惹。

“哪里走！”异域诸王大喝。随后，他们开始吟诵咒语，施展秘法，催动起源古器，想借它除掉石昊。

“嗷！”那道黑影再现，双手持起源古器，攻向石昊。

起源古器的光辉亿万丈，在它的照耀下，但凡生灵都要避退，不然就会陨落。

石昊神色冷漠，径直朝一个不朽之王而去，他抗住了那种光，没有被侵蚀，想将祸水东引。

“你……”那个不朽之王惊悚不已，急速逃遁。他不是惧怕石昊，而是怕处在这种状态下的起源古器，它被激活了，光束骇人。

“噗！”经过数百剑的对决后，石昊斩灭了他的肉身，连带着他的元神都被禁锢了。

“啊……”不朽之王惨叫。

“哧！”石昊将这个不朽之王的元神扔进池子中，与盘王、敖晟等人的神魂混在一起，他要带回去仔细研究此人的元神怎样了。

“怎么杀不死他？”异域的一些不朽之王震惊了。

“他无惧起源古器的光吗？难道会因此而造就他？”

“再来！”一群不朽之王神色冰冷，一起催动咒语，祭出黑影，让黑影持起源古器攻击石昊。

此时，黑影发狂了，拼命攻击石昊，缠上了他，怕他再去对付其他不朽之王。

这道黑影自然法力无边，这样激烈地比拼，石昊一时间也难以摆脱，甚至会发生危险。

“当！”最终，迫不得已，石昊还是触碰了起源古器，捏拳印攻击，用大罗剑胎劈斩。

石昊惊悚不已，就在这一刻，他发现那个箱子上出现一些裂纹，将就此开启！

什么情况？异域想尽办法要开启的箱子就这么要被他打开了？

石昊不太相信，难不成他身上有那枚种子？大罗剑胎吗？应该不是！那又是什么？

石昊不敢久留，他担心箱子裂开后，里面有难以道清的东西，不见得就是造化。他认准一个方向攻了过去，誓要除掉不朽之王，拖众人下水。

第1703章 只身杀出

虚空轰鸣，大地剧烈地颤抖，整片宇宙都如同一幅画一般在抖动，传出哗哗的声响。

那个箱子太神秘，出现裂纹后，溢出的光雨强烈了不知道多少倍。

石昊顶着巨大的压力，有些承受不住了，这个箱子中的物质太恐怖，要侵蚀他，令他堕入黑暗中。

它倾泻的分明是神圣光辉，却如同浓郁至极的黑暗物质汹涌。

神圣黑暗物质，更胜早年的纯粹黑暗物质！

石昊的脸色变了，他急速飞行，想要接近一群不朽之王，但是现在看来，时间太紧迫，很难成功。

“噗！”

石昊吐出一口血，殷红中带着各种光彩，伴着混沌之气。这是血中精华，可见他遭受的压力有多重，强大如他都受重创了！

昆谛神色冷冽，看到石昊急速接近，身体当即就变得模糊了，从原地消失。与此同时，其他不朽之王也不见了踪影，隐伏了起来，并不与石昊力拼。

他们看到石昊已经咳出仙王之精血，受创非常严重。那个箱子终于起了大作用，会将他逐渐磨灭在此。

不过，他们并不知道箱子出现了裂纹，正因为如此，那溢出的光辉才强烈了很多倍。

“哪里走！”石昊断喝。他施展仙王大神通，贯穿各大星空，寻找不朽之王。

到了这个层次的生灵，若真有心隐伏，不可能那么容易就被石昊寻出。所有不朽之王都看出石昊状态不对，想熬死他。

石昊身体踉跄，后方的光辉越发恐怖，似乎有什么东西要剖开他的躯体，侵蚀进来。

“滚开！”石昊大喝道，蓦地转身，一记剑光扫了出去。

大罗剑胎跟那起源古器撞在一起，两者间火花四溅。

石昊的神色越发凝重，因为那个箱子上的缝隙又大了一些，不会真的要彻底开启了吧？

可是，他知道自己的状态，不能再耗下去了，万一自己堕入黑暗，就此被侵蚀，那后果不堪设想。

石昊无法想象，另一个自己诞生，日后以陌生的姿态纵横天地，面对他的亲人和故友。

石昊向异域外冲去，他想离开这一界。今日他纵横异域，让不朽之王陨落，洞悉了昆谛的底牌，是时候该走了。

“荒，哪里走！”就在石昊退走时，昆谛出现了。他在后面施展最强手段，祭出了炼仙壶。

“咚！”

炼仙壶太大了，镇压石昊的真身，带着磅礴的威压，想将他碾碎在这里。

石昊目光冷厉，举剑猛地斩了过去。不远处，那道黑影双手持起源古器，就那么砸了过来。

“哧哧哧！”

一道又一道不朽之光浮现，那是诸王的兵器，有长达亿万里的金色长枪，有如同星空那么大的紫金锤……

“轰隆隆！”大道规则无穷，诸王一起攻击石昊，截断他的去路。

“你们找死！”石昊冷哼道。

当世有谁敢如此？一个人面对诸王，还这么强势！

石昊自然知道，这些人在拖延时间，想将他斩灭在起源古器之下。

“当！”铿锵之音震耳，四方都是兵器。

石昊力敌众王，加快速度，同时还要与黑影对决，阻挡那种侵蚀。

“轰隆！”

最终，石昊的身体发光，那是时间碎片，他动用昔日至尊骨上的轮回奥义，将时光法则推升到极致。

石昊被时间碎片包裹着，仿佛万法不侵，只是时间长河中的一个匆匆过客，急速而去。

“追！”不朽之王大吼。有人提着战矛冲击，想留下石昊，觉得他的威胁太大了。

当然，他们也很谨慎，主要还是催动那道黑影，让它手持起源古器冲在最前面，去镇压石昊。

纵然为王者，也不敢轻易接触已被激活的起源古器，那太恐怖了。

“封锁天门！”有人吼道，不让石昊借道而去。

前方有一座城池，巍峨而高大，镇守着一条通道。

石昊看也不看，哪怕巨城矗立，关卡闭合，他也无惧，抬手从自己的法则池子中抓出一个不朽之王的元神。

“开启！”石昊大吼一声，而后六大秘境同时发光，点燃这团浩瀚的元神之力，猛然掷出。

“轰！”这种威能太骇人了！

在界海磨砺了一段岁月后，石昊道行升华，施展这种手段比以前更加得心应手了。

“咚！”这一次，石昊直接让不朽之王的元神之光沸腾，没能重组在一起，化成了最本源的力量砸在巨城上。

那元神之光积聚了一个不朽之王的所有精粹，此时爆开，威力无穷。

“咔嚓！”阻路的关卡就这么裂开，而后解体了。

石昊一冲而过，闯入城内，而后借道杀了出去。

后面，一群不朽之王怒声呵斥，急速追击。黑影冲在最前面，它抱着起源古器，就这么杀了出来，着实震动四方。

“可恨啊！”昆谛低吼道，脸色阴沉，杀气腾腾。

从来没有见过这样破城的，随手一扔就是一位王者，那太恐怖了，以一位不朽王者的毁灭来开启一条通道！

到了外界，看到界海，又感应到远方的仙域，石昊终于舒了一口气，脱离异域后，他如龙归大海。因为在那片古地有太多神秘的事物，稍有不慎就会被人阻击。

时光碎片飞舞，包裹着石昊急速而行，他离开此地，径直闯向仙域。

“开启通道！”

石昊看到了一座城，它由法则构建而成，模糊而朦胧，大道威压弥漫，十分恐怖。这是一处空间节点，可进入仙域。

“他是……荒！”守在这里的仙将看到石昊，不禁露出惊讶之色。

有人想开启城门，却被一位老者拦住了，老者道：“不要妄动，大人有法旨，一旦荒回归仙域，就立刻禀报。”

“可是，仙王大人被追击，时间耽搁不得。”有统领开口，想要开启城门，看出了石昊处于险境。

那可是多个不朽之王，他们自亿万里外杀来，人未至，兵器已经横跨长空，爆发着炽烈的光芒。还有那道黑影是什么东西？它抱着一个炽盛的箱子，太威猛了。

所幸仙域大道轰鸣，这里是法则构建的，没有被箱子发出的光侵蚀，不然的话，所有人都危矣。

“大人说了，不要妄动，你们听不懂吗？”老者神色严肃地道。

一群人都沉默了，不再说话。

“开启通道！”石昊大喝。他看出了不对，那城中的生灵无动于衷。若非顾忌祖父、阿蛮、天庭的众人都在仙域，他很想将赤王、敖晟等人的元神都砸过去，以开启此关。

石昊冷冷地扫了城中的生灵一眼，转身走了，杀向界海。

城中，一群人看到不朽之王围攻荒，不禁僵住了，内心震惊无比。

这就是荒，他又是以一己之力对抗诸王！他这是又做下了什么大事，惹得诸王追击，一同围攻？

尽管未开启通道，但一群人还是惊悚不已，同时对石昊佩服得五体投地，他一人可对战群王。

什么是盖世仙王？这就是啊！

荒一个人杀向了界海，后方一群强者追击，更是带着起源古器，可谓兴师动众，震动十方。

这件事闹得太大了，堤坝上、界海中引发了大轰动，各方强者都知道了。

就是仙域也不可避免，诸王得到禀告后，一个个目瞪口呆，荒这是要逆天吗？

他又是一个人挑衅异域诸王，跟他们大打出手，纵横诸天。

所有生灵都避退开来，没有人敢接近，且不说异域诸王的疯狂，起源古器都亮了出来，谁敢轻易触之？

刚才界海中有强者阻挡，想要帮异域，结果直接被石昊除掉了。

石昊犹若困兽，在这紧要关头，谁想暗算他都会遭到疯狂的反击。

战到后来，石昊慢慢冷静了下来，他的六大秘境同时发光，将侵入体内的莫名物质全都逼了出去。

这让石昊心中一凛，那是神圣的黑暗物质吗？真是恐怖，险些让他堕入杀戮的深渊，他的意志都被左右了。

若让人知道他能逼出黑暗侵蚀之力，一定会震惊万分，那东西最难驱除，从古至今毁掉了不知道多少绝世高手。

目前，最有效的手段就是防御，不让它侵蚀，一旦它侵入体内，少有人可以将它驱除干净。

异域诸王紧追不舍，也起了一些念头，他们确信荒如同他们这一界的始祖，经受住了神圣光辉的洗礼而不曾陨落，可以进化为王。

但是，荒本身已经是王了，这样的话，他的元神还能重新诞生吗？

他们希望荒堕入黑暗！

石昊渐渐驱除黑暗侵蚀之力后，冷静了下来，遥望仙域方向。

“轰！”就在此时，远方传来强烈的波动。一群强者冲来了，有十几位仙王，他们带着浩瀚之力，镇压而来。

为首的正是盘王、混元仙王等人，再后面是鸟爷、精壁大爷等。

仙域之王到了，他冲进界海，接引石昊。

“不要接触那个箱子，退回仙域！”石昊传音道。他能挡住那种侵蚀，但别人不见得可以承受，那东西太恐怖了，就连不朽之王都对其退避三舍。

“起源古器！”盘王等人倒吸一口凉气。

最终，一群人回归仙域，石昊殿后，最后一个入城。

“仙域诸王！”俞陀大吼。看着城上的一群王者，他很不甘，特别想留下石昊，但是他知道这次失败了。

昆谛冷漠地看着这一切，没有说话。

城上，一群人十分吃惊，他们认出了昆谛，居然是此人亲自领军围攻石昊，这真是一件恐怖的大事。

“诸位，请退走吧，不要以为带来了起源古器就可以为所欲为，仙域诸王灭世大阵也准备好了。”盘王说道。

最终，异域的各路王者退走了。

是谁阻路，不让开启进仙域之门？石昊回归后，第一件事就是责问，他神色冷冽，要弄个清楚。

“敖晟、太始、元初所请的那位老前辈，他于两年前回归了。”盘王告知道。

“他活腻了吧？！”石昊只有这么一句话。

第1704章 黑暗柳神

到了而今，石昊战出赫赫威名，虽然是后起之秀，但是不弱于前人，甚至可以说能纵横天下，横扫强敌。现在竟有人这么算计他，对方是想逼死他，借异域之手将他除掉吗？

这种事让石昊震怒不已，他在外面拼命，仙域中居然有人这么行事，借敌人之手针对他。

“是的，我从来都不是仙域的生灵，只是一个过客，这方世界不属于我，谈什么自己人！”石昊的声音很冷，眼神一下子变得深邃起来。

这一次，他觉得很寒心，身后竟有人敢如此行事，实在胆大包天，险恶至极。

一些王者顿时心惊胆战，看着石昊的样子，全都露出忧色，这种话都说了出来，他是要对仙域出手吗？

这可是糟糕的大事！

荒现在是什么修为？如果他背弃仙域而去，那损失就太大了，而且若搞出一些大动静，仙域更是会受损。

“道友息怒！”有人硬着头皮开口，劝阻石昊。

盘王、混元仙王也上前，跟石昊密语，请他不要动怒，仙域自然会给他一个交代。

“道友，我等得到消息，都第一时间杀出仙域，赶往界海去接引你，还请你不要心生芥蒂。”有人说道。

“我就问一句，那老东西在哪里？”石昊对这些王者表示谢意，但是那老古董让他生出了强烈的不满。

“道友，还请暂息怒火！”诸王上前，让石昊不要冲动。

这些人毕竟是救他而来的，石昊倒也不好一点面子都不给。

“我等他来见我！”石昊说完这句话，就带上天庭的人马走了。

“道兄！”后面有人喊。

“多谢各位道友相助，我去养伤，日后再答谢各位。”石昊抱了抱拳。

众人觉得心中有愧，虽说是去界海接引，但他们并没有帮上什么大忙，荒太勇猛了，一个人在界海中大战，他们只是开启了进仙域的路而已。

回归后，石昊开始详细了解情况。

鸟爷、精璧大爷都有些愤怒，石昊竟被关在城外，在后有追兵的情况下无法进来。同时，他们道出的另一件事让石昊很愤怒。

那个所谓的老前辈回归后，直接就来兴师问罪，威逼天庭，气势之盛，无可比拟。

若非有鸟爷、精璧大爷坐镇，天庭可能真的会危矣。当时，盘王第一时间赶到，此外，阿蛮的师父也被惊动，出手庇护了这里。

“那个所谓的老前辈这么恐怖？”石昊变了脸色。

“那是一位巨头，曾在仙域有赫赫威名，四方共尊，非常强大！”鸟爷郑重地告诫石昊。

不然的话，一般的仙王也不会才回归就能左右镇守通道的那些仙将的意志，主要是那位老前辈昔日的威名太盛。

“你负伤了？”精璧大爷问道。

鸟爷和精璧大爷都很担心，石昊何其强悍，在界海的表现有目共睹，可绝代仙王一旦负伤，也是极其严重的。

石昊点头道：“起源古器了不得，我需要闭关一段时间养伤。”

天庭很安宁，没有任何动静。

外界，人们猜测，荒可能真的负了令人难以想象的重伤，不然的话，以他的性格来说，怎么会这么安静？

一座石洞中，石昊正在闭关休养，他的确负了伤，但绝对没有外界想象的那么严重，他主要是在体会那一战的过程。

起源古器给石昊留下了深刻的印象，因为可以严重威胁到他。在他看来，这是目前为止为数不多的大杀器之一，太危险了。

一旦彻底开启那个箱子，将会发生什么事情？他在思量。

石昊不知道异域是否发现了那件古器曾经龟裂。在他离开时，他发现远离那个箱子，不再接触它后，箱体上的裂纹都渐渐消失了。

石昊的伤早就好了，他在研究身上的那些器物，究竟是哪一件，竟然可以开启起源古器？

他身上的确有一些特别的东西，而且这些东西都是独一无二的，比如说大罗剑胎、从七彩仙金人所在洞府带回来的黑不溜秋的石头、记录《原始真解》的洁白骨块……此外，还有一团火，它曾伴着三世铜棺，而今在他体内。

到了仙王层次，石昊已经看出这团火的恐怖之处，它在摹刻世间各种大道！

还有那个烂木箱！

昔日，那个烂木箱没办法收进空间法器内，不过在石昊成为仙王后，这个难题就解决了。

当然，这也是石昊成为仙王中的巨头后才做到的。起初步入仙王领域时，他依旧没有办法将烂木箱收起来，只能拿着。

石昊研究了半天，也不能确定究竟是哪件器物可以开启起源古器。

“一枚种子，化作钥匙。”他自语道。

突然，石昊身体一震，双目光芒大盛，想到了另一种可能。他一直在寻找外物，忽略了他自身。

“我以身为种，这……”

想到这种可能，他怎能不震惊？不过，他很快又摇了摇头，那枚种子在无数个纪元前就在流传了。

他以身为种，在当世才成功，应该不是那枚种子。

不管怎样说，他知道自己或许能开启那个箱子，破解起源古器的终极之秘。

石昊小心地将这些器物都收了起来，只要保存好，早晚会用到它们。

接着，石昊又将那个不朽之王的元神从法则池中抓了出来，仔细观察他的情况。石昊曾经将此人的元神掷向起源古器，让其当场惨叫，发生异变。

“长时间下去，元神会灭掉？”石昊露出惊容。那起源古器果然恐怖，杀伤力惊人。

数年后，石昊出关了。见过天庭众人后，他将小蚂蚁请到密室中，放出了鹤无双的元神。

小蚂蚁的眼睛当即就红了，大滴的眼泪滚落而下，他想到了兄长，想到了几位姐姐，那些亲人他再也见不到了。

这是小蚂蚁的执念，见到这个大仇人后，他甚至有些发狂。

“我想亲手斩了他，我要亲手斩了他啊！”小蚂蚁大吼。

许多人听到了小蚂蚁如同疯魔般的声音，他像是疯了，人形之躯披头散发，而后又化出了本体。

自这一天后，小蚂蚁消失了。

只有高层知道他陷入了疯狂的修炼中，最后更是进入了仙域那片属于天角蚁一族的大凶之地。

那是天角蚁一族的祖地，该族始于仙域，不过在该族灭亡后，那里沉陷了，蕴含着无穷的杀机。

小蚂蚁受了刺激，鹤无双在仙王境，若非石昊的话，他根本没办法斩灭鹤无双。小蚂蚁想崛起，他要闭关，于是进入该族祖地，不惜冒死在那里磨砺自身。

小蚂蚁请石昊封住鹤无双的元神，来日他自己做了断。

石昊点头，这样也好，激发起小蚂蚁无穷的斗志，他或许真的能因此而破关成王，石昊期待那一天的到来。

“那个老家伙没有来？”石昊询问鸟爷与精璧大爷。

“没有，倒是有跟他关系不错的仙王曾打探你的伤势。”鸟爷说道。

石昊眼中的怒气更盛了，对方还真想向他动手不成？身为仙王，他一旦发怒，有可能会让各种异象浮现出来。

这一日，这片宇宙中，风云动荡，赤红的云朵遮天蔽日。

石昊出击，犹若雷霆，狂暴无比，震惊了所有人。

他主动攻上门去，有仙王想在沿途劝阻，却全都被他的气势吓得退走了。

毫无疑问，这是一场巅峰大战。

不得不说，这位老前辈鲁谷神通广大，法力无穷，的确是一位巨头，与石昊比拼了上千个回合。

“小辈，你想背弃仙域吗？”鲁谷怒斥。他后悔了，这个年轻人的强大超出了他的想象，比传闻还要厉害。

这让鲁谷无法理解，一个后起之秀而已，怎么会如此强？让他这样的巨头都倍感吃力，承受不住了。

鲁谷出生的年代古老得惊人，修道岁月漫长，什么样的天才没有见过？可是像荒这种人，他还是第一次遇到。

“你也能代表仙域？如果你能的话，我便背弃仙域，又能如何？！”石昊喝道。这种话也只有他敢说，换作任何一个仙王都不敢。

“噗！”

大战到最后，石昊将鲁谷斩灭，并将其元神镇压在法则池中。

不是不能直接除掉对方，而是石昊发现留下的这些元神都有大用，比如说可以砸开异域、仙域的城门等。

若让人知道他留下这些人的元神想干什么，他们一定会目瞪口呆。

别人若能囚禁一个仙王的元神，一定会想方设法研究其道果，并将其道果掠夺过来。石昊以身为种，而今不假外物，不然也不会这么强大，他走出了自己的路，目前不需要这些，倒是在思量能否用仙王元神成就天庭的一些神将。

鲁谷被斩，引发了天大的波澜。

仙域各族莫不震惊，这简直是捅破天了，一位巨头就这么被荒除掉了，着实威慑各族！

也有人来求情，让石昊放了鲁谷的元神，说那是仙域的一代至强者，日后守土时离不开他。

石昊直接拒绝了，并表示留下鲁谷可以，那他就此离开仙域。

经此一战，石昊确立了自己的地位。早先斩灭敖晟、太始等人，他已经神威赫赫，无人敢触怒了。但他终究还是太年轻，一些从界海中回归的老古董对他并不是太尊重，倚老卖老。

经此一战，石昊在仙王中的地位再次提升，无人敢拂逆他。一时间，天下各族莫不敬畏他！

再加上石昊不止一次独自杀进异域，连昆谛都击败了，他的威名自然被推向了巅峰。

岁月匆匆，二十万年悠悠而过。

在这二十万年来，界海多次发生暴乱，有强大的生灵登岸，杀向仙域，闯向异域，爆发了多次大危机。

在这期间，石昊亲身参与了数次大战，最为激烈的一次，他亲手斩灭了来自界海的一大巨头。

六十万年过去，情况越发严重，最糟糕的这一次，仙域于一战中就牺牲了六位仙王，多片宇宙被打得残破不堪。

黑暗大动乱，一次比一次恐怖。

唯一值得庆幸的是，石昊崛起了，实力越发强大。情况最严重的一次，他战到癫狂，浑身是伤，灭掉了来自界海的两大巨头。

这是一个残酷的年代，也是仙王劫的爆发期，世间高手不断凋零。

石昊敏锐地发现有更强者在吸收死去的仙王的印记，获取他们的道果。

为了成帝，这世间惨剧出现得越来越多了。

七十万年过去，终于迎来了一段平缓期，战乱稍微少了一些，但是所有人都知道，这只是暴风雨前的宁静。

石昊利用这十万年默默闭关，打磨自身，他很想破王成帝。

在这段平和期，石昊也在推演，他想知道柳神而今在何方，于是派人寻找柳神在过去所留下的所有痕迹。

最后，石昊动身了，强大如他，也付出了一定代价才推测出柳神的一些蛛丝马迹。

“荒进界海了！”

石昊的一举一动，而今牵动了很多人的心，他太强了，即便没有举动，仙王都要注意。

至于异域，得到禀告后，也密切关注石昊。

不过，这一次暂时无人去界海中阻击石昊，因为数十万年来，他战出了震世的威名，没有几人愿意招惹他。

沿途，石昊一路杀敌，但凡想要攻打仙域的生灵，都被他除掉了。

石昊一走就是两万年，他终于登上了一座岛。

“传送法阵，真是难得！”

在界海中无法布下法阵，唯有特别的岛才能够有此造化，在一般情况下，法阵都会被磨灭。

一座法阵可以让仙王省去数十万年功，不然的话，那样飞行不知道多少岁月才能进入界海最深处。

“嗡！”

法阵光芒交织，石昊上路了。

当他再出现时，还是在界海深处的一座岛上，这里光泽流淌，带着某种神圣而又妖异的气息，很古怪。

石昊震惊了！

那座岛很大，也很开阔。岛外，波涛汹涌，一片灰蒙蒙，看不到尽头，也无法望远。在那座岛上有一株柳树，它巨大无边，耸入云层中，垂落下亿万缕枝条，带着秩序的力量。

“柳神！”石昊大喊。他向前冲去，但到了附近又止步了。

整株柳树漆黑如墨，散发着乌光，叶片、枝条等如同墨玉刻出来的一般，乌光流转，气息恐怖。

这是一株黑暗柳树！

柳神堕入黑暗中了？石昊整颗心都沉了下去！

这株柳树很沉静，像被封印了，又像在沉眠，它居然没有复苏。

石昊心情沉重，虽有万千话语，但一时间都说不出口，他默默地来到近前。

蓦地，他神色僵硬，因为他看到了一块碑，上面用清晰的骨文记述了一些事，那竟然是柳神所留！

“舍弃躯壳，踏足黑暗，横贯生死之间……”

石昊心中震动，仔细阅读，生怕遗漏一个字，得知了一些惊人的真相。

柳神舍弃了躯壳，要以元神进入黑暗，抵达界海尽头的那片土地，它就这样过去了。

同时，还有一些其他记载。

柳神涅槃不止一次，它曾在各地留下一些遗蜕、法体等，就如同眼前的黑色树体。

在上路前，柳神将数世的积累，也就是所有的涅槃之力都激活了，集于一身，实力突破到了很恐怖的境地。

它记起了过去，了悟了每次涅槃前的种种。它仔细推演，发现想要渡海、抵达尽头，所耗的岁月太漫长了。

最终，它选择了一条外人不敢想象的路，主动被黑暗侵蚀，舍弃躯体，任它诞生新的元神。而它自己真正的元神则进入黑暗牢笼，选择从那里突破，杀向终极之地！

第1705章 **天庭强盛**

“柳神！”

石昊站在这株黑色的大柳树前，情绪难以平复，柳神居然以这种方式进入了终极之地。

真正的柳神现在在做什么？是激战，还是被困在黑暗之地？石昊心中波澜起伏，恨不得立刻就闯过去。

柳神风华绝代，有大气魄。

石昊不得不叹，无论是过去还是现在，柳神都是如此与众不同。

舍弃躯壳，元神闯进黑暗，就这么闯过去了，柳神依旧这么风采出众，这种魄力，谁能相比？

“轰隆！”

界海中，浪涛起伏，又一次黑暗风暴来袭，这一次风暴格外恐怖，席卷到了这座岛上。

那是规则，是秩序，大道符文在黑色的汪洋中汹涌。

石昊站在这里，沉静不动，他而今强大到了可以硬抗黑暗风暴的地步，任浪花拍击，任黑暗飓风击中躯体。

石昊纹丝不动，若是一般的仙王，或许早就没命了。

那黑暗风暴裹带着密密麻麻的大道符文，向柳树扫去。大雨滂沱，电闪雷鸣，简直如同灭世一般。

石昊静静地站着，神色凝重地看着前方。

“轰！”

突然，柳树复苏了，遭遇攻击后，它通体乌光大盛，周围被星云缠绕，被无穷的秩序神链环绕着。

树体摇动，成千上万根黑色的枝条绷得笔直，刺向那片风暴，如同很多根规则神矛。

柳树复苏了，它果然有灵，诞生出新的元神，并且非常强大，破解了黑暗风暴，自身并没有受到剧烈冲击。

这种手段，远胜一般的仙王！

石昊并不意外，柳神本就是仙王，到了这个层次，一旦堕入黑暗中，真正的元神离体而去，再生的新元神怎么可能会是弱者？

要知道，这可是仙王躯体滋养出来的超级进化者，上百万年以来，其道行肯定早已突飞猛进，成就惊人。

事实上，在界海中堕入黑暗的生灵，但凡是仙王，从寂灭中复苏后，最终的修为都不会比生前的差。

“轰”的一声，成千上万的黑色枝条向石昊刺来，乌光大盛，法则激荡，气息强大至极。

石昊的右手向前拂去，摊开手的瞬间，金色的秩序神链密密麻麻，如同金色柳枝般刺透虚空，迎了上去。

这是正宗的柳神法，跟对方所施展的宝术太像了！

“轰！”

两者剧烈碰撞，石昊纹丝不动，黑暗柳神则一震，显然它很吃惊，对方在用跟它相近的大法瓦解它的攻势。

“你是谁？”黑暗柳神发出神念波动。漫天都是黑色的秩序神链，所有柳枝都在舞动，气息磅礴骇人。

这是一位绝世高手，可比肩巨头，它有足够强大的实力，不愧为柳神的黑暗之身。

“你前世的亲人、弟子。”石昊说道。在他心中，柳神就是他的亲人，也是他的师尊，曾经给予了他很多。

“石村，石昊？”黑暗柳神带着狐疑的语气。

石昊双目神光大盛，大吃一惊，这黑暗柳神居然知道这些，难道它记起了前世今生吗？

“是，我是石昊，曾经跟柳神一起生活在石村。”石昊说道。他缅怀曾经的岁月，可是再也回不去了，那个时候，他还是一个孩童，而柳神通体焦黑，只有一根柔嫩、绿莹莹的柳枝，它从死境中复苏，一切都得从头开始。

相对百万年岁月来说，那十数年的时光在石昊的生命中不过是短暂的瞬间，却给石昊留下了不可磨灭的印象，影响他的一生。

“是你！”柳神漫天舞动的黑色秩序枝条轻轻放了下去，自然垂落。

它沉默了很久，才道：“原先这里还有一块碑，封有元神印记，简单地记述了昔日的一些事。”

石昊闻言，立时明白了，这株黑暗柳树知道前世的一些事！

因为柳神是主动堕入黑暗的，不是意外遭劫，所以准备充足，提前为新诞生的元神留下了一些信息。

最终，柳神跟着石昊走了！

虽然这不是曾经的柳神，元神都不一样了，但是石昊依旧对它有一种特别的感情，视它为亲人。

正如现在的黑暗火灵儿，她本性不坏，跟前世的性格很像，黑暗柳神亦是如此，而且它还有部分前世的印记。

同一具躯体，换了一个元神，的确可以称之为前世今生！

不过，这终究不是昔日的柳神，石昊对它还是没法儿完全像对真正的柳神一样。若是曾经的那个柳神，他或许会不顾仙王颜面，落下泪水，那时肯定会真情流露。

现在，他是仙王，对方也是仙王，彼此的关系亲密而又复杂，亲近中亦带着一点疏离感。

石昊沿着原路回返，借助法阵的力量，带着一位绝世高手而归。这的确耗时很长，因为有一段路程不能通过法阵，跟来的时候一样，需要飞行两万年。

若外界不知道界海的生灵初闻此事，一定会很震惊，连仙王都要飞这么久，那是何等诡异之地？

这一来一去，总共耗去了四万多年。

当石昊再次回归仙域时，引发了巨大的波澜。

石昊消失在界海四万年，曾引发不小的风波，有些人认为他可能闯向界海最深处了，不再回头。甚至有悲观者认为他太自负了，有可能会陨落在界海深处。

天庭震动，莫不惊喜。各路仙王纷纷登门，前来拜会。

不过，当看到黑暗柳神时，许多人大吃一惊，忌惮无比，因为感觉到了它强大的气息，这是一位巨头啊！

同时，有人认出了它，因为它跟昔日的祖祭灵太像了。

“道友，难道它是？”有人怀疑。

“没错，正是祖祭灵！”石昊点头回应。

一些人惊悚不已，而后张了张嘴，略有迟疑。他们告诫石昊，这样堕入黑暗的生灵若图谋不轨，会造成很可怕的后果。同时，这种生灵身上可能会有黑暗物质，对仙域来说，那是一种污染，会侵蚀其他生灵。

“它跟火灵儿一样，堕入黑暗，耗尽了那种物质，自身成为超级进化者。异域的俞陀也是一样的，你们和他战斗过，而今可还能感受到黑暗物质？”石昊说道。

诸王虽然忌惮石昊，但还是先后试探了一下柳神，的确感受不到黑暗侵蚀的力量了。

不管怎样说，有石昊这位巨头在，其他人都不愿撕破脸皮。

他们相信石昊，是因为这七十几万年来，石昊立下了赫赫战功，他一个人阻挡界海暴乱，斩灭巨头，击毙各路强者。

数千年后，又一场黑暗动乱爆发。从界海回归的生灵中有一大批迷失者，他们在一些恐怖王者的带领下，杀向仙域。

黑暗柳神跟石昊一起冲在最前面迎战，亲自斩灭了一个巨头，立下大功！

这场黑暗动乱持续了很多年，直至斩尽所有入侵者，这才平息。

经过一次又一次的冲击，仙域都有些破损了，边缘地带的古关都早已崩开了。

现在出入仙域、异域等都非常方便了！

下界亦是如此，无论天地大道是否完整，都不能拦阻仙王的脚步了。

九天十地，最为混乱。

当年，石昊从十道轮回印记中挣脱出来时，就发现这一界几乎被王者毁掉了，各族生灵都前往星辰居住了。

有些王者回归的通道就设在九天十地，比如仙坟那里。这些强者，有的庇护此界，有的侵蚀此界。

石昊进入仙域都七十多万年了，这么漫长的岁月过去，诸天间的通道终于渐渐贯通了。

昔日，各界彼此防备，各自镇压通道，同时也不想界海的生灵发现，不愿被攻击。但现在没有必要了，因为界海中的生灵早已锁定了各界，回归后都渐渐摹刻下了各地的坐标。

“有的路还不好走，但绝大多数都能轻易走通了，这意味着诸天要大乱了！”石昊叹道。

这是很明显的事，各界往来越发方便，彼此开战，或者与界海开战，也越发容易了。

接下来的几万年中，石昊在积聚力量，同时也在思索破王成帝之法。

现在，天庭足够强盛了，有石昊坐镇，又接引回来了黑暗柳神，这样两大绝世高手，谁敢与之争锋？再加上鸟爷、精璧大爷，这的确很强大了。

当然，如果算上石昊的那头坐骑金毛犼，所有顶级强者都加在一起，天庭的实力着实骇人。

“轰！”

这一日，天角蚁的祖地传来剧烈动荡的声音。一只金色的蚂蚁巨大无边，头上顶着一只独角，爆发出无量光，从那大凶之地崛起，照耀十方。

力之极尽！

很多仙王都被惊醒了，这股力量太强大了，震动了仙域！

小蚂蚁出关了，他成功晋升到了十凶那个层次，肉身无敌，只是元神稍逊仙王一筹。

不过，十凶之所以被称为十凶，是因为实力足够强大，与仙王力拼绝对毫无问题，都有各自的底牌、本事。

十凶是特殊的存在，一旦“逞凶”，不可抵挡，连仙王都要忌惮三分。

比如说天角蚁，该族的力量号称天下第一，所谓一力降十会，足以力压对手。当然最为重要的是，天角蚁的特殊禀赋——狂化，一旦被激怒，陷入疯狂的境界，其实力就会暴涨，包括元神之力都跟着提升一大截。

当年，石昊第一次见到天角蚁一脉时，就已经领教过狂化的威力。

小蚂蚁成功了，实力大增，不弱于他的父亲了！

以小蚂蚁而今的实力来说，他足以取代昔日十凶内的老天角蚁。

“很好，我们又多了一位仙王级高手。等下一次我再进异域时，我就不用急着退走了，带领诸王，横扫他们！”石昊冷声道。

他、黑暗柳神、鸟爷、精璧大爷、金毛犼，再加上现在的小蚂蚁，如果都出动的话，绝对是一股恐怖的力量。

“我也要突破！”赤龙大叫道。

穆青、雷灵、皇蝶等沉默了，他们全都在苦修，也想走上更高的境界，但是太难了。

小蚂蚁一归来，就请石昊放出鹤无双，表示自己要跟他决战。

石昊点头，他知道那是小蚂蚁的执念，如果不能正面击败这名不朽之王，小蚂蚁一生都不能释怀。

石昊放出鹤无双的元神，请黑暗柳神跟了过去，避免出现意外。

“小昊，你的弟弟至今还没有踪迹吗？”十五爷石中天在石室中问石昊，脸上带着忧色。

老人很担心，想知道秦昊究竟怎样了。秦昊虽然幼时跟他不亲近，但毕竟是他的亲孙儿，血浓于水，他怎会不在乎？

“我也在找他，也曾推演过，却被迷雾所阻。这多半涉及了仙王层次，有人故意隔绝，不然的话，不管他是生是死，都应该能找到。”石昊皱眉道。

他心中有某种猜测，秦昊的失踪或许跟那长生祸有关。

“我那孙儿怎样了？还有子陵、云曦他们都还好吗？”十五爷声音发颤。他很想念自己的孙儿、亲子等。

“都还好。”石昊看了一眼自己的祖父，道，“爷爷，我将他们封印了，放逐在仙王无法推演到的疆土中，不想轻易去触碰，怕别的王者感知到。”

那些人被封印了，石昊打算暂时不让他们出世，因为这一世天下太乱，黑暗大清算过于恐怖，而且会越来越可怕。

那些人大多都是寿元将尽之人，虽然可以在有不死物质的仙域长存，但是一旦大灾祸来临，可能就会遭劫。

石昊甚至在想，他将天庭的一些人马也都封印算了，以躲避这场将要到来的史无前例的恐怖大劫。

“真想念他们啊，我那曾孙……”石中天叹道。他的确很思念那些人。

“小石头或许会出世，我早已让他复苏。他一直在那片疆土中修炼，若能成为仙王，会来帮我的。”石昊道。

“什么？我那曾孙……好，太好了！”十五爷石中天惊喜地道。

第1706章 **长生祸**

那些人在哪里？石昊不能说，因为怕被仙王感应到，到了这个层次，他们个个都手段通天。的确，这一世太乱了，无论是毛球还是大红鸟，石昊都不打算让它们出世。如果有一天，他能平息动乱，镇压十方敌人，那些被封印的故人自然会被他接引回来。

他可以战死，却不愿看到身边的人一个一个离他而去。他希望自己足够强大，可以化作不朽的雄关，拒敌在外。

“我的曾孙，真希望他早一天出现！”十五爷高兴得老泪差点落下来。同时，他又有些担忧，他怎会不知道这个世道有多么可怕？一旦回归，就意味着要参战，比拼到底。他的孙儿石昊已经在参与这场大动乱中的对决了，难道曾孙小石头也要出世吗？

石中天高兴过后，感到一阵恐惧，他真怕有一天，石昊父子二人都战死在沙场，最后马革裹尸还。

“不会的，我孙儿是最强大的，我的曾孙也不会弱，他们都将安然无恙，成功平定大乱！”石中天自语道。

阿蛮在一旁劝道：“爷爷，小石头早晚会出世，而且应该会是仙王，这是开心的事，你不要多想。”她亭亭玉立，温婉而安静，这么多年来，她一直在石昊的洞府旁边，方便照料他。

虽然石昊早已成为仙王，阿蛮却从来没有在意过，始终将他当成昔日的他。

“阿蛮，我想把你和爷爷还有一些年老的神将也封印，你们愿意吗？”石昊轻声问道。

“你不自信了吗？”阿蛮看着他，道。然而，她的心却一颤，石昊竟这般顾虑，这说明事态越发严峻了吗？或许他将有大动作了！

强如石昊，如今都在为一些身后事做打算，这很严重，让阿蛮和十五爷都露出了忧色。

“哈哈，哪有？好，那你们就等着看我横扫天下敌，坐看这一世风波尽去吧！”石昊说道，豪气干云，不再执意封印他们。

“天庭中的一些神将和老兵，你可以封印，让他们安然等到盛世再出来。”阿蛮建议道。

石昊点头。

“我要将秦昊找出来。”说到这里，石昊脸色微冷，究竟是什么人敢对他亲弟弟动手？真是长生祸吗？在他看来，秦昊身上就有一块神秘的仙骨值得他人觊觎，但那会涉及仙王吗？

“王长生哪里去了？”石昊自语。他进入仙域后，也曾经关注过一些“故人”，有些人居然消失了，他怀疑秦昊的消失跟那些人有关。

最后，石昊将盘王、混元仙王等人都请来了，向他们请教这仙域中究竟有哪些神秘势力最有嫌疑。他不将他们当成外人，故此有什么事都很直接地询问。

“长生祸？”两人露出异色。

“有什么不对吗？”

“你这样一说，倒是让我们觉得那个地方有些符合。”混元仙王说道。

“哪个地方？”石昊露出凝重的神色。

“在这仙域有广袤的山川，其中有些浩瀚的疆土并无过多的族群占据，而是很神秘，亿万里无人烟，当中有诸多危险。”

石昊点头，他想到了，当年还没有真正了解仙域时，他就曾听人讲过，仙域有些区域去不得，很危险，就是老牌的仙王都不愿轻易踏足。

“仙域那无人烟的区域可能栖居着你说的那种生灵。”

“长生祸？”石昊吃惊地道。

“或许可以那么称呼。”

两大仙王讲述了一些事。

在那仙王都不愿轻易踏足的领域有神秘生灵，有的是避世的古老家族，很古怪。还有一种生灵，来历神秘，他们以元神为主，少有肉身，一直在寻觅、掠夺肉身。

“嗯？”石昊顿时对第二种生灵有些警觉。

“那种生灵很可怕，最关键的是，他们掌握很多失传的无上绝学！”盘王叹了口气，道。

“只有元神，没有肉身？”石昊瞬间想到了很多，双目中神光大盛。

“相传，他们是……从接引古殿逃出来的！”混元仙王暗中传音，没敢直接开口，怕被人知道。

石昊双目中的光芒更强烈了，他握紧了拳头，道：“此话当真？”

“只是猜测。”盘王道。

接引古殿是什么地方？它跟黑暗之地有大关联！石昊恨不得搬来一座接引古殿，看一看它究竟有什么隐秘，但是一直寻不到。事实上，在两位仙王讲述时，石昊就猜测到了一二，联想到以前的种种，他越发觉得理应如此了。

昔日，三千道州天才争霸，最后大战时，那里曾浮现一座古殿，其上写着“接引”二字，事实上，真有元神莫名出现在那里。还有，古葬区埋藏着起源古器的深渊也很神秘，有人说曾见到元神从黑暗虚空中逃出来。

此外，他当年修第二道仙气时，九死一生，也曾进入过黑暗牢笼，险些被困死在里面，最后挣开了枷锁。

石昊一直怀疑黑暗之地有生物可以走脱，现在看来，的确如此。

两位仙王讲述了很多，其中有诡异的，有恐怖的。曾有巨头出手，降伏过那里的生灵，发现了一些可怕的事。

“有些元神曾是史上负有盛名的强者，但现在完全不同了，他们是矛盾的、混乱的、恐怖的……”按照盘王的解释，他们似乎彼此吞噬过，历史上多位负有盛名的绝世高手融为一体了。

石昊倒吸了一口凉气，想到了一种可能，难道有些黑暗牢笼贯穿了，而后那些被镇压的元神相遇，彼此相互吞噬？

“后来，那位巨头莫名陨落，然后就少有人敢追查下去了……”盘王道，神色凝重。

“那些可怕的元神在世界各地寻遗迹，挖掘仙王棺，有人说他们在找昔日的遗体、精血等。”混元仙王补充道。

…………

数年后，石昊上路了，他不是独行，而是带上了天庭的一些至强者。他、黑暗柳神、鸟爷、精璧大爷、小蚂蚁，此外还有金毛犼，一同向仙域最深处的一块古地进发。

若真有长生祸的话，石昊一定要弄个清楚明白！他猜测秦昊或许真的失陷在那里。

在上路前，石昊也跟水晶头骨、金色的骨掌、发光的眼球等密谈过，了解了一些旧事。现在，他带着几大仙王亲临仙域最深处，不惜展开大决战！

第1707章 怪物

仙域深处，赤地亿万里，不见人烟。

有的区域，蒿草丛生，一片荒凉，缺少精气，根本不像成仙之地。

有的区域，远远望去，一片银装素裹，若皑皑白雪，没有其他色彩，寂静而无声，充满死亡的气息。

还有的区域，密布着一个又一个湖泊，有刺鼻的血腥味，散发着慑人的力量。

这就是仙域最深处，一个有着许多古怪的地方。

石昊到了！

他亲临此地，带领黑暗柳神、鸟爷、精璧大爷、小蚂蚁、金毛犼等一同前来。

这是从未有过的事，这么多年以来，无论跟哪一方开战，石昊都是独自上路的，而今他居然带几位大高手同行。

这是一片石林，宁静无声，巨石横陈，有卧虎石，有蟠龙峰……石林整体呈灰褐色，一望无垠，跟外界看到的寻常石林截然不同，太浩瀚了，如同一片汪洋。

石林中有一些巨大的星骸，不知道是什么年代所留，跟偌大的石地比起来，根本算不得什么，可见这里有多么广阔。

这就是目的地！

在石昊的头上，一团光璀璨无比，包裹着一个小人儿。小人儿在那里沉浮，感应这里的一切变化与秘密。

“找到了！”石昊看到了数百万里外的一座古殿。那古殿散发着金色光泽，其中亦混杂着一缕又一缕黑暗的气息。

“走！”

石昊冲在最前方，第一个攻了过去。他怕有危险，于是只身挡在最前方，他的肉身强韧，已算是不灭之体。

石林中，那座殿宇虽残破，却很大，泛出金色的光彩，神圣而祥和。若非有一些黑气弥漫，略显诡异，还真让人觉得这是一处净土。

众人隔着很远就止步了，他们正对古殿的出口，冷漠地站在那里，凝视里面。

“接引古殿！”石昊道出这样四个字，点出了它的来历。

石昊神色凝重，这是他带上几大高手的原因所在，这涉及了最严重的事端。

黑暗之地、接引古殿之间有巨大的联系，不可分割，而有的生灵居然能从那里逃出来，可见他们的实力有多么强。

石昊怎么敢大意？从古至今，黑暗牢笼中有几个生灵可以重见天日？非常难！

“真要是自己从黑暗牢笼中打出来的，一定极其强大。”石昊说道，提醒几人谨慎应对。

“道友，所为何来？”一道平和的声音响起。接着一团光浮现，那是一只白虎，它身上的皮毛闪动着金色光芒，散发着凛冽的杀意。

仔细看会发现，这只白虎的身体有些古怪，略显僵硬，至于它的元神则极其强大，发出光辉，覆盖了肉身。

“为接引古殿而来。”石昊说道。

“这么多年来，也不是没有仙王来过，曾有一位巨头都因此而殒命了，尔等还不死心吗？我们不想与尔等有交集，尔等也莫要扰我等清修！”白虎的态度很强硬，语气也变得冷硬了。

石昊没有直接提秦昊，担心对方拿捏他。

“那就战！”

黑暗柳神很果断，枝条舒展，铮铮作响，刺透了虚空，上万根黑色的秩序神链飞出，向白虎卷去。

“巨头！”白虎的银色瞳孔射出璀璨的光束。

“嗷！”

白虎一声大吼，口鼻间喷出一缕又一缕白气，那是庚金之气。

白虎主杀伐，该族在仙域曾是赫赫有名的霸主。不过，现在这一族没落了，因为当年的白虎仙王堕入黑暗，最后陨落了。

“轰隆！”

两者间，刺目的光发出，庚金之气与黑色的秩序神链激烈碰撞，爆发恐怖的大道之光。

“咚！”

白虎目光冷厉，挥动大爪子，向前抓去。

柳神也是至强者，黑色枝条乱舞，化作锁链，缠住那只大爪子。

两者间绽放成千上万的大道符文，在那里对抗。

“白虎仙王，你不是永堕黑暗中了吗？”精壁大爷心惊。

“某家又回来了！”白虎仙王寒声道。曾经的霸主，而今状态很不对劲，皮毛竖立，额头上浮现奇异的符文。

“锵！”

白虎的背部裂开了，一对金色翅膀绽放，焚烧诸天，带着刺目的光，太阳之精滚滚汹涌。

那是一对金乌翅，轻轻拍动间，天崩地裂。金乌翅带着无上威压向黑暗柳神扫去，要将它彻底焚毁。

“金乌王翼！”鸟爷吃惊地道。

他认识，那是金乌王的气息，所施展的神通也是该族的，太阳之精浓郁，像一片汪洋沸腾了。

金乌族极其强大，从古至今可是先后出了两三位仙王，直到当世，还有一位活着呢。可以说，这是一个让天地都嫉妒的族群。

“是我！”说到这里，白虎的银色瞳孔变成了金色。同时，一股炽盛的气息从白虎体内迸发，它宛若一轮金色的太阳般璀璨。

石昊倒吸了一口凉气，最坏的猜想果然成真了，黑暗牢笼中的王有些彼此吞噬，成了怪物。

眼前这只白虎，绝对就是如此！

“轰！”

黑暗柳神而今是一位巨头，它狂霸出手，所有的枝条仿佛都化成了黑暗仙金。并且，它还动用其他大法，仿佛在催动天地意志，树体跟世界脉动意志合而为一。

“轰！”

太阳之精、金乌王翼等都被震开了，那只白虎的身体也在摇动，向后退去。

两者对战，激烈无比，黑暗柳神更强，最后一根黑色神链刺中了白虎的胸膛，而后让它的躯体崩坏。

“嗡”的一声，一道元神之光遁出，没入接引古殿内。

“哧”的一声，从古殿中飞出一柄剑胎，漆黑如墨，流淌乌光，那是元神剑胎，无坚不摧，斩破永恒。

石昊瞳孔收缩，他认出那是平乱诀！

“锵！”石昊抬手间，空中浮现无穷剑光，这是他融合了草字剑意、《不灭经》从而开创的剑诀，威力奇大无比。

“轰！”接引古殿前，天地大动荡。两种剑气汹涌，简直要毁灭万物。

史上有三大剑诀，号称无敌杀伐大术，今日一下子就出现了两种。

“有点意思，你竟懂这种剑道。”接引古殿中传来冷漠的声音。

“哧！”就在此时，一道剑光飞出，让万物凋落，有一种令人头皮发麻的冷冽。

“仙劫剑诀。”金毛犼震惊不已，认出了那种无上宝术。

金毛犼之所以震惊，是因为这种剑诀亦号称无敌术，与平乱诀、草字剑诀并列，是三大剑诀中的最后一种。其剑意浩大而恢宏，恐怖而骇人，是仙之劫难，一剑斩出，仙道生灵都要应劫。

“轰！”石昊掌指发光，一记轮回拳砸了出去，让那里剧震，剑气纵横激荡，斩灭万物。

鸟爷、精璧大爷、金毛犼不禁心中震动，变了脸色。

三大剑诀居然同时出现了！它们都有天大的来头！

“草字剑诀！”就在此时，古殿中又传出这样的声音。

空中顿时浮现数不尽的草，这些草都各自生有九片叶子，猛地旋转，剑气顿时出现了千万道！

这个生灵竟同时掌握三大剑诀，绝对骇人听闻！

石昊心中无惧，他也掌握了这种剑诀，当场施展。

两个人，同一种剑意，在这里蓬勃激荡。

一刹那，天地失色！

到了最后，一声剧震响起，古殿摇动，出现裂痕。

这是布下了绝世仙王法阵的古殿，此时居然险些毁掉。

终于，那个生灵走出来了，他竟生有九颗头，中间的头为人头，其他头有古兽头、猛禽头等，都带着仙王气息。

“难道他……融合、吞噬了九大仙王？”精璧大爷觉得这件事有些恐怖。

“那就再吃我灭世一击！”那个生灵很自负，中间的人头披散着灰发，瞳孔都是灰色的。“轰隆”一声，他直接轰出一拳。

他整个人都化成一道灰色的闪电，急速冲来。他很强大，也很自负，要近距离攻击石昊。

这无疑是一个巨头，竟比昆谛还要强！可以说，此人达到了世间的极限，再走下去，就只能考虑成帝了。

“竟然是灭世拳！”

鸟爷变色，认出了那种无敌拳意，灭世拳属于仙域体系开创者之一的法，威能强大无比。

“咚！”石昊迎击，同样捏拳印。两者间光华璀璨，照耀出永恒之光。

仙光将这里淹没了，只剩下两道身影纠缠着、对决着，快得不可思议。

“噗！”两大强者纷纷吐血，向后退去。

“你这怪物，为何会这种拳法？难道真的在黑暗牢笼内吞噬了仙域体系开创者之一的元神？”精璧大爷喝问。

“我会的法太多了，至于你说的人，不是早就死了吗？真要遇上，我们两个谁吞噬谁很难说。”九头生灵淡淡地说道。

“你们究竟是怎样的生灵？”石昊问道。

“你不是猜到了吗？我们来自黑暗牢笼，曾吞噬了一些元神，而后趁古殿塌陷、牢笼裂开时，逃了出来。”九头生灵倒也直接，背着双手，无比自负。

九头生灵的灰色眸子盯着石昊，看着他的躯体，道：“很强的体魄，本王看中了！”

“这么多年来，你们是不是在寻找各自昔日的身体残块？”石昊再次问道。

“不错！”九头生灵点头。

石昊轻叹，传说非虚，果然如此。这就说得通了，秦昊身上有一块仙骨，那多半就属于他们，因此秦昊被掳走并带到了这里。

第1708章 压力

“三剑合一，万法皆可灭！”九头怪物口中断喝，施展神通，搅动了整片天地的秩序，时间长河都要被截断了。

三柄剑一同浮现，并列在一起，剑锋直指石昊。一个人化出三柄剑，接着三生万物，无数剑光绽放，劈向石昊。

平乱诀、草字剑诀、仙劫剑诀，所谓的三大剑诀竟在今日一同出现并施展，出自一个人之手。

其威力不可想象，简直在灭世，可斩尽世间仙魔，毁灭一切！

三大剑诀融合归一，就这么施展出来，当真所向披靡。在这么漫长的岁月以来，这算得上绝世一战。

石昊神色凝重，严阵以待。

“轰！”在石昊抬手间，时光碎片飞舞，他的六大秘境中都各自有法则凝聚，化作钟体，“当”的一声轻响，震荡乾坤。

这是石昊斩杀时间之兽赤王后，将它镇压在法则池中，经过数以万年的观察，所悟透的秘术。

石昊的体外，涟漪荡漾，发出璀璨光华，符文绽放，而后凝聚成一口钟，防御力绝世。那是岁月之力，时光之碎片在他的体外化形而出，阻挡三大剑诀。

“当！”这口钟剧震，被劈得摇动，发出的涟漪破碎时空，但钟体龟裂了，而后爆炸开来，没有挡住三大剑诀。

“杀！”九头怪物喝道。

三大剑诀齐出，惊天动地，无坚不摧，不可阻挡。

石昊一声冷哼，虽然他承认三大剑诀为绝世杀伐之术，但是这并不代表他真的没有办法对抗，此时他的六大秘境共同发光，异象惊天。

漫天都是金色大道神莲，金色的花瓣绽放的瞬间，截断长空，阻击无穷剑光。

一个又一个他化成凝实的身影，盘坐在莲花上，宝相庄严，口诵真经，结成法印，向前拍击。

这是盖世一击！

这是石昊全身的精气神、法力道行等瞬间的释放，威力无穷。

“斩！”九头怪物变色，其他八颗头也一起摇动，各自施展无上秘法，有的头化作一条黑龙，截断苍宇；有的头吐出的光华成为饕餮，吞噬一切，横扫万灵；还有的头……

种种秘法，不同的神通，在这个时候大爆发！

这个怪物曾经吞噬不止一位强者，他们融合在一起，古怪而恐怖，在这里攻击石昊。

这是巨头之战，也是终极大杀伐！

石昊所展现的异象与精气神、法力道行等凝聚在一起，对他自身来说，这也算是一种考验。他若不能杀敌，被对方攻克的话，会出现大危机。

现在，双方都是瞬间的升华，终极的释放。

“杀！”石昊大喝。在他的六大秘境中，最后一个秘境如同烈焰焚天，他头顶的那团光沸腾了。那个小人儿突然动了，拖着一柄剑胎，冲破时间、空间的束缚，仿佛独自傲立在界外，猛然将剑胎斩出。

小人儿抱着大罗剑胎，就这么突兀地开启了撒手锏。它像是不属于这片天地，无视时间、空间的束缚，太快了，击穿界壁，横渡而来。再细看的话，会发现时光仿佛在倒流，一切都像是逆溯。

“噗！”大罗剑胎无物不斩，劈开了天地，截断了三大剑诀共鸣所发出的亿万缕光辉，击破了对方后面的宝术，斩中了九头怪物。

在这绝世一击下，九头生灵一声闷哼，横飞而起。“轰”的一声，他猛力挥动手掌，其中有灭世拳，有真龙爪……

“当！”火花四溅，大罗剑胎最后的攻势被阻，那发光的小人儿一震，不得不拖着大罗剑胎急速而回。

“好，好，好！”九头怪物寒声道。他对石昊突然发动的这一击感觉震怒，但又有些赞叹，他居然险些被对方给立劈了。

这种手段超越其他仙王，让九头怪物刚才体会到了死亡的威胁，他险些被人斩落元神。

石昊呼吸急促，胸膛剧烈起伏，刚才他消耗巨大，若换作其他人，估计就被他斩掉肉身，撕裂元神了。

没想到九头怪物这么强大！

就是鸟爷、金毛犼等都震惊不已，觉得遇到了一个无敌的老怪物，难怪对方可以盘踞在此，无人敢触怒他。

“轰隆！”石昊周围，金色大道莲花绽放，伴着时间长河。时间长河仿佛在浇灌这些神莲，令它们越发璀璨。

不过，莲花上没有了石昊的身影，只有模糊的法相盘坐在高天上。

不久前，石昊的精血、道行等化形而出，与莲花结合在一起，杀伐力绝世，但那对他自身也是一种巨大的消耗。

现在，纯粹的异象依旧可以与敌人抗衡，但不会消耗过大了。

“再来！”九头怪物嘶吼着，向前扑击。

惊世大战爆发，这里被法则淹没，被时光碎片笼罩，接着各种兵器齐飞，都是仙王法器。

“当！”赤王的时间之钟、敖晟的剑翼、太始的天戈等各种法器，纷纷被石昊祭出。

九头怪物同样不缺仙王器，那些都是他这么多年来收集的，璀璨的光芒闪耀，震动诸天。

这是石昊所经历的一场艰苦大战，此人比异域的昆谛还要厉害，是一个古老的巨头。

昆谛为目前异域第一高手，只要界海生灵不归，他就是无匹的。而现在，仙域深处居然有这么一个怪物，与石昊杀得难解难分，双方都咯血了。

九头怪物一声咆哮，元神绽放瑞光，从眉心那里走出一个又一个生灵，那是他吞噬的古代强者，现在他们显化而出。

至于石昊，则动用了他化自在大法。

“轰！”两者都大口咯血，元神如同在焚烧。

一战惊天下，四方仙王皆瞩目！

“噗！”

石昊万法齐出，动用了一切手段，最后他提着大罗剑胎，踉跄向前而去，接连劈中对方两颗头颅，撕裂了两大元神。

“停！”九头怪物喝道。他自爆一个元神，截断天地，大道符文沸腾。随后，他急速倒退，和石昊拉开足够远的距离。

这一次，他们比拼了数千个回合，各自动用了极尽手段，才落得这么一幕。

到头来，九头怪物稍逊一筹，这让他不得不惊，他不算是一个生灵，而是融合了九大绝世高手而成，其中不乏巨头。可即便如此，他也还是败了。

可以说，石昊是他这么多年以来遇上的最可怕的对手。

“你还有什么可说的？”石昊喝问，擦去嘴角的血。

古殿中冲出几个生灵，他们散发着恐怖的气息，皆为仙王。

“哧！”黑暗柳神上前，散发巨头的威压，挡在那里。与此同时，小蚂蚁、金毛犼、精璧大爷等也一起动了，冲了过去。

“退下吧。”九头怪物说道，让自己身边的几人不要动手。

“我承认你足够强大，今日到此为止如何？说吧，你究竟所为何来？我愿意配合。”九头怪物服软了。

“你们究竟是什么样的生灵？有什么来头？是怎么脱困的？”石昊平静地问道。

九头怪物看着很坦诚，似乎没有隐瞒，接连说了几种生灵的身份，那都是他融合的元神，顿时将鸟爷与精璧大爷惊呆了。因为那几个生灵都是史上赫赫有名的高手，都是纵横一个时代的天纵仙王，其中不乏高高在上的巨头。这些生灵的身份太吓人了！

“我等之所以能脱困，并非因为我等无敌，而是因为黑暗牢笼塌陷，莫名受损，且我等发现接引古殿坠落了下来。”

石昊闻言，心中颇不平静。强如九头怪物，居然都不能自己杀出来，而是这样无意间脱困的。

这些强者回来了，最为重要的是，他们彼此吞噬，难以分开，成为怪物，不想出世了。

“我们预感到真正的黑暗终极大风暴来袭后，世间将会被颠覆。”他们想置身事外。

“这世间哪里有净土？不是你们想躲就能躲的。”石昊不认可这种想法。

“我们也知道，可是自从被关押在黑暗牢笼无数岁月后，万丈雄心、一切自信都被抹平了，哪怕现在功力大增，超越以往，也还是觉得无法匹敌。”九头怪物这般说道，并称虽然石昊实力很强，但是到头来也会一切都成空。

黑暗牢笼、接引古殿都只是以一种秩序规则体现就镇压了他们，真正的生灵都没有出现呢。

他们认为，在界海的尽头，黑暗之地的最深处，可能会有那种更强大的生灵——帝！

“我在想，仙道中一旦出现天庭，就会遭遇不祥，下场凄惨，是否因为黑暗之地自认为是正统……”九头怪物居然做出了这等猜想。

石昊蹙眉，没有多说，直到后来才道：“这里可有王长生、穆长生？可有秦昊？”

“有！”很久后，秦昊出现了。他皮肤粗糙，同以前的清秀俊美相比，多了一种粗犷的气质。

显然，秦昊这么多年来不是在温室中度过的，应该经历了很多大事件，起起落落。

“兄长！”秦昊大叫道。看到石昊后，他再也不能平静了，眼中含着泪，冲了过来。

秦昊在这个幽闭的地方都没有听说过石昊的事，完全不知道石昊复活了，现在他百感交集，无比惊喜。当秦昊知道石昊是杀过来的，而且击败了古殿的主人时，他就更加震惊与激动了。

“我终于明白他们为何没有除掉我，想来他们一定是听到了兄长的威名，取走我的骨后，留下了我。”秦昊感叹道。

“王长生呢？”石昊安慰了秦昊之后，霍地转身，看向九头怪物。

“他不在这里了，一直游走在外，帮我寻觅昔日的血与骨。”九头怪物说道。

石昊不太相信，总觉得九头怪物说的是假话，以冷厉的目光扫了过去，不过对方很平静，并无其他任何表示。

“我们先走吧。”黑暗柳神说道。

看着这座接引古殿，黑暗柳神不愿多耽搁。

石昊点了点头，带上秦昊就这么离开了。他对九头怪物的话自然没有全部相信，但是眼下不好再战了，因为他自己也负了重伤。

自从成就仙王果位后，还是头一次有人将他伤成这个样子。

“当年，仙域体系开创者之一曾经击落一座接引古殿，可是他自身最后也没有落得个好下场。”精璧大爷说出了这么一段秘闻。

事实上，石昊早已听说这件事，那位无上仙王的后人曾被封印在下界，隐居在世界树上，同石昊讲述过这些。

九头怪物究竟是自己击落了接引古殿，还是真的因为意外而脱困的？

“那家伙该不会是黑暗之地深处的生灵故意放过来的吧？”鸟爷说道。

“先不用理会。”石昊说道。现在说什么都没有用，唯有自身变得更强才行。

他感到了一股压力，而今只是跟一个生灵对决，他就负了重伤，若斩灭对方，估计他自己要付出半条命。这绝对不行，而今大乱四起，他需要绝对强大的实力镇压四方敌。

石昊开始考虑破王成帝之路。

“不要乱来，从古至今，敢走这条路的人都殒命了，没有一个例外。甚至有人说，这世间根本就没有帝路，仙王已经是极点。”精璧大爷告诫石昊，让他不要冲动。

“没有路，我便踏出一条路来。”石昊说道。

能够走到这一步的生灵，都是各自时代的主角，成为巨头者莫不是很多个纪元以来的无上霸主。巨头之中，有谁会比谁差多少?

石昊已经足够强大了，击败了昆谛、九头怪物，但是很难一个人力敌多位高手，所以他有种紧迫感。

外界，一片喧哗。荒居然进入仙域深处，爆发绝世大战后，从容而归!

“他将那里的生灵击败了!”

“如此年岁，这是要逆天吗?”

…………

最终，石昊踏上了破王成帝之路。

“大决战就要到来，界海尽头有什么都将揭开。我不能以这样的身手参战，而是要更强，要能够镇压世间一切敌人才行!”

石昊清醒地认识到，一旦大决战爆发，可能会有一些巨头一起冲过来，甚至有成群的不朽之王、堕落仙王等联手围攻他。

到了那个时候，天崩地裂，仙域崩坏都说不定，就更不要说身边的人了。

更让石昊忌惮的是，黑暗之地万一走出真正的无上生灵，那该怎么办?他该如何应对?

第1709章 失败

外界，各路仙王都很长时间说不出话来，荒杀向仙域最深处，面对那传闻中的从黑暗牢笼逃回来的生灵，都能全身而退。

许多人想过来询问荒那里到底有什么秘密，却意外得知他闭关了。

“现在闭关，他是伤及本源了吗？”

“应该是负伤了，不过，也有传闻说他想破王成帝。”

仙域中，就是仙王听到这样的消息都心头震动，一个个起身，遥望石昊所在的那片宇宙星海。

他们默默无语，双目无比深邃。这是怎样的一个后辈强者？他一路高歌猛进，横扫对手，就这么强势崛起，而今又要更进一步了吗？

无论是仙王还是目前仙域屈指可数的几位巨头，都被困在王境很久了，有的人被困的时间甚至是以纪元为单位，看不到前路。

也曾有人尝试冲关，拼死搏一片不曾领略的天空，但很可惜，最终的下场都是死亡。

还有一部分人，在这一方世界看不到出路，最终选择“出海”，想要渡过界海，到达另一岸。

可是，那出海之路也一样艰辛，九死一生，到头来也是成空的多，从来不见帝者归来。

“荒这是要冒死一搏吗？还太年轻啊，应该继续积淀才好，这么急匆匆的，若发生意外，那就太遗憾了。”一位老牌仙王说道。

仙域中的一些老古董非常担心，怕荒因此而陨落，那样的话，仙域的损失就太大了！

这么多年以来，荒对抗界海过来的生灵，只身迎击巨头，将之斩灭，他的战力是有目共睹的！

而今正是多事之秋，不时爆发大动乱，仙域边缘都快被打残了。若荒出现意外，仙域将失去一位无敌的仙王。

而今，荒之名震动仙域，无论是普通生灵还是高高在上的强者，都知道他的大名。

石昊闭关，一下子引发了很大的波澜，各方瞩目，都在紧张地等待。

时间流逝，在凡人眼中，这是一段很长的岁月，荒的名字从如雷贯耳，到渐渐成为传说。可见，这段岁月着实不短。

真仙都在等待，最后也有些疲倦了。

一万年、两万年……

时光消逝，十万年流淌而过。

在这期间，仙域发生了数次大战，界海中的生灵杀过来，双方激战，无比惨烈。

在没有荒的岁月，人们才意识到，以往他发挥的作用究竟有多么大。

仙域有一位巨头陨落，被界海中的恐怖生灵磨灭了印记。

大战平定，仙域许多地方残破不堪，各族抓紧时机，休养生息。

到了这一步，许多人都明白，未来让人绝望，或许每一位仙王都没有好下场，就更不要说其他人了。

一座石洞中布下了绝世大阵，洞口混沌朦胧，里面气息恐怖，不时发出山崩海啸般的声响。

“噗”的一声，一口血喷出，石昊睁开了眼睛。可以看到，古洞内一片狼藉，布下绝世大阵的闭关地都龟裂了。

十万年来，他百般尝试，不断冲关，不下十次险些殒命。

一次又一次的失败如阴霾笼罩着他，让他倍感煎熬与无奈。

石昊真的尽力了，他想尽一切办法，希望踏出最后一步，就此破开王境，成为一名帝者，可还是失败了。并且，他留下了非常重的大道之伤。

一声轻叹后，石昊服下半株仙药，默默闭上眸子，数十年后才苏醒，眼中光芒大盛。

“这条路不行啊！”石昊叹息。近十万年来，他以力破之，将自身的道行推向巅峰，将肉身修炼得比仙王兵器还要坚韧。

即便这样，到头来他还是失败了，他强行突破，以无上法力推动自身道行，希望更强。可是，他遭遇反噬，有几次自身解体，还有几次形神皆焚烧，险些化成一团灰烬。

石昊出关，惊动了天庭各部。许多人第一时间赶来，就连黑暗柳神、金毛犼等都是如此，想知道结果。

石昊摇了摇头。

人们虽然早有心理准备，但还是忍不住一声轻叹，这太艰难了。

“身体无恙就好！”十五爷石中天说道。他就怕石昊突破不成，将自身给搭进去，因为从古至今，强行突破的生灵有九成都殒命了。

仙域，各路强者心中震动。荒突破失败，这影响深远，让许多仙王的心头浮现阴影，他们觉得帝路真的不存在了。同时，人们也很吃惊，荒成帝失败，居然还能好好地活着，不得不说，他很逆天。

随后，石昊拜访各路强者，跟他们坐而论道，探讨成帝之秘。

在此过程中，石昊跟他们交换了一些大法，如真龙宝术，那是他从一位非真龙族的老牌仙王手中获得的。

石昊将真龙宝术传给了赤龙，赤龙自己竟早已摸索出了自身血液中的印记，两相印证，它发现自己的揣摩没错。

无论是赤龙还是小蚂蚁，都先天不足，在出生前就被人加害了，还好后天都补足了。相对来说，其他一些仙古强者的后代就没那么幸运了。

石昊一圈走下来，耗时数千年，因为有时候跟一位仙王论道，两者都有所获，当场悟道，很可能就是数年、数十年，甚至上百年。

“这条路失败了，我或许该尝试另一条路了。”石昊自语。

谁都不认为他还敢继续，而且相隔这么近，他又要冒死破王成帝了。

这一次，石昊默默地离开了仙域，一个人上路，回到了残破的九天十地中。

走在旧地，看着那些残土，石昊一阵唏嘘，他进入仙域都已经八十多万年了，这世间沧海桑田。

石昊去了下界八域，曾经的那些坟头都不见了，他一声长叹，默默在这片古地朝四方祭拜。

九头狮子、“头角峥嵘”的萧天、补天阁的鬼爷，还有石村的一些叔伯亲人……

时光荏苒，光阴无情，若是凡人，很多记忆都早已磨灭，不可能记得了。但是，对石昊来说，昔年之事仿佛就在昨日，还是那么清晰。

随后，石昊来到三千道州，又临九天，都是残破的古地，飘浮在宇宙中，他逐一祭祀，寻找当年的旧忆。

那残酷的血，那欢笑的泪，那无奈的结局，那心酸的往事……全都随风而散，葬在了这片古老而深沉的破败大地上。

在某一处古地，石昊驻足，双目神光迸发，盯着一片焦土。很快，地下深处有一个生灵复苏，而后惊醒，最后冲了出来。

“是你，竟然是你！”

五行山残破了，葬在大地深处。这么长的一段岁月，它都在蛰伏、沉眠，与世隔绝。当再次见到石昊时，它很愕然，而后震惊，最后又很惊喜。

石昊很意外，若非他道行足够高深，在破王成帝的路上，还感觉不到地下一块冷硬的石头是五行山。他只记得，当年的秦家应该在这里。

岁月无情，当年的秦长生早就殒命了。

五行山当年经历过大战之后，坠落在此。

“道友，帮我！”五行山说道。

石昊点头，这果然是一段因果，当年五行山曾庇护他，而今他走到这里，恰好还上往日的恩情。

“轰！”神光四射，石昊炼器，以无上仙王火焰熔炼破碎的五行山，并补充了一些稀珍的天材地宝。

最后，五行山恢复了，至于当年的封印则早已不复存在了。

“是界海中的生灵，有几人进入此界，他们之间有恩怨，在此交战，结果我也遭受了重击。”

石昊点了点头，道：“放心，一场大清算就要到来，他们躲避不过。”

石昊眼中杀气腾腾，九天十地在那一战中破损，生灵涂炭，他自然要去参与清算。他问五行山要去哪里。

“我想蛰伏，可是，这天下间又哪里有什么净土？不如我跟你去仙域吧。”五行山道。

石昊撕裂虚空，将五行山送进仙域，让它赶往天庭，但他自身没有回去，而是赶往下一地。

他要去古葬区，那里也有一件起源古器！

“这还是边荒无人区吗？”路途中，石昊轻叹。当年这里充满神秘，无人区中有一座雄伟的帝关矗立，镇守通向异域的通道，但是现在都残破了。

他在无人区中行走，这里除许多枯骨外，还有诸多的遗迹，显得很荒凉。

“嗯?!”石昊讶然，盯着某一处地方，而后弹指一击，撕裂虚空，发现了一个小世界。

当进入这片空间时，他感觉到了浓郁的仙灵气，这是一片古老的小天地，还封印着仙道气息。

石昊盯着前方，那里有一个池子，池中水波荡漾，有一株神莲正在摇曳，显然早已成精。

“你是谁？”神莲受到惊吓，一阵摇动，涟漪点点。它不算弱，但还只是在人道领域中。

石昊目光流转，在瞳孔中有光阴之力转动，一些画面映入他的心田中，他知道了神莲的来历。

“是你啊。”石昊忍不住轻叹。这株莲，竟跟他有些关联。

昔日，三千道州天才争霸结束后，九天来人选取英才，被选中的人可进入天神书院，但需要接受考验。

那时，九天的人曾让他们闯入帝关外的无人区。

显然，那不仅关乎实力，也有运气的成分，如果气运不佳，遇上突发的灾难，或许就会殒命在路上。

三千道州曾有一名女子，名为青仙，她非常强大，便殒命在了路途上。

当时，石昊恰逢路过，看到了她最后一面。

此女着实逆天，以她当年的境界，居然涅槃成功，化作一枚种子，请求石昊将她栽种于此，加以掩盖。

“我记得，你说这里有你的造化，有一株混沌青莲，你可曾得造化？”石昊询问。

青仙一阵茫然，她涅槃后，等于一次新生，早已遗忘了其他。而且，漫长的岁月过去，她是在当世复苏、破土生长起来的。

石昊盯着这个池子，凝视池底。那里有一个生灵，确切地说，是一枚残破的混沌莲种！

当年，他只是将青莲栽种在外，并非这片小世界中，显然是另有他人将她带了进来。

是这枚神秘的莲子吗？

第1710章 开启起源古器

一枚残破的种子带着混沌之气，还未枯死，还有生机。

“道友！”一道声音响起。接着一枚种子从池中浮现出来。

“混沌青莲种？”石昊露出异色。他居然真的见到了一枚古老的种子，它竟藏在这里。

显然，当年青仙遇到了这枚种子，正是被它接引进来的。

“吾身已残，涅槃后又遭劫，沉眠无穷岁月，依旧残喘至今。”混沌青莲说道。

石昊身在仙域那么多年，早已了解过的确有一株混沌青莲，那是一位巨头，但最后下落不明，想不到它竟然在这里。

“要我相助吗？”石昊问道。

“我伤的是本源印记。”混沌青莲叹道。

石昊将这枚种子抓在掌心，眸子光华灿灿，凝视它的本源，而后抬手间，仙光迸发，浓郁的生机弥漫，将它包裹。随后，他更是用一滴精血滋养这枚莲子。

“轰！”

混沌青莲一颤，周身绿莹莹的，缠绕着混沌之气，有恢复的迹象。

“大恩不言谢。他日，只要我活着，无论过去多少个纪元，一定都会还上这份恩情。”混沌青莲说道。它心中震惊，一般的仙王怎么可能有这种手段？

石昊摆了摆手，道：“希望你能恢复如初。”

“道友，此世前路多劫。我为混沌青莲，是一株先天生灵，曾在混沌中有所预感，你要小心啊！”混沌青莲提醒道。

“我知道。”石昊点了点头。

“今日，道友赐我精血，他日，无论道友在哪里，哪怕涅槃，轮回往生，我若还在世间，必以混沌精血相还，助你再次踏上巅峰。”这算是一种誓言，涉及了古咒，混沌青莲在主动发誓。

石昊笑了笑，没有说什么，人死后，还有什么往生吗？还有轮回吗？

“宁可信其有，这是一种无奈。”混沌青莲道。

石昊闻言，最终一叹，这是无奈的希冀啊！

“道友，就此别过。我青莲一族的后裔，就任它在下界自生自灭吧，想必它应劫过后，不会再轻易沾染红尘果了。”混沌青莲说道。

它跟石昊道别后，化作一道青光，击穿虚空，没入混沌中，就此消失不见。

混沌青莲殒命了漫长的岁月，当年诸多因果尽消散，而今它躲入混沌中，或许一两个纪元都不会出现了。因为它要再次涅槃，或许会遗忘所有。

只有它最本源的印记还会主导着它的人生轨迹，而它想要彻底觉醒，不知道是何年代了。

古葬区依旧宁静。

石昊来了，惊动了葬王，也惊醒了神冥、三藏，不过当得悉来人是石昊时，他们都长出了一口气。

“一晃又是数十万年过去，道友名震各界，便是我们这死寂的葬土都听说了道友的威名。”葬王霍恒说道。

而今，无论是异域还是古葬区，抑或是仙域与界海等地，都流传着一个年轻高手的传奇经历。那个年轻高手就是石昊，只因他战力太强，所以引起了诸多强者的关注。

“道友所为何来？”翰卓葬王问道。

“一是想念故人，前来叙旧；二是想看看起源古器。”石昊说道。

几大强者莫不变色，起源古器就是他们都回避不及，到了这个层次不愿意轻易沾染，荒居然要观看？

“石兄，你这是在拿命拼啊！”

“你这么做的话，会很危险！”

三藏与神冥都劝阻石昊。

“无妨，我只是想看个究竟，不会莽撞行事。你们或许听闻过，异域的起源古器我也曾硬抗过，可还是活下来了。”石昊微笑道。

在场的葬王张了张嘴，想说什么，但是仔细想一想后，荒也接触过他们的起源古器，也没有殒命。

只是，他们不知道，如果第二次接触起源古器，荒是否还能安然无恙。

“道友，不是我们小气，而是真的担心你的安危。”霍恒葬王很直接，告知石昊那起源古器非常邪门。

就连葬王都觉得它诡异、邪门、不可预测，可能会危及他们这个层次的生灵的性命。

“我不怕！”石昊说道。若有选择，他也不愿意来这里，但是破王成帝之路已经失败了一次，他想走出一条新路。

既然世间有传说，开启起源古器，或许就能寻得帝路，他决心冒死尝试一番。

最终，多位葬王经过密议，还是同意了石昊的请求。但是，他们一致警告石昊，若有意外，千万不要逞强；同时也表明立场，这跟他们无关，万一出了事，莫要牵连他们。

“多谢各位道友！”石昊施了一个大礼。

这一次，共有五位葬王出现，跟石昊照面，仔细谈过之后，他们便都退走了。

事实上，葬地在迁移，王者带着诸多后辈全都躲进了遥远的葬区，因为他们怕这里发生天大的事件。

石昊想告诉他们，自己或许可以开启起源古器，但最后张了张嘴，还是没有说出来。因为他不知道一旦真正开启起源古器后会发生什么，若有惨祸，灭掉所有的在场者，那他怎么对得起葬地诸王？

石昊思忖后，决定先行探险，看情况而定。

“我想先去见一见我的兄弟。”石昊说道，要去见曹雨生。

三藏、神冥领着石昊进入古葬区深处，石昊再次见到了沉眠的曹雨生和小狗崽。

石昊曾被困在十道轮回印记中五十万年，而后进入仙域，又过去了八十多万年，前后加起来有一百多万年了。

“好好活着！”石昊说道。当年，正是曹雨生背着他，跟小狗崽一起将他送到这里，拼命想救他。

那个时候，曹雨生和小狗崽都步入暮年了，寿元无多，年迈苍苍，血气干枯，可是为了他依旧发狂，奔走天下。

无论如何，他也要保住这两个故交。

无尽的仙光迸发，石昊将两滴仙王精血敛去杀气，浇灌在曹雨生和小黑狗所在的葬土中，而后转身离去。

古葬区的起源古器并非时时在世间，而是每隔一段岁月才会出现，因为它曾被诸王施展了无上神通手段。

石昊一个人上路，他准备撕裂虚空，去见葬土的起源古器。而在他的身后，许多葬士撤走了，怕他惹出大乱子。

毕竟，石昊而今是仙王，若闹出风波来，注定是巨大的事件，可能会波及诸天各界。

“哧！”

石昊撕开虚空，以他而今的修为来说，没有什么是他做不到的，无上封印也拦不住他。

“轰！”

石昊闯入一座古庙中，这里有一个箱子，它沉沉浮浮，散发着九色光泽，爆发神圣光雨，充满神圣与祥和的气息。

这个箱子有金属质感，也有玉石的光泽，喷薄光芒时，又若太阳般炽盛。

世间的亿万生灵中也没有几人可以承受起源古器的照射，触之必死。

事实上，古葬区一般用尸骸承受起源古器的光芒。

这么漫长的岁月以来，活着的生灵，比如黄金葬士，有几人成功了？神冥、三藏成为例外，侥幸未死，所以被当作葬王培养。

石昊挡住了这密集的光雨。

“当年，我以烂木箱防御，活了下来，而今不动用它便能躲过，看来有抗性了。”石昊取出身上一件又一件器物，比如大罗剑胎、《原始真解》、烂木箱等，还有体内的那团火也被他唤醒了。

然后，他行动了，一步一步向前走去，接近这个箱子。

“当！”

一声轻颤，石昊将他可破诸天的手掌放在这个箱子上，真正以血肉接触了它。

“轰！”

这座古庙开始剧烈地摇晃，在起源古器发光后，庙宇如同开始焚烧一般，光芒越来越刺目。

起源古器像是复活了，它在抖动，在轰鸣，发出可怕的光芒，光雨如同真正的液体落下！

石昊神色凝重，他在对抗这种难以描述的无上气息！

压力如山，若瀚海在这里起伏，像诸天宇宙、无穷星海坠落下来。

“当！”

石昊猛然发力，震动这个箱子。不仅是他自己，大罗剑胎、《原始真解》等也全都动了，他甚至用烂木箱砸向这个箱子。

“轰隆！”

终于，更为激烈的变化发生了。这里九色光彩冲霄，撕裂庙宇，简直要截断时间长河！

可以看到，一条时间长河不稳，在这里汹涌不止。

石昊不知道哪一件奇物才是开启起源古器的钥匙，于是将所有东西全部拿了出来，包括他自身也被当作种子。

“咚！”

数次挥动间，几件器物都落在了起源古器上。

这时，起源古器开始龟裂，那如九彩仙金般的箱子要打开了。

“轰隆！”

天崩地裂，鬼哭狼嚎。

这个箱子是神圣的，却发出了恐怖的声音。在箱子开启的过程中，伴随着无数异象，有先天神祇成片地陨落，有无数的黑暗牢笼，有璀璨的飞仙光雨，各种画面交织在一起，宛若一部古史重现，速度极快。

突然，一声轻响传来，这个箱子居然如花朵一般在绽放，龟裂的箱体一片又一片地绽开，露出里面的真实景象。

第1711章 冠

箱体如同美玉般龟裂，而后又如仙葩绽放，一瓣又一瓣，带着灿烂的光雨，带着可焚烧诸天的火光。

起源古器开启了！

石昊一声大吼，抱着头向后退。

任他一身道行惊世，在仙王中称尊，此时也承受不了这巨大的痛苦，他被九种光彩扫中，身体都要裂开了。

这是不可想象的事，他早已修成仙王体，并且以《不灭经》淬炼，纵横仙域、界海，单以体魄而论，谁人可与他抗衡？

可眼下起源古器才打开，他的肉身便疼痛欲裂，头盖骨像被开天巨斧劈中，几乎要崩裂。

箱子中有一团刺目的光，那团光包裹着一件东西。

石昊向前望去，双目难以睁开，连仙王都无法正视，这是何其骇人听闻！

“咚！”

石昊倒退了几步，最终还是稳住了。哪怕双目剧痛，他也睁开了，盯着那里，终于看清了。

一团光，流动着九色光彩！

太浓郁了，那团光已然液体化，如同仙汁玉液，熔炼着……一颗头颅！

头颅，竟然是头颅吗？！

石昊大吃一惊，无论如何都没有想到所见到的竟然是这样一幕，居然是神圣尸骸？

“不对！”石昊强忍着剧痛，再次凝视，以无上法眼和最强神觉捕捉，想要看透那究竟是什么。

那颗头颅仿佛变得淡了些，化作雪白的骨，依旧被九色光彩包裹着，同时其核心处还有浓郁的黑色物质。

雪白的骨与黑色的物质两相对比，分外醒目。

“帝冠吗？！”这是石昊的声音。他的身体在摇动，开始被一股莫名的力量压制。

若换作其他仙王来此，早就已经崩碎了，什么都剩不下。强如石昊修成了不灭体，身躯也要崩开了。

“呼！”

那雪白的骨飞了出来，它状若皇冠，带着古朴的气息，还有一股无上的威严，如帝临尘，降落世间。

这是以头骨打磨而成的皇冠，洁白而晶莹，流动着妖异的光彩，就这么洒落光辉，粉碎万物。

石昊承受不住，身体在摇动，神魂都要被磨灭了。

“轰！”

骨冠带着无上威压，落向石昊的头顶，触及了乌黑的发丝，要戴在上面。

骨冠沉重如无穷星体的叠加，更像一片浓缩的宇宙直接降临，落在石昊的头上。

石昊一声大叫，被压制得元神都裂开了。

哪里有什么造化？这分明是必杀之局！

“轰隆隆！”

混沌雷电出现，这骨冠神秘而强大，落在石昊的头上后，生出一根又一根骨刺。骨刺刺进他的头骨内，仿佛要扎根在其中，同时，九色光辉流淌，笼罩石昊的全身。

最可怕的是，洁白的骨冠上还缠绕着一团浓郁的黑色物质，那黑色物质要向石昊的体内冲去。

石昊认定这是黑暗本源，比他见过的所有黑暗物质都要浓郁，是无数倍的叠加，仅那么一缕而已，就足以污染三千道州！

所有的这一切都发生在一刹那，快得让人反应不过来。

“滚开！”石昊惊怒不已。

这骨冠压得他全身都是裂痕，且生出骨刺，要扎根在他的身上，这是要汲取，还是要融合？

“当！”

石昊一只手持烂木箱子，向自己头上的骨冠砸去，当即震得那些骨刺倒退。

这烂木箱子不知道有何来历，居然如此神奇！

“哧！”石昊另一只手挥动大罗剑胎，向头上劈去。剑光霍霍，伴着璀璨的光雨，“当”的一声斩在白骨冠上。

仿佛有一声轻喝自那剑胎发出，透出虚景，一个生灵坐在古棺上，在夕阳下很落寞，看着无边的坟头，他霍地抬起了头。

“咚”的一声，骨冠被大罗剑胎击中后，脱落下来。

随后，一片又一片花瓣闭合，那个箱子的碎片归一，重新组合，将白骨冠收在里面，掩盖了一切。

此地宁静了，像什么也没有发生过，那个箱子流动绚烂的光彩，于空中沉沉浮浮。

但是，怎么可能什么都没有发生?

石昊身体受损，元神暗淡，险些殒命在这里。

若敖晟、太始等人在此，肯定已经形神俱灭了，因为承受的力量无与伦比，不可想象。

石昊能这样挺住，只能说是因为他在修道路上几近逆天。

“几位葬王，告辞！”

石昊匆匆而去，拖着残体一路冲出古葬区，就此消失了。

葬王皆惊诧不已，不知道发生了什么，只感应到那里曾有剧烈的波动，让他们都毛骨悚然。

只要起源古器还在，他们便不用担心，这东西没遗失就好。

只是，每一位葬王都在猜疑究竟在荒的身上发生了什么，他好像逃走了，满身都是伤痕。

“希望他无恙！”霍恒葬王说道。

石昊走了，他进入界海，选了一处无人之地，盘坐下来，快速修复伤体。

然而，事情糟糕得超乎他的想象，一缕黑色的物质进入他的体魄内，疯狂肆虐，他的元神昏沉，要就此陷入黑暗中。

这一缕黑色物质乃是本源！这比石昊当年在三千道州所遭受的侵蚀还要严重。

同时，石昊的体内被莫名的力量碾压，令他不断咯血。而他的神魂在龟裂，很可能会毁灭。

石昊倒也果断，元神离体，避开了那道乌光，不让它侵蚀神魂，同时一股最本源的精血冲了出来。

他舍弃了躯壳！

“轰隆！”

不远处，那团精血再塑不灭之躯。石昊快速重组，元神归位，同时服食下一颗九色仙丹，滋养己身。

那是以仙药炼出来的无上大药！

任何仙王见到这炉药都会眼红，因为在此之前，只有帝落时代有人炼出过一炉，药效极佳。

即便如此，石昊新塑的躯体依旧在渗血，承受了冥冥中的一股力量，尤其是那黑暗本源仿佛斩之不尽。

远处，石昊蜕落的躯壳四分五裂，一缕黑暗本源在那里飘荡着。

“给我灭！”

石昊一声大吼，攻击自己蜕下的旧体，怕其陷入黑暗，再次滋生出新的元神。

“噗！”

石昊一拳轰爆了自身舍弃的躯壳，躯壳化作了一团雾。

一缕黑暗本源飘散在空中，石昊施展大法力，将之镇压并封存起来。

这是在玩火，一个弄不好，他自身就会永陷黑暗，难以挣脱。

随后，石昊遁走了，径直回到仙域，直接闭关。接连数十年他都在咯血，在养伤中度过。

随后的数百年，他也没有出关，一直在滋养元神。

一晃就是上万年，石昊依旧在闭关，这一次他受损太严重，需要时间去恢复。

他一遍又一遍地淬炼血液，化尽黑暗，同时，他在炼魂，生怕留下什么隐患，不想有意外发生。

在这个过程中，石昊闭关的洞府不断有仙光冲霄，伴着血气，带动起恐怖的波动。见到这一幕，所有人都很吃惊。

荒受伤了？究竟是什么样的伤，居然要休养上万年，到现在还没有恢复？

在此期间，界海发生了大暴乱，有一批强大的生灵回归并杀进仙域，石昊无力出战。

黑暗柳神、鸟爷等帮石昊阻挡，虽然他所在的这片宇宙受到剧烈的冲击，但是没有影响到他。

仙域各地都残破了很多！

同一时间，异域也曾多次被冲击，受损厉害，但是他们有底气，并不是很惧怕，因为他们在界海中的巨头要回归了！

“荒受重创了，有意思，我们去看一看能否送他一程。”异域，有不朽之王冷笑道。

哪怕他们要面对界海的压力，也还是想杀进仙域，除掉石昊。

他们来了，因为两界间早已无阻挡，所谓的出口——古关都已经被破开很多万年了，无人再修建。

“轰！”

炼仙壶出现，昆谛亲自出手，惹出滔天波澜，惊动仙域诸王。

“你敢！”鸟爷和精璧大爷震怒，快速阻挡。那里是石昊的闭关地，容不得打扰。

另有不朽之王冲来，想要冲击四方。

若是石昊坐镇，有几人敢闯？现在得悉他出了意外，异域的不朽之王恨不得立刻将他除掉。

小蚂蚁发狂，陷入天角蚁一族最恐怖的狂化境，眼睛猩红，实力大增，力量无穷无尽。最为重要的是，他的元神也借此而力量剧增，比之仙王有过之而无不及。

这就是十凶，个个都有非常凶狂的一面，一旦发作，族群之力尽显，可以横击四方。

黑暗柳神出击，“噗”的一声击杀了一个王，因为它是巨头，战力极强。

情况危急，石昊的闭关之地被人打得崩开，露出了他的真身，他正盘坐着，嘴角溢出黑血。

“杀，荒他不行了，今日注定遭劫！”有人大喝。

石昊一动不动，这么多年来，他一边调理身体，一边推演成帝之法，想借此次闭关，踏出那条路。

现在的他正沉浸在成帝路上，元神不断推演，发出璀璨的光辉，无法苏醒过来。

“我找到了路，这一次，一定会成功！”

起源古器中的骨冠给予了石昊极尽的磨砺，让他在险些身死的过程中看到了自己的路。这么多年以来，石昊始终在思忖着。

成帝，有了可行之路！

然而，现实情况却很糟糕，在这种局面下，一个弄不好，石昊就会应劫。

第1712章 忍而突破

“荒，送你去往生！”昆谛的声音传来。不朽之王中，数名强者围攻黑暗柳神，他则突破过来，手持炼仙壶，向前镇压。

身为巨头，昆谛所向披靡，其他仙王根本挡不住。

金毛犼被昆谛一掌震得大口吐血，再想攻伐时，又被炼仙壶喷出的一缕光击中，它咆哮着，翻滚了出去。

昆谛法力无边，不朽之威惊世。

鸟爷、精璧大爷急眼了，拼命向前冲来，硬抗炼仙壶。这里光华大作，仙光闪烁。

“老匹夫，你纳命来，休伤我兄弟！”小蚂蚁大吼。他挨了身后人一击，第一时间向前攻来，进行阻挡，背后的不朽之王击中了他的躯体。但是，这位不朽之王的手臂也被一股巨力震得折断。

这就是天角蚁，力之极尽者，哪怕遭受攻击，也会形成恐怖的反震之力，规则符号密密麻麻，蓬勃绽放。

“当！”

小蚂蚁飞扑而来，砸在那镇压而下的炼仙壶上，他的双臂化成了金色，力之极尽，秩序纠缠，恐怖无比。

正是这不顾一切的扑击挡住了炼仙壶，不然的话，炼仙壶肯定要砸中石昊，后果不堪设想。

不过，小蚂蚁遭受这么一击，也承受不住了，他的双目越发赤红，双臂都在痉挛。

昆谛身为巨头，法力极强，他所祭出的兵器，随意一击就是毁天灭地般的威势。

“都给我滚！我要杀荒，谁人可挡！”昆谛咆哮道，满头发丝根根晶莹。他虽瘦小，却有一种无敌的气势。

昆谛的瞳孔是银色的十字，他抬手间就可以毁灭天地众生，向前劈来，要斩灭石昊。

“咚！”

黑暗柳神迎击，它爆发后，上万根柳条密密麻麻，攻击群敌，伴着黑色的雷电，横扫四方。

它的主体冲了过去，挡住了昆谛，身为巨头，这种搏斗无比激烈。

“轰！”

天际尽头，浩浩荡荡，仙威弥漫，有仙王驾临，赶到了这里。

“昆谛，休得张狂！”一位老者出现，齐虞仙王来了。他是一位巨头，也是仙域目前最强大的生灵之一。

在齐虞仙王身边，有盘王、混元仙王等人跟随。

昆谛怒目而视，满头银发灿灿，他手持炼仙壶，爆发盖世威压，很想向前发起攻击。但是，他知道，绝佳的时机过去了，老对头齐虞出现，他难以纵横此地了。

小蚂蚁、金毛犼等长出了一口气。

还好，盘王、混元仙王等动作迅疾，请出高手及时支援，不然的话，后果不堪设想。

其他仙王也陆续赶来。

“走！”昆谛说道。

最终，异域的不朽之王无奈地退走了。

此战结束，石昊都没有复苏，人们都意识到他出了大问题，不然的话，以他的绝世修为来说，他怎会无知无觉？

齐虞仙王上前，仔细凝视，蹙眉道：“不知道是好还是坏，他体内有黑暗之力，他的肉身在自主磨灭之。此外，他好像还在悟道，陷入了某种境地中。”

黑暗之力？人们心中一凛，如果荒堕入黑暗，那就太可惜了！

仙王悟道，居然无法复苏，那也说明了悟道之艰险，有些人就是这么闭关，最后坐化了。

那是仙王劫！

若迈不过去那道坎，荒可能会殒命。

不久后，众人纷纷离去。

从这一日之后，黑暗柳神、鸟爷、精璧大爷、小蚂蚁等都守护在这里，保护石昊。他们知道石昊到了关键时刻，若他能冲过去，也许会海阔天空，若他失败了，则有可能会身死道消。

岁月悠悠，一晃又是五千年。石昊睁开眸子，神光大盛，在他的手指间，有一缕黑色的物质缠绕着，如同一条毒蛇在游动，却无法啃噬他的肉身。

这是一种惊人的成就，黑暗本源居然无法有效地侵蚀他，同时，他的双目越发深邃了。这么多年来，他一直在揣摩后面的路，现已打破桎梏，得见成帝契机。

当然，这是他推演出来的，真正如何，还有待验证。

天庭内，一片欢呼，石昊苏醒，让所有人都长出了一口气。这么多年他一动不动，着实令人不安。

“孩子！”石中天喜悦地唤道。这些年他很担忧，怕自己的孙儿陨落。

一些故人闻讯，都来见石昊。

当听到石昊要再踏帝路时，许多人先是吃惊，然后露出忧容，他还要继续吗？会有性命之忧啊！

“你要继续？”黑暗柳神问道。

鸟爷、精璧大爷等都心惊肉跳，极力劝阻，让石昊沉淀一段岁月再继续。

“推演中的东西，不一定为真啊！古史中也有一些绝代仙王认为可以踏出那一步，走出自己的帝路了，但真正进行时，功亏一篑，当场殒命。”

“是的，这种路最危险。”

“卖假药的，何以将自己分成六部分，置于仙药中？还不是当年强闯帝路，出现了大问题，不得不开创分身大法。”

“对啊，屠夫也曾险些惨死！”

他们纷纷劝道，让石昊谨慎而行。

在他们看来，这世间根本就无人可以成帝，亘古以来，所有走到极点的盖世强者，无论多么厉害，到头来都是用生命与血诠释这条路的可怕，这条路分明无法走通。执意前行者，最终都殒命了！

“我确信这世间还有路通向更高处，即便不为帝，也要比仙王更高一些。”石昊说道。他打开起源古器，以头骨打磨而成的骨冠居然压制得他险些陨落，这足以说明问题。因此，他要前行，做出突破。

在接下来的三千年中，石昊静静地盘坐着，细细地推演所有过程，他相信这一次一定会有所突破。

“我的路，就是进一步完善我的法。”石昊自语。

他如今所向披靡，一身道行已经位列仙王最高峰，因为他开辟出六大秘境，真正踏出了自己的路。

现在，他想进一步完善，闯入帝境中。

早先，石昊曾想开辟第七大秘境，结果失败了。

在被骨冠压迫时，他险些身死，曾看到自己头上的那团光中盘坐的小人儿跟他一同嘶吼，不断衰弱。

那个时候，濒临死亡的他感觉力量有所增强，暂时抵挡住了骨冠。

“举头三尺有神明，这不是终点，它应当归位，跟我融为一体！”石昊说道。他的头上有一团光，洒落光雨，守护己身，让他自己万法不侵，但这应该不是终极的秘境，他觉得这一秘境最终是要回归躯体内的。

然而，虽然那团光可以移动，能够进入体魄内，但是真要与之融合的话，实在太难了，压根儿没有办法进行。

荒虽然复苏了，却没有去异域大战，这让一群不朽之王狐疑不已。依据他们的了解，这位后起之秀强势无比，险些被他们击灭，他居然没有找上门来，实在不符合常理。

事实上，石昊很愤怒，想要大战一场，但最终还是忍住了。他知道异域底蕴过人，估计现在已经做好了迎战的准备。

石昊决定先冲关，再去异域大战一场，横扫诸王，彻底做个了断。

别人若知道石昊的想法，一定会瞠目结舌，他居然想直接横扫异域的诸王？这是怎样的一种大气魄！

石昊对异域没有一点好感，那群不朽之王为了所谓的钥匙种子，犯下的罪孽太深重了。若只除掉修士也就罢了，但他们还行灭绝之事，安澜一下子抓走罪州，导致那些生灵全部堕入黑暗之中。

而这还只是“小打小闹”，昔年仙古一战时，九天十地所有族群都被击灭，只有少部分生灵躲过了一劫。

在那一战后，整片世界都陷入了死寂，因为寻常的生灵都被击灭了。

经过漫长岁月的休养，这一界才恢复。但是，这造成了一个断层的时代，天地残破，体系残缺，许多修士无法走向更高层次。

石昊走出闭关地，行走于天下间，体悟这一路走来的所有，仰头望天，踏向帝路，能成功吗？

“能！”石昊无比肯定地说道。

“修道之路，百舸争流，万族竞逐，需迎难而上，哪有什么一马平川的大道，需吾辈斩荆棘，蹚出一条血路来！”

石昊目光坚毅，准备突破。

“举头三尺有神明，那是我自己的神，何以在体外？它盘坐在我头上，当回归体内，为我所用，熔炼一体。”

染血的路，并非坦途，只能开拓，伴着殇歌。

这一日，石昊回归后，准备破开王境。

“你为何如此急迫？这太危险了，若在你突破时，昆谛再来怎么办？”鸟爷很焦虑。

“应该去请盘王、混元仙王他们为你护法。”精璧大爷说道。

“无妨，我倒是希望昆谛他们全都一起驾临。”石昊目光湛湛。

而后，他便开始冲关了。他盘坐在星空中，浑身爆发无量血气，开始踏上自己的帝路。

“轰隆！”

石昊的六大秘境一起发光，化成成千上万根秩序神链，密密麻麻，向头上的那团光缠绕而去。

这可不是一般的触碰，而是融合，石昊要将那团光中的“神”融入体内，与其成为一体。

“咚！”

这如同开天辟地一般，宇宙震颤，混沌之气扩散，震动仙域。各方强者都被惊动，因为动静太大了。

“这位小友在做什么？声势未免太浩大了！”仙域的一些仙王不禁露出惊容。

“他想成帝，破开王境！”

“太莽撞了，这么大的动静岂不是四海皆知！”有仙王皱眉，觉得石昊太冲动了，会为他自己惹来杀劫。

异域的人若得悉此事，怎么会不阻击他？

异域，昆谛得悉此事后，眼中光芒大盛，道：“他要突破？笑话，万古以来，从未有人能迈出那一步，他侥幸得天之运，才走到这一步，居然妄想成为无上帝者？我等驾临，送他去轮回！”

但很快，他又蹙眉，道：“这该不会是仙域故意引我等入瓮吧？”

“不是，荒真的在突破，他浑身伤痕累累，要将自己废掉了！”有不朽之王肯定地说道。

“好，召集人马，去诛杀荒！去请无殇和蒲魔王一起上路！”昆谛说道。

旁边的强者闻言，立马变了脸色，无殇是谁？一位古老的不朽之王，法力免疫，勇冠天下。蒲魔王更是名震诸界，天下皆知。

“什么？蒲魔王还活着？他不是在仙古一战中陨落了吗？”有人震惊不已，表示不解。

“帝落时代，曾有人炼出一炉无上仙丹。我界曾横扫天下，得到了很多宝藏，正好发现其中有一颗仙丹，便用它救活了蒲魔王。”昆谛冷冷地说道。

“好，诸巨头齐聚，就算荒再进一步，也可让他有死无生，更何况他根本不可能成功！”

“去界海，联系那两位道友，让他们一起来对付荒！”昆谛寒声道。

众人心中一凛，昆谛所说的道友肯定是巨头，不然的话，何以能跟他平起平坐？这样的一股力量，都足以攻克仙域了吧？

“荒他死定了！”

不朽之王觉得这一次仙域肯定会大败。

仙域深处，接引古殿中，九头怪物睁开了眸子，神色冷冽，道：“想要突破？走，我们也去看一看！”

第1713章 八方敌

深邃的星空。

这是宇宙的边缘区域，很荒凉，也很凄冷，并没有其他族群居住，不然的话，这里今日多半要遭受大劫。

无垠的宇宙间，石昊盘坐在此，在他周围，一道又一道光芒如汪洋汹涌，在起伏，在拍打星斗。

这是一种可怕的景象，宇宙星河都在战栗，空间在龟裂，黑洞在塌陷，整片世界都仿佛要毁灭了。

不过，在这毁灭般的气息下，还有一股勃勃生机，它如同涟漪般扩散，定住了星辰，修复了裂开的宇宙。

石昊在破关，体外迸放神光，激发出无穷血气，他可以毁掉这方星空，亦能滋养万物。

在他的头上，一团光尤为刺目，在那里焚烧着。远处的一些大星都熔化了，化成液体，而后在黑暗的宇宙中爆开。

这景象很可怕，也很神异。

石昊的头上正在发生惊人的变化，一团光极尽璀璨，烈焰腾腾，简直要焚毁诸天。

事实上，那不是焰火，而是大道符文，它在跳动，在喷薄，包裹着一个拳头大的小人儿，映照诸天万物。

一根又一根秩序神链从石昊的体内飞出，缠绕着小人儿，要将它拉进体内，彼此间光芒闪烁，剧烈碰撞。

这不是一般的纠缠，而是融合！

石昊头上的那个小人儿挣动间，扯断了一条又一条秩序神链，让石昊的几大秘境都在颤抖。

一道又一道血迹出现在石昊的体表，最后连他的发丝都变得湿漉漉的。

这是一个充满杀气的过程，石昊强行融合自己的神，但是两者间相冲突，不断对抗。

修士的路就是要逆行而上，本就充满了艰险，他没的选择。既然踏出了这一步，就不能回头了，若成功闯过去，或许就会成为帝，从此海阔天空；可若失败的话，就会形神俱灭。

“太强大了，这就是荒吗？光是溢出的血气就让仙王悸动。”

远方，有人轻语，在密切注视着这一切。

“可是，他这样做太危险了。我怎么觉得他的道在动荡，自身不稳，有性命之忧？”

“那就是他自己所谓的神？”

他们是仙王，在此镇守。在得知石昊要破王成帝后，他们不得不出动，来这里紧盯着。

盘王、混元仙王请诸王相助，守在这里，避免异域的昆谛等人突然袭击，截断石昊的帝路。

“这个年轻人真不简单，开创出了自己的体系，这就是他的路吗？似乎跟我们的路都不同！”齐虞仙王感叹道。

他活的岁月悠远，什么样的天才没有见过？他自身就是一个纪元的天地主角，但是他不得不叹，荒太让人惊艳了！

他从未见过这么强大的年轻人，超越前贤，令他们这样的老前辈都自叹不如。

仙域，诸王齐动，都是绝世强者，他们分散在各处，躲在暗中，注视那道璀璨光华中的年轻身影。

“他真的能成功吗？”有人自语。

“他若失败，多半会彻底陨落。太可惜了，他还这么年轻，天赋过人。”一名强者轻叹。

鸟爷、小蚂蚁、精璧大爷等更是焦虑不已，他们都能够看出，石昊进行到了关键处，他们却帮不上什么忙。

天庭众人被石昊严厉限制，不得临近此地。事实上，在石昊突破前，他都做了安排，将他们安排到了其他仙王所统御的宇宙中。

因为，这里注定会成为风口，要扬起天大的风暴。只有仙王级的生灵可以参与这场大战，其余人来这里只会枉死。

黑暗中，一只白虎出现，身为仙王级的存在，它实力强大，但是此时它驮着一位强者，成了别人的坐骑。

九头怪物出现了，他坐在白虎身上，目光冷幽幽的，带着黑暗的气息，盯着宇宙深处的石昊。

在九头怪物的背后，还有几个生灵，他们都是仙王，来自接引古殿。

他们到了，却没有立刻动手。

“你很强，但是凭什么自认为能成帝呢？不知道今日是否可以为你收尸！”九头怪物冷冷地自语道，一股杀气弥漫开来。

界海，一个神秘的生灵盘坐在一座孤岛上，一动不动，如同坐化了一般，在他的身前摆着一个黄澄澄的葫芦。

葬地强者若看到这一幕，一定会心惊，当年古葬区被打崩了一大片，正是有生灵持黄葫芦所致。

“前辈，我奉昆谛之命来请您出手。”有人来到此地，谨慎地开口。

过了很长时间，此人才睁开双眼，他有一头灰发，连眼睛都是灰色的，散发着可怕的灭世气息，洞彻人心。

“荒居然想破王成帝？真是可笑，这种事情你们也信，任他自己寻死好了！”此人冷冷地说道。

“瞿忡前辈，这个人很特别，不怕一万，就怕万一啊！还请您出手，一同镇压他。此外，他是从葬地复活而出的，当年，您打崩了葬地，他跟您有一桩不小的因果啊！”异域的修士劝道。

瞿忡猛地抬头，灰色的眸子射出可怕的光束，而后他站起身来，道：“走！”

同样的事发生在另一座孤岛上，有一个中年人背对界海，在那里站着，一动不动，如同雕像一般。在他的身畔，地上插着一把雪亮的长刀，那把长刀如同一挂星河浓缩而成，释放出滔天的威力。

“刀王，您不是要进仙域吗？荒他现在要破王成帝了。”有人告知他。

这个号称刀王的强者转身，踏海而出，向远方的仙域赶去。

异域，诸位齐动，已经上路。

昆谛到了，他凝视前方的宇宙，见到了石昊的惨状。石昊满身是伤，可他还在奋力突破。

“真是可笑啊，他居然真的在破王成帝，不知死活！”昆谛冷漠地低语。

“这等自寻死路的人都不用我等动手，最终会被老天收走。”不朽之王中的巨头无殇说道。

“一个小辈而已，何须多语，斩之！”一人开口道。此人体形高大，附近飘舞着雪花一般的光华，他是蒲魔王，如今再现人间。

很快，界海中的两大巨头也到了，一个手持黄澄澄的葫芦，一个提着雪亮的天刀。

这两人都没有掩饰，就这么直接来了，让仙域诸王心中一凛。

“不好，这两大强者驾到，情况不妙！”仙域的齐虞仙王沉声道。

别人不知道，但齐虞怎会不清楚？那个手持黄澄澄葫芦的强者名为瞿忡，曾被养鸡的重创过，最后居然活了下来。

这等人物绝对恐怖！

“坏了，麻烦大了！”齐虞再次叹道。

除了巨头外，还有堕落仙王、不朽之王等，他们都是一段岁月中的最强者。

现在，诸王联手，就这么一齐降临了！

“荒，妄想成帝？真是不知道天高地厚！见你伤痕累累，自身将要毁灭，老祖我送你一程，给你个痛快！”

这时，一位不朽之王说话间，就开始行动。他手持一柄银色的锤子，爆发出雷霆般的光芒。

此人如同雷神一般，突兀地出手，动作快到极致。事实上，在他说话时，人就动了，攻向石昊。

“你们敢！”仙域，有人喝道，想要阻止。

石昊自身的反应也足够快，倏地睁开了眸子，哪怕浑身伤痕累累，情况很糟糕，他也有一种大威严。

“当！”

石昊徒手向前拂去，击中银色的锤子，震得它嗡嗡作响。仙王法器先是变得暗淡，而后龟裂。

人们骇然不已，这是怎样的一种伟力？

“砰！”

一刹那，石昊翻手就是一掌，向前轰去，爆发出绝世之威，震得那位不朽之王当即就喷出一口血，身子横飞。

这让人震惊不已，荒不是在突破吗？他应该很专注才对，怎么还有余力来应对突如其来的攻击？

上一次，他闭关时，一动不动，险些被众人击灭，今日却完全不同。

那位不朽之王一声怪叫，倒飞了出去。

小蚂蚁一声大吼，直接扑向这位不朽之王，浑身金光闪烁。力之极尽者，拳印惊人，力量大得骇人。

“区区一个人族后辈小子，也敢尝试破开王境？真是不知道天高地厚，本王一刀送你往生而去！”

此时，来自界海的巨头出手了。

“唰”的一声，雪亮的刀光扫过，宇宙被截断，天地被割裂，那景象太恐怖了，茫茫刀气挤满了星空。

诸王皆心中大惊!

他这一刀是劈向石昊的，同时也劈向了埋伏在暗中的仙王，璀璨的刀气似乎要横扫千军。

“你敢！”此时，仙域巨头齐虞出手了。他祭出自己的法器，迎击雪亮的天刀，也只有他能够阻拦，换作其他人都不行。

“当！”

刀光茫茫，迸溅开来，宇宙崩塌，黑洞溃灭，这个地方的景象太恐怖了。

还好这里都是王者，换作其他生灵在此，直接就会形神俱灭，根本挡不住这种波动。

“呵呵……”有人在笑，霸气地向前走去。

蒲魔王高大魁伟，披头散发，一掌向前拍去。一刹那，天崩地裂，鬼神哭嚎，无上法力汹涌向前。

这一掌看着简单，其实威能极其强大。

“噗！”

一位仙王立马阻挡这一掌，竟被震得口中咯血，踉跄倒退，躯体不断地颤抖，遭受了剧烈的大道冲击。

“谁能挡我？本王要斩荒！”蒲魔王咆哮道。他曾在仙古陨落，但部分元神烙印逃过了一劫。而且，异域一直保存着他的精血，故此，在发现帝落时代遗存下来的无上仙丹后，第一时间将他救活了。

蒲魔王当年有绝世之资。

石昊依旧盘坐着，冷漠地看向蒲魔王道：“仙古一战，你不是被人直接就斩灭了吗？而今张狂什么？”

蒲魔王一声嘶吼，漫天都是雪白的种子，蒲公英般的飞絮闪闪发光，皆为大道符文演化而成，此时倾泻下来。

仙域，有王者一同出击，直逼蒲魔王。

“谁能拦我？”蒲魔王嘶吼道。他曾殒命在仙古时代，而今胸腔总有一股戾气，非常好战。

“咚！”

石昊什么话都没有说，直接轰出去一记拳印，砸向蒲魔王。

石昊的拳印震动了天地，让蒲魔王神色大变，这世间居然有这等可怕的年轻人！

“有意思，这么快就动手了？”九头怪物露出冷冽的笑，盯着战场。

“轰！”

下一刻，昆谛动了，他手持炼仙壶，第一时间攻了过去。

宇宙星空崩塌，炼仙壶震慑世间，流动混沌光彩，释放出恐怖之力。

“当！”

仙王的兵器纷纷被震落。

石昊虽然盘坐在那里，但是不得不认真应对。

“荒，别人斩你，我觉得多此一举，因为我相信你无法成功，迈不出那一步。”瞿忡开口道。

他手持黄澄澄的葫芦，带着无上威严，就这么横空而来。当接近石昊时，他果断出手，道：“镇压！”

异域诸王齐动，向前发起攻击。

仙域的王也都动了，迎击这些生灵。

“荒，纳命来！”一个黄澄澄的葫芦飞来。

第1714章 冲帝关

瞿仲终于出手了，他是一个来自界海的巨头，曾经打崩葬地，所向无敌，此时他就这样祭出了黄澄澄的葫芦，镇压石昊。

在前方，各大仙王出手，阻拦这个葫芦，此乃大道法器，蕴含着无穷的力量。

“砰！”

然而，第一位仙王就被轰得横飞了出去。葫芦一冲而过，就是仙王都承受不住那种力道。

“噗！”

第二位仙王阻拦时，葫芦嘴中喷薄出一道赤霞，赤霞凝聚成一柄剑胎，就这么击中了那位仙王的头。

“啊……”

那位仙王大叫，元神挣脱出来，带着精血逃到了远处，总算没有被剑胎劈开元神。

瞿仲的法器无坚不摧，路上没有人能挡住他。

黄澄澄的葫芦就这么从天而降，向石昊镇压而去。

此时，蒲魔王、昆谛等都向石昊发动了最强攻击，情况危急到了极点。

如果瞿仲也加入进来，后果就更加不堪设想了。

鸟爷大吼一声，化出本体，巨大的躯体密布着鳞片，拍动一对巨大的翅膀，以强大无比的肉身迎击黄葫芦。

“咚！”

在那两者间，发出刺目的光，繁复的符号闪耀，成片的仙纹交织，构建出仙王级的领域，发生了大碰撞。

“轰隆”一声，鸟爷的巨大龙躯被砸中，闪亮的鳞甲成片地脱落，它满身是伤，龙爪都没能躲过一劫。

“轰！”

就在此时，石昊身体剧震，六大秘境同时发光，将头顶上方三尺处的“神”扯下来了一些，引发激烈的对抗。

石昊的四肢在龟裂，脊椎骨在咔咔作响，他的几大秘境在激烈动荡，仿佛要毁掉了。

这可不是什么好现象，在这个紧要关头，他的身体出现这种剧烈的变化，很容易引来灭顶之灾！

“哈哈……”不朽之王冷笑着，纷纷临近，向前攻击。

仙域诸王出手，阻挡他们。

可是，仙域的巨头跟异域这方比起来明显实力不足，昆谛请来界海中的两大巨头，形成了强大的威胁力。

仙域巨头齐虞挡住了刀王，那雪亮的刀光茫茫无边，将老仙王覆盖，让他疲于应付，无力再对他人援手了。

“荒，什么天才，什么年轻霸主，还妄想成帝，我成全你去阴间做春秋大梦！”蒲魔王杀气腾腾，攻击石昊。

“咚！”

黑暗柳神出击，挡住了蒲魔王。两者都是植物成王，进入了无上领域，现在对上，爆发了激烈的大战。

黑色柳条若秩序神链穿透一切，可是蒲魔王的攻击太诡异了，漫天都是蒲公英种子，大道符文照耀万古诸天，这是绝世大战。

“呵呵，本座要你今日死，你能活到明朝吗？！”昆谛寒声道，带着无比冷酷的神色，手持炼仙壶向前攻击。

“轰！”

石昊低吼，头上的小人儿被牵引着，几大秘境发光，将其拽了下来。“嗡”的一声，小人儿下降了一尺。

在这个过程中，石昊的体魄满是伤痕，面色苍白如纸。

“咚！”

石昊用手一拂，劈中炼仙壶，使之剧烈颤抖，掉转了回去。

“荒，你还想活命吗？授首吧！”昆谛声音低沉，满头银色发丝根根倒竖，瞳孔化成恐怖的十字。他双手结法印，向前砸去，炼仙壶又一次被祭出。

“咚！”

石昊躯体摇动，体内的骨骼噼啪作响，像是要折断了。

另一边，小蚂蚁等目眦欲裂，想去营救石昊，但是根本无力出手。

瞿忡所向披靡，催动黄葫芦，将他们打得身体受创，有的仙王险些当场丧命。

至此，仙域一方形势危急。

黑暗柳神对蒲魔王，仙域巨头齐虞对决界海来的刀王，黄葫芦的主人瞿忡横扫仙王，接近石昊，而昆谛已经开始针对石昊展开大绝杀。

除此之外，远处还有一个无殇，九头怪物也在潜伏。

若六大巨头共同出击，天下谁与相抗？

“轰！”

还好仙域也有隐伏的老怪物，总体来说，实力与异域是平衡的。一位巨头出现，迎向昆谛，阻止他攻击石昊。

不过，黄葫芦的主人瞿忡到了，他不断镇压石昊，情况依旧危急。

至于其他仙王与不朽之王，则早已对战起来，战况无比激烈。

“呵呵，结束吧，荒，我送你去往生！”就在此时，不朽之王无殇出手，他提着一杆青铜大戟，向石昊立劈而去，没有人能阻挡他。

所有仙王都被敌手缠住了，此外无殇拥有诡异的天赋神能——法力免疫，这简直是致命的威胁。

符文、宝术等相继释放出来，可在无殇的身前都自动消失了，根本无法伤其躯体。

“区区一个小辈，也敢称尊？死！”无殇吼道。青铜战戟光华璀璨，落向石昊头顶上方，要劈开那个“神”。

举头三尺有神明，而今那个小人儿已经降下了一尺，离石昊的天灵盖只有两尺了。

“啊！”

石昊仰头，一声大吼，披头散发，爆发无与伦比的力量。他头上的那个小人儿跟着他仰天大吼，并且轰出拳印。

“当！”

无殇的大戟被轰开，戟刃雪亮，撕裂宇宙，杀气弥漫开来，让诸王都感觉一阵胆寒。

这杀伤力太惊人了！

无殇无比惊讶，他清晰地看到那个小人儿轰出的是大道符文，那符文居然对他有效，震开了青铜大戟。

“荒，你死定了！”

就在此时，远方再次传来吼声。界海中，有一队人马赶来，领军者虽然不是巨头，但也相差不远了。

最为关键的是，他带着界海中一些堕落王者驾临。这是一股恐怖的力量，攻打仙域，一下子就破坏了平衡。

若是平日也就罢了，界海不止一次来冲击了，以往仙域可以应付，但现在情况无比危急。

这股生力军的加入，让仙域这边受到了更严重的冲击，当场就有人被打得躯体崩坏，唯有元神逃遁。

即便仙王难以被斩灭，可以再塑肉身，但这场大战还是让人震颤，所有人都感觉大势不妙。

“我仙域的巨头呢，不是还有吗？为何没有来？！”有人大喝。

“他们进界海了，去联络当年我域出走的巨头，希望将他们召唤回来！”

时间很不凑巧，数千年间，有巨头进入界海，去寻找古代无上强者的足迹，希望将他们唤回来。因为大战越来越可怕，他们担心保不住仙域。

“嘿，本座也来了！”隐伏在暗中的九头怪物终于出动了，他驾驭着白虎，冷酷出场，带着几名黑暗王者降临此地。

“轰！”

九头怪物直接对石昊出手，但凡保护石昊的强者都在被攻击的范围内。

精璧大爷顿时口中吐血，哪怕他的躯体坚固不朽，此时也被九头怪物打得险些崩开。

可见九头怪物有多么恐怖，当年他能跟石昊拼个两败俱伤不是没有道理的，他比昆谛还要强。

九头怪物已经观战多时，见大势已定，这才现身，他想趁早结果石昊的性命，免得有意外发生。

随着这样一股生力军的加入，仙域的王者们顿时被冲击得散开了，甚至有王者的元神都被人镇压了。

“九头怪物，当年你被荒击败，低头示弱，主动交好，现在却又这般反复无常，简直可耻！”小蚂蚁呵斥道。

九头怪物一声冷哼，面带轻蔑之色，转头看向石昊道：“成帝？太可笑了，你以为谁都能做到吗？还是陨落吧！”

“噗！”

此时，就连仙域巨头齐虞都负了重伤，他被刀王一刀劈中，倒飞了出去。

不是齐虞不够强，而是他被敌人围住，先后有王者向他出手，再加上绝世刀光太凌厉了，因此他败下阵来。

“咔嚓！”

黑暗柳神亦遭受了重创。此时，漫天的蒲公英种子、黄澄澄的葫芦、雪亮刀光等一起向它压来，令它断了很多黑色的枝条，整株树都变得暗淡了。

“轰！”

仙域，另一位巨头也被击伤了，倒退而去。

敌手太多，将石昊包围，疯狂地向他出手，将这里困住了。

许多人纷纷叹息，闭上了眼睛。不是他们不想救石昊，而是现在的情景让人绝望，多位巨头降临，谁能挡得住？

“荒，死到临头了，你还妄想成帝吗？”昆谛喝道。

“呵呵，笑话，成帝者，这就是你的下场。”蒲魔王冷冷地道。

“镇压！”瞿忡出手，黄澄澄的葫芦直接落下，砸向石昊。

“嗡！”

这个时候，虚空颤抖，石昊的盘坐地亮起一道又一道符文，璀璨无比，将他包裹着。

诸王心中一惊，快速后退，担心陷入杀阵中，结果却发现法阵并不是针对他们，而只是覆盖了石昊。

“区区一座防御法阵也想阻挡我等？受死吧！”无殇喝道。他举起青铜大戟向前劈去，动用了无上法力。

此时，诸王出手，围攻石昊，想将他化成灰烬，永绝后患。

“嗡！”

法阵奇诡，不断轰鸣，融汇了众人之力，向石昊汇聚，将他环绕在当中。

所有力量都向石昊头顶上的那个小人儿集中。

“咦？他还活着！诸位道友一起出手，轰破此阵，击杀荒就在眼前！”昆谛吼道。他担心有意外发生。

“轰隆！”

四面八方，无数的神光符文亮起，向中央汇聚，镇压石昊。

“好大的手笔，这法阵中蕴含着五行仙金、黑暗仙金、光明仙金、七彩仙金、虚空仙金……全都齐全了，一般的仙王都打不动。”昆谛叹道。

“轰隆！”

四面八方，所有力量一起镇压而下，融入阵中，让石昊爆发出惊天的光芒。

“融合，就在这一刻！”石昊大吼，满头发丝倒竖。他牵引诸王的力量入阵，炼化自身。

石昊曾百般推演，如果按部就班地融合头顶上的元神的话，不知道需要多少岁月，而且不见得能成功。

最后，他决定引导外界强大的力量，使其化入法阵中，于是几次借外力，用以融合、磨炼自身的神与身。

当然，这是极其冒险的，因为这种变化太剧烈了，他动辄会形神俱灭。

就好比蛹蜕变成蝶需要一个过程，是慢慢进行的。而石昊是激烈进行，如同提前剥茧一般，一个弄不好，就会化蝶不成，蛹先亡。

果然，无穷的力量被接引过来之后，在强行融合的过程中，石昊的身体有些承受不住，连头上的那个小人儿都在龟裂。

石昊二话不说，直接吞食了一株长生仙药，修补身体。

“噗！”

然而，可怕的变化还在继续，石昊的身体才复原，接着又被冲击。

他一咬牙，又吞食了一颗用三生药炼制的无上宝药，稳固了元神，修补了肉身，这可是能将逝去的仙王救活的奇药！

“轰！”

石昊头顶上的小人儿被这种无与伦比的力量压迫，与肉身强行融合，从高高在上的两三尺，到渐渐没入头骨内。

“啊……”石昊大吼，披头散发，满身是伤。他的身体遭受了不可想象的重创，哪怕有仙药等炼制的奇丹，依旧受损得厉害。

但是，这一刻，他成功了，最起码他将头上的小人儿融入了自己的躯体内。

这跟石昊推想的一样，这种变化太剧烈了，此时他承受不住了，肉身与神魂都在瓦解，随时会炸开。此外，他的体内激荡着无上的力量，这些力量在弥漫，要透体而出。

石昊体内喷薄着无上仙火，他动用真凰不死术在那里涅槃，璀璨之光绽放，光束炫目。

他阻止了身体的恶化，暂时稳固了下来。

“咔嚓！”

仙金法阵崩坏了。

众人愕然，这么恐怖的力量居然都没有将荒杀死！按照他们的猜测，他理应当场殒命，形与神都要被磨灭。

“第一击未死又能如何？现在灭了他，法阵已坏，他还能如何自保！”蒲魔王吼道。

现在，谁都看出有些不对劲，荒散发出的力量太恐怖了，他头上的小人儿没入躯体后，他整个人都在发光，令人不可直视。

“你想除掉我？”石昊浑身是伤，但哪怕如此，当他站起身来时，依旧压迫得人几乎要窒息。

“轰！”

石昊一拳向前砸去，大道之音震耳欲聋，就连宇宙都在跟着战栗、哀鸣。

“噗！”

蒲魔王轰出的那个拳头被石昊的拳印撞击，顿时受了重伤。

接着，石昊再施展拳印，蒲魔王一声大叫，整条手臂被石昊的拳印发出的光重创了。

“哧！”

一道刀光扫来，刀王突然出手，攻击石昊的头部。

“当！”

石昊捏拳印，径直迎击而上，无坚不摧，挡住了仙王法器。同时，他拳头轻震，“咔嚓”一声，那把无上的法刀就这么断了，被他生生震裂成了三截！

这一刻，所有人都骇然不已！

在人们吃惊的目光中，石昊一把抓住了刀王，一记掌刀劈落，击散了对方释放出的无上刀意。

“啊！”

石昊一声大吼，如同盖世魔王咆哮，他的身体如同鬼魅一般，又到了昆谛近前，才一碰撞，就让昆谛的手臂受了伤。

这一幕震惊当场的人，荒究竟发生了怎样的蜕变？居然可以这样轻易地镇压他们！

第1715章 直到世上无人敢称尊

片刻间，石昊接连大败三大巨头，这是何等恐怖的战力？周围，所有不朽之王与堕落仙王都看呆了，惊悚不已。

昆谛倒退了好几步，捂着受伤的手臂，满脸的惊骇之色。

蒲魔王横移躯体，半边身子都受伤了。

刀王最惨烈，被石昊一掌截断雪亮的天刀，而且自身的元神也被禁锢了。

“荒，你……”刀王既惊怒又悚然，他是何等的身份，纵横界海中，号称巨头，居然被人禁锢了元神。

对于刀王来说，这是不可想象的大事，他头皮发麻，一阵惊颤，荒的实力怎么这么恐怖？

早知如此，他无论如何也不会出手，来这里针对一个恐怖到极点的人物，这太不明智了。

可是，诸天有这么强大的生灵吗？这等战力超越了极境，就连屠夫、养鸡的他们也没有这种手段。

刀王惊悚极了，难道说荒真的突破了，他破开王境，踏上了帝路？

“荒，你……成功了？”他的声音都发颤了。

“聒噪！”石昊冷冷地说道。

石昊五指齐张，五道神虹飞出，禁锢天地虚空，将刀王定在那里，而后直接将其扔进自己的法则池子。

一代巨头就这么被镇压了。

周围，鸦雀无声。

“诸天万域，规则无穷，吾道永昌！”蒲魔王嘶吼，打破了宁静。他发狂了，在其周围，漫天都是白色的绒毛。

任何一枚蒲公英种子扎根后，都可以摧毁星河，这是蒲魔王的手段，能汲取敌人的道果、精气神。

“轰！”

天地崩塌，蒲公英种子化成大道符文，割裂宇宙，密密麻麻，将石昊那里淹没。

蒲魔王动用终极神通，每一枚雪白的种子都蕴含着他的一缕精血，他这是豁出命去了。因为他已经预感到了这个年轻人的可怕，或许这个年轻人真的突破了王境，不然的话，哪有这么强大的生灵？

简单的碰撞，就可以击杀巨头，这超越了神话传说，这个年轻人跟他们不像是一个层次的生灵。

“轰！”

石昊的体表突然腾起烈焰，熊熊燃烧，太璀璨了，烧得虚空塌陷，宇宙扭曲。

这是无上仙焰，但凡接触到石昊体表的蒲公英种子全都被点燃了，哪怕化作了大道符文，也都是如此。

“帝路，你……真的破开了王境！”蒲魔王大叫。他满脸苍白之色，高大魁梧的躯体踉踉跄跄，他感觉自己的精血彻底地消失了，被火光吞没。

巨头的精血岂是那么好灭的，尤其是跟大道符文融合为一体，镇压敌手时，威力无穷无尽，现在却被荒击灭了。

“哧！”

同一时间，石昊抬手，右臂发光，如同一柄剑胎，璀璨夺目，而后向蒲魔王立劈过去。

“啊——”

蒲魔王大叫，震动宇宙，星空都在崩裂。他拼命了，攻击凌厉无比，因为他知道对方的强势。

“噗！”

很可惜，蒲魔王的反抗是徒劳的。各种符文湮灭，其护体大道符文被斩开了千百重，躯体也暴露了出来。

蒲魔王惨叫出声，躲避不了，这个敌人跟他以往所见到的任何大敌都不同，太强悍了，超越了仙王领域。

蒲魔王嘶吼着，带着不甘，带着绝望，他被石昊立劈，连元神都是如此。

蒲魔王的元神印记融合，想要归一，他相信自己可以复原，因为仙王的神魂永恒不灭。

然而，接下来的事实无情地粉碎了蒲魔王的希望，石昊并指如剑，接连劈斩，炽盛的光芒全部落在他的元神印记上。

号称不灭的印记就这么瓦解了，而后炸开。

蒲魔王当场形神俱灭，身体化成灰烬，元神变成光雨，而后焚烧，熊熊烈焰席卷这片宇宙。

天地剧震，异象惊人。

在石昊一只手的覆盖下，那些诡异的景象又消失了，不敢再现。

一位巨头就这么覆灭了，着实惊呆了每一位王者。

此时，石昊一个踉跄，似乎有些虚弱，他的身上满是伤痕，像瓷器曾遭到重击一般。那是因为他在突破时遭遇了不可想象的毁灭之力。

石昊强行融合神与身，这种剧烈的蜕变太粗犷了，如同塑造精美的艺术品时，别人精雕细琢，他却用巨斧劈砍，狂暴如雷霆，一日间发生了惊天巨变。

这种演化太过霸道，石昊没有殒命，能活下来简直就是奇迹！

主要是因为三生药炼成的无上仙丹发挥了巨大作用，确保他的元神印记不灭，哪怕碎裂了又重组在一起。若非如此，石昊早就已经殒命了。

仔细想来，那三生药不仅是三藏、神冥的成王契机，也是石昊的救命之药，让他敢这么行事。

不过，他终究是负了重伤，随时会解体。

虽然那个“神”已经入体，与肉身初步融合，但是两者还处在激烈的冲突中，一个弄不好，就会前功尽弃。

不过，石昊有自信，他若死不了，熬下来便是海阔天空。

“一起上，趁现在他道行不稳固，灭了他！”昆谛大吼，状若疯狂。

一个年轻的仙王就这么破开了王境，打破了万古未有之神话，俯瞰一个又一个纪元，超越诸王。这让昆谛难以置信，不能接受。

无论是昆谛还是蒲魔王，抑或是无殇，或者是界海巨头瞿忡都曾冷笑，视石昊冲关为一个笑话，觉得他必然会失败。

正是因为如此，他们才赶来，想趁对方失败而遭受重创时对其出手，直接将其斩灭。

怎能想到，他们见证了奇迹，不可思议的大事件在他们眼前发生了——荒颠覆了他们的想象，竟然成功了！

“不要给他喘息的机会，莫让他进入稳固的境界，现在是唯一的机会了！”一些不朽之王大叫道，疯狂地扑击石昊。

他们很惶恐，荒若崛起，绝对打破了古往今来的一切平衡，仅凭他超越王级的实力就足以横扫各路势力。

日后若他们跟荒开战，就不会有什么悬念了，谁与他交手都注定败亡。

几位巨头都出手了，毫无保留，而周围的堕落仙王、不朽之王等同样也是如此，如同发疯了一般，竭尽所能地攻击石昊。

他们都明白，这件事影响太深远了，唯有拼命才能赢得一线生机，不然的话，日后荒将君临天下，谁都无法制衡他。

今日，他们原本是围攻荒而来，想将他消灭，谁能料到竟然见证了万古未有之奇迹。

对于他们来说，这是厄难！

但是，千百万年后，对后世人来说，这一定是辉煌盛事，见证了帝的崛起，这是震惊历史的大事！

他们这些人都沦为了陪衬，尤其是巨头等，在这次事件中成为可耻的点缀，他们的围攻只能让帝者更辉煌，让传说更惊心动魄。

所以，一群人发疯了，拼命攻击石昊。

远处，仙域诸王都愣住了，谁能料到会是这样一个结果？

在他们看来，荒刚才死定了，他们不是不想救他，而是实在无能为力。他们自身都受了伤，有些人更是被镇压了神魂，然而最终竟是这么一个结果——荒依靠自己，一个人与异域诸敌抗衡。

战场中，那位年轻的至强者横扫群王，他哪怕负伤了，随时会殒命，但是依旧战力无双。

“噗！”

不朽之王被他劈中，化作大片的光雨，点亮宇宙星空。

“砰！”

石昊一脚踏出，界海巨头瞿忡大口咯血，所祭出的种种秘术都瓦解了。

九头怪物眼中凶光毕露，哪怕知道石昊现在无比可怕，也在疯狂地出手攻击。

这一刻，三大剑诀融合归一，威力无穷无尽。

九头怪物知道自己没有别的选择了，既然已经出手，今日就必须除掉荒。这或许是最后的机会了，一旦让荒恢复到巅峰状态，再想围攻他，那就是一个笑话了。

“三大剑诀是时候回归了，它不属于黑暗牢笼，不属于接引古殿！”石昊说道，向前攻去。

石昊震退了一批堕落仙王，让那些人喋血星空，随后对九头怪物展开追击。

“砰！”

抬手间，星空都被石昊覆盖了，他只手遮天，而后猛力盖下，无物不破，无坚不摧，没有什么能够抵挡他。

九头怪物虽然足够强大，但是面对而今的石昊无能为力。三大剑诀即便再惊艳，此时也被压制了，化作暗淡的光，就这么消散了。

“噗！”

大手落下时，九头怪物惨叫出声。他承受不住这种威压，九颗元神齐出。

“啊——”比九头怪物更惨的是其坐的白虎，当场形神俱灭。那可是一名仙王级高手，就这么陨落了。

“呼”的一声，大风呼啸，石昊一把抓走了九颗元神，将他们拘禁在法则池中，他留着要拷问出《平乱诀》等。

九头怪物不在了，而周围他的几名追随者也都被石昊斩灭于星空中，化成一团团雾。

“走，此人已成帝或者接近仙帝了，无敌于天下，我等不是他的对手！”从界海赶来的生灵中，有人大叫道，不敢出手，转身就逃。

“哪里走?!”石昊喝道，身体横空。宇宙不能束缚他，一刹那，他截断苍宇，拦阻在前。

“轰！”

石昊一拳轰出，天地失色。那几人都绝望了，全力迎战。

可惜，双方实力差距明显，最终他们都被斩灭了。

“逃啊！”

异域的不朽之王见状，纷纷遁走，他们知道大势已去，荒崛起了，再也没有人可以阻挡他的脚步。

“走，快离开这里！”昆谛呼喊。他现在后悔无比，怎能料到招惹了这样一个恐怖的生灵，这是一场大祸。

“荒，休得张狂！”无殇魔王的确有大气魄，他负责殿后，一杆青铜大戟指向石昊，而后猛劈。

“咔嚓！”

大戟雪亮的锋刃被石昊一只手捏断了，他双目如冷电，向前望去。

“万法不侵，神通皆粪土！”无殇大吼，带着高傲，带着飞扬的神采。他不屈服，自认技能无双，盖世无比。

虽然他知道拦击石昊凶多吉少，但他还是出击了，这是属于他不朽巨头的信念与骄傲。

无殇拥有法力免疫这种不是神通的神通，盖世无双，多少王者、巨头对之头痛，束手无策，许多强者最怕与无殇对决。

然而现在，这个无上技能依旧改变不了什么。

石昊同样掌握此道，或许没有无殇的博大精深，但是他已经入门，再加上他而今的盖世修为，谁能阻拦他？

所谓法力免疫，对石昊无效。

“轰隆！”

石昊捏拳印，一拳轰出，天崩地裂。

此外，无殇的双臂与胸膛也被击中了，震撼人心。

无殇大笑起来，脸上的光彩不减，但是他整个人在湮灭，而后轰然炸开，成为光雨。

“轰！”

石昊迈步，风雷阵阵，气势惊天动地，真正如帝临尘，向异域的方向而去。他就这么独自闯入异域，横扫世间一切敌。

“自这一日后，谁还敢称尊？”仙域巨头齐虞咯血，在远处说道。

“荒，战到世上无人敢称尊！”精璧大爷叹道。

第1716章 一战平异域

荒就这样崛起了，战到不朽之王远走，堕落仙王遁去，四方大敌皆溃败，一路逃亡。

这种战绩前所未有，他一战惊天下，辉煌照古今。

这是荒一个人的神话，他横扫天下诸敌，没有对手。几大巨头死的死伤的伤，就这么败走宇宙边荒，逃向远方。

荒，成帝了吗？

这是所有人的疑问。他到底达到了什么层次？众人怀疑，这是真正的帝，还是接近了那个领域？

石昊纵横天地间，冲出了仙域，跨过无垠的虚空，来到异域。他没有立刻闯进去，而是立身在空中。

“轰！”

无尽瑞霞闪烁，向石昊的身上涌去，他在调理伤势，希望可以尽快愈合。

他伤得很严重，满身裂痕密布，如同精美的瓷器遭遇过猛烈的撞击，而后强行拼凑在一起。

这是他突破所付出的代价！

石昊体内有一团光在沉浮，跟他的肉身激烈地对抗，那是他的“神”，虽然他初步与之融合了，但是还不稳固，“神”似乎要破体而出。

大道符文绽放，无穷瑞光流淌，将石昊包裹，他如同在涅槃，要破茧重生，他的气息越发强大了。

“噗！”

到头来，石昊咯出一口血，身体一阵踉跄，伤势太重，居然不能痊愈。

他蹙眉，这伤势难以痊愈，而且在缓慢加重，虽然不是太明显，但是他可以感受得到，这是生死大威胁。

“焚我道身，斩我伤痕！”石昊低吼。

下一刻，他全身每一寸血肉都在爆发，释放永恒的气息，精元滚滚，法力如海，洗礼神魂，而他体内的那团光也在与之共鸣。

石昊在消耗精血，竭尽所能改变自己的危险状态。可惜，效果依旧不佳，到头来他也只能维持在一个平衡的状态中，伤势不增不减，暂时稳住了。

在此过程中，异域诸王虽然看到了石昊的状况，但是没有一个人敢出手，无人上前，皆遁回了异域。

不久前石昊横扫四方，实在震慑了他们，给他们留下了不可磨灭的印象。

最终，石昊踏足异域，闯了进来，既然伤势如此，而今无力改变，那就任它不增不减吧，他要杀敌！

今日若不除掉群敌，日后他若因伤势而陨落，那就太遗憾了。

不过，石昊自信那所谓的伤势难不住他，他终究可以渡过这一关。

“荒来了！”异域，有人大吼，声音震动了四方。

所有不朽者都心中一凛，各族修士莫不心中震动。

而今，荒的威名早已传遍异域。

回想往昔，他只是一个小修士，更曾为阶下囚，怎能料到而今成长到了这一步，成为各族心腹大患。

“现在，没有人可以制衡荒了，他……可能成帝了！”这则消息像飓风一般传遍了异域，引发了剧震。

仙域一战的消息没有办法掩盖了，就在刚才有人得悉了此事，而后将其传了出去，这简直像山崩海啸一般，令万族惶恐。

当年，荒还在人道领域中，今日他却破开王境，这种反差太大了，让人难以接受。但是，各族不得不接受，他现在杀来，引发了一场大动乱。

“轰！”

石昊降临，俯视异域，目光流转，像是时间长河在起伏。那种气息让周围的生灵直接战栗，不受控制地跪伏了下去。

他们的肉身背叛了他们的意志，战战兢兢，惶恐不安。

“你不回界海，逃进异域，一样是自寻死路。”石昊平静地说道，盯着某一片星空宇宙。

那里有一位强者，他手持黄澄澄的葫芦，带着几人躲在星辰后方，正是瞿仲。

他面色发白，他不是不想回界海，而是怕落单，死得更快，故此跟随昆谛等人逃到了这里。

刀王跟他一样来自界海，同为巨头，实力相仿，却被轻松斩灭，他意识到自己与荒的差距太大，远不是其对手。

再加上蒲魔王、无殇、九头怪物相继陨落，他怎能不惊悚？

一只大手横空，覆盖天宇，向那片宇宙星空镇压而去。石昊的血气恢宏而磅礴，震动乾坤。

“荒，我与你拼了！”瞿忡大吼，祭出自己的仙王法器。

那个葫芦巨大无边，如一座黄金大山般压落而来，它超越了诸多星体，挤满这片星空。

“砰！”

黄葫芦发光，撞在前方的光幕上后，滴溜溜地转动，快速缩小，落在了石昊的手中。

大手趋势不减，拍击而下，打在瞿忡身上，他根本就防不住，身为一代巨头也只能饮恨。

“啊……”

瞿忡大叫，被击毁躯体，元神想要逃走，结果被石昊一把抓住。

石昊想问一些事，想了解界海的秘密，故此将刀王与瞿忡的元神都扔进了法则池中。

其他几名堕落仙王跟着在这里败下阵来，石昊粉碎了他们的元神印记，没有留下他们的性命。

各族强者看到这一幕，一个个莫不胆寒，“王者不可灭，元神可永存”，这成了过时的说法。

荒斩除巨头，诛灭王者，他到底有多强？

“破王成帝啊！”

“他真的做到了，开古今未有之神话！”

各族震惊不已，莫不恐惧。

尤其是诸王，而今绝望了，他们究竟对九天十地做过什么，只有他们自己最清楚。当年，他们可是不分族群，不分强弱，连凡人都屠戮一空。在仙古末年时，九天十地空空荡荡，一片荒凉。

荒来了，这注定是一场大清算吗？

石昊迈步，沉稳如山，接近异域的中心古地。那里有一座神庙，古老而沧桑，散发着淡金色的光彩，无比神圣。

昆谛在这里，逃了回来，他几近绝望，荒无限接近帝者了，这让他感到沮丧、无奈。

昆谛盘坐在金色古庙附近，还有几位王也聚集在这里，这是他们最后能据守的地方。

到了现在他们还不愿接受，不相信有人居然破开了王境，这是从古至今从未有过的盛事，对他们来说，却是绝望的结局。

“赤王、蒲魔王、无殇都殒命了，你这小辈！”昆谛眼中冒冷光，怒意漫天，却有种无力感。

“杀人者，人恒杀之！”石昊冷冷地回应。

当年，九天十地的一群英豪全部战死，又向谁去诉说？

再者，异域是入侵一番，九天十地被动防御。遭遇了那样的灭世惨祸，他现在一点也不同情异域诸王。

“尔等该落幕了，送你们上路！”石昊冰冷无情地说道。

“你以为除掉我等就算是覆灭了我界？不可能，我界最强者在界海，自帝落时代消失，一走就是无数个纪元，说不定早已成帝，早晚会找你清算！”一位不朽之王歇斯底里地大叫道。末日来临，强大如他们也做不到平静地面对死亡。

“有人想逃吗？”

石昊抬头，看向异域某一个方位，而后抬手间，一道剑光飞出，璀璨无比，撕裂异域界壁，向前斩去。

“噗！”

一位不朽之王被斩落，元神印记挣扎着，但又被后续的剑光不断劈中，最终烟消云散。他想逃向界海，就此不回头，结果还是陨落了。

虽然异域很大，但是石昊而今修为何其恐怖，一念间，俯瞰大宇宙，王者想逃走怎么瞒得过他呢？

“荒，你今日要行绝灭之事吗？”远方，两名王者并立，朝这个方向大吼。他们站在一片大地上，不朽之气激荡，席卷六合八荒。

石昊一眼认出，那是三千道州的罪州，当年安澜一把将它抓走，让那一州的人都堕入了黑暗中。

现在，有一人左手持古盾，右手持黄金长枪，顶天立地，身形耸入云层中，向这个方向凝视，而后猛然刺出了那杆长枪。

正是安澜！

他负责守护异域，没有去仙域围攻石昊，而今显化了出来。

现在他就是想逃都不可能了，石昊的神念强大，封锁四方，凡是进出这一界的生灵都逃不过他的神识。

“哧！”

璀璨的长枪恢宏而磅礴，远隔亿万里，就这么粉碎天地攻来，太强大了，无坚不摧。

“啊……”石昊咆哮起来。这是他在此战中第一次失态，看到安澜，他想到了太多，整个罪州啊，无数生灵都毁在了对方手中。

石昊大吼着，身躯变大，耸入宇宙中，让整片异域的大地都开始龟裂、崩塌，快承载不住他的躯体了。

在石昊的体外缭绕着无上仙光，弥漫着混沌之气，他就这么变大，比安澜看起来要大太多了。

石昊如一个巨人俯视着蚁虫！

“噗！”

石昊抬手，覆盖了罪州以及周围的广袤大地，那杆刺过来的金色长枪当场折断，“咔嚓”一声成为碎片。

“轰！”

无穷的光雨落下，压迫得安澜低头，身体被压弯，而后他再次下沉，最后便一动不能动了。

这是石昊的最强一击，不给安澜任何机会，抬手间让他元神溃散。

“哧！”

金光一闪，那杆断裂的长枪熔化，成为金色液体，封印了安澜的躯体，使之保持低头的姿势，矗立在那里，成为永恒不灭的塑像。

“啊！”

旁边，俞陀大吼着，挣扎着，但是在石昊这只大手的覆盖下，他的命运与安澜一般无二。

随后，俞陀的兵器也被大手熔化了，成为金属液体，封在他的体表，使之成为万古长存的雕像。

两大强者就这么陨落了，俯首低头，如同在跪拜罪州殒命的亿万生灵。

所有人都眼睁睁地看着，震惊不已。

“荒，你欺人太甚，今日要覆灭我界，不会让你如愿的，你去死吧！”昆谛如同受伤的老兽一般，号叫道。他祭出起源古器，跟几名仙王一起催动它，召唤黑影，希望能除掉石昊。

并且，昆谛发狠，祭出心头血，洒落在起源古器上，他将自己献祭了。

“前辈！”

另外几名不朽之王惊悚不已，怎会如此？昆谛这是要把自己都搭进去啊！

他们急忙散开，因为起源古器发光了，它若真正大发神威，会让不朽之王都遭劫。

“轰！”

石昊面对起源古器时，感受到了一股压迫感，仿佛有什么东西在跃跃欲试，要跟他决战。

“咔嚓”一声，那如同金属般的箱体龟裂了，逐渐露出里面的物体。

“上一次，我又不是没有领教过。”石昊自语。

很快，石昊发现了不对劲，有一股恐怖的力量锁定了他，要跟他对决。

“天哪，起源古器裂开了，面对荒时，它开启了。”一些人惊叫。

“轰！”

这个箱子裂开，如同花瓣绽放，炽盛的光芒无与伦比，但凡向前望去的生灵，双目都没办法睁开。

昆谛嘶吼，他一身血气都被抽干了，眨眼间而已，就要油尽灯枯。

起源古器中的一根法杖不是很长，古朴无比，是由白骨打磨而成的，杖体上刻着一道身影，并且凝聚着浓郁的黑暗物质本源，炽盛的光辉就是它发出的。

“嗯？”

石昊心一沉，那件法器干扰了他体内的“神”，令之与肉身的融合紊乱了。虽然他不惧怕这根法杖，但是它出现得太不是时候了。

就连石昊自己都没有料到，箱体中的东西干扰了他的蜕变进程。

“噗！”

石昊咯血，伤势急骤恶化。他不断向后退，这一变化惊住了每一个人。

“哈哈哈……”昆谛大笑。他要死了，能在死前见到这一幕，他便不失望了。

其他几名不朽之王也大喜，这真是逆天的转变！

“啊……”

突然，凄厉的嚎叫声响起。一道古老的身影浮现，缭绕着时光碎片和空间法则，竟然是蛄祖，他掌握时间秩序，精通空间法则。

“轰隆”一声，蛄祖撞飞昆谛，出现在起源古器旁，抱住了它，而后向远方飞去，时光碎片飞舞，璀璨无比。

当那个箱子离石昊稍微远一些时，它就自行闭合了。

“你……”昆谛大怒。

“你何须如此？我不用你这样以命相助！”石昊怅然，看着前方。

蛄祖惨笑着，满身是伤，被起源古器中那根法杖发出的光照耀后，眼看是不行了。

“叛入异域这么多年，我自己都快遗忘不是真心投效了。有时候，我甚至在想，我是不是可以直接为此界效力？我一等就是这么多年，背负千古骂名，我内心之煎熬，有谁能懂？今日我终于解脱了。”蛄祖惨笑着，眼中竟有泪水滑落。

“无终、轮回，你们让我忍辱活着，蛰伏下来，我做到了，但是我无力逆天啊，今日总算出手了一次。”蛄祖低语，眼看活不成了。

他以这种方式救石昊，分明是早已心存死志，根本就不想继续活在世间了。

千古骂名，无尽诋毁，他曾为天纵人物，一代天骄，高高在上，万灵敬仰，而这一个纪元以来，他背负了太多。

“这是黑暗魔龙、堕落血凰，还有无畏狮子，它们都被斩了！”蛄祖虚弱地说道。这三大强者都曾属于九天十地，最后却成为异域的座上宾。

“还有两个王者，拉上他们一起上路，我也不亏了，对得起我这个其实不是真正叛逆者的身份了！”蛄祖微笑着道，又扔下两个不朽之王的躯体，落在起源古器近前。

就在不久前，蛄祖出手了，因为他掌握时间法则、空间大道，有意封锁天地，外界居然没有感应到。他逐一将五大强者击毙，这些生灵的元神还在，没有灭亡，现在挣扎着，想要逃走。

“堕落血凰，不知道它是真叛逃还是假的，但是这么多年来，到了今日这种关头，它什么都不做，我认为它已经算是叛徒了，所以，我送它上路！”蛄祖道。

这时，起源古器发光，他们都承受不住了！

“蛄祖！”

石昊大叫，他真的不想见到这一幕。蛄祖分明有机会活下来，他这是在以死来明志，洗去满身的血与恶。

“哈哈……”蛄祖披头散发，身材高大，面庞有惊人的光彩。他就这么大笑着，最后这一刻脸色灿烂，像是解脱了。

“轰！”

那个地方光芒迸发，蛄祖同五大生灵一起就这样消失了，化成一团又一团雾，从此世间不可见。

“蛄，你误我大事！”昆谛咆哮道。他还有一口气不曾咽下，元神之光剧烈闪烁。

石昊大吼，一掌落下，将昆谛拍中，让其彻底殒命，化成光雨，焚烧成灰烬。

“都上路吧！”石昊霍地转身，冲向一个方位，将另外几个不朽之王全部轰中，令他们形神俱灭。

光雨飘洒，异域景象恐怖。

石昊独自站在那里，看着起源古器，看着远方蛄祖的陨落之地。

第1717章 **慑天下**

蛄祖逝去了，有些可悲，那里只有起源古器在沉浮。

或许，对于蛄祖来说，这是最好的结局。蛄祖曾为一代天骄，忍辱而栖身于异域，背负了太多的东西，如今，他用血洗尽阴霾，以死明志。

石昊露出黯然之色，默默祭拜，而后，他双目神光大盛，盯着那个箱子。

当石昊走到一定距离，尝试接近这个箱子时，它顿时龟裂了。

“封！”石昊喝道。他将异域的那座金色古庙移来，以它为法器，暂时封印了起源古器，而后令它缩小，化成一粒金色的光点，从这片天地中消失。

他要等自己伤体完全恢复后再去研究，弄个明白。

一战落幕，异域就这么被他踏平了，这个巨患从此成为过去，再也无法构成威胁。

当然，界海中还有异域昔日出走的强者，更有帝落时代的老怪物，如果他们真的归来的话，那肯定将有惊世一战。

石昊开始打扫战场，殒命的都是不朽之王，他们的兵器等都是绝世宝物，他不想将其留给异域。

比如，瞿仲那黄澄澄的葫芦在石昊手中滴溜溜转动，想要遁走，结果却不能，散发出滔天的威势。

还有炼仙壶，这是一件至宝，到了这个层次，一般的巨头都炼制不出来，在仙王法器中属于珍品。

炼仙壶的确很强，壶体坚硬，可镇压仙王，壶内则浩瀚无疆，别有洞天，壶嘴一张，能将诸王收进去炼化。

还有其他仙王兵器，有折断的，有完好无损的，都被石昊收了起来。如今，这天下间有谁的仙王兵器比他多？

自帝落时代之后，有记载以来，就没有石昊这般的人物，他斩仙王如草芥，除掉了世间太多的绝世高手。

“回去祭炼我自己的兵器！”石昊自语。

他准备开炉，炼制属于他自己的兵器，至于材料，他有这么多的王级法器足矣，跟他自己准备的那些仙料融合归一，想来可以炼成至宝。

石昊想将诸王的成道之物混合而一，彻底熔炼，锤炼属于他的无上兵器。

不朽之王的洞府也被石昊光顾了，亿万年的积累都被取走，成为他的收藏，他不会将其留给异域。

这是不可想象的惊世宝藏，许多东西是历史上赫赫有名的神圣古物。

石昊真的被震撼到了，其中有古经，来头甚大，蕴含着繁复的奥义；有兵器，属于逝去的古代仙王；有仙丹妙药，由诸多仙药炼成。

石昊将其全部取走，没有剩下。

而后，石昊矗立在天穹上，俯瞰整片乾坤，究竟如何处置这一域的生灵，不朽之王所在的族群，还有强大的家族等？将他们赶尽杀绝吗？

石昊神色冷冽，双目幽邃，可是，最后他没有下手，只是轻轻一叹。

他降落在属于三千道州的罪州，默默地祭祀、凭吊。这里有很多生灵都堕入了黑暗中，曾经的边荒七王的后裔而今成为黑暗生灵。但是，他们自己没有感觉，尤其是当黑暗褪尽时，他们已经感受不到自己与别人有什么不同了。

事实上，很多万年过去了，一代又一代新人诞生，早先的黑暗进化者有许多都老死在了岁月中。

这让石昊怅然不已，他如何下得去手？

他再看向异域的其他各地，又有多少族群与罪州的生灵相仿呢？他们的根脚究竟在哪里？或许也是自九天而来。

一战过后，石昊并没有兴奋与激动，反倒很平静、镇定，默默地注视着这片大地。

仙域的人马来了，他们的速度没有石昊快，兴师动众而至，接应石昊，怕他出现意外。

“人呢？这是……”乌爷怪叫道，感应到了不一般的气息。昆谛喋血，瞿忡化成劫灰，诸王都先后陨落了，这片世界都在轻颤。

什么天哭、什么异象等，都被石昊一力镇压，没法儿爆发出来。

“都被我斩了，你们来接手吧。曾经的刽子手家族，双手沾满血腥的强者都别放过！”石昊说道。

诸王被他扫平，对于剩下的生灵，他失去了出手的欲望。但是，有些人还是要被清算的，不可能全部赦免，能够不牵连各族，已经算是他的底线了。

若真的将这异域的生灵消灭干净，那就跟当年的不朽之王们没有任何区别了。

九天十地自仙古末年开始断层，天地空空荡荡的，连凡人都近乎绝迹了。

仙域的人马心中震动，这引发了惊天波澜。所有人都难以置信，威势赫赫、雄霸万古的异域就这么被踏平了？

这实在是一件大事，必然要载入史册中，将留下最为浓重的一笔，成为永远不会褪色的辉煌篇章。

而这一切都是荒做的，他踏平了异域！

“蛄祖可歌可泣，并非叛逃者，而是一位顶天立地的仙王，我不希望千百万年后还有人骂他，此战过后当还他清白！”石昊话语沉重，缓缓道出真相，并让蛄祖陨落前的画面重现，着实震惊了每一个人。

蛄祖竟是这等奇人，一代天骄，背负千古骂名，最后，他用血与生命洗去了罪与乱。

仙王们无不动容，各族强者叹息，蛄祖太可悲了。

石昊走了，回归仙域，他让小蚂蚁带队，领着天庭的人马也去了异域清算刽子手。

天下震动，仙域沸腾！

荒一战之下，扫平异域大患，灭绝不朽之王，这简直如同天方夜谭，震撼了每一个人。

界海刮起滔天巨浪，堕落仙王莫不惊悚，他们不能接受这个事实，瞿忡、刀王等何其强大，就那样覆灭了，还有前去支援的其他王者也都被荒独自一人镇压了。

“他成帝了吗？”

“不管怎样，他都已经天下无敌了，成为无上高手，震古烁今！”

一些人叹息。

荒之名震动天下，无人不知，无人不晓，这样的战绩实在太辉煌了，如十日横空，普照天下。

石昊开始闭关，自这一日后，他没有再出现。他要恢复过来，冲击到巅峰状态。

十年、百年、千年、万年……

岁月悠悠，一晃就是两万年。异域的风暴终于停下了，被清扫了数遍，当年的刽子手都被清除了。

界海最近两万年来很平静，竟无人来攻打仙域，也没有侵入异域，太安宁了。

只因为出了一个荒，他的战力太吓人了，两万年前的一战着实震惊天下，哪个王者不惶恐，谁敢与他一战？

只要是头脑还算清醒，没有彻底疯狂的人，眼下绝不会去跟他开战，因为那等于自寻死路。

什么是无敌，荒已经阐释得淋漓尽致，他用自己的行动告知了诸天强者，若不想殒命，就本分一些。

一个荒坐镇仙域，就稳固了一切，让界海不敢来进攻。

终于，石昊出关了。虽然他的身体并未彻底痊愈，但他阻止了伤势恶化。

石昊确信，这需要时间的积淀，短时间内无法消除各种隐患，因为他这一次的突破太猛烈，没那么容易做到一蹴而就。

这世间是平衡的，他得到了这么多，就需要慢慢品味死亡的威胁。

若换作其他人，早就殒命了，石昊这些年来不断洗涤肉身与神魂，仙丹不知道服食了多少，三生药宝丹都炼化了不止一粒。

即便这样，他也才仅仅稳住身体而已。

幸亏有不朽之王的宝藏和堕落仙王的遗产，不然的话，丹药都不足以供石昊挥霍，这等于是在延续他的生命。

石昊盯着自己的法则池，而后决定炼制属于自己的兵器。不过，在此之前，他不想鲁莽行事，要先试手。

石昊到了宇宙边缘，而后离开仙域，进入界海中，他怕炼器动静太大，毁掉了宇宙。

即便如此，石昊一动，仙域诸王还是吓了一跳，因为他的各种手段实在骇人听闻，不动则已，一动就是雷霆风暴，比如除掉不朽之王、踏平异域。

“我去去就回，炼制一些兵器。”石昊传音，告知他们。

“快逃啊，荒来了！”

“盖世大魔王来了，速速撤退！”

“唯一的成帝者到了，无人可敌，快走啊！”

界海乱了，各方强者得悉石昊要过来的消息后，莫不逃遁，简直像牛羊得悉巨龙出世一般，疯狂逃遁，不敢停留。

石昊是来炼器的，等自己的无上至宝炼制而成，且肉身恢复后，他便准备去黑暗之地的尽头。

大乱才起，黑暗大劫还未至呢，他要去源头解决问题。

“轰！”

一根又一根色彩艳丽的羽毛浮现，这可不是一般的翎羽，而是仙王的原始真羽，每一根是仙王一身羽翼中最神异的。

其孕育着仙王的大道符文，是精粹所在，这属于禽族，是至强者的唯一真羽。

一根、两根……

石昊取出五根原始真羽，再辅以一些其他仙羽，而后开始祭炼。他按照古法，催动无上大道之火，祭炼五禽扇。

当年石昊还没有成为神级高手时，就一直想祭炼这种兵器，因为五禽扇威力奇大，且不用自己催动浩瀚的法力，祭出后，自身就可以运转。

前提是寻到合适的材料，需要原始真羽，而一只强大的禽族也只能生出一根原始真羽。

随着石昊境界的提升，他自然看不上比他境界低的那些原始真羽，故此五禽扇一直没有炼制成功。

现如今，他扫平异域，斩灭界海的巨头，收走不朽之王与堕落仙王的大批宝藏，收获不可想象。

而今，他终于可以炼制心目中理想的五禽扇了。

这种兵器有巨大的好处，可以给低境界的人使用，不用担心会耗尽施法者的法力，却依旧能发挥神威。

毕竟，一把五禽扇就代表了五位仙王的精粹，焉能不强？

火光冲霄，烈焰熊熊，这个地方璀璨无比，界海都沸腾了。

石昊耗时数年，才真正将五禽扇炼制完毕。这让许多人心中震动，好不羡慕，这等法器就是仙王都需要啊！

这么多万年以来，就是那些强大的仙王家族都没有五禽扇，如果有的话，交给后人就能用，足以保家族无恙。

因为炼制五禽扇所需的材料太惊人了，有哪位王者可以得到五位禽族仙王的原始真羽？

成了！

这一日，一把五禽扇流光溢彩，飞回了天庭，落入巨宫中，沉沉浮浮，引来众神将围观。

而这还不算完，石昊再次开始炼器。又是五根艳丽的羽毛，它们属于不同的王者。

界海、异域那些王者的收藏太丰富了，万古的积累，怎么可能只有五根仙王级的原始真羽？！

第1718章 荒的兵器

鲜艳的羽毛，以五根原始真羽为主，发出璀璨之光，照亮界海。这一日，烈焰熊熊，蒸干海面。

“轰”的一声，石昊收起所有大道之火，一把灿烂的宝扇炼制成功，在那里沉浮。

又一件仙王法器炼制成功了！

“哧！”

光芒一闪，这把扇子被石昊祭出，轻轻扇动间，界海中骇浪滔天，搅起惊天浪花。一朵浪花就是一片残破世界，景象极其骇人。

“唰”的一声，宝扇收敛威能，而后化作一道流光飞去，冲入仙域的一座巨宫内，天庭再次多了一件大杀器。

还有什么可以炼制？石昊思忖，他在翻看材料。

他取走了不朽之王、堕落仙王等的宝藏，收获太丰厚了，当中的天材地宝多得数不过来。

他要考虑的是，即便没有仙王级的实力，也能催动大杀器，比如五禽扇就是最好的选择。

可惜，这世间不可能有那么多根仙王级的原始真羽，能炼制出两把仙王五禽扇已经很不错了。

混元葫芦！最终，石昊想到了这种法器。

炼制混元葫芦需要世界石，还需要混沌土，更需要几种仙金，而后百般淬炼，用大道之火将它们铸成混元至宝。

这东西一旦炼成，可容纳万物，能将仙王都收进去并加以镇压。而如果对付真仙的话，一旦将真仙收进去，可以直接将其炼化成精血，威力极大。

但是，这东西不好炼制，需要完整的世界石，而且是要在可与仙域媲美的大界所诞生的世界石。

还好，不朽之王与堕落仙王收藏惊人，还真有人收藏有这种东西，是从九头怪物的宝藏中得到的。

九头怪物有野心，已经开始准备炼制混元葫芦了，一旦炼制成功，或许他可以在仙王中称霸。可惜，他还缺少虚空仙金、黑暗仙金等，无法进行炼制。

这对石昊来说不成问题，他身上的那些宝藏中，仙金绝不会少。

“轰！”

这个地方混沌之气翻涌，世界之力弥漫，一块巨大的世界石被石昊熔炼成了葫芦。

石昊暗叹，当年真不知道有多少辉煌灿烂的文明与传承，都在时间长河的冲击下崩溃了，烟消云散。

最起码，这块世界石足以说明曾经有一个大世界不弱于仙域、异域，可惜它被毁灭了。

事实上，若仔细翻找，会发现他身上还有这等世界石。

“哧！”

石昊将黑暗仙金、五行仙金、光明仙金、七彩仙金等熔化，并刻下顶级大道符文，再将其化作一根根蛛网般的秩序神链，烙印进世界石内部。

随后，混沌土化作液体，流淌而过，融入世界石，使之光芒越发璀璨。

石昊开始以大道之火温养，一炼就是上百年。这里光华冲霄，异象纷呈，无数神魔嘶吼，带着可怕的气息，简直要灭世一般。

这是世界石所带来的异象，当年它是一个大世界的根基，那一界灭亡后，诸天神魔烟消云散。

“轰！”

最终，一个黑葫芦冲霄而起，可开天辟地，威能无穷，它吞吐日月，能将诸天星斗都收进去，就这么炼制成功了。

在葫芦的黑色表皮上还有一道道金属纹路，那是大道痕迹，葫芦一旦将人收进去，那些金属纹路就会化成大网，将人炼死。

有人看到了这一幕，不禁倒吸一口凉气。

“混元葫芦，这都能炼制成功，这可是一件至宝啊！”一些人惊叹。这在仙王法器中绝对算是珍品，就是昆谛的炼仙壶都不见得能与之相比。

一道乌光横空，混元葫芦飞回了天庭，镇压在中央宫殿中。

这葫芦不用仙王级法力催动，就能发挥出惊天之威，毕竟所用材料太惊人，且布下了绝世大道法阵。

“还有什么法器不需要仙王道行就能催动呢？”石昊思忖。

他终究要离开天庭，但是他又不放心这些故人，想给他们留下自保用的法器，必须是极致珍品才行。

五行旗!

石昊决定炼制这种秘宝，它分开用的话，是五杆大旗；而合在一起的话，就是一座大阵，可以保护天庭。

五行旗摇动起来，可颠倒乾坤，逆乱阴阳，如同在演化一界，还可以自封在阵旗世界中。

一般来说，仙王都无法攻克五行旗封住的世界。

这需要五行仙金，更需要仙王级的神蚕吐出的丝所编织的旗面，还好，这些东西他都有。

这一次，耗时更久，足足五百年，石昊才炼制成功。五面大旗一出，五行之力弥漫，合在一起后，混沌之气弥散，重演开天辟地的盛况。

成功了!

石昊将五行旗祭出，令它飞向天庭。

至此，他真的没有其他办法了，能炼制的都差不多炼制出来了。其他仙王法器必须仙王自身催动才行，不然的话，威能不会那么大。

仙域，齐虞这样的巨头都不禁愣住了。要知道，有些仙王都没有与之境界相对应的法器，而石昊却一口气炼制了数件。

石昊告知天庭，可以用这些法器自保。

后来，石昊又帮鸟爷、精壁大爷、金毛犼等修补了他们昔年的兵器，当然威能肯定更进一步提升了。

此外，他还为黑暗柳神炼制了一柄斩仙剑，所用材料极其讲究。

同时，他帮小蚂蚁炼制了一根大棍，它通体漆黑，散发着令人心悸的气息，凝聚了近乎超越仙王实力的符文。若符文更强的话，仙王就催动不了了。

最后，石昊开始为自己炼兵器。

当他将所用材料取出来部分时，所有关注这里的仙王都瞠目结舌，心中震惊无比。

比如，太始的天戈、敖晟的剑翼、赤王的钟、元初的开天神光……这也太惊人了，他难道要将这些原有的仙王法器都重新熔炼不成?

接着，当石昊再取出重器时，众人都有点头皮发麻了，比如昆谛的炼仙壶、瞿忡的黄澄澄的葫芦。

这可是巨头祭炼了一生的无上法器啊，他也要毁掉，将其用来炼器？

此外，还有刀王断裂的天刀，以及其他不朽之王、堕落仙王的成名法器，这些都是仙王级的秘宝，任何一件都价值连城，让人眼红。

现在，他取出来一大堆，打算熔炼为一炉，铸出自己的兵器，这……

人们不知道说什么好了，这也太疯狂了！这究竟是暴殄天物，还是真可以铸出无上大道兵器？

所有人都在关注石昊，但凡仙王都被惊动了。

不过，石昊并非从这些兵器开始着手，在他的面前，摆放着大块的黑暗仙金、虚空仙金、五行仙金等，各种仙金材料应有尽有。

此外，还有几块世界石，这几块世界石不比他炼制混元葫芦的那块小。同时，还有一些奇异的物质，如混沌仙髓等。

这些都是炼制兵器的无上材料，有些东西自开天辟地以来就没有出现过几次，比如说混沌仙髓。

“轰！”

大道火光冲霄，石昊炼器，将小山般的仙金一块又一块地熔炼，不断刻写符文，炼制成一个池子，而后将混沌仙髓倒了进去。

仔细看，会发现这个池子就跟他体内的法则池一模一样。

石昊到头来选择炼制一个池子，容纳万物，镇压一切。

当前，无论是敖晟、太始、赤王，还是刀王、瞿忡等人的元神，都被他收在法则池当中，进行镇压。

石昊觉得这池子威能无穷，不如以它为原型进行祭炼。

“轰隆！”

天地轰鸣，石昊炼制自己的法器，各种诵经声不绝于耳，响彻天地。

他而今的修为，确切地说，超越了仙王，但是离真正的帝还差一线。他可以说是准仙帝，这种境界的生灵一旦炼超越仙王级的法器，那场面不可想象。

所有仙金和世界石都熔化了，被熔炼为一体，化成一个池子。

这是雏形，看着很原始，但是已经有慑人的威压散发出来。

石昊向当中加入其他天材地宝，这些天材地宝任何一种都可以单独炼制成仙王法器，这是一种无比奢侈的挥霍。

这个过程十分惊人，整日都异象冲天。

不过，这相当耗时，用了千余年时间，石昊才炼制好粗坯。

即便如此，粗坯一出也足以压制其他仙王法器了，它当中蕴含的大道符文太多了，且材质惊人。

自这一日后，石昊开始向法则池中投掷其他神兵利器，比如炼仙壶、赤王钟、黄葫芦等。

谁都明白，荒要打造出一件远超仙王境的无上兵器。

“的确有些浪费。”石昊自语道。他要废掉这么多兵器，才能炼制接近仙帝的法器，确实有些可惜。

高一个层次的兵器极难炼制，需要世间顶级的奇珍精华才有成功的可能。从古至今，仙帝不可见，与之相对应的兵器也无法出世，自然有其道理。

所以，石昊下了一番苦功，他想要成功，就只能耗费大量的心血。

“轰！”

当敖晟的剑翼被投进去时，熔炼法则池的火光中也多了一道身影，那是敖晟，石昊将其元神祭出，不断焚烧。

石昊不是要血祭，而只是熬炼、分解这位仙王的大道法则，将其汇聚在法则池中。

这件兵器熔炼天地万物，汇聚世间无穷法则，要成就无上大器，就要行非常之事。

“啊——”

敖晟大叫，惊恐无比，感觉自己被废掉了。不过，他的元神印记留了下来，并没有被炼入池中。

“道友，上路吧。”石昊说道，轻轻一点，敖晟便身死道消了。

接着，石昊又将赤王钟投进池中，悠悠钟声不绝，时间碎片洒落而出，汇入池中。

“啊！”

赤王浮现，在火光中挣扎，但是无力逆天，被石昊炼制出法则。石昊轻轻一点，也让他形神俱灭。

诸王看到这一幕，都感觉一阵头皮发麻，那些仙王、不朽之王等居然充当了炉火！

这果然是大杀器，在炼制的过程中就这般惊人。

这一幕持续了数千年，这里才安静下来，所有的王级兵器都被熔炼进法则池。

任何一件仙王兵器都是用绝世材料炼制而成的，根本不用担心材料不过关。

石昊谨慎地温养此器，用自身的大道之火祭炼。

“轰！”

法则池震动，释放出恐怖至极的力量，惊得诸王战栗，面色发白，这件兵器太可怕了！

石昊蹙眉，他觉得可能是以诸王的元神为道火，导致此器杀性太重。

“需要化解！”

他沉吟了片刻，道：“也不一定要完全化去杀气，这一世本就太乱，充满大劫，就应有一件大杀器出世，镇压四方敌。”

“轰！”

石昊拼尽力气祭炼，再次洒落一些精血。这法则池内部沸腾，无穷的大道秩序交织。

最后，池中孕育出一物，以宝池温养出了另一件法器。

“锵！”

一柄剑浮现，从池中弹出，雪亮的剑光让仙王都双眼流泪，简直不可直视，它太恐怖了。

这是孕育杀意而生的一柄剑胎！它是法则池孕育出的大杀器！

法则池变得祥和了，剑胎则极尽璀璨，杀气弥漫，震慑世间。两者绚烂而恢宏，强大的力量震慑诸天。

“法则池主防御，你便主攻！”石昊自语。他手持剑胎，长身而起，而法则池则悬在他的头顶上方，垂落下亿万缕秩序神链，将他守护得严严实实，万法不侵。

“还有一物可以熔炼进去！”

第1719章 接引古殿现

石昊取出一物，那是一块黑乎乎的石头，看着毫不起眼，没有什么出奇之处。

这块石头是从七彩仙金人所在的洞府中取出的，曾属于一位无上仙王，号称炼器材料中的至宝，可石昊一直都没有弄清楚这是什么。直到后来，他成就仙王位，查阅各种古籍，才隐约猜到这是一种稀世宝料。

这东西并非单独炼器用的，而是要跟其他物质配合。

“应该就是这种东西吧。”石昊说道。

他屹立在界海上方，头上法则池沉浮，一片迷蒙，仿佛可以镇压万古诸天。在他的手中，那柄剑胎光华璀璨，轻轻一震，剑气亿万缕，让仙王都胆寒。

这是准仙帝法器，他真的炼制成功了！

仙剑落入池中，在石昊身前一起沉浮。

“轰”的一声，大道之火再起，发出无量的光芒，符号如繁星般点点，密密麻麻，照耀此地。

法则池重新孕育剑胎，被火光淹没。

石昊将黑乎乎的石头投了进去，利用准仙帝级的大道火焰焚烧，让天地都轰隆隆作响。

“呼！”

到了后来，石昊体内的一团火也不再蛰伏，冲了出来。这团火虽然只有拳头那么大，但是发出了炽盛的光，跟他的道火融合在一起。

“难怪啊，这最起码是准仙帝级的火焰啊！”石昊轻叹。

这团神秘的古火来历古怪，当年是在三世铜棺旁发现的，一直跟随他，藏在他的体内，但是他难以调动它。

直到今日，它竟跟石昊的大道之火融汇在一起，帮他锻器。

准仙帝火焰！

它曾摹刻下天地诸多大道、无穷法则。这太适合石昊了，跟他的法则池极为契合，这般焚烧、锤炼，有极大的益处。

“哧！”

黑色的石头熔化了，渗进池中，而后又融进剑胎内。这是一种神秘的物质，一刹那而已，仿佛点燃了两件准仙帝器。

“轰隆隆！”

界海浪涛击天，越发可怕了。准仙帝法器震动，烈焰熊熊，席卷界海，简直可以将一方真正的大世界彻底淹没。

到了最后，当一切平息下来时，法则池越发古朴了，冒出混沌之气，里面星光点点，如同最强大的宇宙浓缩在内。

至于剑胎，则由锋芒毕露渐渐内敛，静时如湖面，一旦爆发，剑芒吞吐，天崩地裂，凛冽至极。

这柄剑胎让其他诸王都战栗不已，不敢直视，总觉得它太可怕，可以轻易斩灭他们。

毫无疑问，两件法器都得到了提升，比此前更强了。它们像被温养了数百万年，与石昊血肉相连，就像是他身体的一部分，他能够感觉到它们的恐怖。

若非帝级真的难以跨域，在其他领域或境界，这块石头或许可以将兵器都提升一个等级。

兵器祭炼完成！

石昊感觉自己前所未有地强大！

不过，石昊并非一定要依靠兵器，自少年时代开始，他仰仗最多的就是一双手，有了兵器只是如虎添翼。

若有一天，诸天都被打残，世界都覆灭，兵器也跟着消亡，他能仰仗什么？只有他自己而已。

“还有大罗剑胎……”石昊自语，但是他没有那么做，不曾将这柄剑胎熔炼。

无论是过去还是现在，他都觉得炼制大罗剑胎的人太不一般，这东西遇强则强，非常神秘。

他有理由相信大罗剑胎的来头很大，它的主人不见得殒命了。

石昊一度怀疑，大罗剑胎的主人可能超越了仙王层次，毕竟，他曾用此剑胎劈砍过起源古器，将之震开，且自身无恙。

最终，石昊回归仙域，诸王皆震惊不已，这可是准仙帝啊！真正明白他到底有多强后，各族莫不敬畏。

自帝落时代后，有记载以来，这是唯一一个成为准仙帝的生灵，他真正地俯视万古，天下无敌。

石昊回归天庭，坐镇百年，交代了许多事。

随后，他准备离开。

有五禽扇、混元葫芦、五行旗在，等于多了几大仙王，再加上鸟爷、精璧大爷、黑暗柳神、小蚂蚁等，足以守护天庭。

仔细算来，这是一股无比恐怖的力量。但是，哪怕如此强盛，在这仙域中，石昊也从来没有真正确立天庭，没有提那两个字。

有这股人马在，组织也在，但石昊就是没有将“天庭”二字昭告天下。

石昊自己并不怕，但是担心天庭的众人，万一真的如同古代传说一般，会惹来不祥，造成杀劫，那么他将会无比遗憾。

他没有什么可惧怕的，但是怕天庭的众人一一应劫。

石昊在仙域走了一遭，而后终于离开了。他这一次一走就是十几万年，再也没有了他的音信。

石昊进入了界海，一边养伤，一边在海中寻觅，有时登上海中的岛，有时潜入汪洋中。

近些年来，海中的黑暗风暴越发猛烈了，有时候能毁灭仙王级高手。

石昊并未冒进，仍在养伤。

岁月悠悠，准仙帝石昊在仙域的凡人中都成了传说！

时至今日，石昊经历了多少岁月？被封在十道轮回印中五十万年，进入仙域八十余万年，走入界海又已经二十多万年了。

在最近这二十几万年中，这世间难得地平静了。

界海中有回归的强者，但大多栖居在堤坝上，或者回到一些残破的古界中，没有一个敢攻打仙域。

只因为有一个荒，他成为准仙帝，就在这片界海中，不知道是否走远。

大动乱仿佛一下子被平定了，二十几万年来都没有仙王殒命事件，安宁得让人不敢相信。

仙域，各族强者都很镇定，心中有底气，各大仙王也很淡定。

石昊在离去前曾跟他们交底，他此去界海，会阻住海中的敌人，若有带着杀意而来的堕落仙王等，都将会被他阻挡。

而这么多年来，果然没有大动乱爆发，这让各族修士对石昊都有种敬意。

天庭的人在思念他。

界海中，一艘黑色的古船缓缓而行，穿过一片又一片残破的世界。

古船非常大，石昊盘坐在甲板上，默默地修行，经过二三十万年的休养，他的身体终于恢复了。

在这一日，石昊体内最后的一丝伤痕消失了，“轰”的一声，他生机勃勃，大道气机弥漫界海。

“真的在等我进界海那一边吗？”石昊站起身来，自语道。他镇守界海外围区域这么多年来，始终没有等到想见到的生灵。

数千年后，石昊蹙眉，他脚下的黑色大船停了下来，他感觉到了一股不同寻常的气氛。

界海中，影影绰绰，一些巨大的生灵如同太古魔山一般浮现，带着压迫的气息，双目猩红，疯狂地在聚集。

“平静了这么多年，终于有人忍不住了吗？”石昊自语。

“嗷！”

一头古兽大吼，向前扑来，带动起滔天巨浪。

“噗！”石昊没有动，张口喷出一道混沌精气，直接将那如山般巨大的身影撞击得爆碎了。

这就是准仙帝之威。

而今，石昊伤势复原，比以前更强大了，战力不可想象。

与此同时，天庭爆发了大劫。

“嗯？！”

哪怕相隔亿万里，距离无穷远，石昊还是生出了感应，内心惶恐，很不舒服，这让他无比警醒。

这个地方不断有强大的生灵出现，攻击石昊，但是在他弹指间，那些强者就陨落了。

“哧！”

石昊离开了，驾驭黑色古船撞开各种阻挡，急速向堤坝处冲去。

“仙域有难！”石昊做出判断后，加快了速度。

若是仙王，一走这么多年，肯定难以在第一时间赶回来，但是石昊为准仙帝，这么多年来并非真正赶路，而是养伤为主，在近海徘徊。所以，他现在发觉不妥后，速度快得让仙王惊悚，简直是逆乱天地，让时间长河都仿佛要倒流了。

“轰！”

石昊冲上堤坝世界，而后撕裂虚空，一脚迈出就回归了仙域。

喊杀声震天，仙域四分五裂。

这是怎么了？石昊双目冷厉，仙域内还有大患？

很快，石昊明白了那是什么。在天宇上，又一座古殿浮现，高手不断从中走出来，斩灭各族强者。

那是堕落仙王，无比强大，从天而降。

堕入黑暗的生灵通过接引古殿，直接降临在这一域。

这座接引古殿格外大，比九头怪物那座残破的殿宇要恢宏得多。

这一战，有些仙王陨落了，不复存在。

“轰！”

石昊一拳轰出，天上地下尽失光彩，唯有他矗立着，拳力盖世。

准仙帝一击，天地失色。

石昊第一时间赶到了天庭所在地，发现这里是主战场，一个又一个黑暗生灵降临，带着恐怖的气息，遮天蔽日，攻打这里。

幸好他当年祭炼出了五禽扇、混元葫芦等，不然的话，天庭危矣。

即便如此，天庭也损失巨大，巨宫残破，火光冲天，人喊马嘶。

乌爷、精璧大爷等都在搏斗，就是黑暗柳神都断落了很多枝杈，大战太激烈了。

小蚂蚁手持仙金棍，双眼赤红，早已狂化，而在他的头上则是元母鼎，那是他父亲的兵器。

“哧！”

就在这一刻，一道绚烂的光彩发出，照亮了整片仙域。石昊发怒，祭出了自己的准仙帝剑，横扫天宇。

但凡围攻天庭的人马全都被斩灭，恐怖的气息席卷了苍宇。

“给我收！”石昊大吼。他祭出法则池，令它吞吐浩瀚仙光，直接将天宇上的接引古殿收了进去，强行镇压。

“再收！”石昊断喝。

法则池发光，扭曲了乾坤，影响了时空的稳定。它像一个黑洞，发出恐怖的威能，将诸多侵入仙域的生灵都收了进来，威力奇大无比。

第1720章 一个人的天庭

法则池非常绚烂，发出耀眼的光辉，普照仙域。同时，它也是可怕的，吞纳八方敌人。一个又一个黑暗生灵缩小，飞快落入当中。

整片仙域为之疯狂！

这件法器太恐怖了，就这么悬在天穹上，所有入侵者都不受控制地飞向池中，如同一只又一只小虫子落入火光中。

石昊俯视着仙域，宛若亘古长存，冷漠地看着诸敌被擒。

“嗷！”

其中，一头古兽非常大，剧烈地挣扎着，踏碎山川万物，一跃而起，即将逃离仙域。

这头古兽是一名强大的堕落仙王，咆哮着，踏碎星辰，撕裂宇宙，就要彻底遁走。

石昊目光冷厉，大袖一挥。“噗”的一声，那头古兽瞬间炸开，当场殒命。

人们骇然，这就是荒的实力吗？

太强大了，那可是一位仙王啊，就这么被他一甩袍袖，结果了性命！

可以说，准仙帝超出了人们的想象，荒而今屹立在大道巅峰，俯视众生，难逢敌手。

“黑暗是最终的归宿，仙王也不例外！”一个人披头散发，顶天立地，他的法体大到了极致，在远方怒吼道。

石昊一声断喝，吐出一个符号，如同一座金色的大山般压落，撞击在那人的身上，令他当场形神俱灭。

这威能太惊人，极致绚烂，鲜艳的王血焚烧，令天地轰鸣不止。

“逃！”

哪怕是黑暗生灵，现在也没有留下来一战的意愿，都想遁走。

可是，他们怎么逃得了？

天穹上，那个法则池散发莹莹光芒，流动蒙蒙雾霭，将所有入侵者都向里收去。

“黑暗永恒，这一天终将到来！”有不畏死者嘶吼道，不断挣扎，向附近的人出手，甚至想攻击石昊。

“轰！”

法则池降落，距离大地越发近了。这一刻，在各地对决的入侵者加速被收走，纷纷撞入池中。

“嗡！”

法则池开始旋转，在仙域上空盘旋。它拥有极速，瞬间就是亿万里，速度太快了，将所有入侵者都收了进去，再无漏网之鱼。

除个别强者被石昊留下，准备盘问外，石昊猛地一震法则池，这批强者全部化成了灰烬，当场殒命。

一团火焰在池中燃烧，汲取那些生灵的法则印记，而后轻轻一抖，将灰烬震出池外。

这是大杀器！

即便是仙域诸王都看得脸色发绿，这也太恐怖了。刚才有的生灵可是在跟他们激战啊，结果就这么被镇压，这是何等逆天的手段！

“咚！”

在接引古殿原本所矗立的位置，虚空裂开，恐怖的气息流淌，黑雾漫天，像是有什么生灵要跨界而来。

石昊登天而上，堵在这里，向内遥望。突然，他一声大喝，“锵”的一声抽出仙剑，绚烂的光芒刺得仙王都慌忙低头，不敢去凝视。

“哧！”

石昊将虚空劈开，使通道变得更大，他倒要见识一下，究竟有什么生灵要过来。

“嗷！”

一声巨大的咆哮震得仙域颤抖，若非石昊封住此地，许多人都会被震得身体龟裂，死于非命。

石昊看到了，这是一个庞然大物，它拥有十九颗头，身上覆盖着青色的鳞片，狰狞而骇人。

十九颗头各不相同，躯体是龙躯，在那里盘绕、舞动，它的体形实在巨大无比，最细小的鳞片都比得上月亮，眼眸有星球那么大。

它威势骇人，除却中间的龙头外，还有白虎头、貔貅首、饕餮脑袋……

石昊确信这个怪物足够强大，昆谛、瞿忡都不是其对手，它太强横了，没有几个生灵能制衡它。

当年，九头怪物都已经够可怕了，曾跟那时的石昊拼斗过很长时间，这个怪物拥有十九颗头，更为惊人。

“十九位王者彼此吞噬、融合，而后成就了这样的法体吗？”石昊自语。

毫无疑问，这个生灵位列仙王巅峰，若能冲破最后的桎梏，那将非常了不得。

只是那桎梏太难突破了，哪怕这个生灵再强大，也还是没走到那一步。

自古以来，又有几个强者达到那个层次？目前只有一个荒。

“仙王中数得上号的强者，比昆谛要厉害，不知道跟那从异域走入界海深处、至今未回归的老怪物相比又如何？”

“嗷！”

这个怪物咆哮一声，向前冲来，爆发出的气息恐怖至极。若其他仙王在此，一定会承受不住。

石昊直接一剑斩落，“噗噗”声中，十九颗头全部落下。

“说，你们有何来头？”石昊问道。

其实，不用多想，他也明白，这是来自黑暗牢笼的生灵，与早先的九头怪物一般，只是这一个更强。

融合十九位王者的元神，这是何其可怕的事？在仙王领域中，这个怪物的确少有对手了，能横扫当世的各路敌手。

“有什么可说的？堕入黑暗中，彼此吞噬，而今获得一个机会，携带黑暗物质，领军杀了出来，迎击光明。”一颗头说道。

“供奉黑暗，永世膜拜。”另一颗头低语，眼中有狂乱，有迷茫，这很不正常。

石昊的神色当即就冷了下来，他知道这些生灵被关了无尽岁月，根本就不能以常理度之。

石昊轻轻一声冷哼，道：“送你们上路，解脱吧！”

“哧！”

石昊一剑扫过，十九颗头全部被斩灭。

这些生灵心中只有杀戮、毁灭，真要将它们留下来，早晚会是天大的祸患。

黑暗之地到底有什么？为何要造出这样的怪物？他们这样领军前来，对仙域来说实在是一种大危机。

“锵！”

石昊挥剑，再次向前劈去，他恨不得劈开永恒，划破黑暗，将所谓的黑暗牢笼全部开启。

很遗憾，他这一剑落下去，并未见到黑暗牢笼，这条通道已经寸寸崩断，彻底消失不见了。

“接引古殿连着黑暗之地，它在接引牢笼中的生灵回归吗？”石昊轻语。他手持法则池子，向里凝视，观察那座接引古殿，又认真探索特别保留下来的几名强者的识海。

但是，石昊终究也没有太大的收获。

关于黑暗之地，那几名强者根本不了解，漫长的岁月以来，他们都被关押在牢笼中。直到近日有一道声音响起，要给他们自由，让他们回归光明，他们这才复苏，奉命杀来。

“经过亿万年的关押，纵然当年为人雄、天骄，到头来也会废掉啊！”石昊长叹。那种黑暗的环境死寂无声，足以让人发疯。

一战落幕。

虽然石昊回来得及时，但是仙域的损失依旧很大。接引古殿突兀地出现，直接闯过来一群强者，令人没有防备。

所有人都觉得有石昊挡在界海中，相对来说仙域很安全，事实上，这二三十万年来的确如此，谁能料到惨祸从天而降。

就是天庭，也死伤了不少人马，有些从下界跟着上来的，当年被盘王带到这里的年老的神将，在这一战中殒命了。

哪怕有五禽扇、混元葫芦、五行旗等，在动辄有仙王参战的大动乱中，也还是会遭到冲击。

黑暗柳神在这场大战中遭遇围攻，险些发生意外，枝丫等断裂了很多根。

这一战总算过去了，但是天庭的后方出现了一些新坟，埋下的都是曾经的老神将。

石昊很沉默，他一直在盯着界海，可还是没有防住，竟还有接引古殿可以这般降临。

他在仙域常驻下来，朝看金霞灿烂，暮看夕阳染血，星辰转动，日月更迭，有时一站就是很多年。

石昊在体悟自己的路，参悟自己的法，为的是变得更强，成为真正的帝者。

在此期间，他也和故人相见，谈到旧事，论及未来。所有人都心情沉重，知道黑暗之地有大恐怖。

岁月无情，这么多年过去了，石昊得到了很多，也失去了很多，有遗憾，也有满足。

时间就这样不断地逝去。

“轰！”

这一日，天地剧震，仙域四分五裂，发生了恐怖的灾难。

石昊倏地睁开了眼睛，威压散发，盯着虚空，镇守住了天庭所在地，并且神威蔓延，守护四方。

“我没有去找你，想不到你自己倒主动找上门来了！”石昊喝道。他看到了一个箱体，是那起源古器，属于异域。当年异域的起源古器被他封印并放逐了。

石昊养好伤后，一直在参悟大道，还没来得及去探究它，没想到今日它自动出现了，降临仙域。

起源古器在接近石昊时，自动开启，这是一场大灾难！

“镇压！”石昊大喝，神威盖世。他的法则池冲霄而上，去迎击这个箱体。

“咔嚓！”

箱体开启，从当中露出一根骨杖，骨杖雪白如玉，却缭绕着一团浓郁的黑暗本源，向石昊劈来。

到了今日，石昊终于确信这是怎样一个等级的力量了，它属于准仙帝！

“凭你也敢来伤我？”石昊大喝。法则池震动，就要将这根骨杖收进去。

他挡住那股威势，将之震到域外，想要去无人之处激战。

然而，当石昊离开时，又一个箱体浮现了，它降临在仙域，轻轻颤抖，而后慢慢开启。

这是另一个起源古器，它属于古葬区！

“你敢！”石昊大吼，祭出手中仙剑，劈斩而去。

一顶骨冠浮现，如同帝者之冠。它沉浮着，不时会化成一颗雪白的头骨，如梦似幻，让人惊悚不已。

两个箱体先后开启，哪怕石昊极力阻挡，将它们轰飞，那光芒也还是照耀了不少区域。

无数生灵哀号，不少强者灰飞烟灭，甚至，有两位仙王由于距离箱体太近，最终不幸陨落。

天庭亦损失惨重，殿宇残破，一些天兵、神将等都化成了灰烬，在准仙帝毁灭之光的普照之下，形神俱灭。

域外，石昊怒吼，裹带着两个箱子冲进了界海，爆发绝世大战。

这并非准仙帝法器那么简单。

那顶骨冠居然化成了人形，如同一个生灵，提着骨杖，与石昊激斗。

帝落时代之后，这是第一次准仙帝级大战，震动万古。

诸天都在战栗，所有人都胆寒，这是前所未有之大事。

“妄立天庭者——死！”由骨冠化成的生灵冷漠而无情地说道。

石昊大怒，自从进入仙域后，天庭这个名号就从未再提过，他虽然无惧，但就怕故人遭劫。

“以你的道行来说，你终究是要立下仙庭的。”那个生灵冷冷地说道。

在下界时，那名世界树上的女子就曾告诫过石昊，在下界也就罢了，还属于凡尘，不会被人注意到。可若到了仙道层次，依旧立下天庭，必然会有灭身大祸。

那名女子的祖上是仙域体系的开创者之一，几位老王曾立下天庭，结果几大族群皆灭，被不祥与灾难笼罩。到头来，只有那名女子和屠夫逃过一劫。

“原来是你们在出手！”石昊寒声道。

“比你想象的还要严重，黑暗永恒，这一切尽在轮回中！”那个生灵的态度很冷漠。

绝世大战恐怖无边，打得日月无光、界海崩溃、诸天战栗。

最后，石昊成功镇压两件起源古器，彻底将其封印，留待来日解决。

他快速返回仙域，当见到满地狼藉、断壁残垣时，他忍不住一声大吼。

不说仙域其他各地，单是天庭便损失惨重，有许多老兵永久地殒命了，有些神将尸骨无存，化成灰烬。还有大量的修士伤痕累累，眼看是活不成了，因为有一股可怕的侵蚀之力仍在磨灭他们。

“啊！”

石昊披头散发，祭出准仙帝精血，以神圣的力量洗涤众人，将一些人从死亡的边缘拉了回来。

他抱着一具又一具苍老的尸体，双目泛红，那是从下界就跟着他的老兵，今日成片地殒命了。

石昊大吼，仰天咆哮。

很快，他得知故人中也有遭劫者，他们曾在边荒一同大战，曾在九天十地大碗喝酒大口吃肉。

“哈哈——”石昊大笑着，有些苍凉，无比伤感，嘶吼道，“我没有立下天庭，刻意回避，还惹来这样的劫难。”

“祖父、阿蛮、长弓衍、穆青、清漪……你们且去沉眠！”石昊低语。他想做一件大事，将整个天庭封印，就如同他当年封印石村一般。

他准备自己一个人上路，这样便无后顾之忧了。

“此后，这里将无人了。

“只剩下我自己！

“自这一日后，天庭将出！

“天庭，有我在，它就在，一个人的天庭，也当立！”石昊大吼，仰天而立，爆发出无与伦比的恐怖气息。

“你来吧，若再不出现，我就杀过去！”

这是宣战，一个人的天庭在向黑暗之地宣战！

第1721章 一行淡淡的脚印

拓古驭龙遭受重创，元神之火被侵蚀得太厉害，就是石昊的准仙帝血也没有救活他。

卫家四凰中的最后一人与拓古驭龙相伴相依，早已为道侣，重伤的她自绝于拓古驭龙身前，追随他而去。

“唉，你们都走了，等我啊。”五灵战车的主人齐宏轻叹。他也只有一缕元神弥留，看到两位故人这样死去，他大悲不已。

“哧”的一声，齐宏的元神破灭，被黑暗之光瓦解，就这么殒命了。

他们都出自边荒帝关，曾跟石昊并肩作战，到头来却落得这么一个结局，令生者伤感。

此外，还有一些故人离世。

大须陀死去了，小天王陨落，蓝仙化作灰烬，其中有惊艳的天纵人物，也有倾城的仙子，而今却这么离世而去。

这一战，比石昊最初了解到的还惨烈，竟有这么多人陨落。

魔女睁开眸子，原本妖娆动人、风姿绝世的她，此时很狼狈，差点在这一战中丧命。

“你终究是舍不得我啊。”魔女复苏后，艰难地开口，眨了眨眼睛。

哪怕险些形神俱灭，到了这种关头，她也还有心情开玩笑，这就是她的本性，天生如此。

魔女是石昊从死人堆中翻找出来的，他在葬下天庭那些逝去的部众时，将她救活了。

石昊心中有些苦涩，都到这种地步了，她还笑得这么灿烂，这该死的乱世!

有些人不愿被封印，比如十冠王、谪仙、石毅，他们选择离开。这些人是骄傲的，从来不肯低头。

哪怕而今与石昊的差距越来越大，没有办法追赶了，他们也不愿意尘封于世，想在残酷的大动乱中活得精彩。

“纵然明日死，又有何惧？”在十冠王看来，人生最重要的是经历，他想继续走下去，沿着他自己的路，迈出属于他自己的脚步。

“我其实也不想被封印，想看一看到头来究竟有什么怪物出现，以及它是否会走出那黑暗之地。”太阴玉兔咕哝。

石中天很豁达，听从石昊的任何安排，因为这是他的孙儿。

阿蛮温柔地看着石昊，总有些人愿意去理解他人，阿蛮善解人意，对石昊从来都是那么好。她不想石昊心中有各种牵挂，愿意去沉眠，因为这样可以让他心无旁骛地上路，专心去征战。

若有选择，没有人会愿意被封印。

这糟糕的乱世，这残酷的动乱，真的要到来了。

这一日后，天庭凄凄冷冷，再无人气，只剩下了一个石昊，那些人走的走，沉眠的沉眠。

老兵的尸体、神将的遗骸都被埋在了天庭的遗址上，坐落于破碎的宫殿群间，这里显得很荒凉、很破败。

九具龙骨拉着一口青铜古棺在虚无中穿行，远去了。

那是一条不确定的路，游历在仙域外，在层层残破的世界中旅行，伴着浓郁的时光碎片，渐渐模糊。

那是石昊的大法，是他的道，他以最强大的神通放逐九具龙骨，不被他人干扰。

唯有他自己将来若活着，就还能再寻到它们。

九具龙骨在穿行的过程中，血肉慢慢浮现，它们曾经都是仙道领域的真龙！

石昊以大法力演绎造化，为它们重塑血肉，甚至发出生命光辉，守护着三世铜棺。除非有人能够得到防御符文的认可，或者能击穿光幕，不然的话，进入不了铜棺。

黑暗柳神、金毛犼等自然拒绝了沉眠，它们这等强者不会做出那种选择。

就是禁区之主、水晶头骨等几个老妖怪也谢绝了，他们去盘王那儿做客，叙旧情，石昊知道他们的心或许真的倦了，想在这乱世中终结自己。

小蚂蚁背着仙金大棍，选择游历，他说要去看望曹雨生。大仇得报后，他整个人都不再沉重了。

岁月幽静，石昊孤独地坐在天庭中。

这里蒿草丛生，断壁残垣，大坟一座又一座。数万年过去了，他都没有离开，连身上都有一层厚厚的尘埃了。

天庭！只有一个人的天庭！

这么多年来，石昊想到了很多旧事，也瞭望过未来，在寂静中品味孤独，积淀道行，等待终极一战。

他有预感，大纷乱的时代不远了！

究竟是他打过去，还是黑暗之地的生灵过来？

“咔嚓！”

起源古器被石昊开启，光华大作，不过又快速熄灭了，因为被他以无上法力全面压制，都封在手中。

骨冠挣动，激烈反抗，但是它挣脱不了，被石昊牢牢地压制着。

石昊轻斥，一身法力疯狂地涌动。他祭出大道之火，全力催动，毁灭骨冠中的意志。

此时，另一个箱体也在挣动，那根骨杖想重开封印，援救骨冠。

“放你出来又如何？！”

最终，石昊一手一个，抓住两件准仙帝法器，大道之火蔓延手臂，将它们包裹在内，疯狂地炼化。

黑雾散去了，那是黑暗本源，被石昊生生地化为乌有，而且，两道冷冽的意志被他无情地抹杀了。

“起源古器！”石昊闭上眸子，轻声自语。他从两件古器中得到了一些信息，它们果然来自黑暗之地，在那里是神圣器物。

两个箱体降临在界海这边是有使命的，那就是造就黑暗生灵，有的会沿着接引古殿被送回那片古地。

石昊想到了大长老，他就是这样被选中的。还有大批堕入黑暗的生灵被留在这一边。

“黑暗之地没有生灵，需要这一边孕养！”

石昊彻底明白了，界海那一端将这里当成了培育黑暗生灵的源头，生养之地。

这样思考，许多事情都清晰了。

骨冠、法杖都被石昊炼化，成为他的兵器，而其所谓的意志也被磨灭干净。

又是几万年过去，天庭越发荒凉了，枯藤、老鸦、蒿草、大坟……

数千年，上万年，偶尔还能听到一个男子大哭几声，这让外界对这里无比敬畏，不敢临近。

事实上，天庭之名已经传开，所有人都知道，荒立下天庭，不过只有他一人。而天庭，就是在这破败之地。

“天庭已立，你们还不来吗？！”

石昊望着天空。

最终，在某一日，石昊接引来无穷的黑暗之力，缠绕己身，侵蚀自己，只为进入黑暗牢笼的那一边。

这跟柳神当年的路很相近。

想要到达界海那一端，前往终极古地，这或许是最快的一条路，但极其危险，可能会永世被镇压在黑暗牢笼中。

舍弃肉身，唯有元神才能上路！

石昊就这么做了。

浓郁的本源物质侵蚀石昊的肉身，并开启了一条路，接引他的元神冲了进去。

石昊曾经来过这里，他看到了时间长河，也看到了无数牢笼在那条河上沉浮着，在诉说轮回。

“给我破！”石昊大吼。他的元神在黑暗牢笼中嘶吼，撕裂此地，震动古今长存的时间长河。

“轰！”

石昊击碎元神牢笼，闯了出来，屹立在黑暗中，在这里眺望。

这牢笼很奇异，随着被关押者的道行而变化。但是，它终究有一个极限，最高可以关押仙王，想将一位准仙帝也困在当中，那难度太大了。

“轰！”

石昊挥拳，在这片黑暗中砸破一座又一座牢笼，开启道路，放出一个又一个迷茫的元神。

这是惊天大事件，足以震动古今！

有人闯到此地，毁掉成片的囚牢，放出那曾经被关押的元神。

最终，这件事影响过大，触发了某种神秘法则，导致石昊的前路被阻挡。

“轰隆”一声，石昊返回了现实世界中，除此之外，还有一些元神跟着挣脱，来到仙域。

这一日，引发了巨大的轰动，仙域沸腾。

荒出手了，居然开启黑暗牢笼，放回了数千名在古代赫赫有名的天才人物！

这批人，有些在人道领域，有些进军了仙道，甚至当中还有一位仙王。

他们有的来自九天十地，有的源自仙域，还有的居然是漫长岁月前的生灵，他们原本的世界早已破灭了。

纪元轮回，大界更迭与沉浮，许多都消散了。

"荒，古今无敌！"

"天帝！"

有人喊出了"天帝"二字。在仙域中，总有一些年轻人无比崇拜强者，或许觉得准仙帝都不足以形容石昊的强大。再加上而今石昊建立一个人的天庭，带着悲壮色彩，故此有部分人开始称他为天帝。

事实上，就连一些仙王都称呼石昊为帝了，因为他的确超越了王境，高高在上，抬手间就能斩灭最强大的仙王。

如今，有人称石昊为天帝，难得的是没有一人反驳。自帝落时代之后，有记载以来，就没有人走到这一步。

所以，石昊被尊为帝，各族都接受。

石昊的元神回归，体内到处都是黑暗之力，但是这难以破坏他的血肉与骨骼，相反仿佛在加速某种滋养。

强大到他这个层次才能明白体内微妙的不同之处。

在石昊的头颅中有一些光泽，像要再孕育出一个神魂，那是他的肉身之力全面释放的结果。黑暗物质起到了刺激的作用。

"肉身是如此重要啊！"石昊叹息，而后目光变得冷厉起来。

在黑暗牢笼中，他曾有一种体会，没有肉身的元神，哪怕再强大，成为准仙帝，依旧觉得自己像是无根之萍。

"不能以元神闯牢笼，踏足黑暗之地，我的肉身也必须过去！"石昊觉得自己需以最强姿态渡海，肉身与元神不能分离。

"有人说，舍弃肉身才能渡海。在我看来，只靠元神闯过去，这一定是错误的！"石昊目光慑人，自语道。

终于，石昊动身了，他在这一界的牵挂少了很多，决定上路。

诸王来送行，注视石昊走向界海。

"那是……"

所有人都震惊不已，神魂都在战栗。

堤坝上，一行淡淡的脚印浮现。在诸王看来，那脚印清晰而刺目，是荒所留，他一路向前，径直走入了界海中！

第1722章 **最后的寂静**

堤坝上，一行淡淡的脚印很醒目，虽然足迹很淡，却真实地烙印在上面，在这里很难找出其他的痕迹。

“这……”

一群人发呆。

“原来如此，只有准仙帝才能留下痕迹！”

很久后，有人喃喃自语道。

在不远处，在堤坝的另一侧，也有一行淡淡的脚印，不知道起始于何年代，这曾经成为诸多强者谈论的焦点。它也成为一代又一代人前进的动力，无数人深入界海，追寻其痕迹，前往界海那一端。

在一个纪元又一个纪元的修士看来，那个人可能为帝，虽然没有证据，但是所有人都给予了他足够的重视。

“原来是准仙帝！”

时至今日，人们才终于弄清楚最早那一行足迹的主人究竟有多强。

想到这些，人们的心不由得为之一沉，如果那个生灵是准仙帝，那他前往界海深处，是去平定动乱吗？

可是，为何这么多年来，黑暗风暴不时爆发，从来就没有停止？

人们惊悚不已，准仙帝都对此无奈吗？

“当年留下足迹的那个人，难道战死在了界海尽头——黑暗之地？”

这个猜测让许多人都不安，堂堂准仙帝依旧不能安然无恙，还是要殒命吗？他们想到了荒，他孤独地上路，结局会如何？

这一刻，人们心情沉重，如果连准仙帝都解决不了界海尽头的大恐怖，这世间又有谁可以去解决大患？

俯瞰万古，亿万年岁月沉浮，一个又一个纪元逝去，终于出了一个荒，如果他这样的盖世高手都要失败的话，那就真的没有一点希望了。

“荒天帝，你要挺住！”一位老仙王说道。他看着界海，那里迷蒙一片，无比昏沉，早已没了石昊的身影。

他们的年岁都比石昊大，有的人也不知道活过几个纪元了，但现在都是满脸凝重之色，在提到“荒天帝”三个字时，很认真，非常郑重。

这是他们的认可，石昊在天地间早已无敌了，他的威势让人们忽略了他的年岁。

时光荏苒，岁月如梭。数千年过去，仙域很平静，没有什么事情发生。

界海中也风浪不大，虽有王者回归，但没有闹出大风波，都像在安静地等待着什么。

现在诸天强者都已经听闻，这世间有准仙帝，连起源古器都被他开启并降伏了。谁敢乱来？

这么短的时间，想必荒天帝还没有走远，抑或是他根本没有离开，如挑起纷争，绝对会有灭顶之灾。

回顾数十万年来，荒不止一次进入界海，但都回来了，谁能保证这一次他不会再次突兀地掉头归来？

在当世，有哪个人敢挑战荒？根本没有那个资格！

事实上，不要说这一纪元，就是望穿古今，自帝落时代后就没有人可以站在那一高度了，他注定天下无敌！

“荒天帝，当真了不得！”有人叹道。

即便很多年过去，诸王提到这个后起之秀，也是一脸的复杂神色，但都不得不称赞一声。

自末法时代崛起，强势冲霄而上，有仙王阻路，他都能九死一生地闯过来，最终登上了修士所能达到的巅峰。

“从古至今，以帝者自称的有几人？”

细细思量，真的有一些，他们无不是让人惊艳之辈，或是功成名就的绝代巨头，或是某一体系的开创者之一，比如仙域体系、葬王体系等，但是到头来，他们的结局呢？

“一旦建立天庭，以帝者自居，最终就都惨死了，没有一个人活下来。可惜，可悲，可叹！”

这像是无解，又像是被诅咒了，辉煌之巅就意味着死劫、不祥，最终举族皆灭。

“汪汪汪……”

一条狗在叫，它个头不小，很精神，眼神锐利。

它现在有牛犊子那么大，方头大耳，眼赛铜铃，皮毛黑油油的，光滑而发亮，体格无比健壮。

“仙域怎么残破了不少，跟以前不太一样了？真是狠啊，大战都到了这个地步，太可怕了。”这条狗咕哝道。在它的旁边，还有几人，其中一个胖道士发丝乌黑，面庞红润，走在仙域中东看西看。

毫无疑问，他是曹雨生，而这条狗则是昔日的小狗崽。

当年，他们垂垂老矣，进入暮年，却依旧发狂，背着石昊闯进葬地，哭着求葬王，只为救活他。后来，他们实在坚持不住了，选择了葬士的路，深埋在万物土中，进行蜕变。

还有一男一女跟在他们的身后，正是神冥与三藏。正是两人唤醒曹雨生，并将记忆水晶还给了他。

那记忆水晶中的记载让一人一狗记起了前世今生，他们怎能不感叹？他们曾大哭，曾大喊，一睡就是一百六七十万年，还能见到谁？

还好，小蚂蚁寻来了，他进入葬地找到了他们，而今又带着他们进仙域。

小蚂蚁满头金色发丝根根晶莹，成为十凶级强者后，他依旧在苦修力之极尽，若走到终点，成就将不可限量。

“石昊，我的兄弟，我们终究还是来晚了。你……竟然独自上路，哪怕让我送一送也好！”曹雨生大呼。

当来到天庭遗址时，他的眼睛都红了，那一座又一座大坟，还有一人多高的蒿草，以及断壁残垣等，无不在述说着此地的凄凉。

曹雨生能够想象石昊当年离开时的心情，一个人的天庭，一个人去征战，一个人的不归路！

在石昊离开时，他一定在回头，在注视，但只能毅然上路。

随后，曹雨生来到那些古坟前，他哭了。

曹雨生坐在拓古驭龙的坟前，向那里倒酒，哭道：“兄弟，我们曾经在帝关并肩而行，我虽然当年修为没有你高，但也敢跟你们一同出城面对异域的小王八羔子们，如今我都还活着，你们却先一步走了。”

“大须陀，秃子，你怎么也走了？我虽然跟你交情不深，但是也知道你算是一个好人，怎么却没好报啊！”曹雨生抹眼泪。

神冥在一旁翻白眼，这胖子虽然伤心，但是也太不会说话了。

“蓝仙，你是这么美丽，怎么也殒命了？当真是红颜薄命。”

…………

曹雨生一顿哭嚎，之后又到了那些老兵、老将的坟前，他眼睛泛红，很伤感，道："有许多兄弟，我们都曾一起喝过酒，你们来自天下各地，都是下界上来的啊，却都殒命了。我希望石昊能够扫平黑暗，有朝一日再来祭奠你们。老兄弟们，走好！"

曹雨生红着眼睛，让小蚂蚁很不好受，他们都是从一个时代走过来的，时至今日，他们那一批人还剩下多少？

"荒，谢谢你！"神冥也在轻语，遥望无垠虚空的尽头，那是界海的方向。

石昊斩灭黄葫芦的主人，击毙了瞿忡，这算是还了葬地一桩大因果，将他们的大敌除掉了。

"我们在努力成为葬王，希望有一天还能够与你并肩作战。"三藏说道。他知道机会渺茫，若真的到了那一天，情况得有多么糟糕？石昊都已经成为准仙帝了，还需要援手吗？

"不管如何，我都要竭尽所能，帮你做一些事。"曹雨生说道。

自这一日开始，曹雨生、小狗崽、小蚂蚁开始在仙域中建立一座又一座神庙，当中是石昊的塑像。

"兄弟，我知道你很强，但是我还是害怕你战死，这是我们翻阅葬书得到的一些办法，就跟当年下界的天庭积聚愿力差不多，希望可以帮到你。"

神庙建了一座又一座，只供奉一个人——荒天帝。

这若在过去，一定会遭遇巨大的阻力，他们会惹来杀身之祸。不过，而今的仙域，没有人阻止，各族都知道荒，皆在吟诵他的名。

"这是葬术与愿力大法的结合，还有你昔日留下的残血，我们都保留着，而今全部用上了。"

"若你战死，我们就为你招魂，你一定会回来，会再现世间！"

他们担心石昊一去不归，最终殒命在黑暗之地，故此现在用尽手段，希望有朝一日可以救他一缕残魂归来。

界海深处，石昊祭出一株灵根，正是封印有卖假药的分身的那一株，号称第一灵根。

"去吧，你的六魂该合一了，我希望你足够强大，来日能有些手段。"石昊说道。

时间悠悠，岁月无情。

一转眼，就是二十几万年过去了。

石昊孤独地前行，哪怕身为准仙帝，也不能直接渡海而过。这片海太浩瀚了，一般的传送阵根本无法在这里使用。

只有一些岛才能刻阵，让前进的速度变快。

二十几万年来，仙域一座又一座神庙越发恢宏与神圣，渐渐放出光彩。

平日间，各族都有不少人前来祭拜，吟诵荒天帝之名。

尽管这么多年过去都没有听到荒的消息，不知道他如何了，但是许多人依旧很感激他。

这么多年来，界海中风平浪静，偶尔有黑暗风暴爆发时，又被神秘之力撕裂，而返回的王者也不敢行杀戮之事。

所有人都知道，这是荒的功劳，他在界海中前行，震慑了诸天强者。

“轰！”

浪涛翻腾，石昊破浪而行。

一路上，他见到一些传闻中的王，他们曾在古书中留下了浓重的笔墨。他们都盘坐在孤岛上，倏地睁开了眸子。

石昊微微点头，并不停留，一路杀向界海最深处。

沿途，历代传说中的王都很震惊，界海深处，最大的黑暗风暴正在酝酿，就要开始了，而这个人却只身前往。

“轰！”

界海深处，黑暗之力爆发，像汪洋倒卷，向这里席卷而来。

“砰！”

石昊挥出掌刀，切开风暴，击穿了一条道路。

突然之间，发生了一件让诸王震惊的大事。

界海深处，殿宇一座又一座从虚空浮现，每一座之间都有一道神虹相连，如同一条道路。不过，除殿宇外，其他地方漆黑一片，恐怖无边，根本望不穿。

“接引古殿成片浮现，彼此间构建成一条大道之路！”诸王骇然。

石昊瞳孔收缩，但是无惧，他毫不犹豫地踏上了这条路。

“哧！”

一道光闪过，石昊从这里消失了，直闯界海的尽头。

第1723章 界海尽头

黑暗无尽，横贯界海。

海面上空，只有那些古殿发光，彼此间有神虹相连，构建成一条条大道之路。

除此之外，什么都看不见，甚至连界海都望不到了，漆黑如墨，哪怕拥有天眼也难以望穿那一切。

“接引古殿神圣璀璨，却通向黑暗。”

石昊在上面迈步，像是一步一个纪元，看着动作不快，但是每一步落下都有亿万里消失在身后。时光仿佛在倒转，他像在向遥远的古代进发。

“轰！”

大道隆隆，莫名的法则镇压而下。黑暗尽头，仿佛就要到了。

这里时空紊乱，岁月更迭，宛若不属于人世间，有未来之光闪耀，有过去的印记碎片在流转。

“咚”的一声，如同亘古长存的天庭之鼓擂动了，发出沉闷的声响，一条大路破开黑暗，在前方浮现。

接引古殿连成的路到了尽头。

而在那里，一座灰扑扑的堤坝横亘在前方，石昊当真来到了世界的这一端！

石昊重新落在界海中，踏着海面，凝视前方，一座巨大的堤坝成为阻挡，后方像是有一片广袤无垠的疆土。

不过，那里漆黑一片，纵然为准仙帝也只看到了一个模糊的轮廓。这里的法则有异，果然非常不简单。

到了界海尽头，没有一点声息，未曾见到所谓的黑暗风暴。

石昊转头，看向身后遥远之地的一些岛，露出了异色，一些岛礁、巨石矗立在海面上。

石昊感应到有生灵在那里。

“怎么可能？他是什么年代的高手？为何有一种令人战栗的压迫感？”一座岛上，一个生灵倏地睁开眸子，盯着石昊这里，脸上写满了震惊之色。

“一个恐怖的强者，他无惧接引古殿，踏着自己所构建的道路而来！”

岛上，一些强者古老得骇人，不知道坐在这里几个纪元了，此时都相继惊醒，震惊地凝视着前方。

他们有种心惊肉跳的感觉，总觉得那个年轻人太强大了，震慑人心，无与伦比。

石昊迈步，并没有转身回去，也没有与岛上的生灵交流，就要踏上那座堤坝。

“慢！”

“不要莽撞！”

后方突然传来大吼声，很是焦急。那些生灵一个个都毛骨悚然，全都退到岛的后方，似乎躲避着什么。

“轰隆！”

下一刻，天崩地裂，鬼哭狼嚎。这个地方宛若陷入世界末日，黑色的秩序神链化成了风暴。

说是飓风，其实是法则，是秩序，是大道符文，各种符文涟漪聚集在一起，而后疯狂激荡，肆虐天地。

石昊确信，仙王挡不住这种风暴！

它来源于堤坝后方，有一股禁忌之力在震慑，压迫得人要窒息，让他都心头凝重，不得不严阵以待。

“咔嚓！”

黑暗风暴中传来碎裂的声音，居然有仙王兵器从海中吹出，而后在虚空炸裂，彻底毁灭。

可以想象，亿万年岁月以来，发生了太多的事，曾有一批强大的生灵走到这里，却不幸丧命，连他们的兵器都沉入了界海！

偶尔有巨大的风暴侵袭时，一些兵器还能浮现，但也难逃覆灭之厄难。

这种大道风暴果然恐怖，仙王中的巨头的兵器都挡不住，这意味着王者的血肉之身也承受不起。

石昊身体如刀割，有些疼痛，却没有真正地受伤，他的体表莹莹发光，不灭之躯坚韧不朽，挡住了风暴。

他甚至没有向前轰击，就抵挡住了这风暴。

这就是准仙帝级的实力！

躲在岛上的生灵一个个苦不堪言，若非这座岛特殊，是天然的屏障，他们都要殒命。

即便如此，一些人也面色发白，那黑暗风暴之中，大道符文密密麻麻，对他们来说是致命的威胁。

石昊确信，这是准仙帝级的符文风暴！

“哧！”

石昊终于出手了，斩开风暴并磨灭了那些岛前的黑色符号，以免那些生灵遭劫。

石昊背着双手，静静地屹立在海面上，没有再前进，而是默默思忖，真要踏上堤坝，大战就要开始了吗？

“这是……”

“一位帝者？！”

岛上，一群老古董全都吃惊地睁大了眼睛，脸上满是震惊之色，一个个都觉得不可思议。

他们千辛万苦，经历万劫，好比百世轮回，才走到这里，所为的是什么？还不是要更进一步，闯过黑暗之地，最终成帝吗？然而，一个后来者居然到了更高的层次，疑似有了仙帝级的实力，怎能让他们不震惊？

当然，这些生灵中也有大气魄者，杀到这里是为了解决后患，永除黑暗之地的源头与麻烦。只是，岁月无情，现实残酷，到了这里他们才明白自己着实无力逆天。

风暴止住了！

石昊调节自身，准备大战一场，以最强姿态攻过去。

“柳神，大长老，火灵儿，你们还在吗？一定要无恙啊！”

石昊有些焦虑，过去了这么多万年，他们还好吗？还在吗？

自从见到九头怪物后，石昊心中就隐隐不安，怕柳神、大长老他们步那些仙王的后尘。

“道友，你是……”

后方，几座岛上，分别有强者站起身来，十分谨慎，向石昊致意，小心地询问他的来历。

这是一群老怪物，活的岁月漫长，他们走到界海尽头后，虽然知道危险，而且最强的黑暗风暴随时会扬起，但还是不愿退缩。

石昊知道，这些人虽然强，但是不会比他了解得更多，因为他们连堤坝都没有上去，一直被阻挡在这里。

“哧！”

突然，接引古殿所构建的通道上有几道身影出现，降落下来。

“屠夫、养鸡的、卖假药的！”有人惊叫。

那是三个生灵，他们都非常强大，体外缭绕着恐怖的仙光，大道符文璀璨，密密麻麻，守护己身。

“你们三个不是退回去了吗？为何又回来了？”岛上，有老怪物问道。

这三个生灵居然也是踏着接引古殿的路而来的。

“我们只是沾光，并未杀进接引古殿，而是跟在这位道友的后面来的。”屠夫开口道。这是一个彪形大汉，皮肤呈古铜色，满头发丝凌乱，背着弓箭，散发出的气势异常惊人，可以说神威盖世。

此人比其他巨头还要强，只差那么一点就成为准仙帝了。甚至，他的体外都缭绕着一层超越仙王层次的光辉，保他万劫不灭。

可惜，他终究还是差了一线，无法真正踏足到准仙帝这一领域。

“又见面了！”这是石昊来到界海尽头后第一次开口。他看向屠夫，露出异样之色。

屠夫神色复杂，凝视石昊，最后幽幽一叹，道：“当年我看到的那道似真似幻的身影竟然真的是你！”

许多人不明白他在说什么，只有石昊理解。

“梦回帝落，亦真亦幻。”石昊自语。

屠夫倒吸了一口凉气，而后点了点头，道：“一世不容两天骄，所以我避开了你，去了其他大界，想不到这一世终见你真身，你却已成为准仙帝！”

这时，一道很清秀的身影站了出来，凝视着石昊，她看起来娇弱，却无人敢小觑。隐约间，她那从躯体透出的气息不弱于屠夫，只不过比较内敛而已。

这就是养了一些真凰的生灵，她来自古葬区！

竟然是女子，外界流传她是一代猛人，被认为是男子。

还有一道身影，他白发披散，看到石昊后抱拳，而后又行了一礼，他就是将自己分成六道分身的盖世强者。其中一道分身跟在石昊的身边，着实见证了不少大道奥义。

石昊倒是希望他能突破，到时候可以助自己一臂之力，可惜此人也跟屠夫一样，虽有淡淡的准仙帝光，但终究没能成功。

帝落时代之后，终究是只有石昊一人成功，走到了这一步。

虽然三人的实力很强，但是想要破开王境，谈何容易？

“他是荒天帝。”三大强者中的女子道出了石昊的身份。

岛上，那些老怪物倒吸一口凉气，惊悚不已。敢以帝者自称的人，自古以来都没有好下场，这个人却真的破开了王境，他成功了！

“见过荒天帝！”

哪怕是一群活了漫长岁月的老古董，辈分高得吓人，现在也不敢托大，对石昊很恭谨、客气。

“诸位道友，你们且退。我要踏足那一界，多半要有一场生死大战，这界海多半不能存在了。”石昊提醒道。

“愿追随道友杀过去！”有人喊道，握紧双拳。亿万年的等待，不就是想要平定黑暗源头吗？

“即便是我登岸后，也生死难料。此去生死两茫茫，各位且留下有用之身，暂且退后吧。”石昊轻叹。

众人闻言，张了张嘴，而后又默然，他们知道荒天帝说的是实话。

“诸位，或许不久后有你们的出力之时！”石昊说道。

这不是轻视他们，而是一种忧虑。

众人闻言，纷纷一叹。

仔细想一想，他们很无奈，同时也觉得荒天帝很孤独。漫长的岁月，这么多人，无数的强者，却没有一人可以陪他上路，跟他并肩作战，只能靠他自己。

也有人不死心，想要跟着他前行，这是对成帝有执念的生灵，近乎入魔了。

最后，石昊迈步，踏上了他的征程。

“轰！”

当飓风来临，无数大道符文再次出现时，石昊一拳轰出，击溃了风暴，迈上了堤坝。

果然，有几个生灵不死心，跟着上来了。

“噗噗噗！”

很可惜，他们才跟上而已，结果全部殒命，化成了一团又一团雾。

仙王踏足这片天地后，被一股力量压制，因为虚空中有一股秘力在针对石昊，这些人也跟着受到了牵连。

终于，那股秘力消失了，石昊步履轻盈，散发准仙帝的光辉，向前走去。

石昊的眸子光芒炽盛，凝视前方。

黑暗之地真的不同了，法则不一样，大道很诡异，若非修炼了以身为种，他肯定会遇上天大的麻烦。

第1724章 黑暗天庭

堤坝后方，黑暗之地，当真是名副其实，一片漆黑如墨，望不到尽头，仿佛来到了宇宙边缘之外。

这里没有生机，也无精气流转，死气沉沉，如同一片死亡的国度，而今石昊独自闯入。

最可怕的是，大道法则变了，其他仙王若来此，虽然不至于道行尽失，但也会遇到大麻烦。

想适应这里，就需要去努力尝试，感应这里的大道规则，不然的话，自身法体都可能会崩开。

任天地更迭，法则变换，石昊都无惧。

“轰！”

石昊出手，一道光流转，划过长空。他想遥望黑暗尽头，但是，很快天地间降落一股恐怖的力量，向他的法与道轰击而来。

黑暗成为永恒，那道光湮灭了！

在前方，一道道黑色的秩序神链交叉，如同铁链一般，带着魔性，闪动乌光，急速贯穿而来。

石昊站着未动，任黑暗世界的力量侵蚀过来，他无波无澜，那是浓重的黑暗本源所化。

“锵！”

所有黑色的秩序神链都绷得笔直，如同神矛一般，带着乌光，带着冷冽，穿透天地而至，可怕至极。

在石昊的体外，腾起一片光，将他守护在内，万法不侵！

“咔嚓！”

所有黑色的神链都在石昊体外一尺处寸寸断裂，化作点点乌光，而后又熊熊燃烧，最后被磨灭。

石昊向前迈步，行走在黑暗古地，遥望前方，有漆黑如墨的大山高耸入天穹，也有巨大的河流黑得让人感觉发瘆，寂静流淌。

石昊向前走去，在路途上，他看到了生灵。

不过，这些生灵不知道寂灭多少万年了，冰冷的躯体一动不动，有的体形巨大如山，有的为正常人类高矮。

石昊眼底深处一阵冰寒，他看到的几具尸体都是仙王层次的生灵，而且是无比强大的那种。

毫无疑问，他们是巨头，因缘之下，成功登上了堤岸，却终究没有迈出去多少步，到头来还是殒命了。

石昊轻轻一触碰，几具尸体忽然就化成了飞灰，直接消散。

这可都是亿万年以来最强大的一批生灵，结果却这么可悲。他们有的是为平黑暗动乱而来，有的是为了自己能够突破，化作仙帝，但终究都只是轮回中的尘埃。

“轰！”

突然，黑色的灰烬急速旋转，在石昊的身边化成一条魔龙，漆黑如同深渊之色，咆哮着向石昊扑来。

这是刚才的一个生物，它分明化成了灰烬，现在却突然再现，并爆发出了惊世之威。

“砰！”

石昊抬手，一把就扯住了这条黑暗魔龙的躯体，并握住它那巨大的头，折断一根龙角。

一声龙吟震动了天上地下，黑暗风云都炸开了，这个地方在战栗。

黑暗魔龙竟然爆发出准仙帝的力量，奋力一挣，攻击石昊。

“法则所化，借体而生，也敢逞凶！”石昊轻斥，并不在意。

“轰”的一声，他猛力振臂，那被他擒在手中的黑暗魔龙顿时龟裂，黑色的魔血淌落在大地上。

这是天地意志所化，是早先就攻击石昊的秘力凝聚而成的躯体，它在这里发威，要伤他的性命。

“不过如此，准仙帝法则而已，不过是为我所用的秩序。”石昊一声断喝，而后身体发光，炽盛无比，照亮了黑暗，气息惊人。

整片堤坝世界都仿佛化作了光明之地，并且在龟裂，在炸开。

“噗！”

石昊扭断了这条魔龙的躯体，黑血腾起，如同火山喷发，那是准仙帝法则在肆虐，在爆开。

“轰隆！”

这片古地上，黑暗本源沸腾，如同森罗殿宇降临，毁灭人世间的一切生机。

黑暗魔龙的残体在崩坏，准仙帝法则崩开了天宇，如同玉石俱焚一般，要拉上石昊共赴幽冥。

若仙王遭遇这么一击，早就已经形神俱灭了，什么都剩不下，这毕竟是准仙帝法则的大爆发。

不过，石昊从头到脚都在流淌一层光辉，无论是黑色残血还是那法则链条，都不能伤他分毫。

石昊向前迈步，其他遗骸化成的灰烬没有重组，任他走过。

这是一片幽静的大地，当战斗平息时，就再也没有声音了，黑色的死气在弥漫，更有一些带状黑雾缭绕在山体上。

这山体磅礴，比平日所看到的星辰都要大很多倍，矗立在前方，挡住了前路。

石昊踏着虚空，登临此山，看到了一颗又一颗巨大的星球在围绕着山体转动，密密麻麻。而在山上，有一些神药漆黑如墨，早已被侵蚀了。

连神药都是如此，可想而知，若其他生灵踏足会怎样。

随后，石昊看到了一株长生仙药，可惜它也是乌黑的，并散发着一股诡异的气息，彻底被黑暗吞噬了。

石昊如履平地，他今日一身白衣，在漆黑的天地中十分醒目。他踏着虚空，一步一步向前走去，离开了这座大山。

他真正开始进发，向黑暗之地的腹地前行！

石昊白衣如雪，在这黑暗之地太醒目，只要有生灵遥望，必然能看到于漆黑本源中独自前行的他。

接下来，石昊的速度变快了，身为准仙帝，他抬脚间就可让星河倒转、日月远去，他拥有这个世上最强大的力量与最快的速度。最起码，在进入黑暗世界前是如此。

石昊一路前行，看到了一些遗骸，这些遗骸不知道什么年代所留，甚至有许多都已经化成了灰烬。

随着石昊的不断前行，骸骨越来越多。

他向前望去，骨海无边，大多为雪白色的，如同铺天盖地的大雪淹没了世间，在黑暗之地格外刺目。

当然，骨海中也有其他颜色的骨，比如金色，比如黑色，比如紫色，但跟白骨比起来，毕竟只是少数。

石昊捡起一些骨，认真观察，略有感触，让他的准仙帝之心都略微一颤。

这些骸骨都很不简单，不是说他们生前的修为，而是天资，这种根骨非常适合修道，结果却都陈列在此。

骨质早已被浓郁的黑暗之力侵蚀了，两者凝聚为一体，根本化不开。

石昊仔细凝视，心中暗想，这些生灵与九天十地、仙域的有何区别?

这些族群而今还在世间有传承呢，除个别古老的生灵外，他大多数都认得出来。

石昊心头凝重，瞳孔散发出锋锐的光芒，准仙帝威压激荡，腾起一阵阵可怕的杀气。

这些生灵难道都是来自海的那一边，最终被黑暗侵蚀，强行聚集到这里的?

“接引古殿可以贯通海的两岸，这是曾经迷失、堕入黑暗中的生灵吗?有大批被带过来，又被淘汰，还是直接被残忍斩灭?”

石昊觉得自己触摸到了真相，快要接近终极之地了。

他继续前行，浩瀚的黑色疆土大到无边，接下来的路途上竟然再无植物，光秃秃的，见不到一点生机。

无边无垠，亿万里疆域在石昊的脚下消逝。

他白衣展动，风姿慑人，虽然看起来清秀，但是一双瞳孔始终如同仙剑，发出刺目的光束。

终于到了，石昊看到了成片的建筑物，这些建筑物恢宏而巨大，不知道建于哪个纪元，气势磅礴，震慑人心。但凡生灵走到这里都会被压制，忍不住要臣服，要叩拜下去。

石昊止步，目光冷厉。

无边的黑暗中，雾霭翻腾，他见到了一片巨大的宫殿，没有边际，横亘在前方，挡住了去路。

“世间有传言，要越过黑暗之地，才能得见终极古地，那是传说，还是史实?”石昊在这里也感受到了一种压迫，但是想要让他臣服、跪拜下去，那是不可能的!

毫无疑问，这里有准仙帝级的力量!

石昊向前迈步，接近磅礴的宫殿群，心头当即就是一震，他看到了一座碑，上面书写着两个大字：天庭!

那座石碑带着时光的符文碎片，流动着黑暗本源的力量。

事实上，整片浩大的宫殿群不知道方圆有多少万里，也都弥漫着浓郁的死气以及无穷的黑暗之力。

“黑暗天庭！”石昊寒声道。这绝不可能是正常的宫殿群，早已黑暗化了。

他的心当即一沉，竟在这里见到了天庭，这气势太恐怖了，带着准仙帝威势，可是居然死气沉沉的，见不到人影。

这里太空旷了，见不到任何一个生灵！

直至他接近中央殿宇时，才有了动静，突兀地传来一道声音，这声音古老、沧桑而又迫人，让石昊都心中一凛。

“朝圣者，虔诚而真挚，自海的那一端而来，一步一叩首，只为觐见本座，你为何带着杀意而至？”

“朝圣，你是谁？”石昊冷漠地问道。

“帝！”回应只有一个字。那声音太骇人，如同一位盖世帝王在质问，足以让世间万灵战栗，甚至形神都会在他的一念间化成齑粉。

这里有一个生灵，偌大的殿宇群中只有他自己，自称为帝。他高高在上，威严而神圣，还没有露出形体，就这么散发出了俯瞰万古的无敌气息。

一位真正的帝在此？

石昊瞳孔收缩，神色凝重，但是没有任何的惧意，他为准仙帝，有自己的自负，有自己的无敌风采，岂会畏惧？

他冷漠地看着前方，向那里迈步。

第1725章 帝

原本金色的殿宇现如今散发出点点乌黑且深邃的光泽，像由黑色仙金打磨而成。显然，那是黑暗之力，它侵蚀了此地！

中央巨宫内，威严的声音在回荡，隆隆作响，殿宇摇动，越发显得庄严、神圣、不可侵犯。

石昊步履坚定，有一种果断与决绝，每一步落下都让这片殿宇轻颤。

一时间，地面在抖动，黑暗天庭的所有殿宇都在跳动，仿佛要腾空而起。

巨宫内很空旷，看不到所谓的天兵，有的只是陈旧、沧桑，还有一种凄凉感。

殿宇内有些残破了，随着前行，石昊露出异色，因为地上先后出现一些尸骸，那些生灵也不知道殒命多少个纪元了。

此外，整座古殿中尘埃遍布，一些塑像都被尘土覆盖了，地上的遗骸也快被灰尘淹没了，看起来无比荒凉。

正是在这样的殿宇内，有一道威严的声音响起，冷漠地针对着石昊。

“遇帝不拜，真命已失，轮回碑上有汝名。一步一叩首，往生路中罪削半，护你真灵。”那声音洪大，跟天地一起共鸣，震得苍茫大地都在剧烈颤抖，仿佛有一位仙帝降临。

石昊蹙眉，这个生灵的确太强大了，超越以往的所有对手，令他的神魂都跟着震动不已。

若换作其他人，就是刚才的数十个字，两句话而已，就足以被震出真魂，就此踏上轮回路。

这实在太强悍了，口诵真言，就能送绝世仙王去往生，丢掉仙道真命。

“轰！”

面对这种威压，石昊一拳轰出，阳刚气息铺天盖地，霸道绝伦，径直打向殿宇深处。

“装神弄鬼，我同列准仙帝境，哪个敢收吾真命，谁能言送我往生？轮回路上，送你行！”石昊喝道，声音洪大，如同天帝在下旨意，言出即法则。大道符文在空中凝聚，化作一张金色的法旨，也跟着向殿宇深处轰去。

这种威势太强了，整座黑暗的殿宇都被照亮了。

此时，石昊犹若一轮发光的璀璨骄阳，照亮黑暗天庭，光辉洒满每一个角落，令这里神圣无比。

他如同永不坠落般，超脱在上，天帝法相尽出，神威盖世，金色光辉普照，改变了这里的一切。

“放肆！”就在这时，那布满灰尘的古老殿宇中传出这样一声呵斥。带着震怒，还有杀意，以及无穷的黑暗符号，那个生灵出手了。

一只灰色的手掌近乎干瘪，缓慢而沉重地向前拍击而来，带起滔天的帝者威势。

在那掌指中，日月转动，星辰无穷，宇宙在开辟，混沌在缭绕，更有一条轮回路若隐若现。

那手掌看着不大，尺寸很平常，却掌控世间的一切，他开天辟地，掌握轮回，实在骇人至极！

“谁在放肆？”石昊声音洪大，白衣展动，傲世而立。他捏拳印，迎上了那灰色而枯败的手掌，爆发出无量仙威。

“轰！”

整片黑暗古地都在哀鸣、颤抖，大地全面崩开，天宇也在龟裂，形成了无边的风暴。

这亿万年长存不灭的黑暗天庭在此时崩塌，一间又一间古殿在此时倒下，成为瓦砾地。

要知道，这里可是布下了准仙帝级的无上法阵，历代皆不可灭。仙王来朝圣，若有不恭敬者，都将被镇压，这宫殿群中不缺少仙王血。

巨石横飞，粗大的支柱断开，黑暗仙金瓦片破碎并四散飞舞。

两大强者，绝世一击，震动了天上地下，时间长河都疑似曾被截断。

石昊岿然不动，白衣不染尘埃，黑色发丝飘舞。他面貌清秀，但是此时双眸流露出令人战栗的冷厉之色。

对面，殿宇倒塌，尘埃扬起，地上一具又一具尸骸露出真形，在空中飘浮，溃灭，而后又消散。

在更远处，在那些倒塌的殿宇中，还有这样的遗骸，它们都穿着甲胄，手持着兵器，原本被尘埃覆盖着，现在露了出来。

天兵天将都已经成为尸骸，在今日再现人间，却也紧接着灰飞烟灭，尸骨无存。

在帝者力量的对击下，没有什么可以长存，没有生灵可以不灭，就是有准仙帝法阵守护的黑暗天庭都崩坏了。

石昊瞳孔收缩，他看到了殿宇中的那些尸骸，从那甲胄以及整齐的兵器等来看，那分明都是昔日的天庭兵马。

这里曾经很强盛，辉煌无边。

当年，曾有诸多天兵天将镇守于此，守护天庭，但是不知道因为什么，那些生灵都被击灭了，被尘埃埋葬。

整片殿宇都化成了黑暗之地。同时，石昊也见到了那所谓的帝！

一道枯瘦的身影坐在玉石椅上，那巨大的宫殿虽然四分五裂，但还没有倒下，他高高在上，俯视过来。

中央巨宫只有这样一个活着的生灵，他就是自称帝的生灵！

显然，他是强大的、无敌的，坐在那里，脸色冷漠。他与石昊对击，并没有受到任何伤害，带着万古长存的气息。

只是，他的身体太枯瘦了，而且很灰败，有些不正常。只有一双眼睛是那么慑人，如同两盏金灯，或者说更像是黑暗轮回中的两轮太阳，可接引迷失的神魂。

他满头灰发，就连眼白都是灰暗的，但瞳孔是金色的，犀利而慑人，发出的光芒足以撕裂仙王。

一身帝衣陈旧而古老，穿在他那瘦骨嶙峋的身体上，显得肥大。

他的头上戴着帝冠，帝冠流动九色光彩，普照众生，但是在九色中也纠缠着黑色的气息，浓郁得骇人。

“堕落准仙帝？”石昊询问，神色凝重。

“帝者无上，岁月更迭，纪元轮回，哪怕诸天尽灭，万物皆凋，我身亦永恒长存，谈何堕落？”玉石椅上的灰发人声音冷漠，带着一种唯我独尊的气概，藐视万物，天下间唯有帝者永存。

石昊没有说话，依旧盯着他，扫视他全身上下的每一个部位。

这个生灵还活着，的确不是什么傀儡物，但是为何给他一种奇异的感觉？

一代准仙帝为何形体枯槁，手掌都是干瘪的，血肉仿佛枯竭了，只留下一层皮包裹着骨头？

不过，这个人真的很强，是石昊遇到的一个大敌！

“这片浩大的天庭是你开创的？”石昊问道。

“不错。”

自称为帝的存在点了点头，满头灰色发丝扬起，目光慑人，透出一股睥睨天下、唯我独尊的气势。

“天兵天将为何都殒命了？”石昊问道。

“违背帝之法旨，吾亲手镇压之。”自称为帝的存在冷冷地说道。

石昊倒吸了一口凉气，在那些天将中绝对有一些仙王，有许多都是道行高深的强者，归于天庭，为何反叛，就这么被斩灭了？

石昊目光冰寒，凝视着他，道：“界海那一端，黑暗侵蚀、葬地与异域的崛起、接引古殿的沉浮，是否都与你有关？”

“你可以这么认为。”自称为帝的存在漠然回应道。他的瞳孔中金光流转，如天道般犀利，整个人都被混沌和黑暗渐渐淹没了。

“不远处，骨海成片，那些是怎样的生灵？”石昊喝问。

“天庭部众以及朝圣者。”

“你杀了他们?!”石昊厉声道。他感觉到了一种诡异、一种不祥，说不清道不明，事情似乎比他想象的还危险。

坐在玉石椅上的生灵没有正面回答，只是道：“对于他们来说，献祭是最好的归宿。”

“还有呢？在界海另一端被黑暗侵蚀、被你们接引过来的生灵，都在哪里？”石昊大喝。他想见到柳神、大长老孟天正、火灵儿，他不相信外面的骨海中有他们的魂或骨，因为那都是很多个纪元以前的遗骸。

“你的问题太多了。”坐在玉石椅上的生灵冷冷地说道。

“那就战吧！”石昊大喝。“锵”的一声，他直接拔出自己的仙剑，璀璨的光芒照亮黑暗之地，极度慑人。

神圣光辉将石昊笼罩，显得他无比威严，如天帝临尘，拥有一种无匹的气韵。

这柄剑胎属于准仙帝级别，无坚不摧，横空而出，化成一道流光向前方的灰发人斩过去。

“当！”

在灰发人的手中，出现了一把雪白的骨尺，它晶莹如羊脂玉，散发柔和的光芒。显然，这是准仙帝级的武器，与仙剑碰撞，火星四溅。

两者间爆发出的符号太神秘了，截断时间长河，让这一瞬间成为永恒！

“轰！”

随后，灰发人张口吐出一方骨印。它迅速放大，向石昊镇压，景象恐怖。

骨印带着岁月，缭绕着至强的法则力量，向前轰去。

“轰隆！”

石昊的头顶上方出现了法则池，它演化万物，浮现诸天规则，将他守护在下方，万法不侵。

那骨印砸落下来时，法则池摇动，喷薄无量瑞光，将之荡开。

“有些意思，多少个纪元了，我都没有出过手了。”灰发人目光森寒，道。他站起身来，从高高在上的玉台走下，一步一步逼近石昊。

“锵！”

石昊祭出法器，任它们跟对方的兵器对决。他自己没有再动用其他兵器，而是迎了上去，真正考验他准仙帝级实力的时候到了。

“纵横古今，天上地下无敌，渴求一败而不能，这时你出现了，但也终究只是一个献祭者。”灰发人冷漠地说道。

“跟我这么说话的生灵，都被我斩了。”石昊的回应简单而直接。

第1726章 准仙帝之战

渴求一战，希冀一败！

这是怎样的一种心态？或许，当真有这样的生灵，自出生开始，一路高歌猛进，横扫天下群雄。

直至有一天，他登上巅峰，超越在上，俯视仙王，藐视不朽者。到了这个层次，也许他真的渴求一败。

因为他从来没有经历过失败，天下无敌，在他看来，举世皆寂，那是一个人孤独的路。

到了那个层次，他已经找不到可以同他对话的生灵，彼此相差太远，从某种意义上来说，他或许算是另一个“物种”。

黑暗天庭之主也许到了这个级别，石昊也没有认为此人真的在发狂，有可能实在是无敌孤寂。

同时，石昊有更深层次的猜想，或许就是因为一个人站在巅峰太久远，所以心态、思想都发生了变化。

石昊甚至认为，黑暗灾难这种古来最大的祸患，或许就是终极强者，比如就像是眼前的准仙帝发生异变所导致的。

无论如何，这一战都不可避免。两人间法印不断浮现，可以瞬间封印诸天，镇压万族生灵。

若他们拼死对决，一个大世界的苍生都活不了，这等力量的差距实在难以计量。

这是准仙帝之战！

准仙帝间爆发了大战，万古以来，何人见过？最起码，在仙域、异域、界海等地，众生不曾得见。就是仙王也窥探不到，只能遥想。

眼下，时间长河激荡，岁月无情碾压，这个地方紊乱了。他们的分身、法体在纵横，踏着时间长河而行，在激烈搏斗。

到了这个层次，种种不可思议之神通让他们超出了仙王的想象，他们甚至去到不属于这个时代的天地中大战。

前提是，他们不得干预超越此时代之事，不然的话，因果太大。

确切地说，他们有能力在那个时空出手，但是，一旦做出那种选择，或许会让万古成空、不复存在。

任何生灵都不可能为所欲为，总有力量可以相互制衡，尤其是对于处于巅峰的生灵来说。哪怕是真正的帝，若一意孤行，也要承受恶果。不然的话，这天地间，过去、现在、未来还不随他们揉捏？那还有存在的意义吗？

“轰！”

他们不能违逆大因果，不敢承受，但并不代表他们战力不够那个层次，现在两人间的争斗恐怖惊世。

“啊！”

灰发人虽然躯体干瘪，但是气焰滔天，无敌气概尽显。他金色的瞳孔发光，一声大吼，黑暗之地龟裂，亿万里土地都沉陷了。至于星空中那被浓郁的黑暗物质所包裹着的星海等，也都炸开，不复存在。

不过，到了这个级别，无论是敌人还是万物，生死都在他们的一念间。

下一刻，灰发人袍袖一展，粉碎的宇宙星空快速复原，再现原本之色。

灰发人的兵器与石昊的仙剑、法则池激烈地碰撞。

“噗！”

一滴血落下，时间长河被截断，时间静止，凝固在这一瞬间，万物都仿佛静止了。唯有两道身影纠缠着、大战着，他们的战况越发激烈，就是仙王见到这一幕都要脸色苍白如雪，这超越了常理。

“砰！”

两人对掌，惊天的波涛涌出，那是他们的法力，而后化成涟漪，激荡黑暗大界。

“咔嚓！”

这一次，宇宙被撕裂，他们掌指间出现的涟漪撕开这片天地，造成了不可想象的可怕冲击波。

涟漪不断动荡，沿着大裂缝向外劈斩而去。

“轰隆隆！”

混沌被劈开，清气上升，浊气下降，且有颗粒发光，不断闪耀。

若有人在这里，一定会震惊不已。两大强者随手一击，就开辟了一个大世界！

那涟漪沿着大裂缝蔓延出去，开天辟地，斩开混沌，青天浮现，大地厚重，群星因此显现出来。

谁能想到在对决的过程中，他们的法力波动就可以这样开辟大世界。

这就是准仙帝级的力量！

两大强者的兵器已经与他们分离，各自冲撞着，已经闯入混沌中，它们也在开辟世界，在初生的宇宙洪荒中大战。

“轰隆！”

石昊的体内冲出一道元神之光，手捏法印，以君临天下之势立劈而来。

石昊的这种手段十分恐怖，定住了岁月，禁锢了时间长河，万物亦僵在那里，最主要的是针对灰发强者。

“借时间永固来对付我，远远不行。”灰发人冷冷地说道。他的眉心亦发光，出现了一个英姿勃发的男子，那是他的元神之光，是他曾经神武的样子，跟现在的真身不太一样。

两股元神之光绽放，撞击在一起，让时间长河剧烈奔腾，仿佛要改道了！

而后，两股元神之光沿着时间长河顺游而下，激烈对决，前往不知道什么年代了。不过他们是超然在上的，没有涉足河中。

“啊！”

灰发男子嘶吼，背后浮现出一道巨大的黑影，如同一头巨兽一般，一下子扑了过来，要将石昊吞噬，将他拉入岁月之深渊中。

一幕幕旧时画面重现，葬地的开启，异域的诞生，天地的初开，各种景象实在太骇人了。

石昊心中一凛，这个男子果然强大，曾经追溯过岁月，到过最遥远的古代尽头，了悟诸天之秘。

石昊大吼，在他的胸膛部位，也就是他开辟的道宫秘境，有人仿佛在过去诵经，现在真正显化了出来。

那是一个小人儿，他盘坐在大道之花上，张口一吸，吞食所有花瓣，宛若活在过去，挥动拳印，向巨大的黑影发起攻击。

两者大战，激烈地厮杀在一起。

石昊胸中跳出的那个如同活在过去的身影，跟着那道巨大的黑影一起跌落在时间长河畔，向遥远的古代尽头攻去。

而他们的真身，也激烈地碰撞在一起。

一时间，景象骇人，帝者争锋，动辄涉及生死，虽然彼此修为不见得有多大的差距，但也是惊险的。

“啊！”

灰发男子长啸，在他的背后，浮现出一对腐烂的巨大羽翼，恐怖无边，他轻轻振翅，法则激荡，向石昊笼罩而去。

灰发男子分明是准仙帝层次的高手，哪怕有羽翼，也不可能腐烂才对。

下一刻石昊知道了为什么，一股毁灭性的气息铺天盖地，将他束缚，要将他毁灭。这是毁灭法则！

“轰！”

石昊肉身发光，浑身精血澎湃，口鼻间喷出一道道白光，如同银色的真龙飞舞，璀璨无边，缭绕自身。

一念间而已，在他的周围，巨树浮现，仙草成片，郁郁葱葱，长生药开花，灿烂晶莹，馥郁芬芳。

这是造化术！

对方动用毁灭大道，他便造化万物，生之力绵绵不绝，涌上高天。

他何以能对抗黑暗侵蚀？就是因为自身血气滚滚，生之气太浓郁了，甚至造化万物，演绎出至高大道来。

“轰！”

两者间爆发刺目的光，连黑暗都仿佛被驱散了，这片世界光辉点点。

但是下一刻，压抑再次降临，灰雾笼罩，毁灭之力沸腾。

石昊的右掌化开乾坤，熔炼万物，将对方的力量翻转回去后，突然间，他的手掌也变得灰败了，散发出死亡的气息，他亦施展了毁灭大道法则。

这等于是两人力量的叠加，全部轰向灰发强者。

“咚！”

天地开辟，灰发强者撕开这片大宇宙，进入混沌海中，将无尽的毁灭之力释放而出，在这里开辟出一个死亡大世界。

这就是准仙帝，一个念头，就是界灭与界生，可影响岁月更迭，让古今未来都颤抖。

两者从天上打到地上，又从地上杀进地火风水中，开辟世界，演化万物。

“咚！”

未来的时间长河中有可怕的光芒绽放，那里的元神之光璀璨。

“轰隆！”

过去的时间长河畔，有惊世之力在激荡，不灭之意在蔓延。而在当世，两大强者的真身亦在搏斗。

这个景象无比恐怖，若有仙王在此，一定会浑身冰冷，头皮发麻，甚至连自身灵魂都要战栗不止。

这个层次的战斗太过惊悚了。

无论是在过去还是在未来，都有两大强者的身影在战斗，不过他们超脱在时间长河上方，并不去影响那些时空。

或许，根本就无人可感知到他们在时代之中经历了多么可怕的战斗。

不过，有些时间节点，就是两大强者目前也闯不过去，那跟他们的生命轨迹有关，因此他们无法对其产生影响。

最起码，在准仙帝境，他们不可贸然前往。

“你名为荒，太可惜，也太可悲，付出太多，到头来却也是血染诸天！”灰发男子冷笑道。他的法体不仅存在于当世，如今与石昊激战，还分布在不同的时间长河中。

“到了你我这个层次，还想凭一角未来笃定地认为那是真相，可笑！那不过是亿万种可能中的一个泡影。”石昊冷漠地回应道。

他的本心丝毫不动摇，道：“准仙帝所过之处，一切皆有可能，一切又都没有可能。图谋岁月者，自身终成空！”

实力越强，因果越大！

石昊回眸，心中有所感应，他看向时间长河的下游，那里似乎有几个了不得的生灵崛起，璀璨夺目。而后，他看到了，有人逆着时光、踏着岁月，在接近这片黑暗之地，要降临这里！

那里也有生灵在激战！

一个人踏着大鼎，另一人白衣胜雪，还有一人头上悬着一口大钟……

就连灰发强者都倒吸一口凉气！

第1727章 跨过黑暗

有人逆着岁月，沿着时间长河，从那遥远的未来一路向上，杀向这一边。

那速度实在太快了！

不过，他们皆被时光包裹着，看不到真容，只能看到大概的轮廓，哪怕如此，也让人心中震动。

灰发强者怎能不惊讶？那几人发现了他们吗？他们是因此而来吗？

灰发男子心一沉，他跟荒的大决战，若招惹得时间下游的生灵警觉，从而做出激烈反应，是否意味着他们已经涉足那片天地，改变了什么？

这让他倒吸一口凉气，脊背都腾起一阵寒气，若是那样的话，他承受的因果实在太大了。

或许，他将要万古成空！

他达到举世无敌的境界后，天葬不了他，地覆灭不了他，世间无人可除掉他，但是，他也并非可以随意践踏诸天间的所有秩序，有些禁忌领域依旧不能涉足。不然的话，受因果所累，他会终结自己的一生！

石昊目光幽邃，凝视时间长河下游，瞳孔中有开天辟地之景象，并未开口说一句话。

此时，这万古诸天都仿佛在石昊的掌握之下，他仿佛看透了某种本质，最后他一声嘶吼，盖世法力爆发。

石昊举拳，向灰发男子砸去。

“轰隆隆！”

这个时候，时间长河下游那几道朦胧的身影也因此而更加模糊了。

这里的大战太过震撼人心，璀璨无边，以当世真身为主，激烈对决，未来、过去的时间长河不稳固，画面消失了。

同时，灰发男子咆哮一声，急速召回在未来时间长河下游争斗的元神之光，并且也呼唤回了在过去时间长河上游的黑影法体。

灰发男子心有忌惮，忧虑自己触动了大因果，担心自己的元神之光与荒拼斗时，在时间长河下游触动了禁忌领域。一旦涉足更迭其他时空之大事，他的当世身或许会瓦解。

“你怕了！”石昊冷漠地说道。自始至终，他都很镇定，如同在看着一件与己无关的事，他无惧一切，始终如一。

“吾为帝，岂会怕？若有因果加身，也一力破之。举世茫茫，谁能斩吾之法体？”灰发人喝道。他的灰色眼球散发出金色的光芒，照耀当世。

“轰！”

两者再次展开大决战！

生死搏斗越发惨烈，两人都是准仙帝级的存在，谁会比谁弱？他们能走到这一步，自然是无上之生灵。

从古至今，那么多个纪元过去，总共出了几位准仙帝？

最起码，在此之前，石昊没有看到过活着的准仙帝，只在踏足黑暗世界后，才遇上第一个。

石昊也看到了时间长河下游的那几人，他有一种感觉，哪怕隔着岁月，哪怕有时光阻挡，到头来他也会见到他们，甚至和他们有交集。

石昊隐隐觉得，不久后，他们就要相遇了！

“未来……”

石昊想到了边荒帝关前踏鼎而战的人，想到了亿万年岁月后的曹雨生，想到了风华绝代的白衣女子，那是他曾看到过的未来生灵。

关于那片时空，每一次偶遇，各自所处的时代都不同。比如说，如今的准仙帝境界的石昊与少年时对比，完全不一样了。想必那些生灵也是如此，每一次出现，都是各自不同的生命岁月。

“荒，你可知道你所做的一切都是徒劳的？你永远不会明白自己将要面对的是什么，你的下场会很凄惨，也很可悲！”灰发男子幽幽地说道，话语意味难明，带着一种残酷，还有一种复杂的心绪。

“舍我之外，一切都是拳下尘埃！”这是石昊的回应。他强硬、坚毅、无比自信，他的信念从来就没有动摇过。

无论这一世究竟遇到什么，他都意志坚定，自信可以镇压万古诸天敌，从来就没有惧怕、退缩过。

“呵呵，哈哈……”灰发强者大笑，目光却越发冷酷。他出手如电，身影如梦似幻，每一次碰撞都有开天之力。

“轰隆！”

灰发男子的发丝发光，由灰败化作金黄色，整个人的气质都变了。他神威盖世，英武超凡，似乎血肉都开始渐渐饱满，不再干枯衰败。

“轰！”

“祭天、祭地、祭英灵！”灰发男子大喝道。他的目光骇人至极，眸子转动间，造化万物，在其身前出现一座古朴的祭坛。

灰发男子的肌体发光，璀璨无比，滴落下一些血液，不仅有黑色的，还有金色的，落在祭坛上。

石昊不禁悚然，他看到许多画面在祭坛上浮现，都是遥远古代的大事件。

这个生灵之所以走到这一步，是因为他的成道路太诡异、太可怕，艰难中亦带着残酷。

他祭了一个时代的英杰，所有争锋者都沦为祭坛上的祭品，最后成就准仙帝时，他甚至祭了所在之界。

天地都被他活祭了！

这本是一个浩瀚大界，最终却死气沉沉，沦为界海中的一朵浪花。

他带着天庭部众渡海而来，进入黑暗之地，最后，那些人不知道因何也成为祭品，全部化作枯骨，只留下他自己一个人孤零零地落在这黑暗天庭间。

“轰！”

灰发强者浑身发光后，自身状态都仿佛改变了，用自己的血沟通那座由大道符文构建而成的祭坛。

他想要将石昊活祭！

祭天、祭地、祭英灵，既不是敬重三者，也不是为它们献祭，而是要活祭它们。

“痴心妄想！”石昊冷漠地回应道。他的肌体发光，背后腾起阵阵云烟，大道之火突然沸腾，熊熊燃烧，向那座祭坛蔓延。

石昊哪怕被莫名法则笼罩，被一座祭坛堵住前路，依旧镇定自若。

“破！”石昊大喝。在他出手时，一道赤霞从他的掌心喷薄而出，快速化形成一把铡刀。

“斩！”石昊大喝，祭出斩仙铡刀，要斩灭万物。

昔日，他曾在斩仙台上走过数次，汲取过斩仙铡刀之光，而今他成为准仙帝级生灵，自然可演化诸天万法。

“咔嚓！”

祭坛龟裂，而斩仙铡刀也出现了裂痕。

“轰隆！”

最后，这两件诡异的器物都炸开了，成为齑粉，就此消失不见。

对面，金色光辉敛去，灰发人再次变得身体枯败，发丝也不再金黄了，淌出的血也变得乌黑。

准仙帝之所以万劫不朽，是因为他没有遇到对手。现如今两大强者这样比拼，终究有一方会倒下去。

“轰！”

灰发人的背后出现一对羽翼，羽翼不再破烂，一黑一白，无比怪异，突然间爆发出阴阳之力，形成大道图案，猛力扇动，镇压石昊。

“嗡”的一声，在石昊的背后，一条鲲鱼跃出水面，由太阴转变为太阳，金光大盛，大鹏扶摇直上亿万里。

石昊以太阴太阳的演化，破开对面的阴阳图。

“轰！”

石昊轰出一拳，指头化成了龙首，捏法印，镇压对方。

“砰！”

灰发人右掌化作赤红的鸟喙，如刀锋一般。那是真凰的喙，刺目无比，光华万丈，如同一柄大道之剑，要斩断龙首。

“咚！”

宇宙炸裂，他们冲入混沌海中，对决到了白热化。

每一次出手，他们的力量都如水沸腾，一念间，界灭界生，毁灭或造化万物！

“哧！”

极致仙光撕裂了混沌海，灰发人大喝。他一拳粉碎万物，洞穿了古今未来，这道拳光实在太强悍了。

光束与时间长河并立，从当世照耀到古代，又划过未来的天宇，如闪电照亮夜空。

大决战到了最后关头，要分生死了。他们动用最强手段，在这里对决。

“砰！”

石昊演绎无上法，人体各大秘境发光，过去、现在、未来三道身影浮现，朦朦胧胧，都跟他的真身融合归一。

此时，他是盖世无敌的！

在石昊的周围，鲲鹏法体、真龙法相、雷帝之身等全都跟着出现，那是他在演化大道符文，凝聚最强战力。

“轰隆隆！”

在激烈的大碰撞中，两大强者打破了混沌，再次杀出去时，击溃了黑暗之地的无边黑雾，竟然得见了光明。

他们冲出了黑暗之地。

“噗！”

灰发人的眉心被石昊一指击中，准仙帝之光照耀古今未来，绝世无匹。

“败了，这种滋味，我终于体会到了。”

灰发人在笑，这笑容中有怅然，有迷茫，最后化作癫狂。他体内的力量沸腾着，震裂额骨，元神之光普照。

他并未殒命，身为准仙帝，哪怕元神被撕裂了，他也难被毁灭。

他倒退而去，冷冷地看着石昊。

而此时，石昊则在盯着前方，瞳孔化成了两枚最本源的大道符文，炽烈之光简直要焚毁诸天。

这里不再黑暗，所有的不祥与诡异都仿佛被驱除了。他知道，这多半才真正接近终极之地。因为在界海的另一边有传言称，渡过界海，跨过黑暗之地，才能抵达终极古地。

此地没有黑雾，但也谈不上璀璨，只是正常世界的色彩，甚至还略微偏昏暗，像是黄昏时刻。

在这里，地上有少数几具遗骸，被火光笼罩，如同火炬一般，泛出凄艳的色彩，都是仙王。

尤其是，最醒目之地有一个人盘坐，他的身体即将不复存在，化成火焰，散发出准仙帝之威势。

一位准仙帝殒命了？

在那火光中还有一株接近彻底毁灭的柳树，它仅有一尺高。

“柳神！”石昊大叫，情绪出现巨大的波动。他竟然在这里看到了柳神，可它几乎要形神俱灭了，只是被那准仙帝化作的火光所笼罩，暂时趋于寂灭状态。

柳神得其庇护，或许还不至于彻底凋零。

“看到了吗？准仙帝若不懂天机，一意孤行，也是会陨落的，这就是前车之鉴。”灰发人冷漠地说道。

“他是谁？”石昊问道。

“你们所谓的帝落年代，有生灵成功渡海而来，自然就是他。”灰发人残酷地说道。

此时，石昊感觉到了这条路的孤独，那个人在无数个纪元前曾经独自上路，来到这里，却落得这么一个下场。

这也会是他的最终遭遇吗？

“嗡！”

石昊身体一颤，感觉到了一股悲意，而后一团拳头大的火光飞出，由大道符文组成，快速没入那个殒命的生灵的法体中。

“咦，当年溢出的一团帝火居然在你身上，又回来了。”灰发人有些意外，但并不在意。

那团火是逝去的那位强者的准仙帝道火。

到了这里，石昊感觉到了一股死亡的威胁，以及大到无边的压力。

第1728章 三帝出击

可悲的结局，一位准仙帝，傲视众生，一览诸天万界，所向无敌，结果却凄凉地殒命在这里。他只是想平定黑暗大动乱，还界海那一边安宁，渡海而来，结果自身却先行陨落了。

出师未捷身先死，可惜，可悲，可叹。

他尽管曾经威名赫赫，震古烁今，但终究还是不敌命运。

“柳神！”

逝者已矣，石昊改变不了，他所能做的只是守护好还活着的人，于是他大步向前走去。

准仙帝的道火在跳动，庇护着那株尺许高的柳树，它早已陷入沉睡。

“咦！”石昊很惊异。

那股跳动的大道火焰有一股非常强烈的抗拒之意，阻挡外物接近，散发准仙帝威压，难怪可以庇护柳神不灭。

“自身难保，还妄想救人，想必自此之后这里又将多上一团帝火。”灰发人冷笑道。

“你究竟是谁？为何要如此？发动黑暗大动乱对尔等有什么好处？”石昊转身，大声喝问。他的胸腔中有一股怒焰在腾腾地跳动，要蹿出来了。

“苍帝！”灰发人道出自己的称号，眼中有的只是冷漠，对于所谓的黑暗动乱，他没有多说。

“手下败将，凭你也能奈何我？！”石昊喝道。他已经击败苍帝，不相信此人仅凭自己就能击灭帝落时代的那位准仙帝。

想到堤坝上那行淡淡的脚印，再看看眼前那正在焚烧的残躯，石昊轻轻一叹，一位先行者就这么殒命在此。

黄昏染着血色，如同末世一般。大地无垠，疆土浩瀚。

在那地平线尽头，出现了一条紫金色的大道，隆隆作响，周围金莲遍地，神禽飞舞，苍茫天地都在战栗。

一个生灵出现，他头戴紫金冠，脸膛亦呈紫金色，身段颀长，这是一个恐怖的生灵，压迫得人几乎要窒息。

在这个人的周围，诸天印记纷呈，将他环绕着。

一位准仙帝，就这么突兀地降临了！

“苍帝，你遇到敌手了，还没有解决吗？”来人开口，声音隆隆，破开时空，伴着岁月的力量，如同从亿万年前传来。

“鸿帝，你来了。”灰发人开口，看向头戴紫金冠的颀长身影，这个生灵被尊称为鸿帝。

鸿帝一身紫气滔天，立身在大道符文构建的路上，俯视万古诸天，眸子转动时，时间长河浮现。

他的气息太强了，口鼻间的气息自然流转时，让宇宙星海龟裂，他像是不属于这个世间，若这般出世，会毁掉一切。

“世间又多了一位帝者吗？可惜，亦不懂天机，一意孤行，只得送他上路！”鸿帝更为强势，冷酷地俯视前方的石昊。

石昊一声轻叹，他就知道，这终极之地怎么可能会如此简单。如果只有一个苍帝，他有何可担忧的？

可是，现在又多了一位准仙帝，万古以来在异域、界海中都不曾得见一位，这里居然有两大强者。

难怪帝落时代，从仙域走出的那位准仙帝最终会饮恨在此，有两大准仙帝出手，终究是难敌。

到了这个层次，大家都为准仙帝，谁会比谁差？

就是石昊胜出一筹，击败了苍帝，他也不能确定自己的实力高出对方一截，再出手的话，不知道要花费多少精力。

准仙帝乃是从古至今最强的生灵，一个又一个纪元过去，到现在又有几位？

就是盖世仙王都没有资格见到他们，那么多渡海的生灵生前根本就走不到这个地方！

可以说，万古以来的主角只有那么几位的话，那他们就都在这里！

石昊脸色凝重，准仙帝跟他平起平坐，而对面却有两位，他能胜过他们吗？

“为什么？界海那一端跟这里井水不犯河水，本应平静相处，你等这么超然，为何还要造下大祸？”石昊沉声问道。

“有吗？你理解有误，我等只是召唤子民，有缘者会被接引过来而已。”苍帝说道，灰色发丝披散，金色瞳孔熠熠生辉。

石昊怒目而视，召唤子民就要发动黑暗动乱吗？这让多少修士泯灭真灵，连凡民都不放过，最终只能进化成黑暗生物。

石昊知道，最根本的原因肯定是这一界超乎想象，与界海那一端完全不同。

“你从来都没有明白界海那一边跟这个世界的关系。”鸿帝开口，声音清冷。

“不过你也没有必要知道了！”鸿帝补充道。他一心要诛杀石昊，铲除这个万古以来新出现的大患。

“锵！”

石昊的头上，那个法则池浮现，在他的手中则有一柄仙剑，璀璨夺目，照耀万古，时光都被切开了。

此外，在石昊身畔，还有一顶骨冠，以及一根雪白如玉的骨杖，它们在那里沉浮，同样散发出绚烂的准仙帝光辉。

这是两件起源古器，曾造就出葬士、异域的黑暗进化者。

“这是我等的信物，炼制出的法器携带着本源，造化万物，都被你得到了，看来你当真是不简单。”鸿帝说道。他浑身紫气氤氲，磅礴威压越发慑人了，眸子开合间，天地龟裂，宇宙星辰都要化作尘埃了。

他亲口承认自己造就了起源古器，影响着界海那一边。

“本源之力都没有同化你，倒也算是个厉害之人。”苍帝点头表示同意。

“羽帝，还不速来，除掉此人！”就在此时，鸿帝开口，紫气激荡亿万里，淹没了整片苍茫天地。

鸿帝的杀气极盛，比灰发人苍帝似乎还要恐怖一些。

终极古地深处，光芒漫天，神圣而璀璨，照亮万古，划破时间长河，帝威浮现而出。

“扰我沉眠！”一道低沉的声音震动乾坤。

接着，一个盖世生灵出世了，一辆古老的战车极其绚烂，发出的光华流转着，压制天地四极。

战车隆隆，九头古兽拉着它急速而至。

那九头古兽都散发着无量威压，一个个面目狰狞，鳞甲森森。它们像是真龙，可又不是，属于从未见过的生灵。

九头古兽踏着时间长河而行，拉着那辆九色仙金战车杀来了。

战车上，一片神圣的光雨弥漫，一个人站了起来，俯视这个方向。他背负一对神圣羽翼，整个人强势而又圣洁，进化到了最完美的状态。

这是一位准仙帝！

石昊不禁倒吸一口凉气，事态严峻，他怎么去抵挡？

这可不是在仙域，也不是在九天十地。

昔日，他为天地间的至强者，横扫诸域，世间无对手。到了这里后，他所遇到的准仙帝跟他一样，是从无数纪元中崛起的为数不多的几个生灵。

可以说，他们是同一类生灵。

这样的三位强者同时对上他，让他如何对抗？

“没有永恒不灭的天地主角，你或许是这一纪元的异数，可是遇上我们三个同样的生灵，又能如何？可以逆天吗？”羽帝开口道，颇为冷漠，霸道无比。

他站在那辆战车上，手持一杆帝矛，指向石昊。

石昊瞳孔收缩，感觉到了一股熟悉的气息，帝落时代的准仙帝独自渡海而来，被三大强者击灭。

“帝落啊，帝落！”石昊感慨，当真是帝落时代，那一世曾经有准仙帝陨落，而今会轮到他吗？

大决战来临了，情况远比石昊想象的糟糕，他面临着生死大劫难！

“我想知道，那曾经被你们召唤来的生灵都在哪里？”石昊没有立刻出手，而是尽量平和地询问。

“有你在意的人？”灰发强者苍帝问道。到了他们这个层次，不需要多说，就知道石昊在意什么。

“是！”石昊点头，没有什么可隐瞒的，他想见到那曾经的人。

“轰！”

突然间，苍帝开启虚空，远方浮现出一座巨大的殿宇，正是接引古殿之一，它连接着黑暗牢笼的出口。

可以看到，成片的牢笼在那接引古殿的通道内浮现，在时间长河上方起伏，弥漫出浓郁的黑暗气息。

到了而今，石昊的神识强大到了不可想象的地步，恐怖绝伦，一念间就可扫过亿万里长空。

就是一界发生的事，也难以瞒住他多久。

而现在，他有意为之，全力搜索，感应故人的气息，自然可以做到。

找到了！

“轰”的一声，石昊的神念强行开启了一个牢笼，那里有一个女子的元神，摇曳着明灭不定的光。

那个元神化成人形，身体修长，婀娜挺拔，面庞上有些茫然。经过近两百万年的黑暗囚禁，她已经迷失了，不知道自己身在何方，不知道自己是谁。

“醒来！”

石昊一声轻叱，动用最强法力，庇护她的元神，要将她带出来。

火灵儿复苏了，当她看到远处的那个人时，虽为元神状态，但还是有热泪滚落的感觉，她泣不成声。

她竟然真的再次看到了他！

“石昊，真的是你吗？”火灵儿哭了，脸上写满了伤感和眷恋。

“是我，我来接你回去，回家！”石昊身为准仙帝级高手，哪怕仙山崩于眼前，都面不改色，而今却有种酸楚感。

那是少年时代的感情，竟然萦绕至今，到了他现在这个高度，曾经的各种情义等都不曾泯灭，依旧还在。

火灵儿顿时泪眼模糊，曾经火桑花开，她等了一年又一年，都不见那个人回来，直到有一日天地大变，罪州被一只大手抓走。

而今，她被关押在黑暗牢笼多少年了？自身都迷失了，记忆都模糊了，却又再次被唤醒，见到了那个人。

“我说过，哪怕你不在了，我也会打破轮回，再次见到你！”石昊大声道。

“我知道，你一定会来的！”火灵儿笑着，哭着，晶莹的泪水滚落。

“我带你离开！”石昊说道。

“你能带走谁？”鸿帝冷漠地开口。

“都要带走！”石昊大声道。他在寻找孟天正，也想见到这位如同恩师般的长辈。

“轰！”

这个时候，鸿帝出击了，一只大手向火灵儿按去，无情而冷酷，要毁灭她的灵魂印记。

第1729章 庇护

“你敢！”石昊剑眉倒竖，眼神冷厉。这么多年来，他终于见到了火灵儿，鸿帝却要出手将之击灭，他怎能容忍！

石昊早有准备，一片炽霞迸发，法力包裹着火灵儿，撕裂接引古殿，从那里急速冲了出来。

“轰！”

这个时候，苍帝也出手了，他整个人横空而来，一拳轰向石昊，霸气无边。

石昊的真身接应火灵儿，抬手间施展各种至强秘术，全身都在发光，如同烈焰焚烧，让域外诸多星体都化成了齑粉。

“哧！”

同一时间，羽帝出手了，他站在那辆古老的战车上，背后一对神圣羽翼扇动，浑身都是瑞光。尤其是，他手中的那杆帝矛发出妖艳的红光，向石昊刺去，洞穿大宇宙。

这等人物出击，任何一个都能灭掉一界，何况是三大高手围攻石昊，因此这个地方越发显得恐怖了。

“轰！”

此地炸开，天崩地裂，域外诸多星体都消失了，混沌之气疯狂汹涌，如同回到了开天辟地的时代。

石昊身体踉跄，咯出一口血，遭受三大强者围攻，他非常吃力，一个弄不好就会被斩灭在此。

“轰！”

石昊的周围被帝级力量所割裂，令他前行时非常吃力，虽有他祭出的法力庇护着火灵儿，但无法带过来。

最为重要的是，鸿帝的威胁太大了，径直就要除掉火灵儿，利用两位准仙帝阻挡石昊的时机，他全力镇压火灵儿。

这是三大强者的默契，他们早已料到这些，就是为了当面斩灭火灵儿，动摇石昊的道心，让他心绪不宁。

“噗！”

可以看到，在鸿帝那只大手的压力下，虚空粉碎，庇护火灵儿的仙光摇曳，随时要熄灭。

“啊！”

石昊如同受伤的野兽咆哮，头上的法则池内沸腾，一柄剑胎飞出，向前斩去，他发狂拼命了。

在刺目的光芒中，石昊攻了过去，震开苍帝，攻击鸿帝，至于背后，则露出一个破绽，被羽帝的帝矛刺中了肩头。

这可是帝矛！

石昊的肩胛骨顿时被重创，这一矛之威无与伦比。

在付出这种代价后，石昊挺了过去，并在仓促间与鸿帝大对决了一掌。

“咚！”

石昊挡住了那必杀火灵儿的一击，与鸿帝抗衡，两者间剧震，洪荒之力沸腾。

这样交手，倾泻出去的力量太强大了，火灵儿体外的光变得暗淡，她的元神一下子四分五裂。

这可是元神，若印记破碎的话，就意味着她会陨落。

“啊！”

石昊一声大吼，拼命出手，释放出无尽的生机，造化万物，阻挡火灵儿走向死亡。

“荒，受死吧！”苍帝喝道，掌指发光，拍击石昊。

“一个女人而已，你放不下的太多，注定会凄惨落幕！”鸿帝开口道。他的掌指越发璀璨，向石昊劈去。

“铮！”

至于羽帝，则没有说话，他直接再次刺出惊天一矛，光芒撕裂大宇宙，矛锋无坚不摧。

“噗！”

石昊遭受剧震，尽管他祭出各种兵器防御，但是在三大高手的围攻下，他依旧嘴角淌血了。

刚才太危险了！

石昊横移躯体，避开了三大高手。那火灵儿的印记虽然四分五裂了，但是在他的造化秘术下，又已重组。

“石昊！”火灵儿落泪，惶恐与焦急无比。虽然刚才只是短暂的交手，但是她知道，在那么短的时间内，石昊遭遇了生死考验。

为了救她，石昊拼命抗住了敌手的重击。他的左肩胛骨刚才都被那矛锋刺中，被羽帝的法则撕裂。

“不要为我那样拼命啊，你不要死！”火灵儿哽咽道，无比担心。她甚至想回归黑暗牢笼，因为她怕自己成为石昊的累赘，影响他接下来的大战。

“今日一战，注定会天崩地裂，所谓的接引古殿、黑暗牢笼等，都可能将不复存在，我怎放心将你继续留在那里？”石昊解释道。

“荒，有些本领！”鸿帝说道，但是他的冷酷杀意不减，气息越发可怕了。

石昊蹙眉，他透过接引古殿探察黑暗牢笼，在寻找孟天正，这是如同他恩师般的长者，他必须将其救回来。

可以说，如果没有孟天正，就可能没有现在的荒天帝！

以身为种太艰难了，当年是孟天正帮他，引他上路，付出了大量的心血。

终于，石昊寻到了孟天正，强行开启牢笼。

正如石昊对火灵儿所说，今日注定要打个天崩地裂，他担心黑暗牢笼都要沉落，怕彻底失去那曾经的故人。

这一次，石昊开启的可不是一两个黑暗牢笼，而是成群成片地开启，这里被困的都是可怜之人。

“归来！”石昊大吼。他庇护着孟天正，还有其他一些元神，向外冲出。

“轰！”

鸿帝再次出击，一只无情的大手笼罩了天地，阻挡石昊的每一步动作，要毁灭孟天正的元神。

毫无疑问，这又是一场激烈的大战。

石昊想要帮助大长老孟天正，自身不付出代价根本不行。

在仙光中，在可怕的矛锋下，在沸腾的紫气中，石昊跟三大准仙帝高手对决。

随后，石昊身上多了几个伤口，还有可怕的掌印，伤势骇人至极。

要知道，这可是准仙帝所留的伤！

也唯有付出这样的代价，石昊才保住大长老的元神，将他带到身边。

石昊立身在远处，默默修复伤体，血肉复原，但是准仙帝法则还在纠缠着他，他在慢慢地化解着。

“心中的顾忌太多，你这样会死得很悲惨！”鸿帝很不客气地评价道，认为石昊放不下的东西太多。

“既然如此，就再送你一桩大礼！”羽帝站在战车上，自始至终都没有下来，睥睨天下，单手擎着帝矛，向身后一挥，道，“攻向仙域！”

在他的话音落下后，大地的尽头，人影绰绰，接着战车隆隆，出现一股人马，都带着滔天的黑暗之力。

石昊目光冷厉，他看到了那股人马，领军的为仙王级高手，是一群堕落王者。

突然，石昊身体僵硬，瞳孔收缩。他看到了大长老孟天正的肉身，带着浓烈的黑暗之气，威势不凡。

“堕落仙王！”那是孟天正的肉身，在两百万年间成就了堕落王位。

石昊对此倒不是很吃惊，要知道，当年边荒帝关一战结束后，大长老孟天正就在不可能成仙的环境中成仙了。而且，孟天正也曾经以身为种，只差半步就完满成功，举世茫茫，也只有石昊和他曾走上这条路。

“去界海那一端，将我们的子民带回来，若有异类，尽数斩灭！”羽帝说道。

这是怎样的一种杀伐？石昊不寒而栗。

这群堕落王者领军，若杀到界海的另一边，那将是滔天的灾难，所谓的黑暗大风暴莫非将要应验在他们的身上？

“是！”这些生灵只用了一个字回应，整齐划一，铿锵有力，杀伐气顿时震动了这片终极古地。

在这片大地深处，竟有大军。

“呜——”

有生灵吹响了号角，同一时刻，界海附近，浪涛击天，大道符文绽放，向海中激荡而去。

那是准仙帝赐下的法螺，这样吹响，简直天崩地裂。

这支大军要上路了，他们跨入黑暗之地，要渡海前往对岸。当然，他们不会真的耗费数十上百万年，因为界海中有接引古殿构建的道路，可以助他们直接降临在海的那一边。

石昊还没有出手，盯着前方。

很快，石昊又看到了熟人，目光越发冷厉，是王长生，他居然在这里！

两百万年过去，王长生已经成为仙王级高手。

对于此人的修为，石昊倒也不是很吃惊，因为当年真正能跟孟天正一较长短的只有一个王长生。而且，他不像是迷失了，此时对石昊露出一笑，很是诡异，完全认得石昊。

“你记得我？”石昊道。

“自然，我从来都是我，只是昔日练功出现意外，自接引古殿坠落，元神、骨骼等散落在了边荒。”王长生说道。

“秦昊的骨，还有穆长生的，都被我收了。”王长生补充道。

“该死！”石昊喝道。

就在此时，意外发生，在那领军的生灵中，孟天正猛然转身，右手握着一柄弯月刃，猛力劈出，发出刺目的光。

“噗！”

王长生的元神裂开了！

这是一场变故，就是三大准仙帝都很诧异，没想到孟天正会这样出手。

同一时间，石昊俯冲了过去，他早有心理准备，因为当年孟天正堕入黑暗后还曾救过他。

残仙请了一位真仙追杀他时，孟天正曾出手将真仙击毙。

世间有传言，堕入黑暗者，有些人哪怕迷失，但也有一些本能，甚至保有少许记忆，那是残留的部分元神所致。

显然，大长老就属于这种情况。

“噗！”

石昊出击，一拳轰落。王长生当即炸开，哪怕仙王的元神不易灭掉，但在准仙帝面前也不得不形神俱灭。

同一时间，孟天正的肉身被石昊庇护在身边。

这一次，三大准仙帝没有阻击石昊，而是露出沉思，孟天正的这种情况令他们都觉得很诧异。

到头来，准仙帝之战爆发了。

石昊一个人大战三位准仙帝，战况激烈无比，刚一开始就到了白热化。

第1730章 围攻准仙帝

在大战中，三位准仙帝冷酷无情，哪怕战斗波及远方的大军，那是他们的部众，他们也并不在意，依旧猛烈出击。

他们神色冷漠，像是万古不融的冰山，要击灭石昊，铲除这个威胁到了他们的大患！

堕落仙王带着那些人马急速而退，可即便如此，也有一批人化成了光雨，如同蒸发了一般，形神俱灭。

事实上，只有一些涟漪漾起，触到了他们，他们就殒命了，神形皆灭。

准仙帝高高在上，不可匹敌，随意一击，造成的杀伤力就无法想象。

石昊脸色很冷，看到了自己跟三位准仙帝的差距，或许可以说是区别。他为了救火灵儿与孟天正，不惜被帝矛钉在躯体上，被鸿帝的拳头击中胸膛，被苍帝的掌印拍击在身上。

而三位准仙帝却冷漠无情，根本就不在意一切外物，不珍惜部众。就如刚才，他们对于石昊击灭王长生都无动于衷，或许在他们看来，那不过是一只稍微出色与强壮的蝼蚁。

石昊心中一凛，这等绝情的生灵泯灭了情绪波动，最是可怕，哪怕战到癫狂，也很难找出他们的弱点。

无论是火灵儿还是孟天正，在三位准仙帝眼中都算不得什么，死与活都不紧要，他们的目的只有一个——石昊。

只有这个年轻人达到了他们这个层次，无惧黑暗侵蚀，是他们最大的威胁。

“可惜，可悲，可叹，任你千秋霸业，万古天骄，亦转头成空，蹉跎了岁月，磨灭这一世帝者身吧！”鸿帝冷漠的声音如同魔咒一般，在他的身后是一望无际的古国，这是突兀浮现的，浩荡亿万里。

那是一股气势，更像是冥冥中的天机，搅乱乾坤，预示着石昊的结局。鸿帝言出即法，动用死咒，阻击石昊。

关于诅咒，无论在哪里，都算是神秘而诡异的神通，令人防不胜防。

果然，石昊感觉自己磅礴无敌的气势仿佛被人撕裂了，破开了一道口子。

苍帝断喝，灰发披散，巨大的拳力挤压得天宇粉碎，万物凋零，没有什么可以阻挡他的无敌拳印。

在石昊的气势被阻挡之时，苍帝发动狂暴的攻击，拳印发光，打破万古诸天，得见永恒，时间长河被他踏在脚下，此时他疯狂而无敌！

“砰！”

石昊跟苍帝硬抗，自身原本胜出一筹，现在却有些吃力，手臂发麻，踉跄而退。

这不禁让石昊警醒，鸿帝的诅咒果然令人惊悚，对他都起到了作用，无形中削减了他的盖世之威。

“哧！”

与此同时，羽帝攻到了，一杆璀璨的神矛照亮了一个又一个纪元，赤色矛锋发出的光划过诸古纪元。

这是真正无敌的大势！

羽帝的这杆战矛成为他身体的一部分，所向披靡，没有敌手可以阻他的路，可破灭万古！

“锵！”

石昊先是躲避，但最终还是不得不以手掌侧击，震开矛锋，因为此矛锁定了他，令他不得不去撼动它。

石昊自身的法则池、仙剑等兵器都已经祭出了，在对抗另外两位准仙帝的准仙帝法器。

这是一场生死大对决！

“噗！”

石昊的手掌被准仙帝级的矛锋划开了一道口子。

准仙帝血洒落虚空，染红这片天地，这也预示了他凄凉的结局吗？

“昔年，那位先行者就是殒命在这杆矛的矛锋之下，你终究是要步他的后尘！”羽帝说道。他浑身璀璨，背后一对羽翼神圣无瑕，屹立在战车上，显得高高在上，具有超然世上的无敌气韵。

但是，羽帝手中的战矛与其风采有些不相符，太凶悍了，红色矛锋散发着妖异之光，似乎可以吞噬人的神魂。它发出的赤光刺目至极，如同血色的骄阳横空。

曾有一个时代，名为帝落，就与它有关。这战矛昔日刺透了那位准仙帝的眉心，最终导致他陨落。

弑帝战矛！

无论是在过去，还是在当世，抑或是未来，它都是天下最凶的兵器之一！

这一战，打得天昏地暗，日月皆毁。他们战到了混沌中，随意一击，就关系着一界的生与灭，不可揣度。

“啊——”

石昊嘶吼，他遭遇了此生最为艰难的一战，三个不弱于他的生灵跟他激战到底，这是死劫。

战到这一步，哪怕他拥有不灭之躯，也早已伤痕累累，准仙帝的大道法则不是那么容易磨灭的。

此时，灰发苍帝一记掌刀劈在了石昊的后背上。

这是从他背后劈出的一刀！

这一刀带着准仙帝级的法则，阻挡石昊的不灭之躯愈合。

“荒，你的挣扎是徒劳的，注定要殒命，成为一团道火！”苍帝喝道。

“轰！”

鸿帝出击，他不仅精通诅咒，自身的战力也强得骇人，紫气氤氲，大片的混沌都化作紫金色，凝聚在他的身前。

鸿帝气势无双，带着贵不可言的紫气，整个人攀升到了准仙帝的巅峰，而后攻向石昊。

这就是围攻的好处，三位准仙帝都有充足的时间准备杀招。

“轰！”

在这混沌海中，鸿帝的手掌拍落，亿万混沌海震动，无形中有一只紫色的大手跟着凝聚而成，显化于此。

那是混沌化成的，与鸿帝的那只手熔炼为了一体。

这可不是随意的一击，而是他的一种盖代杀招。

刚才，鸿帝不断结法印，开天辟地。这是最原始之力，恐怖无边，他将这种开天的力量凝聚在一起，现在爆发了出来。

鸿帝于混沌中开天，攻击石昊！

可叹小石，在少年时代崛起，一路勇猛向前，在修炼的道路上称得上惊才绝艳，傲视古今所有天才，今日却腹背受敌，遭遇围攻，不断倒退，口中咯血。

开天之力激荡，这可是鸿帝酝酿多时的一击，打得石昊整个人都站立不稳，身体多处受创，嘴角不断流血。

最为可怕的是，开天法则烙印进石昊的躯体内，让他遭遇了生死磨难。

石昊仰天长啸，满头发丝都乱舞起来，他焚烧真血，将自身的力量推向了巅峰。

“轰！”

不灭的拳意，不屈的意志，让石昊坚毅无比，哪怕都快将体内的脏腑咯出来了，他依旧在厮杀，不肯屈服与低头。

不是他不如人，而是三位准仙帝出击，谁也承受不起，根本挡不住。

因为他们都是实力相近的生灵，是亿万年岁月来崛起的仅有的几个准仙帝，谁会比谁弱？

他们本就是平起平坐的强者，现在三位准仙帝围攻一人，这种巨大的优势，谁能化解？

石昊披头散发，浑身是伤。他欲施展他化自在大法，只是，这种玄法想成功的话，条件苛刻，需要有合适的人参照。

眼前倒是有，三大准仙帝就在眼前，可是能行吗？

他将其凝聚出来后，他们到底会帮谁？

石昊依旧在尝试他化自在大法，要化出苍帝、鸿帝、羽帝来，身影模糊，渐渐显现。

“轰！”

三大准仙帝法力通天，神威盖世，哪一个是易与之辈？他们才发现端倪，就一起镇压而来！

几道模糊的身影当场溃灭了。

这一法门被压制，根本就施展不出来，无效！

石昊身体所有秘境一同发光，传出诵经声，三股清气浮现，冲了出来，化作三位战者。

一个仿佛活在过去，不沾染当世果；一个仿佛活在未来，施展诸天妙术，与岁月共鸣；还有一个屹立在当世，渐渐与石昊融合，让他更为强大。

“这依旧改变不了你凄凉落幕的结局！”鸿帝冷冷地说道。

他们的肌体发光，各自有法身分化而出，去攻击石昊体内冲出的战体。

“轰！”

羽帝的战车被石昊击飞，那九头古兽全部当场殒命。

早先，羽帝浑身发光，他的准仙帝级护体符文也都覆盖在战车与古兽上，令它们跟着万法不侵，但现在被破开了。

石昊预感自己今日凶多吉少，拼命地抵抗。

“轰隆隆！”

羽帝极其强大，扇动一对羽翼，斩开混沌，所向披靡。在另外两人的配合下，他要禁锢石昊。

三位准仙帝一同发光，让石昊身形僵硬，行动没有以往那么迅疾。

“哧！”

弑帝战矛刺中了石昊的腹部。

准仙帝级大战，法则无边。

石昊的这道伤口一时间难以愈合，被羽帝的法则压制着。

这一刻，法则交织，禁锢了这里。中间被围困的石昊，一身盖世神通都快施展不出来了，因为三位准仙帝一同压制他。

这一世，没有人可以帮助他。

这一路走来，他也曾辉煌，也曾俯视天下，但是，今日他要落幕了。

举世茫茫，无人可以帮他，没有人可与他并肩作战，只有他一个人孤零零地踏过界海而来，却遭遇这等危局。

石昊披散着长发，踉跄着，依旧在厮杀。

“你们还不上路，更待何时？”羽帝开口道，其音通过混沌海，跨过黑暗大界，传到了终极古地。

一群堕落强者听到号令，再次吹起法螺，震动界海，他们要上路了。

“谨慎一些，不要毁掉那些古地，那是黑暗子民的孕育之地，莫要出手太重。”羽帝漫不经心地说道。

石昊闻言，恨不得发狂。虽然早有所料，但他还是怒发冲冠。

过去，一直有这样的传言：那些故土，一直在为界海这一端孕育黑暗生灵！

此事得到准仙帝的亲口证实后，石昊怒意冲霄。

第1731章 援手

黑暗大军出动了，当法螺吹响时，界海大动荡，密密麻麻的大道符文蔓延，形成风暴，景象骇人。

石昊眉头深锁，尝试冲击，想要阻挡那批大军，但是他失败了，三大准仙帝一同出手镇压他。

此时他自身陷入了生死劫中，有可能会彻底陨落在此，形神俱灭。

“轰！”

突然间，石昊的身上骨文密布，符号交织，那是他天生的骨文，第三种宝术释放而出。

一刹那，他血气滚滚，法力沸腾，速度也一下子飙升了。

他先后失去两块至尊骨，也正是因为如此诞生了更为强大的一种骨文，形成一种奇异的无敌秘术。

这种符文可以加持他的法力、速度等，让他的战力大增，不断叠加。

现在，石昊爆发了，他用这种骨文加持己身，而后轰开了三大准仙帝的光幕，从被镇压中解脱出来。

“瞬间提升法力，数倍、十倍甚至更多倍的叠加，这依旧难以无敌，我等亦能，且有破解之法。”鸿帝冷笑道，并不惧怕。

事实上，到了他们这个层次，每一个人都有让战力叠加的法门，不然何以为准仙帝？但凡古史中出现过的盖世法门，他们都是精通的。

“轰！”

果然，鸿帝、苍帝亦有手段，在倒退中，躲避石昊锋芒时，自身战力大增，气息开始变得可怕。

“去吧，尔等上路，将黑暗子民都接引过来。一个又一个纪元过去了，又到了丰收的季节。”羽帝说道。他吩咐渡海的人走接引古殿构建的道路，快速跨到海的那一边。

这么多年来，他们一直循序渐进，只接引来少数黑暗进化者，不曾这么兴师动众。

积累到当世，仙域、界海中的仙王着实不少了。在准仙帝看来，收获的季节到了，他们要将黑暗生灵全面接引而来。

“啊！”

石昊披头散发，伤痕累累，他长啸着，化出巨大的法体，而后催动各种秘术，在此爆发。

“砰”的一声，石昊的右臂化作真龙，龙吟动九天，施展真龙盖世宝术，与苍帝碰撞。他的左臂则化成一只赤红色的凤凰头，鸟喙坚硬，刺透一切阻挡。

石昊发狂，双臂交叉间，龙与凤凰共起舞，向前方攻去。

他的双臂一条为真龙，一条如同血凰振翅，现在两者交叉，如同一把无坚不摧的龙凤剪，锋锐无比，剪断一切大道符文。

“哧！”

苍帝动作慢了一些，被龙凤剪擦中，甲胄破裂，且手臂上留下了一道可怕的伤口，露出了大道真骨。

黑色的血淌落，苍帝的脸色难看无比。

“当！”

羽帝出手，手中的那杆弑帝战矛刺来，挡住龙凤剪，发出一串又一串刺目的火星。

这一战对石昊太不利了，到了这一步，他陷入随时可能会陨落的大危机中，与三大高手周旋着。

“哧！”

最后，石昊竟然腾空而起，撕裂混沌海，闯了出去。他先对着界海的岸边轰击了一拳，阻击那群堕落强者，而后再次远遁。

石昊速度极快，他不是向界海逃去，而是深入腹地，继续向前，反其道而行。这不是回归之路，而是在接近终极古地。

“哪里走！”

三大准仙帝在后方紧追不舍，他们不急，早先就截断了前往界海那一端的路，现在从容追击。

石昊神色严肃，他再次提速，不断变换虚空坐标，不惜喷出几口鲜血，只为纵天而去。

“你能逃到哪里去！”鸿帝冷笑道。

“他在寻找机会，要将那两人放逐，让他们远离他，以确保他们的安全。”苍帝说道，猜到了石昊的目的。

火灵儿、孟天正被石昊带在身边，收在空间法器中。显然这很不安全，每一次碰撞，石昊都要谨慎对待。

准仙帝大碰撞，动辄毁灭山川万物，就是石昊的肉身都不时受伤，他担心一不小心，藏于他身边的两名故人就会殒命。

这一直让石昊分心，始终严阵以待，现在，他准备找机会将两人放走。

这个地方一片破败，不时有接引古殿坠落，更有大片的黑暗牢笼炸开，都是大战所致。

这对于石昊来说是一段艰苦的历程，他还没有这么狼狈过，大战中一路主动退却，被人追击。

终于，石昊寻到了一个机会。在一片混乱之地，在混沌大裂缝间，他将三大强者甩开得足够远了，这才出手。

“永恒的放逐，你们等我回来！”石昊低吼，握紧了拳头。他将孟天正和火灵儿分别放逐了，撕裂混沌虚空，让他们前往未知之地。而且，两人要去的地点也不同，这是为了分散风险。

神光四射，两人都在张嘴，有千言万语，可是石昊听不到了，他果断地施法，就是他自己都需要花费代价才能判断出两人究竟会到何地。

在石昊身上，有两人的神魂印记，这是他日后寻找两人的关键所在。

“石昊！”火灵儿忍不住大叫，不断落泪。她最后看了一眼那个人，不知道此别之后究竟是否还能相见。

他们才相聚，就又分别，这让她充满了无奈与苦涩，却毫无办法，因为她亲身体验到了石昊的险境，那太艰难了。

“三大准仙帝啊！”另一片虚空中，孟天正自语。他的元神与肉身合一了，仙王级力量大增，但是他没有失去冷静。

虽然石昊是他最欣赏的弟子，比子嗣还亲近，但他也知道，为了让石昊没有后顾之忧，他们最好还是远遁。

两团光分别包裹着火灵儿、孟天正，穿透一切阻挡，岁月都仿佛被击穿了，他们横跨万古长空而去。

那是石昊的力量，在光华中还伴着长生仙药，石昊担心他们负伤。

两日后，石昊停了下来，回身面对三大强者，他知道再逃下去没有意义了，反正已经送走了两位故人。

现在，是时候一战了！

因为对方锁定了他，他无论怎么逃都会被追上，摆脱不了。

这一日，光芒冲霄，天地激荡，石昊舍生忘死，与三大准仙帝拼命。

他没有其他选择，唯有一战！

火灵儿、孟天正不在身边，石昊再无忌惮，放开了手脚，比此前要勇猛很多，完全是两败俱伤、玉石俱焚的战法。

哪怕三大强者占据绝对的优势，也心有忌惮。

石昊如同疯了一般，满身是伤，跟他们比拼。

法则池、仙剑、骨冠、白骨杖等都被石昊祭出，随后他又取出另外两件器物，跟对方大战，其中一件便是烂木箱。

烂木箱被他提在手中，当作盾牌。这个箱子很神秘，至今都没有开启过。

“当！”

在跟弑帝战矛碰撞时，火星四溅，烂木箱完好无损。

石昊的另一只手则持着大罗剑胎，这柄剑依旧如同过去，遇强则强，承受住了鸿帝、苍帝的拍击，并未崩断。

事实上，当这两件器物出现时，三大准仙帝的脸色明显都变了一下，他们应该是见过，或者听说过这两件神秘的器物。

“终究不过是准仙帝级别器物！”羽帝最后冷冷地说道。他爆发了，一对羽翼拍动，隆隆作响，混沌海都被他分开了。

羽帝的坐骑被石昊斩灭，现在他展开雷霆手段，不断攻向前，恨不得立刻除掉石昊，早点解决大患。

对于石昊来说，这是最残酷的一战。

谁能救他？这一世，他只是一个孤独的战者，唯有他自己一个人前行，面对所有的危机，现在情况危急，严峻到了极点。

“荒，你能挣扎到几时？！”羽帝大吼。

“你的确很强，但是，与我等对决，等于跟三个自己大战，你能胜出吗？谁都无法逆天！”苍帝冷冷地说道。

“望穿古今未来，谁还能与我等比肩，来此一战？你注定是一个失败者！”鸿帝冷漠地宣判。

“若我殒命，你们当中也必有一人陪我下葬！”石昊说道。

同一时间，远方的黑暗之地忽然传来一声爆响，火焰熊熊焚烧，照亮了整片黑暗之地，光华射进混沌海中。

“阴魂不散，还没有死吗？”鸿帝变色。

“轰隆隆！”

那个地方，火光更盛了，可以看到，有一株残破的柳树在生长，它被一团火光包裹着，不断变大。

帝落时代，那位准仙帝的残躯化成的火焰出现了巨变，无穷的准仙帝威压弥漫，滋养柳神。

“想要借体重生来一战吗？”羽帝出击，手中的战矛突破混沌，向黑暗之地刺去。

“当！”

石昊出击，手中的烂木箱子砸在了矛锋上，让它改变轨迹。

“那团火魂藏在你的身上，这一次回归，妄想复生，竟还有灵性！”苍帝冷冷地看着石昊。

“阻止它！”鸿帝喝道。他也出手了，要灭掉黑暗之地的那团火光。

这时，一株参天的柳树崛起了，它碧绿而炽盛，带着旺盛的生命气息，散发准仙帝威压。

这是帝落时代的高手跟柳神融合在一起所致。

“我只能帮你挡住一人，时间有限。”柳神开口道。再次见到石昊，它心有感触，有激动，也有欣慰，更有担忧。

柳神看到成长起来的石昊，更明白他此时的艰辛处境，为他而忧虑，他一个人而已，怎么能胜过三大准仙帝？

“柳神，前辈，你们量力而行！”石昊喊道。他怕柳神抱着跟敌人同归于尽的心态而战，那样的话，或许他就永远见不到他们了。

羽帝大喝一声，极力镇压，他离开石昊这里，提着战矛向柳树刺去。

“轰隆”一声，巨大的柳树拔地而起，带着混沌还有无边的炽盛火光，抽出一些混沌柳枝，向羽帝扫去。

“咚！”

这个地方天崩地裂，爆发了大决战。

“哧！”

同一时间，石昊身上飞出一物，那是一座塔，没入柳树的树冠中。

“啊！”

那是小塔的声音，它的另一半残体冲了出来，见到自己的这部分残体，惊喜莫名。两者碰撞在一起，形成一座九层骨塔，雪白如玉。

“轰！”

帝落时代的那位准仙帝的残躯突然发光，没入塔身中。

这股气息太恐怖了，让小塔大叫不止。

到了最后，小塔的塔身璀璨刺目，由于融入了准仙帝骨，它还增加了一层，化作十层塔身。

“轰！”

这座塔震动起来，轰向羽帝。

“他化自在，他化万古！”

石昊拼命了，那如同咒语般的声音从他的口中喝出。他再一次尝试，想要决一死战。

现在，只有两大准仙帝镇压他，石昊嘶吼着，焚烧浑身的精血，不计代价，也要施展他化自在大法。

“轰隆！”

终于，一道模糊的身影降落，石昊最终化出一个自己，爆发无量威压。这道身影跟此时的真身一般，浑身是伤，仿佛穿越万古而来。

石昊嘶吼着，此战没有退路，唯有以命相搏！

第1732章 轰击两位准仙帝

一路大战，石昊与两位准仙帝战到白热化，这是准仙帝间的生死大决战！

混沌海茫茫，在几大强者的冲击下，动荡不止，不断崩裂，不时有界生与界灭，开天之力澎湃不止。

事已至此，苍帝、鸿帝也拼命了，现在石昊化出一道真身来，等于跟他们单独开战，对他们非常不利。

他化自在大法化出的另一个石昊冷漠无情，与他的真身毫无区别。

这不是一般的法体，不是分身，而是一道真身。

这相当骇人！

这时，苍帝、鸿帝一同施展法相，同时祭出一道又一道分身，希望依旧占据绝对优势，镇压石昊。

然而，现在的石昊拥有两道真身，同样都能分出化身，参与生死大战。

果然，两道真身都化出了几道身影，过去法体、未来战体、当世无敌身……一起浮现。

两道真身，两个石昊本尊都是如此，皆能显化诸多法体。

一刹那，大战激烈无比，此地到处都是身影，到处都是神力波动。

混沌翻腾，不断撕裂出大裂缝，开辟出世界。

无数的雷电缠绕在这里，这是灭世般的天劫。混沌闪电交织，密密麻麻，要毁灭破坏平衡的生灵。

可惜，这种可以毁掉大世界的雷霆对于准仙帝级修士来说已经失效了，并不能惩罚他们。

有人施展出三头六臂的神通，增加自己的战力。

有人施展千臂法相，法力飙升，撕裂天地。

紧接着，又有人催动全身的精血，施展秘术，法力、速度、肉身强度等全面提升，战力大增。

战况激烈，他们纷纷施展手段，在最短的时间内化出分身，提升极限力量，这里彻底混乱了。

这么多道身影纠缠在一起，打得混沌海沸腾，虚空湮灭，惊险无比。

在这场大战中，石昊神通尽出，法则无穷，拼命厮杀。

两位准仙帝也是如此，脸色早已变了，现在他们遇上了大麻烦，战况前后发生了逆转，不再是三位准仙帝镇压一位准仙帝，而是两人对两人。

他化自在凝聚出的身影跟真身没有任何区别，同样能祭出分身等。

“轰！”

苍帝被石昊一掌拍击在胸膛上，大口吐血。

战到最后，那所谓的化身等都敛去了，因为化身不同于真身，早晚会消耗殆尽，需要重新施展。

对于他们来说，这没有意义了，他们都掌握这样的法，可以有效地对冲掉。

大战至现在，两位准仙帝对决石昊的两大真身，这才是根本！

“祭灭万物！”苍帝大吼。他浑身发出乌光，扭曲了空间，让混沌都在崩溃、瓦解，化成他的本源之力。

一座祭坛浮现而出，苍帝盘坐在上，口诵真言，催动属于他的无上秘法，与石昊拼命。

现在又回到了一对一的决战中，苍帝不得不手段尽出，不惜炼化准仙帝级真血，与石昊对决。

“轰隆！”

天地茫茫，混沌海化形，整体化作一座祭坛，景象恐怖。

而苍帝所盘坐的小祭坛则成为核心，在混沌祭坛内，他的法相乌光迸发，施展准仙帝级的禁忌秘术。

这是他所开创的体系中的最高大法！

身为准仙帝，苍帝手段盖世。

在此之前，苍帝曾施展过祭天、祭地、祭英灵之神通，想要炼化石昊，结果失败了。现在，他催动此法，对自身消耗更大，因为将自己先“摆放”在了祭坛上。

杀敌一千，自损八百，这是典型的霸道之法。

若非被逼到了这一步，他也不至于这样，让自己都陷入危局中。

这片混沌海化作的祭坛太神秘了，有袅袅青烟飘起，像在向什么生灵献祭。

“轰！”

石昊被一股巨大的力量撕扯着，要被牵引到祭坛上。他的真身一下子放大到顶天立地的模样，要撑破这片混沌海，破灭对方的法。

这是一个祭坛世界，祭炼当中的所有生灵。

这是以献祭、活祭的形式攻击敌手，若是遭劫，生不如死。

“轰隆隆！”

巨大的祭坛依旧撕扯着石昊的法体，要将他活祭，斩落于世间。

“祭灭！”苍帝大吼。他满头灰发越发暗淡了，一身精气神都在焚烧，体内血光暗淡，他的消耗太大了。

“轰！”

石昊的躯体发出无量光，那巨大的躯体挤满了混沌祭坛世界，万法齐出，一下子激荡出毁灭万物之力。

“轰！”

石昊将全身大半的法力集于右掌中，在那里发光，凝聚成一物，绝世璀璨，最后浮现出一柄巨斧。

而后，石昊猛力将巨斧抡动起来，法则声音隆隆。这柄大道之斧发出阵阵炽盛的光辉，无坚不摧，连混沌亦可轻易破开。

伴着石昊一声大喝，这柄巨斧劈开了混沌祭坛世界，整片天地都爆开了，那巨大的祭坛自然化作了两半！

巨斧是由大道符文构建而成的，璀璨刺目，它立劈而下时，自然将混沌祭坛内部的那座小祭坛也劈开了，包括上面的苍帝。

这一击太恐怖，苍帝未料到自己最强大的法会被破开，连带着他都被劈中。

现在，苍帝哪怕手臂被击中，依旧在对抗。

石昊披头散发，眼睛赤红，他现在竭尽所能，就是想斩灭对方，时间对他来说太重要了。

“噗！”

到了最后，两大强者纠缠着，闯进混沌深处，石昊一拳击中苍帝的身体。

苍帝怒啸，从古至今，他还从未有过这样的败绩。他觉得有些屈辱，堂堂一代准仙帝，居然被人轰成了重伤。

苍帝准备重组躯体，没料到那血肉间蕴含着石昊的秩序规则，让他的身体不能完好如初。

“噗！”

石昊捏拳印，又一次将苍帝击中，并且一指刺中他的眉心，攻击其元神。

“我为准仙帝，万古不灭！”苍帝大吼，极力挣扎、对抗着。

准仙帝确实难斩灭，不然的话，帝落时代那个生灵的大道之火就不会焚烧到现在了。

至于另一边，混沌海中的另一处战场，大战同样很激烈。

石昊另一道真身在跟鸿帝大战，两者战得时间长河浮现，都要改道了，他们的战况太激烈，影响了古今未来。

可以看到，一束又一束光飞出，有的在万古前显化，照亮那片星空；有的光华冲向未来，在亿万年后流转，符文漫天。

不过，这些光束并未触及生灵，也没有真正改变什么走向。

“荒，我承认你很强，不过哪怕你胜过我，又能如何？最终还是要陨落。”鸿帝说道。

“你哪里来的自信？灭了你，万古成空，还谈什么胜负与陨落！”石昊嘶吼。

“轰！”

在石昊背后浮现出一对巨大的羽翼，阴阳二气流转，轰然碰撞。石昊驾驭羽翼，催动无上法力，向前轰去。

这对翅膀是道法的体现，融合了鲲鹏、真凰、雷帝等诸天强者的神翅，而后被石昊演绎，推向了更高层次。

此时，一对法翅便如同天地的黑与白、阴与阳，是对立两面的体现，轰然爆发，法力盖世。

“砰！”

鸿帝被这对翅膀轰飞了。石昊捏拳印，不灭奥义、六道轮回等诸天秘法融合为一拳，猛地砸出。

极尽升华后，那是他的法，他的大道。

无敌的气势迸发，石昊一拳砸中了鸿帝的头颅。

紫金冠炸开，漫天紫气崩散，鸿帝大叫一声，仰天栽倒，而后元神逃遁，带着精血向远方冲去。

准仙帝无敌，从不知道败退是何滋味，从古至今，他们都是一路无敌，横扫天下。

但是，今日鸿帝尝到了那种苦涩的失败滋味，被人挫败，他不得不逃遁，因为那个发狂的荒对他的威胁太大了。

哪怕准仙帝万古不灭，可被人不断轰击元神，对他的损害还是太惊人了。

到了这一步，石昊的两大真身都在行动，追击苍帝与鸿帝，要将他们镇压。

第1733章 最后的柳神

黑暗之地，这是另一处战场！

在这个地方，黑云密布，疆土崩裂，大地沉陷，从地下喷涌出的岩浆都是黑色的。

这是柳神在大战羽帝！

他们的大战无比激烈，整片大世界都被摧毁了，星空崩开，群星坠落，成为残土，不过黑暗之力依旧在弥漫。

在这片大地之下，有浓重的黑暗本源！

此时，没有选择，也无退路，唯有一战，原本祥和与宁静的柳神都施展了真火，在那里大战。

羽帝很强，为三位准仙帝中的最强者，当年就是他以弑帝战矛斩灭了帝落时代的那位先行者，而今他的矛锋上还有帝血呢。

“没用的，当年你不是我的对手，而今依旧不是！”羽帝冷漠无情，手持战矛，再次向前刺去。

“轰！”

虽然相隔亿万里远，但是战矛瞬间就到了，矛锋刺穿大宇宙，所向披靡，没有什么可以阻挡它！

赤红的战矛闪闪发光，看起来骇人至极。

“无耻，当年若非你们二人联手，真要单独一战，孰弱孰强，谁能说得清？”一座塔发出声音，它通体雪白晶莹，共有十层，散发浩大的准仙帝威压。

这是小塔，它内心有一股不屈，还有一种遗憾与愤懑，它知道，那是准仙帝的骨骼融入塔身后带来的情绪。

“轰！”

柳神出击，此时树体璀璨晶莹，体外缭绕着一团火光，将它覆盖，令它看起来璀璨无边。

混沌枝条抽出，击在长矛上，铿锵作响，发出刺目的光。

同一时间，其他枝条舞动，化成秩序神链，密密麻麻，刺透宇宙，向羽帝的真身轰了过去。

“嗡！”

虚空震动，羽帝背后的一对神圣羽翼扇动间，罡风激荡亿万里，当场就将许多枝条化成的秩序震开了。

这对羽翼十分浩大，此时更是变大，化成了两件阔刀般的武器，向前劈斩而去，大宇宙被割裂。

“哧哧哧！”

不得不说，羽帝之强，震古烁今，他有几近无敌于天下之势，一对羽翼横扫天地间，将不少混沌枝条都斩断了。

“纳命来！”小塔咆哮，十层塔身发光，化出磅礴法相，俯冲了过去，砸向羽帝。

“当！”

羽帝很张狂，右手持战矛对抗柳神，左手抬起来，就对这座塔轰了一记，掌指发光，绚烂夺目。

“砰”的一声，小塔被震开，准仙帝威压在这里弥漫，激烈碰撞。

“我与你拼了！”小塔咆哮道。它融合了准仙帝的骨骼，足够坚硬与强大，化出太古山岳般巨大的法体，不断轰砸过来。

同时，它在弥漫空间法则之力，想要定住羽帝并将他收进塔身内。

“区区准仙帝残骨，能奈我何？”羽帝冷冷地说道，根本就无惧。他捏法印，跟小塔不断地碰撞，发出刺目的光。

“当！”

此时，柳神与羽帝也在激烈地对决，柳枝成千上万条，大道符文交织，在这里激荡。

“我无敌于天下，望穿古今没有对手，残火焚烧，又能如何？你们逆不了天，都给我臣服吧！”羽帝无比自负，攻势更加猛烈了。

“砰！”

柳神倒飞而去，树体上的准仙帝火焰明灭不定，被击得一阵剧烈跳动，摇曳出更为璀璨的光彩。

羽帝提着战矛，向前刺去，他想一矛洞穿这株柳树。

“哧！”

这一刻，柳神爆发无量神威，化形为人形，白衣舞动，风华绝代，体外被火光覆盖了。

柳神很朦胧，通体都是火光，被准仙帝火拥簇着，沐浴不死之神焰。

“轰！”

柳神一掌拍出，其音滚滚，震动天上地下，掌心中喷出无尽的金色符号，都是至高大道奥义。

“当”的一声，矛锋被震开，柳神欺身而进，近距离与羽帝搏斗。

“敢这么跟我交手的人都殒命了！”羽帝冷冷地说道。他的确有无敌的本钱，身体迅疾无比，光束都跟不上他的速度。他翻手间，大宇宙被撕裂，雷电无穷，攻向柳神。

“哧！”

柳神眸子发光，双手接引，轰出六道轮回大法。虚空中，六个黑洞浮现，将所有雷电全部吞噬。

而今，柳神早已恢复昔日记忆，整个仙古法它都精通，随手可以施展，再加上准仙帝火焰跟它融合了，现在它的气息极其惊人。

帝落时代的强者的道行和法，如今都出现在了柳神的身上，给予了它源源不绝的战力。

昔日，帝火之魂离去，重归界海那一边，化作一团火，摹刻天下万道，融汇世间无尽法，而今再次归来，就是为了击败这边的准仙帝。

下一刻，小塔被召唤而来，悬在柳神的头上。

“哧！”

柳神接连结法印，而后猛力拍出，它的身体化成了一道白光，和羽帝纠缠在一起，不断大战。

那矛锋刺来时，柳神头上的塔便不断洒落大道符文，全部阻挡住了。

“残身而已，凭什么跟我激斗？我看你能拖延战斗到几时！”羽帝冷漠无比地道。他知道对方在为荒争取时间呢。

“轰！”

柳神此时杀气腾腾，竭尽所能，与羽帝大战。

“噗！”

羽帝的肩头被刺中，一根柳枝从虚空中突然出现，刺进他的躯体内。

“让我淌血了，你的下场会很凄惨！”羽帝脸色冷酷。

自始至终，柳神都一言不发。此时，柳神疯狂攻击，白衣飘舞，看起来超尘脱俗，如同出世者。

这一战很激烈，柳神拼尽所能，居然拖住了羽帝。两者间大道符文绽放，漫天都是，同时光芒不断迸发。

最终，他们也闯进了混沌海中。

“陨落吧！”羽帝嘶吼。他动怒了，始终没有击灭那一树一塔，让他杀意弥漫。

“轰隆”一声，羽帝的体外浮现成千上万的仙羽，化作绝世仙箭，密密麻麻，向柳神和小塔那里飞射而去。

这可是准仙帝级的羽箭，是羽帝本体羽毛所化，威能无穷，一根羽箭就足以破灭一界，更不要说这么多了。

所幸柳神躲避了过去。而混沌海千疮百孔，被羽箭刺得不成样子，而后又生生开辟出一些世界来。

一箭一世界！

“嗡！”

这些羽箭又再次浮现，倒转而回，不射中目标不停下。

“哧！”

一片又一片叶子从空中飘落，有碧绿色的，有金色的，灿烂无比。

“轰”的一声，成千上万片柳叶飘浮而起，化成火光，轰向那些羽箭。

最终，它们碰撞在一起，爆发出滔天威能。

当一切安静下来时，地上满是残破的叶片。

柳神倒退，嘴角溢血。

此时，柳神是宁静的，也是安详的，无惧死亡。

准仙帝火焰略微暗淡，露出柳神的真容，白衣带着斑斑血迹，如凄艳的赤色花朵绽放，柳神面容美丽，清秀绝伦。

这是一个风华绝代的强者。

柳神像是女性，却穿着男子的衣服，也是男子打扮，丰姿绝世。

柳神不是准仙帝，不过是在驾驭一团准仙帝火焰而已，两者融合在一起，就跟羽帝战到这一步，足以傲视古今。

柳神一如过去，风采无双。无论是败还是胜，柳神都令人难忘，有一种绝世气质。

柳神轻斥，声音略带磁性，哪怕是在最后的激烈搏斗中，依旧风采过人，没有狰狞之意。

“轰！”

大战到这一步，事实上已经接近尾声了。

柳神毕竟不是自己修来的准仙帝级力量，而只是跟准仙帝火焰融合。

“砰砰砰！”

柳神倒退，其身上的准仙帝火焰越发明灭不定了，被羽帝轰击得剧烈地摇曳。

“我的生命走向了终点。”柳神平和地开口，对混沌尽头的石昊传音，告知了这里的真实情况，让他做好最坏的准备。

“柳神，退啊！”石昊大吼。他疯狂追杀两位准仙帝，想要结果他们的性命，因为一旦让他们逃走，缓过气来，那他就前功尽弃了。

可是现在，柳神遇到了大危机。

“你自己保重！”这是柳神最后的叮咛。

石昊长啸一声，肝胆欲裂，发疯般出手，近乎要自爆躯体了，但依旧未能立刻斩灭对手。

石昊近乎绝望了，焚烧真血，发疯般重创对手，而后他舍弃这里，向柳神那里攻去。

他知道柳神遇上了绝境，羽帝太强大了，估计柳神想逃都逃不了，要彻底陨落了。

石昊杀来了！

他看到小塔被羽帝击穿，塔身四分五裂，虽然羽帝那只手掌也受伤了，但他终究攻破了小塔的防御。

哪怕小塔融合了准仙帝的骨骼，也承受不住，被打碎了。

柳神焚烧真身，催动最后的准仙帝火焰，要跟敌手玉石俱焚。

“柳神，不要啊！”石昊呼喊。

“我尽力了。”柳神说道。

柳神的生命走向了终点，但哪怕最后这一刻，柳神也是祥和的。

而后，柳神带着火光，向羽帝扑去。

“轰”的一声，火光覆盖了羽帝，在这里焚烧，混沌海鼎沸。

“啊！”羽帝大吼，剧烈地挣动。

这不是他所愿意面对的情景，准仙帝火焰跟柳神融合在一起，熊熊燃烧，让羽帝都心惊肉跳。

一般情况下，他是不愿意触碰准仙帝火焰的，怕被对方侵蚀。

准仙帝火焰有各种诡异之处，曾孕育准仙帝的生命印记，现在化成了这个样子，万一落入其他准仙帝体内，说不定可以斩灭对方。

现在，羽帝全力对抗准仙帝火焰。

石昊疯狂攻向羽帝。

“轰隆！”

这个时候，准仙帝火焰爆发，裹着羽帝在那里绽放，烈焰焚混沌，一片混乱。

“啊！”

羽帝怒吼，浑身焦黑，一片破败，被那准仙帝火焰烧伤了本源。

“噗！”

那团火也炸开了，柳神的身影跟着变得模糊了，漫天都是柳叶凋零，化成灰烬。

柳神化成本体，但树体很快就折断了，焚烧着。

石昊发狂，不断攻向前，全部打在羽帝的身上，而后他又释放出海量的生命精气，以及祭出血精，滋养那株走向毁灭的树体。

大半株树体化作灰烬，到头来，只剩下一段树桩，枯死在那里。

“柳神！”石昊悲呼。他竭尽所能，也只保住了柳神的根茎以及一段焦黑的树桩。

第1734章 三万年大战

一段焦黑的树桩，生机尽灭，孤零零的，枯死在了那里。

这一幕深深刺痛了石昊，他悲怆无比，仰天长啸，一头浓密的黑发暴长，割裂天宇，他如同魔化了一般。

自少年时开始，他便一直在追寻着柳神的脚步，希冀有朝一日可以与它并肩作战。

柳神在少年石昊心中留下了太深刻的印象，影响了他的一生，他之所以踏上这条路，就是因为柳神。

他怎能接受这个结局？柳神殒命在了他的面前！

“柳神！”石昊大悲，伸出双手，想阻挡这一切，可是已成定局，他改变不了什么。

自从成为准仙帝后，外物很难动摇石昊的本心，虽然他不像苍帝、鸿帝、羽帝那么冷漠，但一般的悲欢离合难以让他情绪失控。

可是现在，他双眼模糊，泪水不断滚落。多少年了，他都没有这么凄怆。

石昊忍不住大哭出声。

或许，从未有这样哭泣的准仙帝，但是石昊抑制不住，如同一个悲伤与迷茫的孩子，泪水模糊了双眼。

柳神就这么离去了，化成一段焦黑的树桩，下场太可悲了！

“我终于追上了你的脚步，可以跟你并肩作战了，能挡在你的前面，可是……你却不在了！”石昊心中难受。

若没有柳神，就没有现在的石昊。

历经诸多生死磨难，小石终于崛起。

柳神却早已独自上路，谁都不知道界海这一边究竟怎样，但是谁都明白这里一定有很可怕的危险。

柳神依旧上路了，不为成帝，只为平乱，这就是柳神的初衷，至于个人生死，早已被其置之度外。

事实上，曾有一批仙王都如此，前仆后继，闯入界海深处，哪怕明知可能是一条死路，也不畏缩。

他们想以生命开路，为后来者留下更多线索。

这是一群可敬的人，也是一群可悲的强者，大多数人都殒命了！

黑暗之地依旧迷雾重重。

石昊黯然神伤，他已经尽力了，在最短的时间内成就准仙帝位，打破神话，开创古今从未有之奇迹。

他没有耽搁，一路闯了过来，因为他一直在担忧柳神，想早一天见到它，就怕它出意外。可惜，到头来他还是没能改变什么。

柳神为了他，拼死缠住羽帝，绝对是拿命来拼，为他争取时间，帮他换来生机，而自身却这样可悲。

“我还是不够强啊，我来晚了！”石昊自责。

他前行的动力，就是为了追赶柳神的脚步，那是他少年时就立下的目标，现在却是大悲过后一场空。

其实，他已经足够努力了，有谁可在一个纪元内崛起，成为仙王后又破入准帝境？从未有过！

他来界海这一边已经够快了，但很可惜，还是晚了！

“啊！”

石昊如同入魔了一般，仰天咆哮，原本清秀的他如同一个盖世大魔王，疯狂出击，将羽帝镇压在下。

羽帝遇到了大麻烦，因为那团火覆盖了他，在侵蚀他的躯体，更要刺入他的灵魂中。

准仙帝古来只有那么几位，一个个都神通广大，震古烁今，即便是帝落时代的那位先行者陨落了，其道火亦长存。

这么多年来，羽帝、苍帝都没有动它，就是怕它的最后一击，现在这团火爆发了。它没有了昔日准仙帝的主要意志，可以说那个人殒命了，却有一种本能，残存的执念与魂火驱使他敌视羽帝等人。

羽帝嘶吼，一双羽翼扇动间，天地崩开，混沌四溢，在这里开天辟地。

两个石昊真身一同镇压，让羽帝陷入绝境，他原本就被准仙准仙帝火光侵蚀，神魂受创，现在就更加不堪了。

同一时间，石昊施展秘法，将柳神送入无人可感知的空间，破开一片又一片残界。他自己如果不全力以赴，都难以寻到那个地方。

“柳神，你的根茎还在，黑暗之体也在，等我登临巅峰，一定会将你复活，还一个真正的你！”石昊自语。

柳神复活的希望渺茫，因为是准仙帝出手斩灭了柳神，在这样的状态下，其神魂都早已被磨灭了。

所能寄托的只是那黑暗柳神，石昊希望自己足够强大时能够逆转乾坤，再见真正之柳神。

石昊大吼，全力以赴，攻击羽帝。

石昊的一道真身顶天立地，右手中光芒闪烁，绚烂的仙光冲霄而起，在那里化出一柄巨斧，璀璨夺目。

“轰隆！”

而后，石昊将巨斧抡动下来，猛地向羽帝劈去。

“当！”

羽帝虽然遇到了大麻烦，但是一身战力摆在那里，他拼命驱逐准仙帝火光，并迎击石昊，以手中的弑帝战矛挡住巨斧。

火星四溅，这个地方崩碎了，什么都剩不下。这种盖世一击，超越了世人的理解。

在这个地方，激荡出的涟漪都可以破灭世界。

一刹那，光辉亿万丈，有大界被开辟出来。

天地崩溃，黑云滚滚，群星陨落，有大界覆灭，从此走向终点。

这就是准仙帝战，在对决中，开辟乾坤，又毁灭世界，生与灭不断流转。

“噗！”

另一个方向，石昊的他化自在身咆哮，掌指间发光，手持剑胎刺进了羽帝的后心。

“啊——”

羽帝大叫，仰天咆哮，一双羽翼振动，铺天盖地。他将体内的准仙帝火逼出一片，双翅猛振。

“哪里走！”石昊大吼，再次发起攻击。

事实上，羽帝走不了，他被那准仙帝火光束缚住了，如同被困在一个火域牢笼内。

“当！”

这一次，巨斧劈落，剑胎斩来，让羽帝咯血不止，踉跄倒退，浑身焦黑。

“羽帝，纳命来！”石昊大吼道，拼尽力气要斩灭他。

这一战，石昊不计后果，只为击灭羽帝。

无奈准仙帝实在难灭，哪怕身负重伤，被准仙帝火包裹着，不断遭受侵蚀，羽帝也在挣扎，百战不死。

尤其是，他手中的那根战矛很恐怖，每一次刺出都散发出亿万重仙光，具有极大的杀伤力。

此时，两人都疯狂了，一个为了保命，一个为了复仇，眼睛早已赤红。

三道身影纠缠在一起，比早先的大对决还要激烈。

“噗！”

巨斧落下，石昊将羽帝劈中，渗出的仙血蔓延亿万里，将混沌都湮灭了。

羽帝咆哮出声，这对他来说，是一种巨大的创伤，他的神魂都分为了两半，法体变大，撑破天地。

羽帝嘶吼着、挣扎着，依旧在对战，根本就不像是一个受重伤的生灵应有的表现。

石昊大吼着。另一个他手持剑胎，同时施展出平乱诀、草字剑诀、仙劫剑诀，这三大剑诀融合归一，被推向巅峰，极尽升华。

石昊以他准仙帝的道行演绎无上剑法，神威盖世。

“啊！”

羽帝暴怒，从古至今，他都是一路碾压敌手，还从来没有吃过这样的大亏。他的神魂燃烧，强行凝聚血液与残体，与石昊拼命。

不过，哪怕羽帝能重组在一起，拼成一个完整的躯体，上面依旧有一道道伤口，无法消失。那是石昊的法则在肆虐，一时间难以逼迫出来。

“授首！”石昊大吼道，挥动手中的巨斧，震开了弑帝战矛，火星四溅。巨斧切开混沌，斩在羽帝那巨大的法体上。

石昊再一次将羽帝重创，他冲了过去，进一步镇压羽帝。

此地雷霆滚滚，石昊动用这种秘法炼化羽帝，将他的一身精血都快耗尽了，不断斩其肉身，炼化其神魂。

可是，到头来石昊又遇到了早先的问题，就如同对决苍帝、鸿帝时一般，他击败了敌手，但没办法将其斩灭。

“你杀不死我，最终陨落的会是你，大势在我这一边！”羽帝咆哮，其神魂与真身没什么区别，元气大伤。他的眼神如同野兽般，带着野性，还有凛冽的杀气。

面对这样的威胁，石昊猛力催动大道之火，进行熬炼。

“啊！”

最可怕的局面到来了，鸿帝再现，紫气澎湃，杀意撕裂千古。他披散着长发，满身是伤，大步走来。

“你在劫难逃！”苍帝也来了，灰发乱舞，眼神冷酷。

这两人刚才都很惨，神魂被斩开，但就是不灭，他们以准仙帝之道行熬了下来。现在，他们虽然元气大伤，自身状态糟糕到极点，但还是赶来了，再不出现的话，或许羽帝真的会出现意外。

石昊难得安静下来，没有发狂。不过，当他再出手时，在场的几人莫不变色。

“轰！”

他召唤来准仙帝级骨冠，强行打入那被他镇压的羽帝神魂中，而后猛然催动，让这里一下子爆开了。

混沌大爆炸！

别说羽帝，就是石昊自己都在咯血。

“啊——”

羽帝嘶吼，神魂一寸一寸断裂后，破碎得不成样子，化作一簇又一簇的准仙帝火光。

“还是不死？！”石昊叹息，虽然早有预料，但还是难掩失望之色。

羽帝再现！

那狰狞的面容，那冷酷的眼神，无不说明他有多么愤怒。

“哧！”

石昊与他化自在身一起动了，冲向苍帝和鸿帝，迎上这两大强者。

“你要做什么？！”两人大喝。因为这一次石昊的出手很诡异，他彻底抱住了他们，浑身焚烧，散发出恐怖的气息。

他们预感到大事不妙，这是要玉石俱焚吗？

最终，抱着鸿帝的那个石昊忽然爆开了，包裹着鸿帝，拉着他一同走向毁灭。

另一边，石昊的真身也动了，将纠缠在一起的苍帝推进那爆开的光华中。

鸿帝凄厉地惨叫起来，同时，苍帝也在痛苦地嘶吼。

但是，相对来说，苍帝伤得并不是很重，他第一时间就摆脱了那可怖的光华之海。

石昊轻叹，不是他非要自损躯体，而是因为他化自在身有时间限制，他刚才预感到那道真身要消失了，故此他不计代价。

他化自在大法渐渐被石昊理解透了，他可以化出无上战体，但被时光所困，不能长存。而且，他化自在大法施展一次后，短时间根本不可能再施展。

羽帝、鸿帝都遭受了元神之伤，若非到了这个级别，早就形神俱灭了。毁灭准仙帝级法器、玉石俱焚等手段都不能带走他们的性命，这着实可怕。

“你还有什么手段？该上路了！”羽帝寒声道。

苍帝、鸿帝也一起逼来，都带着刺骨的杀意。

“你们神魂不稳，精血破散，谁死还不一定呢！”石昊冷冽地回应道。

接下来的大战，苍帝成为主力，对抗石昊。

另外两位准仙帝想要边战边恢复，不过遇到发狂的石昊，他们的如意算盘打空了，石昊如同疯魔了一般。他不计后果，不计代价，大战三位准仙帝，完全是在以命耗命。

这一战持续了数年，他们自混沌中打进了黑暗之地，又闯进终极古地。

他们全都放开了手脚，激烈地比拼。

岁月流逝！这是属于准仙帝的大战！

谁都无法料到，石昊与苍帝、鸿帝、羽帝会战到这般光景，整整一万年过去了，他们的战斗还没有停下来。

他们的躯体都残缺了，神魂亦是如此。

早先，羽帝被那团火覆盖，又被准仙帝级法器击中神魂，虽然熬了下来，但其实伤了魂魄之根基。

而鸿帝似乎伤得更重，被石昊的他化自在身抱着同归于尽，虽然他没有殒命，但这些年来其状态极其糟糕。

不然的话，石昊根本坚持不到现在。毕竟，他在跟三大准仙帝厮杀，一战就是上万年。

战到这一步，他们都想熬死对手，谁要是退缩的话，就会对谁极其不利，容易遭受阻击。

外界很难想象，这一战竟会持续如此之久！

事实上，这颠覆了过去的大战纪录。

他们征战了足足三万年，彼此都早已精血尽失，再这样下去的话，准仙帝也熬不住了。

“轰！”

大浪滔天，黑色的浪花向天宇席卷。

不知不觉间，他们杀到了界海中。

“你所在意的都在海的那一端，我们选那里为战场如何？”羽帝冷笑道。

“真不想毁掉那里啊，那是黑暗子民的孕育之地，这么放弃太可惜了。”鸿帝说道，嘴角带着冷酷。

第1735章 荒天帝

大战三万年，即便是准仙帝也快油尽灯枯了，他们时时战斗，一刻不停，这是巨大的消耗。

远远望去，四大强者都跟骷髅一般，血肉干枯，肤色暗淡，没有光彩，精血耗尽。战到这等境地，哪怕躯体受创，也淌不出血来了。

他们可以汲取天地精华，但是造出的精血抵不上他们现在的消耗，生命衰弱，魂火摇曳，有彻底熄灭的可能。

虽然准仙帝一时间杀不死，但是同层次的生灵慢慢与之对决，终究是可以让他们消亡的。

即便到了这一步，他们发出的神通依旧是最强的，不然的话，若挡不住对手的攻击，可能会有致命的威胁。

也正是因为如此，他们的精血才会耗光，神魂才会暗淡。身体时刻在付出，在消耗，谁能这样一直承受？

界海中，浪涛击天，四大强者依旧在舍生忘死地大战，对彼此的手段都尽知了，现在拼的是意志。

可惜，自从石昊爆开他化自在身后，就一直无法施展了，已经化不出另一道真身了。

事实上，就算没有自爆，他估计也难以化出另一道真身，因为三大准仙帝一直在纠缠，不给他机会，全力以赴地压制他。

起初，石昊疯狂跟他们大战，不愿离去。而三大准仙帝也发疯般阻击石昊，要在这一战中解决掉他，怕让他逃走后留下大患。

到了后来，他们则是被逼到了这一步，谁敢逃走，都会遭遇另外一方疯狂的反扑与阻击。

现在，支撑他们的是一股精气神，是一股必胜的信念！

鸿帝、羽帝心中觉得憋屈、愤怒，他们之前遭遇重创，跟石昊的对决发挥不出真正的威力，他们认为这是大战持续三万年的原因。

界海中，黑色浪花翻涌，不时浮现出一具又一具骸骨。

这些骸骨有的是亿万年前所留，有的是最近两三万年来战死的，因为黑暗大军上路了，他们已经攻向界海的另一端，在途中遇到阻挡后，一路横扫了过去。

有一部分生灵自接引古殿降临，还有一大部分生灵则是席卷界海。

石昊与三位准仙帝之战在界海中延续，他不想让三大强者登陆界海的另一端，可惜，再次大战千年后，战场还是偏移了。

最终，他们打到了堤坝外面。

岸上，人影绰绰，这么多年来，一直在激战。

仙域动荡不安，死伤了太多的修士，也不知道有多少英杰归于黄土。

接引古殿降临，打得各族强者毫无还手之力，黑暗大军接引曾经被侵蚀的黑暗族群加入他们。

值得庆幸的是，屠夫、卖假药的、养鸡的足够强大，曾在界海中击落两座接引古殿，并抢到一条传送之路，带领海中的一批老辈王者回归。不然的话，仙域可能就覆灭了！

哪怕如此，也很凄惨，战到这一日，英杰凋零，仙域被打得四分五裂，当年的浩瀚疆土变得残破了。

随后，就连卖假药的都战死了！这个生灵悟万道，壮大己身，都有了准仙帝光彩，可惜还是陨落了。

黑暗生灵太多，大军勇猛，当中也有极其恐怖的人物，有比九头生灵强横多倍的生灵，吞噬的仙王更多。

而在百余年前，养鸡的也陨落了，这位女葬王死在多位堕落王者的古咒之下。不过，她的死惹怒了葬地，多位葬王出世，原本他们是起源古器造就的生灵，得益于黑暗本源的侵蚀，现在却反抗接引古殿。

最为关键的是，葬士的始祖出世了！

谁都没有想到，养着一些凰鸟的女葬士竟是葬士始祖的后代！

这位始祖是第一个接触起源古器的生灵，但是他已经消失亿万年，沉寂不知道多少个纪元了。

所有人都以为他逝去了，但是，谁能想到他又出世了，他竟自封于一个瓦罐中，埋葬在葬地下。

葬士的始祖自称葬主，的确无比强大，比他的后人还厉害一些，但很可惜，依旧差了那么一点，没有成为准仙帝。

他当年去过界海，但又逃回来了，他曾觉察到界海那一端恐怖无边，这么多年来一直在蛰伏。

他的加入，让屠夫的压力减少了不小。

葬主身上的准仙帝之光很浓郁，法力雄浑，比屠夫只强不弱。不过，仙域、葬地的强者还是越来越少了，不断凋零，一批强者相继陨落。

石昊回归，挡住三大强者，在临近堤坝的界海中对决，这震动了仙域各族，让黑暗生灵也都发呆。

准仙帝大战实在太激烈了！

远远望去，那几道身影都变得浑身残缺、血肉干瘪了。

所有人都倒退，战到这个地步，谁上去都没用，那个层次的战斗他们参与不了。

"荒，他是荒！"

终于，有人大叫出声，非常激动，同时震惊无比。

石昊一走就是数十万年，消失太久了。

石昊曾在界海中孤独地旅行，走了很多万年，离开仙域很久了。相对来说，界海中的生灵，比如说屠夫等人，倒是在三万多年前见到过他。

"石昊，你还活着！"堤坝后方的大地上传来熟悉的声音，带着情绪波动。

石昊回头，一眼认出那是小蚂蚁，他满身是伤，已经成为仙王。但是眼下他伤得极重，头上悬着的元母鼎都残缺了，手中的仙金大棍更是断裂了一截。

可以想象，这一战到底有多么可怕。

小蚂蚁是一条硬汉，在这么多年的大战中，他早已见惯了生死，可是眼下认出那个如同骷髅一般、正在与准仙帝决战的人是石昊后，他还是忍不住双眼发酸。

"石昊，你要为曹雨生等报仇啊！"小蚂蚁喊道。他是想激起石昊的斗志，让其更加有战意，因为他已经看出石昊是强弩之末，在苦苦支撑。

毕竟，石昊一个人在大战三位准仙帝！

"曹雨生怎么了?!"石昊声音嘶哑，这般问道。

"他战死了，魂归葬土，神魂被打散，只有残躯埋入葬土。"小蚂蚁的声音带着悲腔。

跟石昊同时代的人都殒命得差不多了，当年曹雨生跟他一起喝酒，一起吃肉，算是同时代的好友，而今却不在了。

小狗崽也葬在曹雨生的坟旁。

混元仙王和仙域中的几位巨头也都凋零了，若非有从界海回归的一批人，根本挡不住敌手。

然而，从界海回归的生灵也有一部分已经迷失，堕入黑暗，与他们为敌。

这是一个混乱的年代，到处都在征战。

“其他人呢？”石昊问道。他没有看到鸟爷、精璧大爷等。

“鸟爷、精璧大爷重伤垂死，被黑暗侵蚀，如今还在挣扎。”小蚂蚁说道，神色悲伤。

“黑暗柳神呢？”石昊问道。

“可能陨落了，它遭遇堕落仙王围攻，在最残酷的一战中消失了！”小蚂蚁答道。

“啊！”石昊嘶吼。

黑暗柳神陨落，真正的柳神还有希望复活吗？只剩下那焦黑的根茎与一段木桩了！

界海中，大战越发激烈，石昊发狂，跟三位准仙帝拼命，阻挡他们登上堤坝。他不允许三人跨上去，不然的话，仙域就彻底毁掉了。

这一战无比艰苦。

石昊很被动，因为他在努力阻挡三人，三大强者一旦有机会，就不时对他施展出撒手锏。

哪怕如此，石昊也艰苦阻挡了三大强者数百年。

仙域的大战依旧很惨烈，日月无光，一片狼藉。

即便是葬士来援也无用，自那接引古殿中而来的黑暗大军实在太多了。

“啊……”仙域中，有仙王大吼，神魂粉碎，光华照亮了残破宇宙。

“盘王！”有人悲呼。

盘王被黑暗巨头击灭了。

“啊！”屠夫长啸，冲了过去，手中的兵器化成璀璨仙光，斩向出手之人，灭其魂魄。

但这依旧不能改变什么，盘王已经战死了。

“老祖！”盘羿悲呼，冲向那片宇宙，想要抓住什么。

界海中，石昊怒发冲冠，但是他被挡住了，三大准仙帝围攻他，让他根本无力援手。

“盘王于我有大恩，以荒之名号令天地大道，若有因果尽加吾身，庇护盘王！”石昊嘶吼道。

虽然他的声音很低沉，但是言出即法，这是准仙帝的力量，化作涟漪，笼罩那片星空。

可是，这样施展出无上奥义，让石昊自身遭受了重击，三大准仙帝皆冷笑，对他无情出手。

远方，残破的仙域中，那片宇宙间，盘王的肉身重组，破灭的元神有点滴凝聚，没入其躯。

显然，准仙帝的能力也是有限的，石昊之所以能如此，是因为盘王的肉身还在，元神残留了一点。

盘王是堕落仙王所杀，并非准仙帝灭杀，因此还有一线生机。

“哧！”最终，盘王发光，化成一株蟠桃仙树，这是他的本体，被一团光包裹着，撕开虚空，就此消失了。

很可惜，石昊哪怕费力庇护，盘王的意志还是消散了，只留下树体和本能。或许千百万年后，盘王新的意志会诞生，唤醒前世残留的点滴记忆。

“嗷……”一头金毛犼被击中了。

石昊双目炽盛，认出了那是他曾经降伏的坐骑。

“你还有几分力气帮别人？”羽帝大笑。

石昊的确涌起一股无力感，强行庇护盘王，已经让他吃了大亏，耗去了不少精气神。

“金毛犼！”石昊低吼，依旧想支援。

“不必了，我先走一步！”金毛犼这一刻竟如此刚烈，焚烧自己的残魂，点燃自己，冲向对手。

“轰！”最终，那里腾起阵阵恐怖的光束。

石昊低吼，双眉倒竖。他注意到了，那片区域格外与众不同。小蚂蚁在那里征战，金毛犼在那里战死，盘王的陨落地也离那里不远。

“杀！”有人大吼道。在那里，有一批大军在结阵。同时，有大旗招展，竟然书写的是“天庭”二字。

很快，石昊看到一个长得跟他很像的年轻人，那个年轻人极其勇猛，是一位仙王。在那名年轻王者的后方，大阵激荡，仙威弥漫。八百老兵嘶吼着，呐喊着，各自抱着阵旗，组成仙王法阵，跟他一起冲击。

这一刻，石昊眼中差点有热泪滚落。

那个年轻人，石昊自然知道，是他的亲子，竟然在这最可怕的动乱年代出世，参与了这一战。

让石昊差点落泪的，最主要的还是那八百老兵，那是曾经追随过他的老兵，而今又跟着他的亲子出世了！

边荒七王的后人，还有来自石村的青壮，曾在末法时代追随石昊，组成八百子弟兵，一路跟他杀向九天。

岁月无情，末法无解。到了后来，只有穆青等有数几人还在他的身边，其他人都消失了。

世间一致认为，八百老兵必然都老死在了岁月中，石昊为他们立下过墓碑，许多人见到他曾亲自去祭奠他们。事实上，石昊以神源将八百子弟兵封住了，最后他们跟石村一起消失了。

“我等饮过仙王血，早已获得新生，修炼漫长岁月，就当在此决战！死，是战者的归宿，英魂重归故里，有何惧哉！”八百老兵咆哮道，守护在小石头左右，组成大阵，跟着他冲击。

石昊曾封印这些老人，也给他们留下大药、淬炼过的仙血，不想他们出世，希望他们安度余生，怎能料到连他们也都杀出来了。

小蚂蚁早先没有告诉石昊，是不想引起三大准仙帝的注意力，怕他们阻击石昊的亲子。

老兵喋血，有人陨落了。

“荒天帝！”有老兵在大喊，看向界海的方向。

“啊……”石昊咆哮着，如同受伤的野兽。看到老兵们都跟着他的亲子杀了出来，在那里大决战，不断有人殒命，他眼睛都红了。

“荒天帝！”八百老兵像是有所感，望向这个方向，大吼着，悲啸着。

“轰！”

三大准仙帝重创石昊，终究还是登上了堤坝世界，硬闯总比防守容易。

“呵呵，哈哈……”羽帝大笑不止。

“荒，你死定了，我们登上这片世界之时，就是你的末日！”鸿帝笑得很冷酷，杀气腾腾。

石昊俯冲，来到堤坝上，阻挡了三大准仙帝。

“没用的，已经晚了，平衡已经被打破！”苍帝冷冷地说道。他一张嘴，附近的堕落王者的躯体中有黑雾腾起，些许血光没入苍帝口中。

“呵呵，哈哈……”羽帝笑得很张狂，一对巨大的翅膀鼓荡间，他的身上出现丝丝血迹，多了一些精气神。

这的确打破了平衡！

这些年来，他们跟石昊大战不止，比拼到了最残酷的境地，自身的精血都耗尽了，再也无法重生，因为消耗太大了。

来到这里后，堕落王者身上竟有他们需要的残血。

“我等当年曾赐下稀薄的帝血，造就出一些统领，虽然很少，但是足以打破平衡了！”鸿帝说道。

堕落王者中的巨头，当即都陨落了。

这是一件很可怕的事，虽然他们所获取的精气神不多，但是可以破开平衡。并且，黑暗生灵身上腾起的黑雾都疯狂地涌向他们，那是最本源的黑暗物质，可以有效地补充他们所需。

“此战可以结束了！”苍帝说道。

三大准仙帝认为平衡被打破后，他们将慢慢占据上风，可以斩灭石昊，尤其这里是仙域，会让对方投鼠忌器。

仙域的一些强者浑身冰冷，他们都听到了，因为准仙帝的声音传遍了这一界。

“杀！”小蚂蚁大吼。其他仙王跟着响应，激烈拼搏，继续大战。

“我想攻向那里！”这个时候，那个年轻的和石昊很像的仙王，向他这个方向冲来。

在年轻仙王的身边，那些老兵忠诚无比，守护着他。

“父亲，我身上流淌着你的血，我的神魂亦是你生命的延续，我能为你补充一丝精血和一些战力！”小石头在心中低语，在传音。

石昊霍地抬头，他听到了，父子间有莫名的感应。

这一刻，他发丝乱舞，眼神可怕，浑身都在微微颤抖，怎能如此！

八百老兵像是也有感应，悲啸着，跟着一起向前冲击。

“我有父有母，有长辈，却不能见，将妻子、子嗣、故人等全部封印。岁月流逝，一去不回，我只能孤独地征战。到了而今，我连亲子都要失去吗？啊——”石昊心中淌血，仰天长啸。他有无尽的悲意与杀意，浑身都在散发炽盛的光。

第1736章 石氏兄弟

石昊散发出的气息无比恐怖，浑身仿佛都在燃烧，大道符文化成仙焰，腾腾跳动，整个人璀璨夺目。

他此时在颤抖，悲意与杀意同时激荡，同时有一股凄凉之感。回首遥望，多少故人逝去了？昔日，他还是小石，一路走来，经历了血与乱，从少年征战到今日的准仙帝。

一切恍若还在昨日！时至今日，两百万年过去了。

“轰！”远处，小石头杀来了，他与堕落仙王对决，伤口遍布全身。他真的很强，击败了老牌王者。

八百老兵，有些人仰头栽倒在半空，化成了血与骨，可生者还是追随在小石头的左右，跟着冲击。

他们想要保护小石头，挥动仙王战旗，一个个都很苍老了，但依旧有一股不屈的精气神。

八百子弟兵当年曾一路跟随石昊征战，哪怕而今早已经追不上他的脚步了，但是一腔热血依旧还在。

他们忠心耿耿，守护石昊的子嗣，而今跟着小石头一起拼命。

小石头是他们看着长大的，即便早已超越他们不知多少，可这些老人依旧生死相随，跟着大战。或许，在他们看来，战死就是最好的归宿。那样的话，他们就可以回归故里九天十地了，跟当年死去的老兄弟、老死于岁月中的妻儿团聚，能够葬在同一片坟场中。

八百老兵早已不足半数，但一个个皆悍不畏死。至于小石头，他在积聚自己的血精，想要将之祭出，让父亲的真血复苏。

石昊大叫，仰天嘶吼，浑身都在战栗，满头黑发倒竖起来，爆发出的仙力无与伦比。

这一刻，石昊击倒了三大准仙帝，将他们生生压制得倒退。他挥动大罗剑胎，轰出自己霸道的拳印，要打破永恒。

苍帝、鸿帝、羽帝都纷纷倒退，满身都是伤痕，他们的眸子越发冷冽了。

“回去！”石昊对小石头他们暗中传音。他怎忍见自己的亲子拿血与魂来献祭给他？同时，他更加不忍看着八百老兵战死。

石昊一只手向前轰去，堕落王者接二连三地殒命，在这里造成恐怖的波动，景象骇人。

这就是准仙帝一击！

相隔亿万里远，石昊带着怒意，就这样将那片区域的黑暗生灵清空了。

至于小石头还有老兵，都被他送走，远离了那里。

不过，石昊这么做也付出了代价，他在跟三位准仙帝开战，这样转移注意力，耗去精神，自身再次遭创。

羽帝、鸿帝、苍帝都很冷漠无情，他们绝不会做有损自身的事，那所谓的情感等早已被斩断了。所以，战斗起来后，他们很可怕，真正不为外物所动。

“砰砰砰！”石昊跟三位准仙帝开战，果然处在劣势了，平衡已被打破。

虽然石昊心有悲愤，有一股可怕的怒意，爆发出至强的气息，但依旧处在下风。

三位准仙帝汲取到了稀薄的帝血，并在吞噬黑暗本源，此消彼长，石昊怎能无恙？

激烈对决，人影交织，最后，石昊踉跄倒退。他挡不住了，自身摇摇晃晃，险些倒下。

此时，他浑身皮包骨头，而对面那三大准仙帝的血肉则略微饱满了一些，有一些精血在体内重现。

“父亲！”小石头急眼了，再次向前冲击，并且这个时候他开始血祭自己，要让石昊恢复强大的战力。

沿途，有堕落仙王再次出现，阻击小石头。

“噗！”小石头勇猛无比，迎上前去，一拳轰中那名强者的胸膛，如同一个无敌的年轻战神。

不得不说，石族一脉勇力超凡，小石头继承了石昊的天赋与勇猛，在乱军中生生杀出一条路来。

老兵挥动仙王战旗，催动王级法阵，配合小石头，将他保护在中央。

“父亲！”小石头暗中大喊，让石昊接受血精和魂力。

小石头是石昊生命的延续，体内流淌着荒天帝的血，有着石昊的生命传承印记。

现在，小石头看到父亲有可能要陨落在这里，拼尽一切力量，祭出了自己的魂与本源真血。

只一刹那，小石头就衰弱了。

这本是一个龙精虎猛的年轻人，成就了仙王位，号称仙域自古以来最有潜力的生灵之一，现在却像完全失去了精气神。

小石头一下子仰头栽倒，浑身颤动，萎靡不振，他不计代价，不管石昊如何拒绝，先行血祭了自身。

父子间有一种天生存在的感应，石昊胸腔剧痛，整个人都要燃烧了，浑身在战栗着。

“我的孩子！”石昊黯然、悲愤，仰天长啸。

小石头从出生就没有享受过父母的宠溺，被封印了一段岁月，而后又被石昊解开封印，逼他踏上修行之路。那个时候，没有父母陪在身边，没有亲人在旁照料，他只能孤独地修行。

想到这些，石昊心中发堵，无比难受，现在他唯一的亲子就这么为他献祭了，怎能不让他肝肠寸断?

“我的孩子！”石昊咆哮道，眼中落泪。

那血与魂力自虚无中而来，跟他同源，被他的躯体所接引，无声无息而来，让他体内的生机复苏。

石昊的满腔悲意化成了一股熊熊燃烧的战意。

“轰！”石昊精气神恢复了一些，拼命跟三位准仙帝厮杀。

“砰”的一声，苍帝被石昊轰中，横飞了出去。

羽帝一声怒啸，在大叫着，因为他的一只翅膀被石昊扯了下来。

这一战极度恐怖，就是石昊也身负重创。

他们可以重组躯体，但是耗费太惊人，早先积聚的一些血精又快耗尽了。

三大准仙帝也发狂了，拼命吞噬堕落王者体内的血，结果导致黑暗大军中一下子倒下了不少强大的统领。

“父亲……”小石头虚弱地开口。他挣扎着，再次血祭，要送上自己最后的魂与血。

那些老兵眼睛发红，拖着残躯冲了上来，围住了他。

“孩子，不要啊！”他们大叫道。

“我的父亲在那边，他需要我。”小石头虚弱地说道。他仿佛回到了幼年，全身很无力，他在衰败中。

显然，三位准仙帝发现了这边的异常，觉察到了石昊恢复与变强的原因，开始疯狂出手。但是，石昊怎会容忍他们攻来？他发狂了，完全以玉石俱焚的手段与三人对决，再这样下去，他们注定要同归于尽。

“快……将我血祭，我没有力气了……送我的血与魂给我的父亲！”小石头虚弱地说道。

老兵们纷纷落泪，这个场面让他们怎能忍心？一个个老泪纵横。

“我自己来！”小石头强行坐了起来。

“不，你们带他走！”就在此时，一个身穿银甲的中年男子走来，一把按住了小石头的手，将他抱起，送给老兵。

“孩子，让你这个没有用的叔叔来代替你，我的身上也有与你父亲同源的血！”这个中年人说道。

他有些落寞，似乎此生有太多的遗憾，此时脸上却渐渐泛出了很强烈的光彩，人生像是有所寄托了。

他是秦昊——石昊的亲弟弟。

“叔！”小石头虚弱地叫道。

“快走！”秦昊说道，请老兵带走小石头。而后，他仰天一声咆哮，“砰”的一声，于此地献祭。

“叔叔！”小石头大叫。他自然知道这位叔叔，也听闻过关于这位叔叔的过去，但他从来没有想到这个近年来沉默寡言的叔叔会这样做。

“你是有潜力的孩子，叔叔没用，只能这样做了。”秦昊的声音传来。他很决绝，此生即将终结。

“给我消灭他们！”羽帝嘶吼道。他一念间，就要覆灭万物，毁掉那片天地，斩灭与石昊有关的所有人。

石昊发疯了，跟他们在堤坝上战到白热化，生生又将他们阻击到了界海中。他绝不能容忍三位准仙帝进一步行动。可是，他目眦欲裂，自己的弟弟最终也走上了这条路，他阻止不了。

“秦昊，你给我滚回去！”石昊怒道。他真的不想见到这一幕。

远方，黑暗生灵成群成片地集结，由堕落王者带队，攻了过去，阻击秦昊的血与魂，使之不能正常献祭。

八百老兵一起攻了过去，他们眼睛赤红，怎能让秦昊的血与魂付之东流？不过，堕落王者带队，实在太强大，他们挡不住。

“生活在黑暗中的渣子，都给我滚！”就在这时，一个男子的声音响起。他的目光撕裂天地，“砰”的一声，更是直接将一名堕落王者斩灭了。

这是一个看起来还很年轻的男子，身上却带着沧桑之气，他的一双眸子更是可怕无比。那是一双重瞳，可开天辟地，也可毁灭万物。

他是石毅，也是唯一一个在公平的大对决中曾经将石昊打得半废的同代人，尽管那一战中，他也近乎殒命。他成就了仙王位，杀到了这里，出手间施展出最强神通，将一名堕落王者斩灭。

石毅大吼，披头散发，浑身是伤，明显经历过可怕的大战，此时他的眸子炽盛得让人无法与他对视。

那一双瞳孔内符号密布，神秘莫测，拥有惊天之神威，让仙王都战栗。

“都给我滚！”石毅大喝。他的身体在痉挛，因为付出了很大的代价，这样斩灭仙王，在一招间决生死，他自然消耗巨大。

若是正常的战斗，怎么可能一招除掉堕落仙王？

“噗！”另一名堕落王者也被他的重瞳之光击灭了。其余的黑暗生灵跟他不在一个层次上，被他一巴掌全部拍晕了。

“堂……兄！”秦昊的血与魂还没有散开，见到石毅后，他这样虚弱地叫道。

“还有你，也滚吧！”石毅说道，对秦昊一点都不客气，大手一挥，将他的血与魂抓住，融合在一起，而后抛向远方。

“不，我还要献祭！”秦昊大叫。

“你那点血有什么用？并不是石昊的生命传承之血，而你自己更是连仙王都不是，走吧！”石毅冷漠地挥手，将他送走。

而后，他自己在这里献祭了！

许多人见到这一幕，忍不住大吼起来。

“宰了那些黑暗渣子！”

小蚂蚁眼睛赤红，向前杀去。

十冠王手持一株世界树，勇猛无比，疯狂攻击。

屠夫一怒之下，向前猛攻。

第1737章 异变

仙域打杀声震天，各路豪雄齐出手，反击黑暗大军。

石毅自身在解体，化成光雨，包裹着一团真血，而后猛然在这里蒸腾而起，刺目的光华照耀苍宇。

“轰”的一声，巨大的波澜震动这片星空。

许多人见到这一幕都不禁黯然，一代重瞳者在仙王中有无敌之资，而今却解体了。

“哈哈——”鸿帝大笑。

“你以为仙王之血有效吗？真是笑话！”苍帝冷淡地笑道，不以为意。

在苍帝看来，除却传承有石昊生命印记的真血，比如他的子嗣的血是他生命的延续，会有奇效外，其他近亲的血的效果不是很大。

然而，结果出乎准仙帝的预料。

那种血被祭出后，无声无息，竟被石昊的躯体隔着虚空快速吸收了，跟他融为一体，激增了他的活力。

这让鸿帝、苍帝都大吃一惊！

“昔日因，今日果，还你！”这是石毅最后的声音。而后，那片星空就彻底暗淡了，再也见不到他的身影。

仅有少部分人知道石毅所说的因果是什么。

“何必如此决绝？”石昊有些黯然。他自然知道石毅所说的因果是指什么。

昔日，重瞳者石毅曾得到石昊的至尊骨，那至尊骨蕴含着石昊的一丝真血，而今献祭后，对石昊的确有大用。因为在重瞳者石毅体内，的确还有石昊昔日的一丝真血流转。

“轰！”石昊气息强大，让三位准仙帝无比忌惮。

“我明白了！”远处，秦昊自语道。他知道了真血藏于何地，他虽然不是仙王，但体内也有石昊的血。

早先，石毅阻止了他，那是好意，想保住他的性命。

“我来也！”秦昊低吼。就在这一刻，他没有任何犹豫，再次献祭，很果断地化成了血与魂，轰然祭出。

当年，石昊临死前，曾将至尊骨送给秦昊，其体内也蕴藏着石昊的一丝真血，现在还上了。

…………

仙域大战激烈，而堤坝外的界海中的战斗更加惨烈。

石昊得到真血，自身血气逐渐旺盛，哪怕只有一丝，经过干枯的躯体的温养后，也完全不同了。可见，他们早先的消耗有多么大。

这些真血相当于引子，也像是种子，让他们枯竭的躯体再次焕发蓬勃的生机。

仙域内，各路高手大战。

十冠王挥动着世界树，所向披靡，他手中的宝树威能奇大，每次扫出都是一片黑暗生灵覆灭。

哪怕遇上黑暗王者，他也一路强势攻过去。

“轰！”黑暗生灵中有极其强大的人物手持重宝，攻了过来，挡住了十冠王。

远空，另一片天地，如同仙灵般的谪仙一袭蓝衣，空灵而出尘，正在大战黑暗生灵中的佼佼者。

“噗！”谪仙手段惊人，斩灭了一位王者。

另一地，麒麟咆哮，仙域这一方失利，此时一头雪白的麒麟从红色的泥沼中跃起。很可惜，一只黑色的大手覆盖而下，笼罩宇宙星空，“噗”的一声将它消灭了。

“小白！”太阴玉兔悲呼。

小白正是当年她所救助的那一只麒麟，成长起来后，早已无比强大，虽然不像小蚂蚁那么强大，但也足够厉害了。可惜，今日它被一个黑暗巨头一掌拍中，形神俱灭。

“走！”一声断喝响起，赤龙到了。它满身鳞片脱落大半，相当惨烈。

赤龙是石昊的弟子，更是十凶的后代，与小蚂蚁、白麒麟交情莫逆，现在白麒麟陨落了，这让它很悲恸。

但是，赤龙明白，如果此时逞强的话，他们也得死，故此它带着太阴玉兔急速而遁。

“当！”小蚂蚁出手。他现在是十凶后代中的第一人，手持破烂的仙金大棍轰砸而下，跟那个巨头硬碰硬。

力之极尽，神威盖世！

“噗！”小蚂蚁咯血，身体踉跄倒退。不过那个黑暗巨头的嘴角也有黑血溢出，并向后退出去了很多步。

小蚂蚁居然可以硬抗巨头！

下一刻，小蚂蚁浑身摇动，而后腾起一股恐怖的气息，他陷入了狂化之境，与黑暗巨头搏斗。

“当！”最终，黑暗巨头被小蚂蚁的仙金大棍砸得倒退，口中咯血，居然不能占据上风，有性命之忧了。

战到这一步，勇者胜，怯弱者死，气势很重要。

小蚂蚁完全豁出去了，故此所向披靡，越战越勇，渐渐有了一种无敌的气势。

就在此时，有几大强者一同出手，围攻小蚂蚁，要将他斩灭。

“敢逞凶！”屠夫在远处呵斥出声，探出一只大手向前拍去。

随着屠夫、葬主等强者的冲击，黑暗生灵有一批人倒了下去，大军被冲击得七零八落。

不过，这仅是局部胜出而已，仙域太大，征伐无数。渐渐地，仙域的修士陷入了被动中，毕竟黑暗生灵太多了。

石昊回首，正好见到一幕：一道身影雪衣鲜红，如同梅花绽放，她就那么殒命了。那是邀月公主，她在黑暗大军中死于非命。

同时，也并非所有生灵都有骨气，都敢征战到底，在这乱世来临时，仙域有一些族群早已投靠接引古殿。

“宁川，你真的投靠异域了吗？！”十冠王大喝。他万万没有想到当年跟他齐名的男子竟然投身黑暗，选择跟仙域的生灵为敌。

在十冠王的对面有一个出尘的男子，不得不说，他风采出众，很有气质，容貌比许多女子都漂亮。

正是六冠王宁川！

“谈不上背叛，我的祖上体内流淌的本就是黑暗之血，而我是他们的后裔，如今不过是认祖归宗罢了。”宁川平淡地道。

“那就纳命来！”十冠王向前攻去，气息很恐怖。

宁川并不曾进入仙王境，他虽然实力不错，但而今还是差了一些。他转身就走，在他的身畔有堕落仙王迎击十冠王。

“昔日，九天十地的守护者一脉也是黑暗生灵。”宁川回首道。

“到了现在，你还妄想挑拨离间吗？”十冠王轻斥。不过，他也有怀疑，因为独孤云那一脉体内的血液有时的确会转化为黑色，像被侵蚀了一般，而独孤云是守护者一脉的后人。

“我的祖上的确曾被黑暗侵蚀，但是复苏后，选择归于仙域，就如同现在与我们并肩作战的葬王，与黑暗一刀两断！”独孤云出现了。他修道两百万年了，如今为真仙，离仙王还有距离。

独孤云也攻向宁川。

十冠王则大战堕落王者。

仙域越发混乱，各地都在爆发大战，强者辈出，英才不断陨落。

“啊！”堤坝那里传来一声大吼。石昊体外腾起阵阵光芒，他得到真血滋养，气势不断攀升。

也是在这个时候，石昊知道了禁区之主、水晶头骨、金色手掌等的下落，他们居然都不在世间了。

他们是执念，早已活够了，当黑暗大军来临时，他们选择了征战。

昔日，他们就是在界海中陨落的，现在仅是执念，生无可恋，一战到底，因此都烟消云散了。

石昊得知这些消息后，心中悲凉，连禁区之主他们的最后一面他都没有见到，他忍不住低吼。

尽管对于那几人来说，殒命等于解脱，可石昊还是觉得很伤感，心有悲戚。

“噗！”

石昊看到宁川与独孤云大战，到头来两者同归于尽了。

随后，他看到十冠王手中的宝树炸开了，有巨头来袭，不止一个，同时攻击他，将世界树都打得崩坏了。

“啊！”十冠王大声嘶吼，披头散发。他真的很强，生生杀出了一条路。

屠夫、葬主接连出手，击灭了几名黑暗巨头。

另一边，谪仙不幸战死，他很强，也很惊艳，无奈被堕落王者围上了。即便他再强大，也寡不敌众，最终于星空中殒命。

太可惜了！

石昊都为之惋惜，无奈此时他腾不出手了！

那一幕幕都被石昊目睹，他的神魂受到巨大的触动，同时代的人没有剩下几个了，都战死在大动乱中。

一时间，石昊感觉自身的血气沸腾了，忍不住躁动，他的气息也更为强大了。

此时，小石头献祭了，他依旧选择这么做，为的只是让自己的父亲恢复到更强状态。

老兵守着小石头，此时皆悲恸地大吼出声。

就在此时，一条原始巨龙冲起，正是“天下第二”，也就是鸟爷。

鸟爷也在保护小石头，但是他自己选择了血祭，也改变不了什么。

鸟爷和精璧大爷都曾遭受重创，被黑暗侵蚀了躯体，此前他们一直在闭关，现在却冲了出来。

“噗！”老兵成片地战死，鸟爷也一头栽落。

精璧大爷出击，与黑暗诸王对决，他可是仙金之躯，最终却严重受损。

这一幕幕都映入石昊的眼中，故人一个一个地陨落，让他心中有一股情绪爆发了。

“轰！”石昊的体外腾起一股妖艳的光彩，刺目无比。

尤其是，当小石头献祭时，那道光彩更为浓烈了，让石昊整个人发生着一种极大的蜕变，如同要从残破的躯体中挣脱出另一个自己。

“嗯，这种气息？”羽帝感觉一阵悚然，那种妖异的光彩迸发而出，让石昊看起来很可怕。

“阻挡他，不能让他发生蜕变！”羽帝喝道。

三大准仙帝一同出手，向前镇压。

这一刻，天上地下，无论是在仙域，还是在葬地，抑或是在堤坝上与界海中，所有人都感觉到了一股让人灵魂战栗的气息。

石昊的残破身体在龟裂，仿佛要挣脱出一个全新的自己来。

“不可能，无人可以真正成功，他还妄想成仙帝不成？”苍帝沉声道。

这些话一出口，如同灭世天劫般，震动了诸天，闪电交织，隆隆作响。

“我不要你们殒命，我要你们的生命印记再现啊！”界海中，石昊大吼，仰天咆哮，其音震动古今未来，散发出一股磅礴而恐怖的气息，席卷诸界。

第1738章 极尽蜕变

石昊伤心欲绝，披头散发，仰头望着天，眼角挂着一行血迹。他咆哮着，有一股绝望的情绪在蔓延，其音如惊雷，震动诸天万域，气息磅礴无比。

认识的人，不认识的人，一个一个都陨落了，偌大的天地，同时代的没有剩下几人了。

立身于准仙帝巅峰，本应俯视诸天，傲视古今，他却有亲人不能见，有子保不住，故人、长辈一个个都被封印，死的死，伤的伤。

这个乱世太残酷了，诸王都在悲啸，下场都很凄惨，很可悲。

曾经辉煌到极致的仙域而今走向衰败，整片天地都在龟裂，都要被打残了。

流血的黄昏，诸神的黄昏，众仙的黄昏，所有激昂的、灿烂的、强大的、不朽的……那些人，那些传承，那些大族，那些神话，都在破灭。

一个时代的结束。

一种文明的终结。

一个纪元的终点。

石昊战到浑身是伤，整个人都癫狂了，他怎能不心酸？怎能没有遗憾？一腔热血尽归此战中！

界海中，大浪翻天，尸骨沉浮，随着准仙帝呼啸出的音波而剧烈地激荡。

三位准仙帝同时出手了，一起围攻石昊，阻止他进一步蜕变，怕他真的在这一世成就仙帝果位。

那是不可想象的，他们决不能容忍。

羽帝拍动一对神圣羽翼，伴着炫目的光雨，整个人如同披上不死战衣，手持弑帝战矛，向石昊奋力刺去。

羽帝绝世强大，气势散开后，震裂诸天。界海内，那浪花代表一个又一个残界，在他溢出的光雨中不断破灭。

那杆战矛威势太盛了，矛锋上缭绕着时间长河，刺透万古，到了眼前，威力绝伦！

“当！”

石昊挥动仙剑，劈了过去。这个地方一下子被湮灭了，界海炸开，混沌之气铺天盖地。

接着，两道身影快速纠缠在一起，炽盛的剑芒以及可怕的矛锋如同刺目的闪电一般，一道又一道划过。

随后，大雨倾盆，诸天异象纷呈，那是界海在演化。

在当中，有族群兴衰，有强者覆灭，有开天之景，有末日之象。

这些都是昔日发生的事。

“轰！”

两大强者碰撞。

此地是世界之海，一朵浪花化作一界，但是，在他们恐怖的威势下，滔天巨浪以及附近的大洋要被蒸干了。

苍帝出手了，整个人顶天立地，屹立在界海中，像存在亿万年岁月那么久远了，他巨大的躯体散发符号，神秘莫测。

那是咒语，化作有形的大道纹路。

在此地，苍帝构建祭台，整片界海都是逝去的无穷残界，一下子引发了共鸣，形成前所未有的恢宏祭台。

“十方俱灭！”苍帝咆哮道，跟羽帝的目的一样，阻挡石昊蜕变，怕他真的成为仙帝!

天地皆动，风云滚滚，界海内浮现出一座前所未有、撑破苍宇的古老祭坛，它散发恐怖的威压，镇压石昊。

“嗡！”

石昊的法则池子浮现，同样变得巨大无比，简直要将界海收进去，并飞向前去压制祭坛。

“纳命来！”鸿帝断喝，紫气东来，喷薄无量光。巨大的力量伴着他，令他整个人升华，极尽璀璨，像是紫色烈日中孕育的一位帝王。

在铿锵声中，鸿帝的身上披上了一层紫色的甲胄，那是他一身的精粹，法力、精神等凝聚在一起，他的本源大道符文流转。

“轰！”

身披帝王甲胄的鸿帝迸发滔天的紫光，右掌如刀锋，向石昊劈斩而去，璀璨的光华长达亿万里，斩断了界海。

三位准仙帝阻击石昊，不让他蜕变。

此时，石昊被绚烂的大道符文包裹着，风驰电掣，在界海中纵横冲击。他的体表，裂痕越来越多，越来越密，内部却有一股勃勃生机，的确像在经历蜕变。

“啊！”石昊大吼，在绝望中激战三位准仙帝。

想到那么多人殒命，再也见不到了，石昊胸腔中的恨与怒化作火光，战意沸腾，人都疯狂了。

石昊的神魂在嘶吼，身体在颤抖，怒意填充心海，有无尽的杀伐之气在爆发。

石昊拼命让自身的力量缓慢地增加着，裂开的老皮下有晶莹的光芒闪耀，像是要打破人体牢笼，挣脱出一个全新的真我。

“啊！”

羽帝嘶吼，阻击石昊的变化，一时间电闪雷鸣，大雨倾盆。准仙帝一旦拼命对决，昔日的强者、各种灭世景象都浮现了出来。

羽帝看着神圣，羽翼雪白而灿烂，但是成为准仙帝的存在，怎么可能是和平崛起的？

石昊早已松手，放出了那柄仙剑，与羽帝手中的赤红战矛碰撞，而他自己也捏拳印，同羽帝激烈对决。

“噗！”

羽帝的一只翅膀被折断了。

石昊的力量在缓慢变强，某种变化真实地在发生，不知不觉间，他的力量变得充沛了。

石昊徒手折断神圣古翅之后，依旧向前攻去，誓要铲除三大祸患。

三大准仙帝急眼了，以命相搏。

“纳命来！”石昊声音低沉，眼睛发红，战到了疯魔的地步。

小石头自身血祭，诸多故人陨落，仙域四分五裂，让石昊深深地绝望了，此时他处在一种奇异的状态中，如同入魔了。

但是，从战斗上来说，石昊也很专注，此时盯上了羽帝，一心想要除掉他。

“轰！”

浪涛冲天，界海沸腾。

这个地方光华冲霄，极其炽烈，拳光划过古今未来。

石昊再次折断羽帝的另一只翅膀。

羽帝不久前聚集而来的精血所造就的法体又残破了，血精在消逝！

羽帝痛苦地嘶吼着，猛力震动躯体，攻向石昊，他从未遭遇过这样的挫折。

大战了这么多年，石昊早已看出，羽帝一身法力的源泉尽在翅膀中，那对他非常重要，故此石昊拼命将其折断。

在此过程中，石昊也付出了一定的代价，他的左肩头被矛锋刺中，胸膛被羽帝的掌指击中。

但是，一切都值了！

此时，羽帝再次逝去大量血精与法力，身体变得衰弱。

石昊接连下狠手，掌指划过，破开永恒，让时间长河都变得暗淡、模糊了。

“砰！”

羽帝翻飞了出去，身体破烂，被斩了数十上百道剑光。但是，他终究为准仙帝，哪怕如此，依旧没有消亡，还有一战之力。

另外两大强者长啸，拼命阻挡。若羽帝败亡，他们的处境肯定很不妙。

“轰！”

石昊一拳轰向鸿帝，跟他那只覆盖着紫色帝王甲胄的手掌碰撞，一时间，火星四溅。

在震裂人耳膜的碰撞声中，石昊的拳头滴血，那血有他自己的，也有敌人的。

鸿帝瞳孔收缩，脸上有痛苦之色，他的体表暗淡，尤其是手掌那里，紫色甲胄破开了。那是道行的凝聚，甲胄是他的本源精华铸成的，现在受损了。

唯有在最关键的大决战中，鸿帝才会动用这副甲胄，现在被人破开了。

“啊——”鸿帝大吼。

这个时候的石昊正在跟鸿帝不死不休地大战，占据上风后，一边避开另外两人，一边攻击他。

现在，鸿帝成为石昊击灭的目标！

羽帝暂时变得衰弱了，不足为虑，石昊要尽快斩掉当中威胁最大的生灵。

“噗！”石昊的拳印终于轰中了鸿帝的胸膛。

石昊现在考虑的不是彻底斩灭对方，因为那太难了，需要耐心才能成功，他现在要做的是瓦解对方的战力。

鸿帝惨叫出声，这一次他遭受的创伤太重了，元神之火都被震散了很多，一身凝聚而来的精血更是耗尽了。

紫色的帝甲破碎，令鸿帝伤到了本源。

“纳命来！”

石昊眼睛猩红，如同黑暗中的两盏灯笼，怒意无边，盯上了苍帝。

石昊发狂时，清秀的面庞都略显狰狞了。

为了亲子，为了兄弟，为了故人，他此时是冷酷的、无情的，暂时泯灭了部分情感。

在大战中，石昊粉碎了那座祭坛，击中苍帝，重创了他的身体。同时，石昊对三位准仙帝发起猛攻，要彻底磨灭他们。

石昊的身上有一些老皮脱落，有一股勃勃生机在弥漫，他被重创的身体在慢慢恢复中，一股恐怖的波动蔓延开来。

“你绝不可能成功！”羽帝大吼。

万古未有之事，怎么能在一个后来者身上发生？

他们不甘，也不忿，却无力阻止，因为他们自身难保，被越来越强大的石昊逼得逐渐衰弱，这样下去必定陨落。

“轰！”这个时候，时间长河的一个方向，有几团光突然间极尽璀璨，射出炽盛的神虹。

仿佛是石昊的蜕变影响到了其他时空领域！

此际，一片寂静的宇宙中，飘浮着的一具残尸眼皮簌簌而动，要睁开了。并且，那残尸发出了声音，那声音穿透进界海中，缓慢而低沉：“何必，何苦！”

第1739章 灭世老人

一片枯寂的宇宙冰冷而黑暗，亿万年以来都毫无声息，却在今日发生了改变。

一具残尸倏地睁开了双眼，射出的光华洞穿大宇宙，两道光束比仙剑还慑人，太犀利了，远远望去，如同两道闪电在黑暗中爆发，打破了宁静。

他说出那四个字后，缓缓起身，冷漠地注视着一个方向，整具干枯的躯体渐渐焕发出生机，有了生命体征。

此人只有一条腿，这条腿也缺失脚掌，而且是独臂。他头上的发丝枯黄如野草，给人很古老的感觉，历经过岁月的沉淀。

“嗡！”

他抬起仅有的一条手臂，震动了大宇宙，而后指向一个方向。

“轰”的一声，黑暗之地深处，一片古地中有一条手臂动了，它蓦地腾空而起，穿过界壁，出现在这里。而后，“砰”的一声，那条干枯的手臂跟这名老人的身体对接在一起，重组完成。

同一时间，界海深处，大浪滔天，一条断腿撕裂苍穹，在这里消失，这让石昊心中一凛。

“轰！”

在这片枯寂的宇宙中，这名老人接上了断腿。

随后，无垠虚空炸开，形成一道又一道可怕的黑色裂缝，不知道连着哪里。

“轰”的一声，一只脚掌飞来，跟老人的残躯接到了一起，至此，他的身体已经完整了。

在老人的身上，有陈旧的黑衣，哪怕他身体残破，不知道飘浮在这片宇宙中多少个纪元了，黑衣亦在。

这件黑衣上面有血迹，有破洞，看着很古老。此时随着老人的身体复苏，黑衣猎猎展动，而后弥散出滔天的黑雾。

一刹那，这片宇宙都被黑云覆盖了，那是浓郁得化不开的黑暗本源之力。

黑暗中，老人的躯体都快看不到了，只有一个轮廓，枯瘦颀长，但是他的眸子越发炽盛，在黑暗中若两轮小太阳，刺目而骇人。

下一刻，老人迈开了脚步，穿透虚空，撞破界壁，带着无边的威压，降临在界海中。

一刹那，界海沸腾，而后大浪四溢，向高天翻卷。

在这名老人降落之地，海水爆开，被逼迫得冲向四面八方。那里都快干涸了，没有海水了，他黑衣展动，破开一切阻挡。

一团乌光缭绕，老人的气息极其恐怖。

正因为如此，老人附近没有物体，连下方那块区域的界海海水都被老人蒸干了！

老人降临，力压六合八荒！

这么一个生灵突兀地出现，令石昊不得不防，他感觉到了，这名老者的体内有浩瀚莫测的黑暗之力，极其强大。

此时，羽帝、鸿帝、苍帝数次被石昊击中躯体，并不时被斩中神魂。当见到这名老者时，三大准仙帝拖着残躯，踉跄倒退，快速冲了过去。

“前辈！”苍帝开口，居然这样称呼这名老者。

鸿帝也很客气，道了一声前辈。

羽帝有点傲气，只是拱了拱手，并未称之为前辈，但可以看出，来人的身份很惊人，连三大准仙帝都很重视。

“同道中人，何须如此？”老者说道。他的威势很盛，降临在此，压迫得界海动荡，远方骇浪滔天，不断地拍击苍宇，黑暗之力弥漫在乾坤间。

老者倒也客气，与鸿帝、苍帝等平和相处，看起来不分高下。

“前辈乃是开天辟地第一准仙帝，我等皆为后来者，自当礼敬。”苍帝道。

这些话石昊听得清楚，事实上，堤坝后方，仙域内的一些仙王也都听到了，他们莫不倒吸一口凉气。

开天辟地第一准仙帝？这个来头太可怕了。

“你我皆为准仙帝，都是同道中人。”老者道。

而后，他看向石昊道：“何苦呢？到了你这个层次，还有什么看不开的？为了一些蝼蚁，值得吗？你我才是同类人，准仙帝只有这么几位，何苦自相残杀？”

“你已泯灭人性，自认为超然在上，我不愿与你多语！”石昊冷冷地回应。

“你若经历的岁月足够久远，这一切便都能放下了。什么七情六欲，什么故土情怀，什么恨与狂，都付之一笑间。大道无情，最终你我都是这样的生灵，当斩情绝欲。你放不下，是因为你还年轻，等岁月洗礼后，一颗心已沧桑，昔日所在意的、重视的，一切都已灰飞烟灭。到了那时，你就会明白，唯吾道永恒。”老者很平和，这么说道。

“那是你，不是我！”石昊霍地看向老者，觉得他是个恐怖的人物。

老者摇头道：“你我是同类人，跟苍帝、鸿帝、羽帝一样。唯有我等可结伴而行，共同探索仙帝之路。”

“昔年，羽帝、鸿帝、苍帝，哪一个不是子嗣成群，族群强大，建立下万古不灭之大教传承，到头来又怎样？那些都是镜花水月，尘归尘、土归土，有些还是他们自己亲手葬灭的！”老者说道。

这些话让石昊心头微惊，神色越发冷漠，他不想多说。

“前辈，他要突破了。”鸿帝提醒道。

“突破不了，他只是涅槃，生出仙胎，或许更加圆满了，也可以说是迈出了一步，一只脚踏进仙帝境界了，但这终究是一场空，就如同我当年一样。”老者道。

“这跟您当年一样？”苍帝很惊异。他之所以对这名老者如此恭敬，就是因为深知这位老者的可怕之处，听闻其曾差一点成为仙帝。

相传，这名老者曾突破，但最后险些身死道消，将自己封印了。同时，这名老者也是他们的引路人。

为了成就仙帝果位，他们毅然接触黑暗，想从这里寻找突破口。因为所有的路他们都尝试过了，但就是再无法前行半步。而黑暗本源却令他们略有进化，于断路上看到了希望，见到了成功的一丝曙光。

“在黑暗中仰望光明，相对来说更容易。”这是老者当年的原话。

“说我突破不了就突破不了？！”石昊不相信老者的话。此时，他的体外老皮全部脱落了，生出一具晶莹的仙体。

在石昊的体内，仙血流淌，鲜红而璀璨，他不仅恢复了，而且法力更雄浑，气势磅礴无比，连发丝都晶莹如仙金。

此时，石昊的眸子开合间，有强大的力量流转，让苍帝的脸色都为之一变。

“你这条路到尽头了，再强行冲关的话，就只能陨落。”黑衣老人说道，神色郑重，双目深邃。

石昊并不理会，外界任何人都难动摇他的本心，他的气势在提升，他的杀意在沸腾，依旧要斩灭羽帝他们。

“轰！”

石昊出手了，他捏拳印，睥睨天下。即便这老者深不可测，他亦向前，不怕老者阻拦，对羽帝、鸿帝、苍帝出击。

一刹那，界海破灭，大片的海域都干涸了。

这一切都在石昊的一拳之下彻底毁灭，一朵浪花一片残界，就这样消失干净，归于混沌。

璀璨拳光，照亮古今未来！

鸿帝、苍帝、羽帝皆心中大惊，以他们现在这种状态，怎么挡得住？

“年轻人，就让你看一看老夫当年的道，老夫跟你走得一样远，但终究是死路。”老者摇头道。

“轰！”

老者拍出一掌，漆黑如墨，挡住石昊。在当中，有他的道、他的法，他的盖世战力得到体现，翻手间，诸天都要倾覆了！

那里有景象，是昔日的事。

老者的确曾蜕变，不过他是借着黑暗之力，本源都漆黑如墨，和石昊一般发生蜕变，化作黑暗之体。

他们虽然力量不同，但是前景相同。

最终，老者即将突破成为仙帝时，自身崩坏，元神亦是如此，莫名就走向了毁灭。

石昊冷漠地看着，不为所动，道：“你是你，我是我。你们已经泯灭人性，为了求道，不择手段，而我依旧有血有肉，始终如一。”

这些话一出口，让羽帝、苍帝、鸿帝同时变色。

“年轻就是好，血性犹在，还可以热泪满面，可终究只是一场空啊！”老人摇头叹息，道，“大道从来都是无情的，你不近道，如何成道，化作仙帝？”

“大道无情，亦有情，只看自身如何取舍。你们有你们的路，我有我的道！”石昊冷冷地道，“再者，你都未曾成为仙帝，如何对我指手画脚？我不是那三人！”石昊指向苍帝他们。

随后，石昊的拳印不停留，再次向前砸去。

“轰隆”一声，黑暗之力澎湃，老者出手，动用了跟石昊一样盖世的力量，他的老皮也在龟裂，重新要蜕变出黑暗之胎来。

剧烈的大碰撞让界海这里灰雾弥漫、汪洋鼎沸，这块区域彻底被蒸干了，见到了干枯的海底。

那里有礁石，有混沌，亦有沉于海底亿万年的仙骨等。

“道友执迷不悟，你可知这样做是在阻我等之路，黑暗子民越多，黑暗之地本源力越强，你我才有突破的契机。你终究和我们是同类人，何苦如此？何必如此？你早晚会明白的。”老人劝道。但是，他的手掌是无情的，毁天灭地，霸道绝伦，他的实力太强大了，足以匹敌现在更为强大的石昊。

“道友，既然如此，那我等就为你下决心，帮你覆灭这一界！”老人说道。

“轰”的一声，老者拍出一掌，向仙域打去，要彻底将这里化作永恒的废土，那个时候将生机全无。

“你敢！”石昊大喝。

“吾名为灭世老人，掌灭之界，不知凡几。”老人平淡地说道。

石昊从一开始就觉得这名老人诡异莫测，充满神秘之力，来头或许恐怖得惊人，不像他自己说的那么简单。

但是，石昊依旧无惧，直面迎击。

“这是我倾注毕生心血炼制的三颗帝丹，你等速速服下，恢复身体，去将仙域覆灭吧，断了这位道友的念想，他最终会理解的。”灭世老人说道。他祭出三颗丹药，使其飞向三位准仙帝，丹药如同黑暗仙金炼制而成，散发乌光，晶莹中带着诱人的芬芳。

三位准仙帝接到帝丹后，一同向前逼去，战意沸腾。

“你们敢！”石昊大喝，同时截住四大高手的前路，不允许他们踏上堤坝后面的世界。

“有人来了！”羽帝蹙眉。

灭世老人霍地回头，看向时间长河，不禁露出异色。

“出手，先灭了他！”羽帝开口，很急迫。他的背后，一对破烂的羽翼重生，扇动起来时，界海崩开，光雨自他身上洒落，他执意要除掉石昊。

鸿帝以实际行动表示了，催动准仙帝法器向前攻去。

苍帝亦是如此，跟那两位准仙帝一致行动，口中吟诵咒言。

灭世老人回首，遥望那段时间长河，神色凝重，他并不反对三位准仙帝出击，他也顾忌时间长河那里的生灵。

对于他们来说，什么最可怕？几乎没有，因为他们就是最强大的生灵！

除非涉及时光，若是从时间长河中跳出来的生灵，或许会很不一般，那是不可预测的变数。

一旦涉及了准仙帝，就是他们也推演不出。

激烈的大战爆发，石昊跟三位准仙帝决战。

羽帝、鸿帝、苍帝都吞食下了帝丹，浑身乌光大盛，黑暗之力雄浑无比，他们的法力大增，快速恢复到巅峰。他们要除掉这个大敌。

此时的石昊经历过一次蜕变，也不同了，浑厚的法力，激增的道行，再加之痛失亲子、兄弟等，让他的战意可怕至极。

“轰！”

这个地方瞬间干枯，界海之水一时都无法弥补此地。

四大准仙帝彼此碰撞，大战不止，这是自古以来最激烈的大战，动辄在海中开辟出一界来。因为力量太强大，击破混沌，就是一片天地。

唯有准仙帝才能如此，界灭与界生都在掌指间。

时间长河动荡，剧烈摇动，那里一片迷蒙，有三道惊虹从下游急速而来。

灭世老人的神色终于变了，他感应到了，那是准仙帝，足足有三人同时向这里冲来，这有些可怕。

要知道，从古至今，才有几位准仙帝？活着的全都在这里！算上他，这里也只有五位。

可是，现在时间长河的下游一下子来了三名准仙帝，他们联袂而至，相当恐怖。这种战力合在一起，能颠覆很多事。

显然，沿着时间长河而行不是一件容易的事，动辄会引发大因果，发生危机。一般的强者是不愿意这么做的。

就是准仙帝也不会轻易结因果，他们可以徜徉时间长河，却极力回避，一般绝不会干预什么，怕自身遭劫。

实力越强大，因果越大，不然的话，没有制约，他们恣意妄为，改变一切，这天地岂不是会一片混乱？那样就没有存在的意义了！

近了，已经隐约看到了，三大强者驾临，被无上神光包裹着，那些大道符文极其绚烂。

就是灭世老人这等人物都心中一凛，果然是强大的准仙帝到了，看着他们杀气腾腾的样子，他感到情况有些不妙。

那里可是有三人，若他们跟荒联手，岂不是四对四？

骄横如羽帝，此时一对翅膀也在猛烈地拍动，爆发滔天的杀意，他想要尽快镇压石昊，解决这个大麻烦。

羽帝看到了降临的三人，怕出现意外。

现在，他们有四位准仙帝，如果联手的话，绝对可以封印荒，慢慢将他磨灭，这是必赢的局面。

相对来说，他们最不愿意见到变数。

这从时间长河下游而来的三个生灵，让局面一下子变得复杂了。

三大生灵，两男一女，都化作人形，他们散发出的气息无与伦比，让人要窒息。

璀璨的符文缭绕着他们的躯体，密布的纹路预示着他们的道法极其玄奇，这是有无敌之资的强者。

三大生灵睥睨天下，盯着界海，凝视在场的每一位强者。

两男一女弥漫着绚烂的光雨，走向这里，令界海分开、苍穹战栗，他们合在一起实在太强大了。

此时，三大高手见到石昊，一下子笑了。

“是他，真的寻到了！”一人喃喃自语。

看到三大强者笑了，羽帝、鸿帝、苍帝当即脸色变了，这实在糟糕透顶，那三人对荒微笑，多半是敌非友。

就是灭世老人也心头一沉，预感大事不好。

“几位道友远道而来，你我虽不属于同一片时空，但也是有缘。不过，几位踏着时间长河而行，若妄自出手，这天地都要倾覆啊！”灭世老人提醒道。他很担忧，若这三大高手出击，后果难料。

到了这一刻，羽帝的神色越发冷酷，他有一种猜测，荒今日多半会殒命，所以，未来有强者踏时间长河而来，要改变结局。

或许，这一战关乎太大，导致了后世的一些大事件发生。有人不惜闯万古前的岁月，哪怕遭受天大的因果反噬，也要改写结局。

“是了，荒在今日陨落了，这些人是为他而来的。”灭世老人也这般点头自语。

苍帝、鸿帝暗自点头，因为这里有四大准仙帝可以围攻荒，结果如何，不难猜测。

今日，若有人来干预，多半属于敌对势力。对方若跟他们同一阵营，肯定不用特意来此一战。

“出手！”就在此时，三大强者中的女子轻斥。她探出一只雪白的手掌，向战场中拍击而去。

这一掌之威骇人至极，带动起滔天的大道符文，铺天盖地，震动古今未来。

“几位道友，你们可知在做什么？这样的后果你们承受得起吗？”灭世老人断喝。他真的变色了，若这样逆改不同时空的战局，天地反噬，或许连他们都要被牵连。最为重要的是，若真的被他们救下荒，是否会是一个可怕而不被了解的全新未来呢？

这不可想象！

羽帝他们从未涉足过，也不敢去做那种事，一旦做出那种决断，真的付诸行动，就是准仙帝也得殒命。

“轰隆！”

天地崩碎，界海沸腾。

那女子的一只手掌拍击而来，杀伤力极其惊人，擦着石昊的肩头而过，打进汪洋中，腐蚀万物，瓦解诸天道则。

石昊避过那一掌，冷冷地看着她。

羽帝、苍帝、鸿帝都一阵愕然，没有料到竟然是这么一个结果，那女子在攻击荒？

“你等误会了。”三人中的一位强者开口道。

这是一个男子，他身穿仙金甲胄，提着一杆大戟，满头银发。他拥有慑人之资，瞳孔如刀锋一般迫人。

灭世老人听闻后，也一愣，而后露出异色。

苍帝、鸿帝、羽帝亦是如此，没想到会是这样一个结果。

“我们的确为荒而来，但不是为了救他，而是为了除掉他！”那女子开口道。

璀璨的大道符文敛去，她露出真容，这是一个容貌姣好的女子，三十几岁的样子，身穿金色长裙，贵气逼人，同时也目光慑人。

她风姿出众，身为准仙帝，本身就有独特的气质，再加上姿容不凡，自然显得超凡脱俗。

第三人是一名老者，他一头赤发，体形健壮，手持一把雪白的量天尺，拥有无敌的气势，像是可以丈量诸天，斩灭一切敌手。

“让我们如何相信尔等？”羽帝开口道。

“简单，我们联手，一同镇压他！”那手持大戟的银发男子说道，气息恐怖，持着兵器向前逼去。

“轰！”

下一刻，这三大高手果然出击了。他们竟然真的联手，一起攻击石昊！

“大言不惭，哪里来的小猫三两只，也敢与我为敌！”石昊霸道地大喝。他虽被人阻击，但是绝不可能惧怕。

即便这是未来之人，洞悉古史，了解他，也没有什么可恐惧的，他自信无敌，要横扫对手。就在不久前，他完成了蜕变，重回巅峰，即将再次突破。

“诸位道友，还不速速出手，此人留不得！”那身穿金色长裙的女子喝道，神色有些焦急，竟比羽帝还急迫。

“你们为何要这样做？就不怕自身陨落吗？”羽帝多疑，这般问道。

“因为这个人影响太大了！”手持量天尺的老者说道。

“他曾经……”当他说到这里时，电闪雷鸣，漫天惊雷劈落，打在他的身上，激烈无比。不过，这雷霆未伤他。

但是，另一股神秘莫测的力量出现了，轰在他的躯体上，将他的话全部堵了回去，那是因果之力。或许他要泄露的天机影响巨大，因此他当场遭到了反噬！

“噗！”老者咯血。

“快，一起动手，我等时间无多，抱着赴死之心而来，现在情况不妙！”那手持大戟的银发男子吼道。他请灭世老人、羽帝、鸿帝、苍帝四大高手一同出手，镇压石昊。

他们三人来自未来，随意一击都是天大的因果，现在已经初步尝到反噬的苦果了。这还是因为他们没有一击触碰到石昊，他们的攻击都被他化解了。如果真的稍微改变了什么，那么他们将付出巨大的代价。

“你们还不出手，更待何时？”那女子尖声斥道。

“你们这样做，改变了这个时代的战局，是否会颠覆万古？你们自身会怎样？而我等又会如何？”灭世老人脸色沉重地问道。

“哪里还顾得上那么多？我等只知道，若这个人不死，影响太大，他……”银发男子怒吼，手中的大戟越发璀璨了。

灭世老人闻言，神色难看，他出手了。

苍帝、鸿帝、羽帝也是如此，他们先是惊异，而后脸也沉了下来。

七大高手围困石昊，想将他永世镇压，而后慢慢地磨灭，把他化成火光，令他形神俱灭。

这是开天辟地以来从未有过的大事。

这个世间从来就没有出现过这么多准仙帝，而且，七人围攻一人，这太具有颠覆性了，何等强大的生灵需要七大准仙帝联袂出手，一同镇压？

但现实就摆在眼前！

石昊陷入了绝境中。

亘古从未有之事在这场大动乱中发生了，超越所有人的想象。

这是一场惨烈的末世之战，石昊经历了人生最黑暗的一天，被七大准仙帝围攻，谁能承受？

这场黑暗大动乱波及太广，恐怖得骇人听闻，居然将未来之强者都席卷了进来，这是古今最惊人的大事件！

石昊苦撑，他遭遇了最恐怖的围攻。唯一值得庆幸的是，那三大高手束手束脚，因为有反噬之力。

“欺人太甚！”就在这时，时间长河的下游有人吼道。他带着无边的怒意，还有杀伐之气，急速冲来。

“当！”

大钟悠悠，一个人的头上悬着一口大钟，有万法不侵之势，向这里攻来。

显然，不只他一人，还有生灵驾临！

第1740章 逆乱岁月

大钟磅礴，散发混沌之气，每一次震动，都有时间涟漪蔓延，它垂落下亿万缕仙光，包裹着一道魁伟的身影，急速而来。

又一名强者挣脱了时间长河。他从下游杀来，带着无边的战意，还有一身盖世的修为，毫无疑问，这是一位准仙帝级的高手。

“你又是谁?！”苍帝喝道。

“吾名无始！”来人喝道。他直接出手了，因为他看到了荒，看到了传说中那个人。他的目标就是来自未来的那三人，他要阻挡他们。

“当！”

大钟悠悠，哪怕时间长河就在远处，此人也无惧，不怕被侵蚀，直接动手，催动时光之力，同时横扫三人。

“无始”二字震动界海，激荡仙域山河。

仙域诸强者一直在关注界海中的大战，刚才心都凉了，荒一个人竟然对上了七位准仙帝，实在太可悲！竟无人可以援手，没有一人可以跟他并肩作战，只能靠他自己。

现在，终于出现了一位强者，他这样强势而来，震动钟体，自报姓名。

这一刻，仙域诸雄，哪怕是硬汉也鼻子微酸，终于有人来了，可以助荒一臂之力。

一些少女当场就哭了，觉得荒天帝实在太凄苦，这一战付出了太多，连兄弟都殒命了，连亲子都选择血祭，留下他孤独地在那里奋战，他一个人承受了太多。现在，终于来了一个帮手，要跟荒天帝并肩而战，怎能不让人们激动?

有些人热泪盈眶，这场大战持续很久了，许多人的心都提到了嗓子眼。他们害怕荒天帝陨落，死在界海。

荒身边的人都殒命了，如果连他也这样消亡，这一族就太可悲了。

“当！”

无始祭出兵器，对上那手持量天尺的老者。大钟轰击，混沌爆开，时光之力向前肆虐。

同时，无始徒手对抗手持大戟的银发男子，想为石昊分担更多的压力。

当目睹这一世的荒天帝时，无始亦心中震动，看到他一个人对战七大准仙帝，想到他所生活的这段最黑暗的岁月，无始心中有巨大的波澜。

“无始，你阻挡不了我等！”手持量天尺的老者喝道。

“你们不属于这里，甚至不属于我们那个世界，从封印的古老通道而出，还是回去吧！”无始大喝，一句话就道出了来者的一些根脚。

听到这些话，石昊目光璀璨，凝视他们。

灭世老人眼中光芒闪烁，似乎在思忖着什么。

羽帝、鸿帝、苍帝有些吃惊，未来真的那么可怕、复杂吗？看来有他们所不了解的烽烟战火。

“道友，你等不要分心，只需要除掉荒，那么一切问题就会解决！”来自未来的那名女子喝道，一身金色战衣猎猎作响。

他们很忌惮，针对石昊时，没有办法发挥出全力。

他们做好了殒命在这里的准备，前提是能一击让石昊致命，但他们现在没有发现那样的机会，还在等待。

他们需要羽帝、鸿帝等人大战荒天帝，而后在最后时刻，他们发动撒手锏，解决那个可怕的人族强者。

灭世老人像是有所觉悟，大吼出来，再也不像之前那么和善了，不再跟石昊提什么是同类生灵。他的气息绝世恐怖，散发出滚滚黑云，那是最为本源的黑暗之力，令界海的海底都崩开了。同时，堤坝那里也不稳固了，可以想象灭世老人有多么强。

石昊陷入危局，七大高手围攻他，想取他的性命。

“当！”

无始钟一响，天崩地裂，岁月之力弥漫，笼罩所有生灵。

“噗！”

无始自己也咳出一口血，因为他针对了不属于他那个时代的生灵，遭到了反噬。

“你无须对他们出手，我来应付。”石昊对无始说道，让他不要对羽帝、苍帝、鸿帝、灭世老人出击。因为无始不属于这一世，强行干预的话，会受损严重。

“先灭了他！”那身穿金色战衣的女子喝道，决定三人联手，一同镇压无始。

他们虽然不是一个世界的生灵，但是曾在同一个时代出世，不仅见过，亦曾比拼过，彼此间可以激战，不沾染时间长河中的大因果。

银发男子大喝一声，手持大戟，立劈无始。他狂霸无比，有一股帝王之气，发丝如银色瀑布，割裂了界海。

“尔等休得张狂！”就在此时，时间长河中，霞光闪耀，九色仙金气息弥漫，一口大鼎浮现而出，同时垂落下万物母气。

在鼎的下方有一个男子，他英姿挺拔，双眉倒竖，眼神犀利。他挥动帝拳，攻了过来。

“当！”

男子头上的大鼎震动，横击那杆大戟，发出刺目的光辉，符文流转。而后，他徒手又打在那量天尺上，将其震飞，可谓神力惊世！

不过，到了这里后，他的身影有些模糊，被岁月之力包裹着，越发朦胧了。

“你跟这里的人有天大的因果，所以造成了这种景象，同处一世，你的身体被岁月淹没了。”身着金色战衣的女子说道。她衣裙飘舞，在猎猎声中，还夹杂着金属撞击的声响，她的战衣是以仙金丝编织而成的。

“杀！”头上悬浮有大鼎的男子喝道，一拳轰向女子的躯体。

女子神色骤变，对于此人的拳印，她深有体会，曾吃过大亏，此时竟不敢硬抗，而是祭出自己的法器。

一杆天戈浮现，她是女子，居然手持这样的兵器，震出无尽的杀伐之力。

“当”的一声，来人击在了天戈上，拳印无损。

“当当当——”此时，无始出手，他不再独战三大强者，腾出手来后，催动大钟，镇压向前。

他的大钟扩散的音波，震得那手持量天尺的老者一个踉跄，险些栽倒。

“无论如何，今日一定要灭了荒，不要给他机会。我等早已置生死于度外，一定要有个结果！”身穿金色战衣的女子嘶吼道。她面容姣好，现在却有些狰狞，因为实在太急迫了。

她挣脱出这片战场，想去帮助羽帝、鸿帝、苍帝等人。在她看来，他们这次就是为围攻荒而至，其他都没有这件事紧迫，这关乎着未来最重要的大事件！

“轰！”

时间长河震荡，浪涛击天，从那里走出一个女子。她白衣胜雪，黑发飘舞，姿容绝世，风华绝代，踏波而行。

此时，这名女子出手了，横击身穿金色长裙的女子。

“没有人可以逆乱岁月，任何兴风作浪者最后都是空忙一场。不属于这片时空，你永远无法改变什么。”白衣女子风姿绝代，开口说道。她素手扬起，仙光璀璨，打在那天戈上，将身穿金色战衣的女子成功阻拦。

白衣女子所说的是事实，妄自改变时间长河的大事件者，最终都陨落了。

若波及一些小修士、凡人，不影响古今岁月，没有涉足重大事件的领域，或许自己付出足够的代价后，就可以渡过去。

“面对荒天帝，你们还不行，到头来终究是一场空！”白衣女子肯定地说道。

远处，石昊目光慑人，他向这边看来，见到了那口熟悉的大鼎，也见到了白衣女子，心有波澜。

在过去，他不止一次见到过白衣女子，那是属于不同时代的她。

事已至此，激烈的大战爆发了。

这一战，惊天动地。

整整两日，界海都在沸腾，他们的大战在持续，异常激烈。

“噗！”

最先决出胜负的是白衣女子和金衣女子，白衣女子抬手间，仙光闪烁，妙术无穷，她的雪白手掌结成法印，将对手轰得倒翻出去，口中吐血。

一如白衣女准仙帝昔日的崛起之路，她一直那么强势，横扫了金衣女子。

身穿金色长裙的女子的修为的确很可怕，但是战斗意识不足以匹敌白衣女准仙帝。

“宁可血祭这片时空，也要击灭荒！”身穿金色长裙的女子披头散发，情急之下，她要拼命了。她想施展极端手段，与其他几人一起围攻石昊。

“看到你们这么迫不及待要除掉荒天帝，我不再觉得未来灰暗，未来不是没有希望。”白衣女准仙帝说道。

“不错！”头上悬浮大鼎的男子也点头道。他勇猛无比，与手持大戟的男子对决，接连出重手，震得对方摇动不止，虎口都崩裂了。

“当！”

另一边，无始钟摇动，震得手持量天尺的老者须发皆脱落，面容苍老，遭受了时光大道的侵蚀，他手中的量天尺险些握不住。

“想必未来还有生机，不再让人彻底绝望！”无始说道。

这些话让石昊大受触动，连准仙帝都近乎绝望，未来会发生什么？到底有多少可怕的敌手会出现？

石昊想到了曹雨生，他曾经示警，揭示一角未来，那似乎极其可怕。

若说最惨烈的一战，当然是属于石昊这里，他一人对战四位准仙帝，承受了太大的压力，浑身伤痕累累，但他也越发勇猛了。

“哪怕触动大因果，血祭自身，死在这里，也要斩灭荒！”

此时，手持大戟的银发男子、掌控量天尺的老者，还有身穿金色战衣、手持天戈的女子都开始拼命。

他们挣脱了对手的阻挡，冲霄而上，站在一起，不惜焚烧自身最珍贵的心头精血，要动用禁忌手段攻击石昊。

“轰！”

无始、白衣女准仙帝、头上悬浮有大鼎的男子一起冲天而上，化成三道仙虹，炽盛无比，纠缠着三大高手，阻击他们。

更加激烈的大战爆发了。

时间长河都在动荡，很不平稳，仿佛要改变走向了。

“尔等痴心妄想，时间长河岂能改道？没有人可以改变其他时空之大事件！”头上悬浮有大鼎的男子喝道。他强势出手，想镇压敌人。

四大强者围攻石昊，令他的眼神越发冷冽，他准备雷霆出击，有人该陨落了。

第1741章 镇压准仙帝

石昊虽然浑身是伤，但是战意高昂，在四大准仙帝的围攻下，他能活下来就算是奇迹了。

相对来说，灭世老人身上也有伤痕，但是根本不算什么，他躯体发光，瞬间就痊愈了。

而石昊身上的那些伤痕简直要将他撕裂了，他是准仙帝，但同时面对四大强者，亦陷入危局中。

“荒，你死定了！”羽帝低吼。他觉得今日可以铲除荒了，这个后来者着实有些恐怖。

灭世老人神色严肃，没有那么乐观。

石昊则始终如一，坚毅、冷漠，信心从未动摇，尤其是现在，他战意沸腾，虽身受重伤，但还是一副要镇压诸敌的样子。

“啊！”

石昊一声大吼，浑身血气沸腾，头顶上悬着法则池，手中持一柄剑胎，横扫而去，那犀利的剑光划破了永恒。

就在这一刻，苍帝脸色发白，大呼不妙，后继无力，有些衰弱。

“噗！”

在千百道剑光中，唯独苍帝没有躲避过去，险些被石昊斩灭。他踉跄倒退，脸上写满惊容。

“你……”苍帝嘴里向外吐血沫子，瞳孔收缩，内心大受震动。

石昊披头散发，他的伤比四大准仙帝要重得多，现在却强势到极致，在此地纵横。

“斩了他！”鸿帝喝道。

四大准仙帝一同出手，界海中浪涛腾起，化成云烟，不断湮灭。

界生与界灭，都在他们出手的一瞬间。

混沌肆虐，仙气激荡，剑光化作永恒，法则交织成天罗地网。此地光雾氤氲，一片绚烂，但也可怕无比。

“噗！”

这一次，鸿帝遭遇重击，他的瞳孔急骤收缩，身体快速倒退，元神被击中了。若不是准仙帝，他肯定会殒命在这柄剑胎之下。

“为何我的身体虚弱了?！”鸿帝惊叫出声。

至此，苍帝也开口了。这不是意外，而是他们的法力枯竭，身体疲惫不堪，不光是他自己发生了那样的事。

“前辈，这是怎么回事？”苍帝望向灭世老人。

羽帝的脸色也变了，他亦觉察出身体渐渐乏力。

羽帝没有那么客气，他霍地转头，看向灭世老人道：“老家伙，你的帝丹只能短暂地恢复精气神？”

此时，苍帝、鸿帝、羽帝都不在巅峰状态了，苍帝最先体力不支，而羽帝则是最后才开始衰弱的。

石昊神色冷冽，依旧向前攻去，他刚才最先觉察到在那三人身上有一股衰败的气息，而后，他也看到了灭世老人蹙眉，故此第一时间判断出三大准仙帝在衰败。

“你等伤得太厉害，本源负伤，这世间哪里有什么准仙帝药可以让你们立刻复原？那只是一剂猛药，短暂恢复，想要痊愈，还需要时间。”灭世老人开口道。

“你……”羽帝大怒，一对羽翼拍动，天崩地裂，光雨如海，简直要割裂界海。他不得不倒退，躲避石昊的攻伐。这像是回到了原点，他们的精血快耗尽了，难以发挥出绝世战力。

鸿帝、苍帝也变了脸色，急速后退，躲避勇猛无敌的荒，尽管他身上伤痕交织，但现在对他们来说，那是一头猛虎，一尊杀神！

“这是属于你我的决战！”石昊向前逼迫而去。他盯上了灭世老人，只要解决了他，其余三大强者就不成问题。

石昊也曾精气神衰退，但是不同于三大强者借助帝丹恢复，他是发生了蜕变，哪怕现在重伤难愈，依旧有可怕的战力。

“你……”

此时，石昊忽略了三大准仙帝，让他们有种屈辱感，他就那么径直走过去了，将他们当作了泥胎。

“啊！”

三人低吼，并转身就想走。

“我现在不对你们出手，不代表想放你们走！”

“轰”的一声，石昊爆发无量神威，胸口冲出三股清气，化作他的样子，向那三大高手攻去。

石昊现在依旧施展不出他化自在大法，当年自爆真身后似乎留下了后遗症。不过，那三股清气化成的战体对上三个衰败的准仙帝，也战得极其激烈。

“你敢小觑我等！”鸿帝寒声道。

石昊哪里顾得上这些？他跟灭世老人厮杀到了一起，打出了真火，进行最后的大决战。

战到现在，又过去两日了。

未来与现在的生灵皆在，大战惊天地，震动古今未来。

战到这一步，石昊与灭世老人都身体受损了，他们同时跌落下那个奇异的境界，因为那所谓的蜕变，强大而完满的躯体不能长期保持住。

石昊理解到了，想要真正圆满，走向仙帝境界，的确很危险，这条路艰险到让人绝望。

现在，他们是以准仙帝的手段对决，一如早先石昊大战羽帝他们一样。

两人浑身是伤，法力雄浑，战到彻底疯狂。

“嗷——”

就在此时，灭世老人一声咆哮，露出一颗巨大的狼头，赤红色的毛发很浓密，头上长着一对巨大的牛角，凶狂无比。

它张开血盆大口，向石昊吞噬而来。

这一口落下来，界海都在湮灭，天宇上的星斗都落入了它的口中。

这比饕餮的神通厉害无数倍，是真正的吞天食地，炼化诸天万物。

巨大的神狼头，恐怖的大嘴，就这么一口将附近的一切吞掉了，发出乌光，炼化一切有形物质。

石昊祭出法则池，“当”的一声，向前击去，阻挡这突兀的变化。

灭世老人的红色狼头上，一对巨大的黑色犄角发光，撞在法则池上，令这里空间溃灭，界海干涸。

凶威盖世！

到了他们这等境界，一般都保持着人形，很少动用本体了，没想到灭世老人这么凶狂。

大吼声响彻界海，震动古今未来。

海中，遥远之地有堕落王者，在这可怕的音波下寸寸断开，而后轰然爆碎，界海中惊起的浪花洗净了苍穹。

同一刻，灭世老人的狼身背后突然冲出九条尾巴，向石昊攻去，如同巨蛇要撕裂宇宙星空。

石昊急速后退，倒吸了一口凉气。这哪里是九条巨蛇，而是九条真龙，漆黑如墨，龙头狰狞，张开巨口，獠牙森森。

灭世老人露出真身的全部，九条尾巴的末端，居然长有龙头!

石昊知道这究竟是什么族群了。

九幽獓!

这可是十凶之一，名震天下。

这个不知道活了多少个纪元的老者，其本体竟属于九幽獓，绝对是该族的始祖级存在。

他的后代在九天十地、仙域，而他却是界海那一端的巨擘!

远处，有些战斗要落幕了。

白衣女准仙帝风华绝代，出手果断而凌厉，如同天外仙帝，纵横无敌，将那金衣女子打得全无还手之力。

她只靠一双温润雪白的纤手，掌力雄浑，发出飞仙之光，惊天动地，让远处正在对决的石昊都叹服。

“轰隆!”

白衣女准仙帝追击那身穿金色战衣的女子，接连出重手，施展盖世法印，向前攻去。

“噗!”

白衣女准仙帝的手掌拍击而下时，将那女子打得身受重伤。可惜的是，准仙帝很难被斩灭，一团元神之火厉啸着，朝时间长河冲去，仓皇逃遁。

这一战持续了两天两夜，白衣女准仙帝第一个结束了战斗。

“啊!”

远处，那个银发男子嘶吼，有些焦虑，有些愤怒，但是他自己的处境也相当不妙，被那头上悬有大鼎的生灵击成了重伤。

大鼎下方，那男子的身影朦胧，但是他的气息滔天，如同开天前的盖世霸主，威势压迫诸天万界。

“轰!”

男子双臂展动，挥开帝拳，所向披靡，无物不破。

激战了两天两夜，那银发男子双臂都是伤，握大戟的手都在痉挛。现在遭遇重击，他浑身都在剧烈抖动。

这一战也到了尾声。

大鼎落下时，镇压在那杆大戟上。而鼎的主人，一双拳头金光大盛，坚固不朽，打破永恒，彰显无敌气概，一拳轰过，击中那银发男子的胸膛，猛力一震。

“轰隆！”

大鼎的主人挥动拳印，不断轰出法印，镇压银发男子的元神之光。

银发男子的元神之光包裹着血与骨，想逃回时间长河。

大鼎的主人急忙阻击，那口鼎无比强大，鼎口发光，欲将那元神之光等吞噬。

“你敢！”银发男子大叫，竭尽全力，想要摆脱。若真的被镇压在鼎中，哪怕准仙帝万古不灭，多半也会被慢慢炼化。

“有何不敢？”的主人冷漠地说道，“今日镇压你！”

“轰隆！”

大鼎发光，九色仙金之气弥漫，万物母气蒸腾，将那团元神之光等向里吸去。

银发男子身为无敌的准仙帝，何曾这么屈辱过？他激烈挣扎，想要闯出去。然而，他的下场很可悲，白衣女准仙帝凌空而来，风姿绝世，素手扬起，而后“轰”的一声，一掌拍落。

“噗！”

银发男子的元神之光被打散了，血与骨等全部飞入鼎中，其魂火绽放，想要重组，可最后还是失败了。

白衣女准仙帝挡在前面，又是一掌，第二次将其元神之光震散，强势无比，将之打进鼎中。

“收！”

此时，大鼎摇动，鼎的主人虽然身体模糊，但是眼神如炽盛电光，透出璀璨的光束。鼎的主人一声轻叱，将银发男子彻底收了进去，开始磨灭。

远处，那手持量天尺的老者惊悚不已，他也早已受了重创，被无始钟震得浑身是伤，数次都要不行了。

现在，老者根本无心恋战，转身就走。

“当！”

大钟悠悠，撞了过去，打在老者的后背上。

“砰！”

白衣女准仙帝补了一掌，隔着亿万里，击中了老者的上半截躯体。不过，有些可惜，已经来不及阻止了，这名老者的元神驾驭量天尺逃走了。

这是一场惊世之战，来自未来的强者分出胜负，竟有一名准仙帝被镇压!

可以想象，他肯定没有好下场，有三大准仙帝同时出手，注定要将他磨灭。

此时，羽帝、鸿帝、苍帝的脸色都变了，对那三人忌惮到了极点。

值得庆幸的是，那三大强者来自未来，多半不敢对他们轻易出手。

远处，灭世老人都是一阵心惊，他的瞳孔急骤收缩，因为感觉到了未来那片天地的可怕，如此惊艳之强者，竟然同时出了三位。

“啊！”不过，他没有办法分心了，他跟石昊的战斗到了白热化。

石昊的瞳孔化成刀锋，无比迫人，他施展盖世神通，镇压九幽獙。

“噗！”

就在这一刹那，石昊那一对发光的手掌，金色光泽璀璨，接连擒住九幽獙的数条尾巴，而后猛力一扯。

“啊——”九幽獙大叫，一身法力有大半集中在九条尾巴上。

“噗！”

石昊扯断那几条尾巴，而后猛然轰出拳印，击中九幽獙的身体。

第1742章 大战落幕

灭世老人快速横移，九条尾巴断掉六条，整个人都快解体了。

此时，灭世老人已经重新化成人形，站在界海中，周身都在蔓延浓郁的黑雾，双目冷冷地看着石昊。

他居然败了！

远处，羽帝、鸿帝、苍帝都一阵心惊，连灭世老人都败了，这还真是一件恐怖的事情，难怪荒可以跟他们三人对决那么久！

灭世老人浑身颤抖，这不是痛的，而是一股杀气在弥漫，代表了他的心绪极度不宁静。

他缓缓地抬手，化成利爪，遥指石昊。

“九幽灭世！”

伴着一声大吼，灭世老人的背后腾起阵阵黑雾，他自身则散发乌光，凝聚成一道法相。那是他自己，矗立在苍茫界海中，巨大无比。

“轰隆”一声，灭世老人的身后有一道黑影形成，为九幽獙的样子，巨大无边，向石昊镇压而去。

灭世老人的身躯散发乌光，跟那道法相融合，法相与真身合而为一，爆发灭世的气息，大宇宙溃灭，残界化成飞灰。

界海也不知道由多少残界组成，但现在都在崩开，都在瓦解。

灭世老人施展了最强一击！

“嗷！”

巨大的兽吼声响起，恐怖而狰狞的大爪子铺天盖地而来。

更让人惊悚的是，在灭世老人的背后，九条秩序神链贯穿乾坤，刺透界海，汲取世界本源之力，而后向石昊横扫过去。

这是一场惊天动地的大战，最后的对决中，九幽獙拼命了。

石昊怎么可能会无动于衷，早已行动了起来，身体绽放无量光。他此时的肌体虽然有伤痕，但是很晶莹，通体刺目，发出至强的气息。

到了这一刻，大战进入关键期，他怎么会不注意？各种法从心头浮现而过，精气神高度集中，化成火焰，从体内漾出，如同圣光一般。

“轰！”

惊天一击爆发了，两人冲向一起。

“砰！”

石昊的胸膛被击中，但是那只兽爪被他的肌体夹住，而后生生震断了。

“嗷——”

兽吼声响起，震荡了千古，那音波不仅在当世响，还在时间长河上方飘荡，诸多时空都听到了这恐怖的声音。

许多人以为这是上苍之怒。

“噗！”

经过这终极一击，灭世老人的法相被石昊击穿，而后炸开了，至于他的真身则被石昊轰得四分五裂。

灭世老人遭劫，其元神之火想要遁走。

石昊横移躯体，手持法则池子，阻断灭世老人的前路，要将他收进去。

“小辈！”灭世老人的元神是九幽獭的模样，他嘶吼着，带着火光，包裹着精血与碎骨，怒目而视。

灭世老人从来没有败过，连苍帝、鸿帝都对他很尊敬，一直以前辈称呼他，现在他却落到这般田地，生命衰败。

“咚！”

石昊施展无上剑诀，祭出自己的那柄仙剑，将灭世老人的元神之光剖开，将他的前路阻断。

灭世老人想走也走不了，他被石昊锁定了。

法则池子震动，而后猛力向前镇压，池中大道符文交织，形成雷光，化作杀伐之气，在那里纠缠着。

灭世老人最后嘶吼，拼尽力气，想要突围。

很可惜，他失去了逃走的机会。石昊翻手间，掌指化成金色法印，砸在那冲天而起的元神之光上，将其打得崩开。

“嗡”的一声，法则池震动，瑞霞亿万缕，照射而出，随后将天穹上那碎掉的诸多元神之光全部束缚，收进法则池中。

不可一世的九幽獭始祖——灭世老人，就这么被镇压了！

法则池中，灭世老人剧烈地震动，元神和血都在激荡，可惜难以逆天。

进入法则池后，他便被镇压了，一身精粹不断被这个池子汲取，而后反过来炼化他。

虽然准仙帝很难斩灭，需要漫长时间去磨灭，但现在灭世老人落入池中，已经是在劫难逃。

远处，羽帝、鸿帝、苍帝的脸色难看到了极点，他们的同盟者，他们眼中的前辈，第一个成为准仙帝的存在，就这么被镇压了。

三人预感大势不妙！

他们被三股清气化成的身影挡住，压根儿就不能遁走。

他们的状态糟糕至极，血精都耗尽了。这么多年的决战，他们与石昊战到这一步，已经油尽灯枯了。

他们没能像石昊一般蜕变，而今再面对他，平衡被打破了！

昔日，他们三人与石昊处在一种微妙而惊人的平衡中，谁都奈何不了谁，对决了漫长的岁月。

“我不甘啊！”苍帝嘶吼。

现在，他们陷入了绝境。如果恢复的话，他们无惧任何生灵，但现在遇上精力十足的荒，注定是一场大难。

“噗！”

面对苍帝，石昊没有任何犹豫，手持仙剑，光华刺目，一剑斩出。

“啊——”苍帝怒吼。他真的不甘心，若非血精耗尽，法力干枯，自身处在油尽灯枯的地步，他自信还可以一战。哪怕他不是荒的对手，也比现在要好，此时他太憋屈了。

堂堂准仙帝，竟然被人斩了。

“哧！”

又一道剑光划过，斩断了苍帝的元神，这让他惊怒交加，却没有办法。

法则池璀璨，一条条秩序神链蔓延，将苍帝锁住，拖了进去，将他也镇压在此。

接下来，没有任何悬念，鸿帝、羽帝拼死一战，不想束手待毙，可是怎能挡住现在血气滚滚、战意滔天的荒？

“砰！”

鸿帝被石昊一拳击中，而后石昊抓住了鸿帝，将其元神亦封印在法则池。

羽帝作困兽斗，他非常强大，对灭世老人都敢不敬，现在自然不甘于成为阶下囚。

“噗”的一声，石昊的一双大手将羽帝抓住，而后直接镇压其元神。

这一幕，深深震撼了仙域诸雄，有人亲眼看见，还有人透过法阵见到了这里的最终战况。

片刻后，人声鼎沸，许多生灵高呼“荒天帝”三字。

他们知道，一场大危机解除了，荒一个人镇压了四大高手，将他们封在了法则池中，让他们再也不能兴风作乱。

但是，事情还没有完结！

石昊一步迈出，登上堤坝，而后大手一挥，许多黑暗生灵瞬间化成一团又一团雾。

他出手了，将诸多黑暗生灵覆盖，一只大手横空而过，将一座又一座接引古殿震落，化成齑粉。同时，那些堕落王者、黑暗生物，一个又一个地被灭。

经过这一战后，仙域破败了。

哪怕过去很多年，仙域也不宁静，到处都是破败之景象。

石昊出手，斩灭了所有堕落王者、黑暗生物的统领等，一些极其强大的生物都被他亲手击灭了。

虽然敌手被肃清了，可仙域还是很荒凉，时时都有大哭声。因为各族死了太多的生灵，无比凄惨。有些族群永远被抹除了，世间再也不可见。

石昊放眼望去，整片仙域中的仙王没有剩下几个，几乎都绝后了，真仙也锐减，少得可怜。

多日后，各地才渐渐恢复生气。

毕竟，他们击败了黑暗生物，解除了界海另一端的大威胁。

各大城池先后庆祝，悲郁的气氛一扫而光。

“荒天帝！”

世间各族修士都在诵石昊的名，这一次都很虔诚，无比真心，若没有他，仙域就完了。

此时的石昊却很痛苦，因为他认识的那些人都快死光了。

鸟爷战死，精壁大爷的仙金之躯四分五裂，元神被斩灭。

禁区之主、水晶头骨他们都随风而散了。

曹雨生、长弓衍、谪仙、独孤云、邀月公主等再也不能出现在世间了，石昊此生都看不到他们了。

石昊怎能不悲伤？旧识不说尽灭，但也差不多了。

这一日，一片新坟间传来悲恸之音。

石昊在低吼，秦昊、石毅都殒命了，此外还有他自己的亲子，也葬在天庭的遗址中。

一战过后，石昊感觉到了深深的悲凉。

这是从未有过的孤独，那些人都殒命了，他唯一的孩子也已凋零。他有一种凄怆感，披头散发，仰头望天。

他的心很酸苦，而后有一种剧烈的疼痛感。那些人都不在了，举世茫茫，他怅然长叹。

“他们的仇已经得报！”在石昊的身边还有数十名老兵，这是侥幸未死的人，是被屠夫等救下的。

“若有轮回，他们一定会回来的！”老兵们都很伤感，一个个都带着伤，没有换下残破的战衣。他们眼中有浑浊的老泪，站在这里，陪着石昊。

远处，三大强者默默地注视着这一切。

“有轮回吗？到底有没有？!”石昊嘶吼，眼神可怕，发丝凌乱。

此时，他很沧桑，一战过后，长发有半数都白了。仙域各族幸存下来的强者拜访，见到他这个样子，大受触动。

最后，石昊盯着界海方向，凝视海的尽头，他决定去那终极之地走上一趟。

第1743章 无法绝情

那里有什么？石昊凝视着，终极古地仿佛有一股神秘的力量在呼唤他，想接引他过去。

石昊神色严肃，表情越发凝重，但他没有动，自身寂静如化石，伫立在那里。

他虽然要去，但是也要解决一些隐患才会上路，比如法则池中的四大强者的元神必须炼化掉，若发生意外，让他们逃出来，会酿成大祸。

终极古地究竟有什么他不知道，或许可以从羽帝他们身上入手。

这里很荒凉，是天庭的遗址，很多万年都没有人烟了，只有大坟，有些是数十万年前立下的，还有不少是不久前出现的。

石昊一叹，白发披散，心有沧桑。

再回首，那生命历程中，多少人都永远离去了，再也见不到。

那个时候，他还是少年，与故人喝酒吃肉，比如曹雨生、长弓衍等，还有那永远长不大的太阴玉兔。

那些欢笑的、悲伤的过去，总令他怀念，无比伤感，那些人都被眼前一座又一座黄土坟所取代了。

他将有些人封印在神源中，不让他们出世，可是到头来他们还是破开了封印，修炼至今，而后参战。

比如长弓衍，比如他的孩子小石头，还有八百老兵等。

篝火跳动，石昊盘坐在这些大坟前，无比感伤，他虽然为准仙帝，但是有些情感始终无法磨灭。

他做不到像灭世老人那么绝情，也不如羽帝、鸿帝、苍帝等人那样冷漠。

老兵没有上前打扰他，默默清理远处的废墟。

断壁残垣，瓦砾遍地，曾经辉煌的天庭，这数十万年来都无人，但是世间依旧有天庭之盛名。

这是属于石昊一个人的天庭，他独自杀入界海，而今更是大胜而归。

这一切都是石昊迫不得已而为之，当年，他担心天庭部众遭劫，如同史上那些天庭一般走向毁灭，所以他宁愿自己一个人扛下所有因果。

在石昊的身前有一块石头，暗淡无光，那是打神石，它几乎形神俱灭，这是石昊寻来的最后残体。

这块石头内部有打神石的一缕元神之火。

如今，石昊准备亲自培育这块石头，他为准仙帝，即便遭遇这样的伤害，他也能够让打神石再现。

此外，还有一只折翅的金色蝴蝶呆滞地趴在石昊的肩头，那是皇蝶。它也残破了，元神不全，石昊亦在帮它调理神魂。

昔日，那么多故人，如今剩下几个？身边的这两个都如此了。

在石昊的身前，有一个法则池，如今火光跳动，那是他的准仙帝之火，正在无情地炼化当中的四大强者。

“锵！”

一柄仙剑发出刺目的光，没入池中，劈斩四大强者的元神，协助炼化。

“后来者，今日你斩灭我们四位准仙帝，他日你也要殒命！”鸿帝说道。他擅长推演，掌握世间大运，看到了一角未来。

要知道，到了这个层次，准仙帝无论如何也不能探究了，根本望不穿、看不透。就如同在时间长河中，想要寻到一位准仙帝的过去、现在、未来，那太难了。

比如那白衣女准仙帝，她曾跨越万古，进入时间长河无数次，拥有特殊手段，掌握荒天帝遗留的真血，也才见到他数次而已。

这一次，未来之人之所以能够寻到石昊，完全是因为他与灭世老人、羽帝他们打得太激烈，恐怖的气息震动了时间长河。

准仙帝自身就蒙蔽天机，无论是他的过去，还是现在，抑或是殒命后，都带着迷雾，让人难以看透。

“啊——”

鸿帝、苍帝都在嘶吼，他们承受了太多的痛苦，元神之光被那柄仙剑切开，而后又被法则池熔炼。

他们可以感受到自身在衰败。一次、两次，一年、两年，或许都无用，没办法斩灭他们，但是架不住岁月漫长。

石昊有的是时间，年复一年，不断炼化，他们终究是要元神解体、身死道消的。

“终极古地有什么？”石昊问道。

羽帝、鸿帝冷漠以对，一句话也不说，不愿回答这个问题。

石昊盘坐在新坟前，看着亲子的坟墓，眼中有冷光闪过，猛然催动仙剑与道火，对他们的神魂进行拷问。

石昊心中有怒，有恨，也有悲，在天庭的废墟上炼化四大高手。

“我等为准仙帝，纵是死也不能受辱！”灭世老人寒声说道。

“可以，给你们痛快，自行散掉印记吧。”石昊冷漠地回应道。

“终极古地有成为仙帝的契机。”灭世老人告知。

羽帝、鸿帝、苍帝脸上都露出异色，有向往，也有遗憾，但最终都沉默了。

他们怎么可能会自行散掉印记？修行到了这一步，一个个都意志坚定，甚至比仙金还要坚硬。但凡有一线生的希望，他们就不会选择死亡。

对此，石昊很无情，也很漠然，每日都催动准仙帝之火炼化他们。

在不远处，三大强者被朦胧的光包裹着，静静地看着这一切。随后，他们消失了，前往界海堤坝。

他们是白衣女准仙帝、无始，还有头上悬着大鼎的生灵，三大强者还未离去，想跟石昊沟通，可涉及的因果太大了，因此他们没有尝试逆天。

若说些无用的话语，根本没有必要；可是一旦深入地交谈，那太惊人了，会影响时间长河的稳定。

岁月悠悠，一眨眼过去了上千年。

石昊一直在炼化四位准仙帝，这段时间哪里也没去，亲自在这片坟地中守灵。

数十名老兵忠心耿耿，跟在这里，修整这片废墟。

小蚂蚁活了下来，赤龙也还在，其间不时来看望石昊。

这些年来，石昊不断重演过去，凝视时间长河。有些故人陨落时，他当时并没有看到。

而今，遥望过去，以大法力再现当年的景象，他有些怅然，更有遗憾，还有一种心痛。

他看到了雷灵，它如巨龙一般，纵横在天地间，但还是被堕落王者击灭了。

他看到了穆青，穆青被人打得元神溃灭，唯一值得庆幸的是留下了残躯，被石昊镇封在这里。

“穆青，你追随我多年，我若成为仙帝，定会打破时空，让你复活。”石昊自语道。

他看到了谪仙，谪仙被一群王者横扫而过时，那飘逸出尘的仙躯彻底湮灭，化成光雨。

他亦见到了太阴玉兔、魔女，她们都元神破散，只留下一点印记，而今被他温养在两座坟中的玉石棺内。

邀月公主、鸟爷、精璧大爷、金毛犼、禁区之主……一个又一个地逝去。

石昊不忍再看。

一声轻叹响起，石昊撕裂虚空，去了一处神秘之地，看望封印的石村，还好那里还有一些亲人、故人。不然的话，举世茫茫，他哪怕无敌，也感觉不到快乐。

许多人在沉眠，依旧如过去一样。

石昊没有打扰他们，默默地一路看过去，他见到了清漪、祖父、族长爷爷他们，也看到了父母，还有村落中的人。

石昊不敢让云曦醒来，因为小石头不在了。

“小昊。”一个女子苏醒，向他看来。

“阿蛮！”石昊怔怔地看着她。当世，还有谁敢这么称呼他？也只有最亲近的几个人了。

“发生了什么？”阿蛮问道。她察觉到了，这里的人少了很多，有些人离开了此地。

“他们在哪里？”阿蛮疑惑地道。

最后，阿蛮跟石昊离开了这里。

看着那些坟，看着那些石碑，阿蛮难以置信，不禁落泪，伤心欲绝，她手抚着小石头的坟墓，不能接受！

阿蛮眼中带着泪，看向石昊道：“你想哭，就哭出来，不要憋着。”她无比担心石昊。

“准仙帝怎么会哭？”石昊露出比哭还难看的表情。

在这一日后，阿蛮在这里照料石昊，没有再回石村。

“我快要上路了，你还是先回石村吧。”石昊说道。

千余年间，他将四大强者炼化得差不多了。在此期间，他不断揣摩如何成为仙帝。

毫无疑问，灭世老人、羽帝、鸿帝等人的手段、神通、体系，给予了石昊很大的启发。

“我就在这里等你，希望第一时间见你无恙归来。”阿蛮摇头说道。

“成就无上仙帝后再离开吧。”阿蛮小声建议，怕石昊就此一去不复还。

“成就不了。”石昊摇头道。他已经百般尝试了，却始终不能真正晋升到那一个领域。不过，他真的停留了下来，没有立刻走。

随后，他揣摩仙帝之境，再次尝试破关。

在此期间，不知道有多少大教之主和老族长求见石昊，都被他推拒了，数十名老兵挡在天庭遗址外，不让他们靠近。

除却小蚂蚁、赤龙外，这些年也只有屠夫、葬主可以来看石昊。

两人想成为准仙帝，于是与石昊论道，认真请教。他们的身上早已有了丝丝缕缕的准仙帝之光，但就是迈不过去那道坎。

石昊很认真，毫无保留地讲解了自己成为准仙帝的过程，这是最宝贵的经验，同时他也将羽帝等人的路告知了他们，他希望这两人能成为准仙帝。

可是，到头来两大强者始终不能突破，始终在突破的边缘。

一晃数千年过去，石昊依旧在这片坟地中。

屠夫、葬主不知道来这里多少趟了，与石昊不断地论道，最终只能一叹，这一生一世他们多半都只能止步于此了，成就不了真正的准仙帝果位。

这个层次的生灵并非有岁月的累积就能成功，不然的话，屠夫、葬主早该晋阶了，他们活过的岁月漫长得骇人。

法则池内，四大强者最后都成为灰烬，全身皆被石昊炼化了，灭世老人、羽帝、鸿帝、苍帝都彻底逝去。

石昊觉得该上路了，界海的那一边，还有火灵儿、大长老、柳神的焦黑树桩等待他将他们从那未知的虚空中接引回来。

然而，还没有等石昊出海，一股力量已经出现了，自海的那一端而来！

第1744章 终极古地

那是一股惊人的力量，强大无比，化作符号，随着风浪打到了堤坝后方。

“呜——”

可怕的异啸响起，如同魔鬼在哭泣，那是大道符文化成的飓风，急速扩散，向诸天万域席卷。

恢宏之力，浩浩荡荡。哪怕是在仙域中，众人亦战栗。

“咔嚓！”

天地解体了，居然在断裂。

这个景象让人骇然，仙域本就四分五裂了，现在又发生了这样的大灾难，让人惊悚不已。

“阿蛮，你回去！”

石昊起身，将阿蛮送走，并将打神石、皇蝶，还有几十名老兵都送出天庭废墟，让他们前往封印之地。

这股力量太狂暴了，肆虐大世界。

“轰隆隆！”

仙域真正地瓦解了，一下子化作成百上千块区域，漂向远方，彼此分开。

接着，这股符文化作的飓风激荡，逐步蔓延，“轰”的一声击穿界壁，便向九天十地席卷而去了。此外，还有符文等向葬地等处蔓延。

“咚！”

石昊强势出击。无论如何，他都不可能任这些可怕的大道符文冲进九天十地去，那里是他真正的故土。

他捏拳印，轰向风暴。

石昊整个人横空而立，阻挡在前，身体发出无量光，他像一个巨人不断地放大，挡住了那股可怕的大风暴。

“嗡”的一声，石昊祭出了几件准仙帝兵器，其中有羽帝的弑帝战矛，也有灭世老人的紫电锤，四大强者的兵器都成为他的战利品。

现在，虚空嗡嗡轰鸣，石昊将这些兵器祭出，镇压风暴。

他顶天立地而行，耸入宇宙中，祭出几件法器，压制着这股风暴。他向前而去，站在了堤坝上。

“呼！”

突然间，漫天精气、无尽精华从瓦解成千百块的仙域中溢出，向界海那一边涌动而去。

同样的事情也发生在葬地、异域等地，而且它们也在瓦解。

这实在是一股浩瀚而恐怖的力量！

显然，各域损失颇为惨重，大天地分裂成成百上千块，会引发大祸。

这个景象有些惊人，仅这么一次席卷而已，天地就衰败了不少，再这样下去的话，会让各界陷入末法时代。

“砰！”

仙域再次震动，而今，它化成了上千块，彼此间越来越遥远，与昔日之鼎盛相比，明显没落了。

到了后来，许多碎片都消失不见了，没入虚空，各自处在一方。

与九天十地毗邻、隔着界壁的那一块天地，相对来说真的缩小了太多。

这是天地巨变！

就像当年九天十地解体，分成九层天与十块大陆一样，现在的仙域解体得更彻底，分成了上千块。

不过，仙域的碎块要大得多。它本就是由诸多宇宙融合而成的，昔日，一位仙王就统御一片宇宙，哪怕现在分解了，任何一块也都大到无边。

盛极而衰！

石昊只能这样轻叹，仙域分裂了，成了现在这个样子。

远方，三大生灵在凝视，白衣女准仙帝、头上悬着大鼎的强者、无始感慨无比，后世的仙域竟是这样瓦解的。

在那片时空，他们早先只进入仙域的一角之地。

界海深处，那大道飓风来得快，退得也快，它带走了海量的精气，让诸天各域都暗淡了不少。

石昊凝神，他感受到了，刚才那股力量最起码也是准仙帝级的，界海那一边果然还有诸多古怪。

仙域、葬区各地人心惶惶，就是许多强者都震惊不已。

到了这个时代，仙王都没剩下几个了，只有屠夫、葬主等少数几个。

至于真仙，强大如他们，都无法感应那漂流而去的其他仙域碎片究竟到了哪里。事实上，那些碎片越漂越远，有的真仙级强者彼此间日后都无法再相见了。

每一块仙域碎片都有仙光腾起，自我保护，封印自身，形成各自的界壁。

石昊没有出手。

这样也好，彼此分开，若再有大祸来临，总有一些古地可以幸存下来。

“世间是否有轮回？”石昊自语。因为他想那些战死的故人活过来。

曾经的故人一个个地凋零，让他倍感孤独，他希冀昔日之欢声笑语可以再现。

若有轮回，他愿意置于这天地间，真正来一次大的修补，让那些人重生，再现人世间。

“我该动身了。”石昊目光坚毅。他要去界海那一端看个究竟，若有轮回，他便修补大天地，重置轮回。

事实上，到了这一刻，他也不得不动身了，因为若隐若现间，他已经感受到了，界海那一边有什么东西盯上了他。

这一次，石昊渡海快了很多，因为他曾击落与镇压一些接引古殿，这些古殿内有奇异的道路连接着黑暗之地，能迅速到达海的那一端。

“荒天帝又上路了！”仙域，有人叹道，又惊喜，又忧虑。

荒天帝出手，必然强势绝伦，但是他真正能彻底解决界海那一边的问题吗？

白衣女准仙帝、无始、头上悬有大鼎的生灵也想跟去，却发现这片世界排斥他们，时间长河浮现在他们身畔。

“不能前进了，想必界海的终极之地有大因果，我等无法踏足，再强行下去的话，我们该遭到反噬了。”他们轻叹，最终还是退后了，不能去终极古地。

登临界海这一边，石昊进入黑暗之地，而后又穿行而过，向终极古地前行。途中，他很想将大长老、火灵儿、柳神的焦黑树桩接引回来，但是又暂时放弃了。

石昊在忧虑，若接引他们回来，哪怕是及时送回仙域，可若赶上大决战，也不见得安全。

“你们等我，我先去最后的终极古地探个究竟！”石昊自语。即便他回不来了，大长老、火灵儿他们也可以在那片时空好好地活着，相对来说更安全。

黑暗逝去，石昊走出这片古地后，所见到的也不算多么璀璨。

在石昊看来，这更像是染血的黄昏。

他来到了终极古地，一步就是无穷远，速度显得非常快。

很快，他止步了，因为他看到了一些殿宇，这些殿宇都出现在大地上，神圣而灿烂，那是接引古殿。

在终极古地，接引古殿密布。

“嗡！”

到了这里后，石昊身上有一物发光，震动起来。

“烂木箱！”他很吃惊，烂木箱与此地有联系？

石昊很警觉，将烂木箱放在了地上，结果它嗡嗡乱颤，向其中一座最宏伟的接引古殿飞去。

“轰！”

烂木箱撞入那座恢宏的古殿中，便安静了下来。

石昊露出异色，这里已经算是终极古地的较深处了，究竟有什么？

他看着烂木箱，绕着古殿走了一圈，并未发现特别之处，最后，他目光闪烁，再次上路。

他没有带上烂木箱，将它寄存在此地。

事实上，石昊前行了没有多远，就要到终极古地的最深处了。

远处，莹莹发光，有一座碑，不算多高，洁白如玉，神圣无瑕疵。

这是成群的接引古殿的尽头，再向前就有种诡异的力量波动了。

“这是……”

石昊大吃一惊，神色凝重至极，他认出了那碑体的材质，这跟记载《原始真解》的骨质完全一样。在碑上面，刻着一些符文，清晰而深刻。

“《原始真解》最后一篇！”

石昊认真研读，很快就确认这是《原始真解》的最后一篇，跟前两部有联系。

石昊参悟后，闭上眸子，想了很长时间。这最后一篇是适合准仙帝修炼的，但是也仅此而已，到头了，依旧没有涉足真正的仙帝领域。

“我都已经成为准仙帝了，而今再学这部法，意义已经不大，只有参考的价值。”石昊叹道，但很快他又目光闪动，意识到了一些问题。

“学我者生，似我者死！”石昊叹息，可以受它启发，感受准仙帝境界的各种妙处，但如果一味模仿的话，终生都将被它所限制。

“这就是开创体系与延续前人之路的区别吗？”石昊自语，而后惊醒。

“我留给后人的法，应有所舍弃，有所保留，给予他们一条路，埋下种子，但需要自己去超脱，再创不同的法，接续前路。”

竟有准仙帝的法留在这里，这算得上大手笔。

与此同时，终极古地的最深处腾起阵阵黑雾，如同乌云遮蔽了苍宇，那里散发出无与伦比的可怕波动。

石昊见到了终极之地最深处的一块残破的石碑，那里刻着几个古字，是以大道符文构建而成的，无论哪个纪元的生灵，只要足够强大，都能理解。

“成帝的契机……”石昊诵出碑上的古字，瞳孔收缩，盯着那里。

“走吧，赶快离开这里！”就在此时，石昊的身后突然传来一道神念，对他这般告诫。

石昊霍地回头，看向远处那座最宏伟的古殿，烂木箱就在那里。

第1745章 黑暗源头

最宏伟的接引古殿有一股奇异的力量，殿宇流光溢彩，瓦片都是黄金色的，神圣而气势磅礴。

殿宇内，烂木箱在摇动，虽然是木质的，但是看起来像变成了金属的。光华亿万缕都照射在烂木箱上，像要接引什么东西回来，出现在当世。

那声音是从木箱中发出的！

石昊目光灿灿，凝视木箱，这里面有生灵？这个箱子跟随他很久了，从来就没有被研究透彻过，现在它居然发出了声音。

这很诡异，也很神秘，它沉寂不知道多少个纪元了，当年被埋在葬地中，现在突然出声。

“你是谁？”石昊问道，且自身在倒退，脱离被黑雾笼罩的终极古地。

“轰！”

突然，一道黑色的闪电急速而来，轰向接引古殿中的那个烂木箱。

这黑色的电光比天罚都要可怕，堪比准仙帝触动因果之力，有灭世之气息，恐怖的雷光淹没了那里。

“砰”的一声，恢宏的金色殿宇炸开了，化作废墟，烂木箱被黑色的雷光所覆盖。同一时间，黑雾中，那块残破的石碑发光，几个大道文字显得更加璀璨。

“成帝的契机！

“成帝的契机只属于一人。”

悠悠轻叹，像是某种执念，在天地间回荡着。

而后，石昊看到了一些昔日的景象，灭世老人、羽帝、苍帝、鸿帝都曾在此徘徊。

成就仙帝果位太艰难了，最起码目前石昊从未接触过这样的生灵！

那是谁的执念？此时这样响起，是在提醒石昊吗？

是谁在表达善意？

究竟是前进，还是就此转身离去？

石昊站在原地未动，静静地看着烂木箱，又看向终极古地的最深处。

“呼！”

突然，黑雾翻涌，向外面汹涌澎湃而来，毫无疑问，带着大量的黑暗物质，浓郁得化不开，那是黑暗本源。

但是，在当中也有大道符文，蕴含着无上奥义，超越了准仙帝的层次。

这让石昊震惊不已，那是真正的仙帝奥秘？

在那黑暗中，竟有这种大道符文随着黑暗本源而向外扩散，不是很多，但是也很惊人。

仙帝的经文奥义着实震撼人心，哪怕是石昊都为之一震，难怪灭世老人他们临死前都带着遗憾、不甘。

这里的确有成帝的契机！

这究竟是什么地方？为何会有这种东西？

远处，黑暗物质更浓郁了，向外喷薄，恐怖无比，但是，它的内部包裹着神秘的符文，蕴含着惊天的奥义。

“学我者生，似我者死。”石昊没有迷失，反而无比冷静，这般自语。他没有急迫地去获取，反而像一个局外人，冷漠地站在那里，平静地观察。

换作他人，多半早已忍受不住，毕竟惊天造化就在眼前，万一错过的话，可能就再也没有机会了。

直到很久后，石昊才谨慎地捕捉那些符文，默默地观看、思量着。

石昊露出异色，所有的经文都烙印在黑暗本源中！

在此过程中，随着他捕捉大道符文，黑暗本源也一同被炼化，要融入他的躯体内。

“难怪……”

石昊终于明白灭世老人、羽帝、苍帝、鸿帝他们的体内为何有黑暗物质了，长此以往，怎会不被黑暗侵蚀？

要知道，这个地方的黑暗本源涉及了真正的帝道层次！

灭世老人、羽帝这种生灵，一生所求就是仙帝果位，他们是冷酷的，也是绝情的，坚信大道无情，视万物为刍狗。

到了他们的层次，只要能成就仙帝位，可以无所不用其极，汲取黑暗本源又算得了什么！

或许，亿万年后，数不清的纪元轮回后，石昊也会走上那样的路，因为坐看纪元更迭，大世沉浮，任何强者总会疲倦。

真到了那种境地，也许唯有突破，超越原有的一切才是最终的选择。

但是，现在他不可能沦陷，现在成帝，对他没有那么大的诱惑。

如果有选择，他宁愿放弃现在所拥有的一切，换取亲子、故人都复活，再现人世间。

“停下吧，回头吧，不然的话，你会被侵蚀的！”后方，那个烂木箱再次发出声音，压制它的光束消退了很多。

“你究竟是谁？”石昊问道。

“我是一个迷失的幽魂，在这里突然复苏。”烂木箱一阵摇动。

“轰！”

下一刻，终极古地的深处再次爆发无量光，都是乌光，全部轰向烂木箱。

那种力量令人心悸，让石昊都变了脸色，它包含着丝丝缕缕仙帝的气息，神威盖世，这是浩瀚之力。

烂木箱龟裂了！

“轰！”

烂木箱突然炸开，光雨阵阵，绚烂至极，笼罩此地，如同最神圣之物出世了。

当一切平静下来时，出现了一座神庙，它古老而神秘，有一股历史的沧桑感，陈旧中彰显着不凡。

“烂木箱?!”

石昊一愣，这古庙是烂木箱所化?

它拥有不可测之力，蕴含着开天辟地的气息，仿佛是那个时代的产物，现在自里面向外喷涌混沌。

同时，石昊心中一惊，见到一个生灵盘坐在这座神庙中。

那是一团光，包裹着一个生灵，那个生灵盘坐在那里，倏地睁开了眼睛，给人一种神秘的感觉。

虽然石昊感受不到浩瀚的力量，但是那个生灵绝对不凡。

“你想告诉我什么？敬请述说。”石昊说道。

“我也记不清了，岁月太久远了。我只是一道残魂，一缕元神印记。”那个生灵有些怅然，有些苦恼，更有无尽的遗憾。

石昊仔细观看，这木质的神庙与接引古殿很像。

“所谓的接引古殿，是为了接引你回来？”石昊露出惊容，心中生出这般突兀的念头。

“我不清楚，我只知道前方很危险，你要仔细看清前方到底是什么。”那个生灵提醒道。

烂木箱有一缕元神印记，直到今日才觉醒，让石昊深感惊异。

石昊无惧，只要不是真正的仙帝出现，这世间还没有人可以除掉他。

黑暗物质汹涌，石昊默默观察，继续炼化。每炼化一部分黑暗物质，他就能得到少许符文，大有收获。

“轰！”

数月后，石昊猛力一震，自体表溢出浓重的黑烟，那是侵蚀进去的可怕物质，被他强行逼迫了出来。

通过数月的观察，石昊发现自身的精气神等被那终极古地吸收了不少，这等于是在交换。

他付出精气神，得到经文，被黑暗侵蚀。

石昊露出异色，最后向后退去，休整了足足一年，而后猛然向终极古地深处踏步，想要看个清楚。

果然，距离越近看得越真切，同时所能得到的仙帝经文也会越多。

到了后来，石昊止步了，他看到一层乌光将前方一片巨大的疆土笼罩着。

那里一片朦胧，隐约间可以看到大概的轮廓。

“有一个生灵！”

石昊很震惊。那是一个巨大的人形生物，比大山都要壮阔，他坐在一张石椅上，仰躺着，身体残缺。

“轰！”

石昊浑身发出无量光，将道行提升到了极致，仔细地凝视，认真地观看。

终于，他看得真切了，血色的黄昏下，凄凉的乱石山地，黑雾翻涌，一个巨人仰躺在石山打磨而成的帝椅上。

巨人浑身漆黑，体魄仿佛腐烂了，散发出浓郁的黑色雾霭，那便是黑暗物质的真正起源之地！

所有的黑暗都来自一具尸骸！

“这……”

石昊即便修炼到了这个层次，也很震惊。这就是终极古地的最大秘密吗？

在这最深处，居然是一具巨大的尸骸，若站起来，估计会顶天立地，他的身上隐约间有仙帝的威压与气息。

这个人哪怕殒命了，也能如此，可见其当年何其慑人！

黑暗物质全是这具腐烂的躯体散发而出的，侵蚀着这片古老而无垠的大地。

仔细看，有秩序神链锁着这具尸骸，将他绑在了石椅上，同时那层光幕也在镇压此地，原本应该是神圣的，不过被黑暗物质侵蚀成了黑色。

看起来，这个生物跟人族并无二致，只不过巨大无边。

“远离他，这里很危险！”后方，那神庙中的元神印记说道。

石昊没有离去，而是绕着此地转了一圈，仔细地观察，在这么近的距离内，连他都有些难以忍受。

那黑暗物质太浓郁了，简直要将石昊同化了。可以想象，灭世老人、羽帝他们为何体内有海量的黑暗之力了。

昔日，他们为了成为仙帝，曾在这里徘徊与逗留很久，为了得到仙帝经文，不断炼化黑暗本源。

“溯本还源，昔日景象，现！”石昊一声大喝，催动无上法力，动用一身的道行，在这里开始演化，他要看昔日发生的一些事。

“轰隆隆！”

如同天崩地裂了一般，这个地方出现了诸多异常景象。

只是，此地太过非凡，涉及了准仙帝甚至仙帝，所以石昊这般追溯遭遇了巨大的阻力。

这个级别的生灵，原本就能蒙蔽天机，他们都不可探寻。

石昊以绝世手段，以盖世修为强行推演，终于看到了那些模糊却真实的景象。

他看到了那具尸骸曾在过去吐纳，有过呼吸！

“他还活着？”推算岁月，正是石昊渡海前发生的事。

那具尸骸呼吸间，喷出的浓烈黑雾化成了大道符文铺天盖地而出。大道符文席卷界海，浩浩荡荡地涌向对岸。

而后，当他吸气时，仙域、葬地等诸域无穷的精气被接引走了，向这里汇聚。

石昊十分震惊，倒吸了一口凉气。事已至此，连他都觉得毛骨悚然。

不过，也只有那么一次呼吸而已，不是持续的，那具尸骸做完这一切就昏睡了，像是耗尽了一身的力气。

“喷薄他自身的黑暗物质，汲取真正的圣洁与纯粹的精气。”石昊自语，眉头深锁，这是在交换。

随后，他继续观看，溯本还源，窥视天机。

石昊看到了羽帝、苍帝他们携带海量的纯净之力来此炼化黑暗，获取仙帝经文。

接着，石昊看到了黑暗子民！

接引古殿一座又一座，被黑暗笼罩。

诸多天骄，大量的英才，被关在黑暗牢笼中的生灵，他们被侵蚀了，吸收了黑暗物质，同时自身的纯净本源等被汲取走了。

石昊一阵头大，他明白了，所有的黑暗祸乱根源都在这里，源自那具尸骸。

随后，他又看到了灭世老人、羽帝、苍帝他们。

四大准仙帝肯定也洞悉了这里的一切，但是欲罢不能。为了得到仙道经文，他们每隔一段时期都要召唤一些黑暗子民，等于是在此献祭。

不过，他们也不敢持续，怕自身彻底被黑暗化。所以，他们也会沉眠，也会休整，等待下一个纪元来临，在此期间，默默修炼。

同时，四位准仙帝也曾攻击过此地，他们想走进去，得到尸体内烙印着的符文等。不过，他们失败了。

灭世老人自称开天辟地后第一位准仙帝，这有一个前提，要除去这具古老的尸骸才行。

第1746章 他化自在者

从某种意义上来说，所谓的黑暗动乱源头就在这里，而牢笼中的生灵等成全了他！

这里竟有这样一具强大而恐怖的尸骸！

石昊双目深邃，在这里凝视了良久，这样一个无上的存在究竟是怎么陨落的？

或许，也不能说他一定殒命了，毕竟他还曾呼吸，在那里吐纳。他呼出的是黑暗本源，吸入的是界海那一边的精粹，这样的交换，像是在洗礼自身被污染的体魄。

石昊近距离炼化了一些黑暗物质，获取了一部分经文，而后慢慢走向了远处。就这样，他在此栖居了下来。

石昊并没有像灭世老人、羽帝、鸿帝他们一样不择手段，渴求仙帝经文，而只是适量地炼化了部分黑暗本源。

石昊在这里坐关，他要悟道，想尝试突破原有的境界。但是，他不想走腐烂尸体生前所走的路，那少许经文对他来说只能算是参考。

一年、两年……

十年、百年……

一晃就是数百年，石昊在这里悟道，闭关修行，无论是追寻轮回还是复活故人，都需要他再作突破，有至高的实力才行。

“小心被他侵蚀，他多半还没死得透彻。”神庙中，那团神圣光辉中的生灵曾多次告诫他。

石昊点头，表示谢意，但是并未离去。

这段岁月，石昊接触了不止一位准仙帝，尤其是跟羽帝、苍帝、鸿帝他们战斗三万多年，对彼此的道法了解太深了。

他颇受启发。还有灭世老人，其体系亦超凡。

现在，石昊回想，汲取各家之长，默默地推演自己的路，感悟自身大道。

这一日，石昊心中警醒，霍地抬头，看向终极古地深处，因为他觉得浑身冰凉，像是被什么东西盯上了。

果然，在那黑暗中，有一双空洞的眼睛缓缓睁开，凝视着他。

这个生灵没有殒命？

石昊严阵以待，不过，他倒也不担心，这生灵若无恙，早就出世了，还会一直蛰伏在这里吗？

很快，一股磅礴的神念波动而来，告知石昊，若石昊去接引生灵，引来勃勃生机，便可送他一篇仙帝经文。

这不就是发动黑暗动乱吗？石昊拒绝了。

“后来者，你想与一位仙帝结下大因果吗？”冷漠的声音传来，那尸骸居然在张嘴，可以发声。

在石昊看来，这个生灵已经殒命了，只剩下执念而已，不足为虑。

“逝者已矣，安眠吧。”石昊冷冷地回应道。

这平淡的话语，让那个生灵的双目一下子变得漆黑如墨，越发可怕了。

“见帝不拜者，当诛！”威严的声音从那黑暗中穿透而来，若非那里有一些光幕笼罩，一定会惊天动地。

即便如此，这片古地也颤抖了，隆隆而动，山河都在哀鸣。

石昊没有理会，而是盘坐下来，继续悟道。

“哧！”

黑暗中，那具尸骸的双目发出刺目的光束，如同大片的赤炎，惊人心神。

石昊身体一震，他的神魂被攻击了，有一股意志要控制他的躯体，要斩灭他的元神。

“锵！”

石昊祭出剑胎，割裂长空，斩向那股意志。前方火星四溅，发出巨响，整片虚空都裂开了，大裂缝密布。

尸骸内的执念很霸道，唯我独尊，继承了生前的一些性格，高高在上，要掌控人间的一切，无人可拂逆。

“违背帝之意志者——死！”

黑暗中，那散发着腐朽气息的尸骸发出洪大的声音。

“轰！”

无量的黑暗物质爆发出来，化成惊天的风暴，向外冲击。

可惜，那里有一道光幕笼罩着，直接挡住了大量的黑暗物质，只有部分溢出，威力骤减。

冲出来的黑暗物质化成一条魔龙，张牙舞爪，法力雄浑盖世，向石昊攻去。

石昊蹙眉，那具尸骸生前多半真的突破到了仙帝境，不然的话，他的执念怎会有这样的威能？

这条魔龙可以与准仙帝对战！

一番激战过后，石昊击散了黑暗魔龙，可是它又化成了一只黑色的凤凰，展翅翱翔，携带着灭世般的黑色火焰焚烧过来。

接下来，那黑暗物质不断演化，有不少都是十凶的形体与妙术，很惹眼，也很惊人。

十凶中的最后一凶是一块巨石，巨大无比，粉碎了宇宙中诸多星体，轰砸下来，带着灭世的气息。

事实上，十凶中的最后一凶就是一种可以繁衍后代的奇异神石。

石昊丝毫无惧，他曾经迎战过数位准仙帝，而今对黑暗物质化形成的十凶从容出手，一一将之镇压。

石昊简单而干脆，经过一番对决，将那具尸骸化出的生灵都斩了个干净。

黑暗中，那具尸骸猛地张嘴，用力呼出一口气。

“轰！”天崩地裂，黑暗物质化成飓风，交织着密密麻麻的大道符文，震动界海，引发了滔天巨浪。

最恐怖的是，那具尸骸吸了一口气，一下子引发了巨变，想再次掠夺界海那一边的天地精气等，结果都失败了。

“镇！”石昊断喝。他出手了，绝不能眼睁睁地看着对方去毁掉界海那一端的生灵，这可是一位仙帝的恐怖力量。

哪怕有光幕阻挡，加上对方的身体出了大问题，到头来也有准仙帝级的威能。

“轰！”这一次的大碰撞，比他刚才攻击黑暗物质化成的十凶要激烈得多，也危险得多。

石昊感觉身体剧痛。他看到那个生灵从石椅上猛力站了起来，身上绑着的秩序神链哗啦啦作响，最后绷得笔直。

这个疑似仙帝级的生灵在吟诵咒语，口中喷吐出光芒，要击灭石昊。

这不是真正的激烈的大战，但是极其凶险。

最终，石昊挡住了那个生灵的攻势，没有让他劫掠天地精粹。

只是，石昊的内心颇为不平静，这个生灵被绑着，困在那里，还有光幕镇压，都能发挥出这种力量，实在骇人听闻。

当然，最重要的，那个生灵是残体，留下的只是执念。如果他真的活着，以全盛状态出世，那简直不可想象！

“虽然你身为准仙帝，但你与吾为敌，注定身死道消。”那个生灵冷冷地说道，带着无边的寒意。

“你若有本事，那就除掉我好了。”石昊冷冷地回应道。他闭上眸子，继续闭关，参悟大道。

石昊已经看出这具尸骸自身有大问题，他被压制在那里，强行挣动，消耗巨大，现在又要沉眠了。

那具尸骸身上是秩序神链，那似乎让他成年都嗜睡，在沉眠中度过。

岁月悠悠，石昊在这里悟道十万年，有了惊人的蜕变，自身实力在增长，他的体魄又一次进化了。

十几万年前，石昊对决羽帝、鸿帝、苍帝时就发生过一次蜕变，几乎要登临仙帝境，但最后止步了。

今日，他又一次蜕变，这次他不仅触到这个门槛，甚至一度跨进去了，差点成功立足。

但是，最后关头，石昊又退出了。强行冲关的话，多半会殒命，他还是差了一些火候，还没有水到渠成。

“有眉目了。”石昊自语。他在创法，开拓自己的体系，并研究盖世无敌之法。

在接下来的数万年里，石昊浑身发光，大道气息暴涨，他体内的门都开启了，以身为种被他演绎到了极致。

到了最后，石昊整个人都化成了一枚种子，远远望去，神秘莫测。

那是大道结成的种子，种子内部有一个人，他在参悟大道，在演绎自己的无敌法。

仙帝的气息在弥漫！

当石昊将近完功时，他很震惊，有些发呆，因为他所演绎出的无敌法为他化自在。

在昔日，他就掌握如何施展这个无敌法了。而这几万年来，他开拓自己的大道并推演无敌法，这是从根本上、源头上进行开创。

他化自在大法，是经历各种蜕变、种种演绎而成的，结果功成的瞬间终极升华。到头来，石昊发现，这就是他化自在大法！

“怎会如此？”石昊不解，他开创的法到头来竟然是他化自在？

从源头开始演绎，而后蜕变，最后极尽升华，这样才能成功。

这种法很特别，开创的途中如同凤凰涅槃，经历一次大蜕变后才显露真正的奥妙，可最终成形后又是熟悉的法。

石昊蹙眉。

终极古地的深处，那具尸骸被惊醒了，他的眸子越发阴冷，道：“扼杀天才，只手遮天，违背我的意志，唯有死路一条！”

他的目光奇异无比，渐渐由黑洞洞的变成露出点点金光，他整个人“呼”地站起，再次将身上的秩序神链绷得笔直。

“嗷！”一声惊天动地的大吼响起，这个巨大的生灵的眸子中射出两道神虹，金灿灿中亦缠绕着乌光，向神庙射去。

“轰！”神庙中，那团光中的生灵呵斥出声，激烈地对抗。

“你我本是同源，今日应当归一。”那具尸骸说道。

神庙中的那缕元神印记闻言后一震，像是一下子被这种大道符文冲击得觉醒了，想起了不少事。

最关键的是，它被那两道光束缠绕上了。

这道元神印记咆哮起来，突然爆发无量光，而后向石昊扑去。

哪怕是残缺的元神印记，也散发出了准仙帝之威。

“砰！”石昊冷漠地挥动手中的剑胎，将那道元神印记劈飞了出去。

这里光雨璀璨，到处都是。

自始至终，石昊都在防备着烂木箱中的生灵！

到头来，那烂木箱竟然化成了一座古庙，很像接引古殿。

这么多年来，他一直没有忘记未来之曹雨生的告诫，小心……殿！

在他看来，那多半就是接引古殿。

现在，石昊的防备起了作用，那元神印记被轰飞了出去。

“哧！”

最后，那两道光纠缠着元神印记，将它拉进终极古地的深处，使之进入光幕内，而后跟那具肉身融合了。

“想不到我又回归肉身了，我还是我，你却已经不是你了。”尸骸散发着淡淡的金光，说话的是被拉回来的元神印记。

“谈什么区别，你就是我，我就是你。”乌光闪动，尸骸开口道。

“当年我刚踏足帝道，道行不稳固，又被黑暗破体而入，为了保住真灵，我自困于此，锁住自己的残体。”金光闪动，那元神印记说道。

“部分元神离去了，你还带走了部分躯体。”尸骸冷漠地说道。

“为的是自救，留下一部分纯净的血肉与神魂，有朝一日可以恢复。”

“纯净？都早已被侵蚀了！”尸骸冷笑。

远处，石昊心中震动，大致了解是怎样一种情况了。

当年，这个生灵初步踏足仙帝领域，还没有稳固，便发生了意外，有黑暗之力破体而入，他的神魂与肉身都被腐蚀了。最后，他斩断部分躯体还有一些元神印记，令之远去。而后，他又将自己的真身锁在这里，这是他自己镇压了自己。

他意识到自己出了大问题，所以才这么做，怕给世间带来大祸。但是，现在看来，尸骸失控了，走向了元神的对立面。

“我让你离去，你不走，而今麻烦大了，你多半要陨落在此了。”尸骸的眸子散发金光，幽幽叹道。

石昊知道，这应该是从烂木箱中脱困的元神印记在说话。

石昊戒备着，他没想到那道元神印记与尸骸同源，原本是一体的，现在突兀地融合了。

“你觉得我灭你不易是吗？其实很容易，我证明给你看！”那尸骸的瞳孔化成了乌黑色，黑洞洞的。

“嗡”的一声，在石昊的身边，有一柄剑胎横空，爆发出无量光，散发仙帝气息，而后朝石昊猛然斩去。

他震惊不已，这是大罗剑胎！

到了准仙帝境界后，石昊已经确信，昔日的那些传闻是假的。炼仙壶的主人曾说过，此剑很有可能属于帝落时代那位在堤坝上留下脚印的强者。

石昊渡海成功，见到了那位强者的魂火与残身，也跟羽帝等人交手，确信大罗剑胎不属于那个生灵。

可是，无论如何，他也没有想到，这柄剑胎一下子爆发出了仙帝气息，而且不受他控制，掉头斩向了他！

第1747章 不属于这片古史

剑胎璀璨，其凌厉之势，撕裂了万古诸天，威能极致强大。万物为之生，为之灭，为之兴，为之衰，它覆盖了时间长河！

这一刻，仙帝威势绽放，浩瀚莫测。

诸天开辟，诸界溃灭。

此际，天地开阖、乾坤崩溃的场面，如同界海中的浪花，无穷无尽，太浩瀚了，给人一种不真实的感觉。

它的威力至高无上，前所未有，真正影响了万物、万灵、万界。

若是十万年前，石昊肯定躲避不过去，这太突然、太可怕了，根本预料不及，他怎会想到沉寂无数岁月的大罗剑胎会突然爆发仙帝之威！

然而，石昊如今已经数次蜕变，曾踏足仙帝领域，虽然又退出了，但实力的确更强大了。故此，在第一时间，他的身影化成光雨，从原地消失了。

石昊道法盖世，战力惊天动地，他躲避了出去，在虚空中幻灭，屹立在天地尽头。下一刻，石昊毛骨悚然，剑胎仿佛从来没有离开过，就在眼前，离他更近了，冰冷的剑锋快触碰到了他的肌体。

事实上，石昊发现自己的确站在原来之地，这很诡异！剑胎其实还未斩到，但那至高的仙帝剑气已经伤到了他的肉身。

“轰！”

石昊浑身绽放无量光，又一次从原地消失了，打破虚空，得见永恒。他离开了这里，浮现于宇宙尽头。

下一刻，石昊汗毛倒竖，再次感觉到了死亡的威胁。那剑胎依旧在他眼前，且更近了，贴上了他的肌体。

同时，石昊的双瞳收缩，因为这一次他真实地看清自己的确还在原地，又出现在了原来的位置。

这很诡异，非常不对劲，他不是移到了宇宙边缘吗？

就像刚才他也远遁到天边，可是到头来发现又回归了原点，依旧在离开前的那个地方。

“噗！”

石昊的肌体上出现了一道伤口，他一声长啸，极力挣脱，再次逆天而起，向远方遁去。

石昊意识到这是仙帝的场域，逆溯时间，将他限制在这寂静的时空中。哪怕他纵横无敌，逃遁了出去，依旧会被拉回这个点，要接受这一剑的劈斩。

“无法无天无束缚！”石昊大吼，浑身焚烧，秩序神链冲天而起，要打破永恒，脱离这片法则之域。

然而，终极古地的深处，那具尸骸早已猛地站起，眼神阴冷到极致，而后射出炽盛的光束。

那具尸骸动了最强杀机，因为他感受到了威胁，那个年轻人的身上居然浮现出了帝的气息！

这太过惊人心魄了，一个后来者真正触摸到了这一领域，很有可能会成帝，君临人间，从此无敌。

这具尸骸动用了禁忌秘术，他担心再不出手就晚了！

“咚！”

石昊咯血，整具躯体如遭雷击。他突然觉得一阵虚弱，仿佛自身存在的意义都要消失了。

这是为何？

石昊的目光贯穿古今，看到了时间长河上游的一幕，有一具尸骸探出大手，释放无量黑暗之力，隔着亿万里镇压一个少年。

那个少年就是他！

“什么？！”

石昊震惊了，有人沿着时间长河而上逆溯历史，在过去动干戈。

谁敢改动历史？谁敢承受那么严重与可怕的后果？

那具尸骸改动了岁月，针对石昊，要斩灭他过去的身体，磨灭他存在的意义。

事实上，这样做谁都难以预料，最为可怕的猜测是，一旦如此逆天行事，整片古史都改变了，未来也将改变。

可以说，一切都会变！

或许，天地存在的意义都将消失！

但是，这具尸骸依旧这么做了，他很果断，也很霸道，强势出击，攻击少年石昊，要直接将其磨灭。

石昊看到，那具尸骸仿佛又有些忌惮，最后一刻没有出手，他影响岁月，君临昔日的边荒帝关前，驱动安澜出战。

但这有意义吗？依旧是要改变历史！

石昊不知道这具尸骸这么做到底是为了什么。

“啊！”

石昊仰天长啸，怒极而狂。他整个人不再躲避，而是迎上了剑胎，并且口中大吼道：“他化自在，他化万古！”

这一刻，石昊的气息极其恐怖，威压诸天万界，再次立足在仙帝领域中，让那终极古地深处的尸骸震动。

“噗！”

石昊终究没有抵住这一剑，被斩中了。

“我竟被身边的大罗剑胎斩中，跟随我征战多年的古剑，传闻中以边角料炼制而成的兵器……”石昊被劈中后，难以复原。帝剑威势无双，粉碎万灵，覆灭万界，太强了。

“的确是边角料，但也是帝剑！”终极古地深处的尸骸冷冷地开口道。

此时，大罗剑胎龟裂了，斑驳的碎块不断脱落，最后竟从里面坠落出一口灰暗的小棺！

传言，那真正的主料炼成了棺椁，边角料炼成大罗剑胎，竟然是真的，而那口棺就在剑胎中。

“剑是我炼制的，棺是自古长存的，面对它，看到什么，最后就是什么样的结局。当年我看到自身成为尸骸，被锁在这里，果然应验了。你呢，看到的是殒命在这里吗？”终极古地的深处，那具尸骸问道。他竟然道出了这样一个惊人的秘密。

古棺自古长存，大罗剑胎是它的边角料，而且是尸骸炼制的。面对古棺，他曾看到异象，那异象最终成为他的结局。

石昊闻言，震惊不已，他曾持有大罗剑胎，看到了什么？上方飞仙光雨洒落，下方一口古棺载着一个生灵……

“结束了，无论你看到什么，在仙帝一击之下，都要殒命！”尸骸吼道。

“轰”的一声，那口小棺打开了，从当中坠落下一截残躯。这截躯体只有一只手，半颗头颅，没有眼睛。

“轰隆”一声，这具躯体扬起那仅有的手臂，一掌向石昊拍去。

这是尸骸昔日分离出去的纯净肉身，如同那元神印记一般，元神被封印在烂木箱内，而肉身则被封印在这口棺中。

现在，这具残破的躯体也出世了。

而此时，石昊被大罗剑胎斩中后，被仙帝气息撕裂，难以重组其躯体与元神，而后遭受了这样盖世一击。

“噗！”

无数光雨向四面八方炸开，这个地方被贯穿了。

“轰隆！”

光辉蔓延，璀璨夺目，准仙帝若在此，也注定无法立足。

风暴太恐怖了，石昊化成光雨，尸骨无存，彻底消失不见。

“仙帝一击，谁与相抗！”那具尸骸冷漠地说道。

此时，尸骸的双目中金光点点，露出一股神圣的气息，显然是那元神印记再现，道：“你当年道行还不稳固便陨落了，还不算真正的仙帝。”

“自然算，而今终究是要稳固了，我现在体魄齐全，元神印记也归一了！”尸骸冷冷地说道。

“可是，而今的你还是你吗？我还是我吗？”元神印记冷冷地叹道。

“有些变故，不过算不得什么，一切都过去了。”尸骸浑身漆黑如墨，双目望穿岁月，看穿千古。

这具尸骸见到了漫长的岁月前，边荒帝关前的一幕——一滴血融入石昊的身体，跟他合一，居然可与安澜对战，不曾陨落。

这让尸骸很诧异，不过，他不在乎，毕竟现在他可是亲手除掉了那个后来者。

“有些古怪！”尸骸终究是无上高手，踏足了仙帝领域，片刻后，他默默思量。

尸骸发现，关于那个后来者的一切，仿佛被蒙蔽了，彻底不可感应。

尸骸道：“我妄图逆改岁月，虽然未成真，但是依旧遭遇反噬了吗？大因果之力遮蔽了我的感应？”

尸骸的双目一下子阴冷了下来，石昊的肉身化作亿万光雨，虽然震动虚空，焚烧着消失了，但他现在若感应，也应该能将其牵引而来。

可是现在，一切成灰，都不可探究了。

“大因果之力反噬我，要对我加以惩罚？我无惧！”尸骸冷冷地说道。

无数光雨洒落向虚空，而后便穿透天地，没进时间长河中，分别处在不同的时空。

石昊知道这个后果，一切尽在他的心中。

当知道尸骸仙帝要改变岁月斩灭他的少年身时，石昊就头大了，他知道自己遇上了一个不正常的疯子。

尸骸仙帝这样做，一切都将会改写，也意味着曾经的一切都将不复存在。

石昊不知道那天大的因果是否能阻止尸骸，但是，依靠天意不如倚仗己身，唯有自己才能改写自己的命运，所以那个时候他动了。

也就在那时，石昊再次屹立在了仙帝领域中，虽然时间有限，但是他短暂地做到了。而后，他便施展了他化自在、他化万古，动用了至高无上的终极奥义，超越以往。

那是仙帝级的盖世禁忌之术。

可惜，石昊在仙帝领域驻留的时间太短暂，抗过尸骸仙帝的盖世一击后，他就无力了。

石昊只能借大罗剑胎解体，让亿万缕血冲向时间长河。

他徜徉在时光中，要去阻止边荒帝关前的一幕。

但是，至此，他就迷失了。毕竟，他动用了超越自身极限的力量，而且被尸骸仙帝击中了。

“怎么回事？为什么不能推演？他像是不属于这片古史，不可寻觅了，哪怕血化成劫灰，也应该能找到才对。”终极古地，尸骸仙帝自语，戾气浮现。

这一刻，时间长河流淌，上游、中段、下游都有血迹浮现，显化在不同的时空中。

帝落时代，一个石昊悠悠浮现，那是一滴有自己的意志的血。

他思忖，他迷茫，他化形而出。但是，他与这天地格格不入，像是不属于这里，无论如何也融合不进去。

最后，他盘坐下来，身在世外，默默地注视着这里，心头有些法门浮现，开始修行。

同样，各片时空都有类似的一滴血，有的是血精，有的是残血，都在发生相近的事。

时间长河的下游亦是如此！

不过，那些血、那些精粹，在时间长河下游受到限制，不能冲向更远处。因为，在那下游，那无穷岁月后，似乎有大因果之力阻挡了它们。

最珍贵的一滴血精落在帝落时代，它经历漫长的岁月，慢慢了悟到它在修炼他化自在大法，意外到了这一世。

“他化自在，他化万古！”这滴血精随着岁月悠悠而动，历经时间长河，到了仙古纪元，它也去了时间长河未来下游，更去过边荒帝关前。

只是，它依旧没能全部记起来，还在迷失中。

它只知道自己的真身开创出了盖世无双的帝法——他化自在、他化万古，它而今处在法的演绎之中。

终极古地，黑雾弥漫，汹涌而出，浩浩荡荡。

尸骸仙帝的眸子越发空洞了，他依旧在推演，而后猛地一震，道：“我改动了时间长河，虽然未曾改动历史，但是已经触到了。或许，有一些我所不知道的因果发生了。”

尸骸立足在仙帝领域，自然法力通天，生出了一些预感。

“我没有改变历史，却几乎改变他的命运，因果、岁月共鸣，他或许被改变了。难道他创出了一部盖世帝法？而今他站到了这个高度，境界与我同列，所以被天机蒙蔽，不被我感应了？

“不，舍我之外，谁还能立足仙帝领域?!”

尸骸仙帝在自语，在沉思，脸色越发阴沉，双目中杀光万重。

石昊迷失了，依旧没能醒来。

各个时代都有石昊的血，它们超脱在世外，与那些天地无法融合，孤独地修行，寂静地沉默着。

仿佛过去了亿万年岁月，这一日有了变化。

当世，异域。

一滴血化形后，立身在一片山地间。

他没办法融入这片天地，即便站在这里，似乎也不属于这里。甚至，其他生灵也很难感知到他，将他忽略了。

这时，两名女子走来，她们的洞府在这里。

“荒天帝一去十几万年，至今未归，到底怎么样了？”

“界海那一边，到底有什么？”

…………

这是她们谈论的话题，这让那滴血化形而成的石昊一阵悸动，像是要想起什么。

“莫仙姐姐，你说，荒天帝他应该无恙吧？”一个女子带着崇敬之意，每次提到荒，都以天帝称之。

“我想他应该可以归来。”莫仙说道。

“他对我有大恩，当年在悟道山救下我的性命，至今我都不知道如何回报他。我虽然很强，但是和他比起来，永远都追不上他的脚步，而今只能遥望他。”那个女子说道。

“轰隆隆！”

与这片世界隔绝的那滴血，仿佛听到雷声在耳畔响起，心中震动。

他记起来了，很多万年以前，他在异域悟道山争夺悟道仙茶叶，救了一个小女孩，并将她交给了莫道的姐姐莫仙。

“是的，我是荒，我是石昊，我是荒天帝！”

时间长河中，一滴又一滴血流淌，朝一个方向聚集。

最后，“轰”的一声，诸天万域、时间长河猛力一震，各片时空的生灵都大惊，茫然仰头望天，不过，他们什么也没有看到。

“轰隆！”

终极古地外，亿万缕血飞向一起，重新凝聚，就像从来没有离开过一般。

一股属于仙帝的气息如同汪洋一般激荡起来，逐渐变得盛烈。这是经历无数时空熬炼的结果，经过了时间长河的洗礼。

他化自在、他化万古被石昊演绎到了极致，成为盖世无双帝法！

“你还活着，但那又能如何？在吾面前，你终究是要殒命的，谁能与吾相抗！”尸骸仙帝寒声道。

石昊出现了，盖世气息散发，他双目深邃，冷漠地看着前方，道：“谁在称无敌？哪个敢言不败？”

第1748章 平定黑暗祸乱

谁在称无敌？哪个敢言不败？

这是一种自信，气吞天地，俯看古今未来，谁与争雄？

石昊有无敌的信念，同时也带着一种沧桑，他历经万古岁月洗礼，终于挣脱而出，再为当世人。

光雨璀璨，凝聚成形，化出石昊的真身，屹立在这里，他像从来没有离开过。不过，他的气息太恐怖了，与之前相比发生了质的变化，他成为盖世帝者，而不再是准仙帝。

仅仅是屹立在此，他就要压塌万古诸天、时间长河，一切都因他的存在而不稳固，仅凭他的肉身就可以镇压一切。

“我既恢复巅峰战力，何惧之！”尸骸仙帝冷冷地说道。如今他的躯体变得完整了，就连元神印记都归一了！

尸骸仙帝坐在石椅上，一副君临天下的样子，俯视着石昊，冰冷无情。

“嘎嘣！”

缠绕在尸骸仙帝身上的秩序神链都被他崩断了，再也不能束缚他。

“轰！”

尸骸仙帝站了起来，巨大的躯体矗立在当世，轻轻一震，混沌破灭，诸天秩序瓦解！

只是，从沉眠中觉醒，他的躯体越发黑暗了。他跟昔日完全不同了，汹涌而出的帝之法力激荡，无边无沿。

若非石昊挡在前方，界海定会沸腾，尸骸仙帝的帝道规则将要席卷诸天万域，万灵万物皆可灭！

“咔嚓！”

原本覆盖在那片山地的黑色光幕，此时如同冰晶般碎掉，而后被尸骸仙帝吸收了，那是当年他自封己身的规则之力。

现在他回归了，却已经不是当年的自己。黑暗神魂熊熊燃烧，霸道绝伦，他空洞的瞳孔中射出黑色的火焰。

这是真正的仙帝！

他走出了绝地，冲破了自己的封印，凝视着石昊，他要出手了。

“锵！”

大罗剑胎发出声响，脱落的斑驳碎片全都重组，归于一体，再次化成了一柄剑胎。

“砰”的一声，大罗剑胎出现在尸骸仙帝的手中，并且不断放大，最后跟他巨大的躯体匹配，化成一柄可怕的巨剑。

“明珠暗投，帝剑蒙尘！”尸骸仙帝冷冷地说道。他一头发丝披散着，整个人昂扬，气势汹汹。

“帝剑，尔等也敢妄动，配吗？！”尸骸仙帝的话语阴冷，同时带着一股傲气，意思很明显，唯有他可掌控此剑。

昔日，的确发生了诸多可怕的事。

大罗剑胎历代的主人最终都不得善终，没有一个能活下来。故此，在史上，它被称为不祥之器，到最后都没有负有盛名的强者敢用它了，结果它被封于历史的尘埃中。

直到石昊出世得到它，再次提剑而行。

在后世，石昊是唯一一个活下来的剑主。不过，他也被此剑斩了一次，毕竟身体曾化成亿万滴光雨。

“斩！”尸骸仙帝喝道，手臂挥动，一剑劈向石昊。

这个景象太恐怖了，仙帝出手，当真是震动古今未来，影响太深远了。

“轰隆”一声，混沌海被分开，剑气纵横亿万里，无物不灭。

尸骸仙帝这一剑之威足以灭掉诸天，让一切都走向毁灭，就连时间长河都在战栗，从这里消失了。

“轰！”

石昊回击，他现在手中无帝器，就那么刚猛而霸气地迎向剑胎，镇压而下。

这是一种大气魄，无敌的信念根植于他的骨子中，他要镇压一切敌手。

在此过程中，石昊封挡住了尸骸仙帝倾泻而出的浩瀚杀意与战气，使之不能影响界海的另一岸。

“当！”那只大手覆盖天宇，击在剑胎上，让它高高弹起。

剑光亿万缕，撕裂万古诸天！

一刹那，这里归于原点。天地倾覆，一切都被打得崩毁了，诸天星斗皆成齑粉，不止一片宇宙崩坏了。

“你才踏足这个领域，还不能与我争锋，送你上路！”黑暗物质沸腾，尸骸仙帝咆哮。

“说那么多作甚，灭了你！”石昊冷漠地回应，徒手发起攻击，步履坚定。

石昊的仙剑、法则池还只是准仙帝级法器，但是他依旧敢这么上前，镇定、从容、冷静，散发着炽盛的光彩。

帝者无敌！

石昊虽然才成仙帝，但是有这种风采。

“古今未来，吾身为尊，万道成空，镇压当世敌！”尸骸仙帝大吼。这一刻，他动用了真正至高无上的力量，毫无保留，禁忌秘术纷呈，全部祭出，要除掉石昊。

尸骸仙帝意识到这是一个恐怖的敌手，他遇上了大麻烦，要尽快斩灭对方才好，不然的话，后果不堪设想。

“徒劳的，无用的。”石昊简单地评价道，而后施展了盖世帝法。

一刹那，一道又一道身影走来，全都是石昊，足足四个，而且远处还有模糊的身影，没有彻底显化成功。

“你……”

尸骸仙帝的瞳孔黑洞洞的，他预感不妙。

“轰！”

石昊的真身带着几道身影一起向前攻击。

“噗！”

尸骸仙帝吐出一大口黑血，整个人被打得倒飞了出去，剑胎当当作响，险些脱手而去。

尸骸仙帝霍地抬起头来，披头散发，面目阴冷得可怕，他盯着石昊，久久未语。

尸骸仙帝挥动大罗剑胎向前劈斩而来，璀璨的剑光照亮了这个时代，而后又向过去、向未来划去，如同闪电照亮了不同的历史天空。

面对这无上一击，石昊很冷漠，依旧举拳轰砸。

在石昊周围，另外几道身影同样如此，神色冷漠，捏拳印，一起向前攻去。

“噗！”

尸骸仙帝的身体被击中，黑血渗出，有的拳印砸在大罗剑胎上，震得它嗡嗡轰鸣。

这是至高力量的大对决！

“啊……”尸骸仙帝怒吼，却改变不了什么。他震惊地发现了一个事实，这个后来者太恐怖了。

他化自在、他化万古是一种无敌的帝法，就是尸骸仙帝都不得不接受这一事实，他挡不住了。

石昊就这么横扫了过去，一拳轰出，天崩地裂。其他几道身影跟随着他，将尸骸仙帝震得大口吐血。而且，尸骸仙帝的躯体龟裂了，尤其是持剑的那条手臂被震断了。

尸骸仙帝挣扎着，咆哮出声，他断臂重生后，在这里拼命，要决战到底。

可惜，石昊不会给他机会，几道身影一起横扫前方，他化自在奥义尽显。

“轰！”

尸骸仙帝被打得崩开了。

“岁月、历史，不能触之啊，连我都不能改写，反而牵引出了大因果。”尸骸仙帝叹道。

“可有遗言？”石昊冷漠地问道。他想知道，对方成为仙帝后为何还会被黑暗之力侵蚀。

尸骸仙帝没有所谓的遗言，他很强硬，也很冷漠。

尸骸仙帝一声长啸，迅速重组肉身，元神如同焚烧着，再次攻来。但是，在他化自在大法面前，他被压制得死死的。

“砰！”

尸骸仙帝被打得肉身横飞，元神暗淡，几乎要身死道消了。

石昊霸气地出击，几道身影一致行动，攻击尸骸仙帝。

“你……”尸骸仙帝惊怒，却没有任何办法。他真的不是石昊的对手，被石昊碾压。

石昊将他镇压并开始炼化，就是这么直接，简单而粗暴。

这次炼化的时间相当漫长，耗去了数千年，石昊和几道身影盘坐在此，炼化这位仙帝。主要是他的黑暗之力太浓郁了，化之不尽，一旦波动开来，那就是浩劫，界海那边的生灵根本挡不住。

“啊……”万载时间过去后，尸骸仙帝发出最后一声凄厉的大叫，彻底消失了。浓郁的黑暗物质也被炼化大半，而后被封印了。

石昊走进终极古地的深处，看到了那张石椅，而后他猛力一掌拍下，顿时惊天动地，仙帝符文漫天绽放。

不过，这些都被石昊镇压了，他此时是无敌的，压制所有仙帝级别的大道神光与力量。

石山般高大的椅子化成齑粉，不复存在，同时天空中像是有惊雷爆鸣。

天空中，有秩序神链浮现，密密麻麻的，那里有一道口子，正对着下方。

见此，石昊神色凝重。他看到了天穹，那里破了一个洞，秩序神光缭绕，更有黑云翻腾，不断涌出。

最可怕的是，天穹的破洞中挂着晶莹的液滴，其中有黑血，随时会滴落。

石昊倒吸一口凉气，尸骸仙帝就是被那破洞中流淌的黑色液体侵蚀的吗？

那是什么地方？

无尽的可怕规则从那里透出，有令人战栗的气息。

石昊起身，腾空而上。

他到了天穹上，看着那个破洞，这像是界壁，不知道如何撕裂的，出现了这么一个洞口。

隐约间，石昊透过这个洞看到了里面的一些景物。他看到了一块碑，上面写着一些神秘的语句。

“此地为上苍之上，永恒长存，轮回难覆，无上之地。”

石昊目光流转，看着这个洞口，他觉得像是封印暂时破开了，透出了天洞内的秘密。在他的眼中，只剩下那“轮回”二字，他怔怔出神。

“封！”

最终，石昊施展无上法，将从大罗剑胎中坠落出的古棺移来，堵住这个洞口，以至高仙帝级的力量封印了此地。

第1749章 独断万古

一战过后，石昊扫平界海这一边，平定黑暗大动乱，解决了大患。

他该离去，回归仙域了。

在回去之前，石昊扫荡了终极古地，又进入黑暗之地，遍寻界海这一端，看是否还有什么古怪遗留。随后，他将遗存下来的那些接引古殿都开启了，最后，他更是轰开虚空，见到成片的黑暗牢笼。

虽然许多牢笼都空了，但是也有一些牢笼还关押着元神。甚至，在个别接引古殿中，还有一些大长老那般的惊艳人物，肉身亦在。

被关押了无尽岁月，有不少生灵疯了，也有的痴呆了。这是岁月之伤，也有一些生灵彼此吞噬过，十分恐怖。

石昊释放出所有修士，施展无上帝法，神光普照，让昏沉的人渐渐复苏，彼此吞噬的生魂被分开。

“咦？”石昊见到了一个熟人，接引古殿中有一个身穿灰袍的女子，她姿容绝美，风姿动人，眼中有沧桑之意。

她也在看石昊，眸中出现重瞳。

“真的是你，踏平黑暗，斩开牢笼，扫灭界海这一端的祸患。”女子轻叹，似乎有无尽的感慨。

石昊思绪万千，想到了过去，想到了昔日的人与事，眼前的女子他怎会不认识，她是重瞳女。

当年，石毅就是被她救走的，因为他们都是重瞳者。此外，重瞳女也跟石昊有交集，还曾笑谈以后要向他借皇蝶，可是后来她就消失了。

“多少英杰，陷入黑暗。”石昊说道。

“世事难料，没有想到你已在仙王之上。”重瞳女慨叹。

石昊遥望虚空，而后斩开，他准备去接孟天正、柳神、火灵儿回归。

“石昊！”火灵儿眼中有泪水滑落。这一次又等了十几万年，她真的无比担心。

石昊为她擦去泪水，轻声道：“别哭了，我带你回家！”

“好，回家！”火灵儿更加忍不住，放声大哭。被困这么多年，她有无尽的思念，想念故土，想念昔日的人，可是，她也知道，世间肯定已是沧海桑田，有些人再也见不到了。

物是人非，那是不可避免的。但她也不是特别惶恐，因为还有石昊在身边，可以相伴。

“我们回去。”火灵儿心中怅然。她知道父母等多半都不在了，顿时觉得很悲苦，眼泪不断。

此时，孟天正拍了拍石昊的肩头，连说了几个“好”字，再次见到这个最满意的弟子，他内心畅快，哪怕遭遇黑暗劫难，而今也很满足。

石昊也很高兴，即便已经为仙帝，也依旧难忘昔日之情，对大长老很尊敬，认真行了弟子之礼。

再次见到柳神，他沉默了，心中难受。这只是一段黑暗的树桩，没有生机，他要如何救活它？

“柳神，我一定会让你再现世间的！”石昊发誓。

柳神影响了他的一生，若没有柳神，就不会有现在的荒天帝，他对柳神有一种特别的感情。

这一日，界海这里一片嘈杂，而今仅有几位仙王活着，比如屠夫、葬主等，当然，他们比一般的仙王要强大得多。但是，他们毕竟还没有踏足准仙帝领域中，依旧是王。

“你是荒，你活着回来了！”纵然为屠夫，号称最冷酷、最彪悍的男人，此时也睁大眼睛，看着石昊，无比震惊。

屠夫曾经感受过，界海那一边有恐怖之事发生，哪怕相隔无穷远，他依旧感应到了一股超越准仙帝的波动。他与葬主一致猜测，真正的仙帝出世了，荒独自渡海过去，凶多吉少。

“我很好。”石昊对他们点头。而后，他一甩袍袖，一大批生灵出现了。

石昊请屠夫、葬主帮忙，将他们送回各自的故里。

这些都是石昊从黑暗牢笼中解救出来的生灵，至于黑暗大军，在昔日便被石昊灭得差不多了。

这一天，各地沸腾。

仙域被打成了很多块，各自漂流远去，没入不同的混沌区域中，一般的真仙都无法寻觅这些地方了，唯有仙王才可以。

屠夫、葬主的行动震动了仙域各地。

同一日，欢呼声震天，许多人高呼荒天帝之名。

“荒平定了界海那一端的黑暗大动乱，天啊，这是真的吗？”

“荒天帝！”许多人大呼。

在不少人看来，这是万古不朽之大功绩，举世都应诵其名，表示敬意。

石昊归来，着实引发了大地震。

举世同欢，各地的修士都在庆贺。

黑暗祸端被平定，就此根除，怎能不让人喜悦？怎能不让人激动与兴奋？

这么多纪元以来，黑暗大祸威胁太大了，让诸王都束手无策，诸王死的死，亡的亡，没剩下几个了。连仙域都残破了，分成成百上千块，生灵死伤无数。

而今听到这样的消息，谁都激动无比，这意味着日后将不会有灭族的黑暗大乱了。

举世沸腾时，石昊却回到了天庭遗址，在那坟地中祭拜英灵，他带着感伤，还有怅然，更有遗憾。

“我会想办法的，你们暂且安息。”石昊将柳神的焦黑树桩放在这里，每日都是独自一人盘坐在树下，很沉默，看向不远处的石碑。

那是他的亲子，被葬在那里。

除却小石头外，还有太多人的坟冢，比如，禁区之主、鸟爷、精壁大爷等人，还有穆青、秦昊、长弓衍、石毅等人。

“小石头是你的孩子？”火灵儿来了。

“是的。”石昊点头。

火灵儿有些沉默，更有些伤感，还有心酸，但是也不怨，分隔这么多年，总有许多事情是他们无力阻止的。

“他血祭了自己，为我而死。”石昊平静地说道。

火灵儿捂住了嘴巴，眼中泪水滑落，在了解小石头是如何死去的后，她更加忍不住流泪。

“好可怜的孩子，好可惜的小石头。”说到这里，火灵儿很担心石昊，丧子之痛，他得有多么凄伤？尤其是，小石头血祭了自己，为了父亲才选择了这样的生命道路。

“石昊，你如果悲伤，就哭出来吧，不要这样憋着。”火灵儿劝道。

“哭不出来。”石昊摇头。他看着小石头的碑文，用手摩挲碑体，一遍又一遍，不愿放手。

火灵儿知道石昊已经功成，但是并没有在意，还依旧当他是曾经的那个少年，看到他这个样子，她为他感到难受。

石昊成帝了，却哭不出来，他心中有太多的悲，这些她都知道。事实上，他们之间是否也算是一种悲呢？

他们曾经要在一起，但是无奈分开了这么多年。

“这是我弟弟的墓。”石昊终于离开了小石头的坟，站在秦昊的石碑前，久久都没有离开。

“他也血祭了自身。还有石毅，我少年时立志要战胜的仇敌，他最终用血与命来还，我真的承受不起啊！”

石昊很伤感，石族一脉尽凋零了。

“这是‘天下第二’的墓，鸟爷啊，当年那两个老头子再也不能出现了。”

石昊一路走，一路介绍，心中酸涩，无比惆怅。

“还有禁区之主，亦师亦友，我怎能忘记？”石昊站在另一座大坟前，无比怀念。

“这是八百老兵的衣冠冢，这些子弟兵曾追随我征战于末法时代，走过了一生，最后却又出世了，以命护着我的孩儿，参与了最后的大战。”石昊说道。

附近有数十名老兵是幸存下来的，他们闻言都潸然落泪，因为想到了那些老兄弟生前的种种。

“你是成帝了，可你也失去了这么多，难怪我看不到你的笑颜了，你再也不是当年我见到的那个嬉笑顽劣的少年了。”火灵儿说道。她知道石昊一定很难受，他真的失去了太多！

“小昊！”阿蛮走来，她一直守在这里，直到石昊归来。

不久后，小蚂蚁回来了，赤龙也出现了，故人中只有他们还活着。

“我刚才去葬地祭祀曹雨生了。”小蚂蚁道。

“又重新埋在了葬土。”石昊点了点头，心中有些空落落的，再也回不到过去了，没有办法同曹胖子、小兔子抢酒喝了。

“石昊，你虽然现在成为仙帝了，但是想哭就哭出来吧。”小蚂蚁说道。

这些日子他们都看在眼中，石昊回来后，一直沉默地坐在这里，如果没有人来寻，他几乎都不说话。

“我真的哭不出来。”石昊摇头道。

“孩子！”大长老走来，拍了拍他的肩头。

岁月无情，斩掉了太多太多。

石昊回来了，但他没有立刻解封石村，因为界海那一端的天穹上还有一个可怕的洞，他还未真正探察清楚。

石昊没有将那里的恐怖之处告诉身边的人，以免他们担忧。

火灵儿沉眠了，因为她与黑暗火灵儿融合了，归于一体，而她有些怅然，沧海桑田，人世变迁，当年的小石都有了孩子。所以，她一时间不愿醒来，在梦中去怀念曾经的旧事，她觉得自己仿佛又回到了火桑花开的那个季节，在梦中，她的眼角挂着泪。

石昊见到火灵儿这个样子，心中微颤，有些心疼。

在接下来的数年里，石昊游历天下，重回了九天十地。他一个人走过昔日的路，探寻着曾经的感动和欢声笑语等。

有些人见不到了，他在这样的路上追忆。

最后，他更是用无上大法行走在时间长河中，回到了过去，回到了少年时代。

石昊接近了，回到了那一年，回到了那宁静的石村。

远远地，他看到了一株焦黑的柳树，只有一根嫩芽，发出柔和的光，守护着大荒中的这个村落。

石昊看到了小时候的自己，看到了大壮、二猛，看到了族长爷爷，看到了村中那早已逝去的叔伯婶子们。

他见到幼年的自己在疯跑，开开心心的，笑个不停。不知道为何，现在的他却哭了，一位成帝者在这里落泪。

小时候的他若伤心，在村中哭着哭着就笑了，而现在的他，笑着向前望去，却想哭。

“我是荒天帝啊，怎么会落泪？”石昊擦去脸上的泪水，看着石村的那些人，只有少数人被封印了，早期的那些叔伯都不在了。他转过身，离开了，在这里他虽然开心，可是又想落泪，只得离去。

很多事再也回不到从前了，仔细想来，那个时候的他或许最快乐，总是无忧无虑，调皮捣蛋。

石昊沿着时间长河而行，见到了清风，又去了补天阁。

那个时候，他年少顽劣，曾大言不惭地嚷嚷着“榔头在手，天下我有”，将萧天敲得满头是包。

随后，他看到了补天阁覆灭，诸位长老悲壮战死的一幕。

石昊离开了，沿着时间长河，他去了百断山脉。

在那里，他认识了九头狮子，可是而今那位结拜兄弟在哪里？已经埋骨两百多万年了。

也是在那里，他第一次见到了火灵儿、云曦她们。

远远地看着年少的自己，石昊一动不动。随后，他看到了七神下界，年少的自己，百战而亡……

石昊沿着时间长河，离开了荒域，进入了三千道州。当再一次看到曹雨生、太阴玉兔，还有那个十几岁的自己时，他笑了，他们一同经历生死搏斗，战后，他正在与曹胖子、小兔子抢肉吃，抢酒喝。

那是曾经的欢笑，是曾经生死与共的感动。

不久后，石昊去了罪州，再次见到了那片火桑林。他看到了火灵儿，伴着晚霞采桑而归。

石昊站在时间长河中，心中暗想，如果那一年他没有远行，留在这里，会是怎样一种结果？

那时，他年少轻狂，总想着鲲鹏展翅，扶摇直上九万里，搏出一片属于自己的天空。

那个时候，他离去时根本没有注意到，火灵儿伴着夕阳，站在火桑林边，一个人有多么孤独、怅然，眼中写满了不舍。

而那时，他已经远去了，怀着凌云壮志，大步闯向远方。

现在，他站在时间长河中，有些惆怅，还有些酸楚，为火灵儿伤心，对她感到愧疚。

后来，如果安澜没有抓走罪州，他们或许还有机会在一起，还能不分开，可是，那终究是不可逆的一段岁月，该发生的还是发生了。

石昊像一个幽灵，独自一个人在时间长河中前行，看着那些鲜活的面孔。

踏着时光，他去了葬地，看到了三藏、幽冥，可是而今他们跟曹雨生一样，葬于葬土中。

他又去看了谪仙，去看了石毅，回帝关见了卫家四凰、拓古驭龙、齐宏等人，还去九天见了大须陀、邀月公主等。

可惜，他终究只是如同一个幽灵，独自在远处静静地看着，什么也做不了。他只是在追忆那段岁月，那曾经的感动和共同的经历。

现在，那些人都躺在了冰冷的坟中，有些人甚至尸骨都未存下。

在时间长河中，石昊笑了又哭，哭了又笑，他是荒天帝，此时没有人看到他在落泪，他的心绪毫无保留。

在现实中，他真的哭不出来。而在这里，伴着岁月，徜徉时间长河中，他仿佛正在跟那些人同行，有欢喜，有伤感。但是，那终究是曾经的旧事，如水逝去，一去不返。

石昊怅然，擦去泪水，走出时间长河，回到了当世。在这里，他看着那些大坟，抚摸着他们的墓碑，心中很伤感，但真的哭不出来。

“成帝了，我却哭不出来了……”

回来后，石昊开始闭关，不见任何外人。他开始炼器，将几件准仙帝兵器都取了出来，事实上，羽帝、灭世老人他们的兵器都是由不可想象的材料炼成的。

他们活的岁月悠远，不知道度过了多少个纪元，统治诸天时，他们也不知道熔炼了多少件至宝入自己的兵器中。

可以说，他们只是还未成帝，若真正成为仙帝后，可以直接摹刻大道符文等，推动自己的兵器晋阶，单以材质来说足够了。

这一次，石昊要祭炼自己的仙帝兵器。

除却弑帝战矛外，他将其他几件准仙帝兵器都熔炼进了自己的法器内，不断淬炼，那简直不可想象！

世间所有绝世材料等于都被熔炼为一炉了。

弑帝战矛的成分，其他三件准仙帝兵器中也有，所以石昊便没有将其毁掉，留下一杆准仙帝兵器，送给仙域。不过，他抹去了这件准仙帝兵器的各种印记，免得它日后反过来噬主。

随后，石昊又将大罗剑胎熔炼进自己的兵器中。至此，他的法则池和仙剑一下子变得恐怖无比，成为仙帝兵器后，超越大罗剑胎。

还有一口棺，这是从大罗剑胎中坠落出的。他也曾想熔炼它，但最后放弃了。那口棺被他堵在界海对岸的诡异之地，用来封印那个洞穴，而且他而今的帝兵用上了天下所有至宝材料。

同时，他觉得那口棺很特别，坚韧无比，可以用来当作一件防御性法器。

它跟三世铜棺是否有关联？石昊曾仔细思忖。

三世铜棺的大棺内还有一口小棺，若按大小来看的话，剑胎中落下的棺可以被收进那口小棺中。

“三世铜棺，三口棺，是这样吗？”石昊蹙眉。

石昊上路了，他带着自己的仙帝兵器，独自悄然上路，再临界海对岸，登临终极古地。

终极古地上方，那里的洞被堵住了，散发出妖异的光。

石昊取出了那口棺，在此研究了很长时间。这口棺很坚硬，疑似达到了帝级，倒也是一件不错的防御法器。同时，石昊确信自己可以轻易毁掉三世铜棺，那两口棺没有这口结实。

“如果真是一体的，这就是第三口，也是最里面的一口棺，应当最不凡、最坚硬。”石昊自语。

天穹上有一个洞，那个洞里有晶莹的液体，其中染着黑血，此外，还有金色血液、银色血液等，十分诡异。这里秩序交织，有些可怕。

尸骸仙帝遭劫，只是一种黑血导致的吗？

石昊手持帝兵，准备闯进去。他很在意这里，因为此地提到了轮回，他想复活柳神他们。

“此地为上苍之上，永恒长存，轮回难覆，无上之地。”

这么一句话，预示着这里绝对超凡，或许，这是更高层次的领域。

石昊手持帝兵，只身闯了进去，哪怕纵天一战，也要有收获。

法则交织，席卷过来，石昊确信一般的仙王都不见得能承受，这里很可怕。

石昊闯进来了，“轰”的一声，他沿着通道，一路上冲，发现自己站在一座只有一丈见方的岛上。这上面有一个洞，通向终极古地。

“这是哪里？”石昊放眼四顾，一阵吃惊。

四野寂静无声，红色的水漫过大地，缓缓流淌，像是河流，像是湖泊，像是海面。有些大坟矗立在水面上，没有被彻底淹没。血色的黄昏下，河水漫过坟地，这个景象太熟悉了，这不是大罗剑胎映现出的景象之一吗？确切地说，是大罗剑胎中的小棺所映现出的景象之一。

石昊神色凝重，他竟然真的遇到了这一场景。

最终，石昊将铜棺放进水中，坐在了上面。古棺缓缓漂浮着，不沉陷下去，载着他以极速向这片世界深处驶去。他就这样消失了。

一万年、两万年、三万年……

荒天帝一下子消失了八万年。当他再次出现时，仙域剧震，屠夫、葬主等人都忍不住了，纷纷登门拜访，请教他。

“我去了一个地方，那里太浩瀚了，极其危险，你们去不了。我只走了一角之地，当年的黑暗之源是从那里坠落出来的。”石昊说了这样一些话。

然而，最为震撼人心的是，荒天帝这一次回归，带回一些东西，他竟然救活了留下残骸的一些人，比如穆青、太阴玉兔、魔女、皇蝶、打神石等，就连柳神的干枯树桩也焕发了点点绿意。

“我要救活小石头，我要救活柳神，我要救活石毅、秦昊他们，哪怕有些人尸骨无存，我也要打破那樊笼，让他们活着出现在世间！”这是荒天帝的誓言。

他又要上路了，不过离去前，他揭开了石村的封印，唤醒了所有人，他以帝血之精粹延续他们的生命。

这一日，天庭很热闹，石村也很热闹，许多人都出现了。那只五色雀居然也很意外地再现了，飞到了这里，它竟然在昔日的大劫中活了下来。

少不了欢声笑语，少不了悲欢离合，再相见，又怎能不伤别离？但石昊还是决定上路！

这一次，石昊带上了柳神，而火灵儿亦执意相随，不肯与他分别。

“我已经错过了一个大世，哪怕那里危险，也带上我吧，我想去看一看，跟你同行！”她坚持要追随石昊。

最终，荒天帝又消失了，漫长的岁月都没有再回来。可是，天庭有一些生灵在后世复活了。没有人知道究竟发生了什么。

直到有一日，九龙尸骸莫名拉着铜棺在九天十地孤独地旅行，被人发现后，人们才意识到了什么，因为有人从铜棺中听到了一些大道符文声。

“三世铜棺，三口棺彼此间有联系吗？”

“荒天帝还活着，在向我等传递一些信息！”

屠夫来了，他仔细感应后，蹙眉道：“尝试修补天地，不对，还有其他，那涉及了什么？”

他破译经文，最后慨然长叹，道：“越参悟，涉及的东西越深，当有朝一日，真正出现可以跟荒天帝并肩而行的人，才会明白吧。”

“或许，他希望有一天，有人可以追随他的脚步而去！”葬主判断道。

“啊……”岁月悠悠，不知道多少万年后，一声大吼响起，人们再次听到了荒天帝的声音。

屠夫、葬主、小蚂蚁等人第一时间冲向界海，看向那里。

“荒，我的兄弟！”小蚂蚁大叫。

“荒天帝！”屠夫身边，也有不少人大叫。

这一日，他们看到了荒。

“我无恙，我在另一界等你们！”荒天帝长发披散，连浓密的黑发都发出了炽盛的光彩，如同黄金铸成的一般。他挥动仙剑，猛力一斩，劈开了万古长空。

至此之后，界海不见了，被他隔断，无上法则封印了那边。

荒纵天而去！

让故土远离惨烈之事，远离更残酷的大战，这是荒最后所能做到的了。

“说是等我们，为何还要封印这里？你们感受到了吗？那一剑涉及了时间的更迭、变迁，我感觉似乎隔断了万古岁月！”小蚂蚁颤声道。

“师父！”赤龙大吼。他知道，自己的师父这样做，是在保护所有人，给予了他们一个相对来说平和的世界，对比大战惨烈的上苍来说，这里可以算是完美的世界了。

“他在等我们，等我们追上他的脚步。”屠夫说道。

“他为荒天帝，自然会无恙，有朝一日，总有人会再次看到他，不过那可能不是我们了，得是跟上他脚步的人才行。”葬主怅然道。

多年后，天庭依旧有人在复活，世人莫不震惊，他们知道那是荒天帝的手笔。

“是荒天帝！”

“他虽然隔断了万古，但还是有后手……”

“纵天一战，求你带上我，我要再次见到我的兄弟！”小蚂蚁嘶吼。

一剑劈开万古，断开上苍之下，隔开了万古岁月。

那是时光的力量，那是空间在更迭，那是岁月在变迁，跨过万古的岁月，弥漫着至高无上的伟力。

而在上苍之上的深处，荒的身边有了大量的追随者，都是至强者。

在这里，虽有恐怖的大战，但他亦在绽放辉煌、释放璀璨，那是属于盖世荒天帝的传说！

（全书完）